Ella Carey

DIE FRAUEN VON NEW YORK
Kleider der Liebe

aufbau taschenbuch

Ella Carey

DIE FRAUEN VON NEW YORK

Kleider der Liebe

ROMAN

Aus dem Englischen von
Gabriele Weber-Jarić

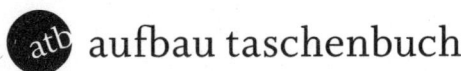
aufbau taschenbuch

Die Originalausgabe unter dem Titel
Daughters of New York. The Girl From Paris
erschien 2022 bei Bookouture, London.

MIX
Papier | Fördert
gute Waldnutzung
FSC® C083411

ISBN 978-3-7466-1504-2

Aufbau Taschenbuch ist eine Marke
der Aufbau Verlage GmbH & Co. KG

1. Auflage 2022
© Aufbau Verlage GmbH & Co. KG, Berlin 2022
Copyright © 2022 Ella Carey Pty Ltd
Satz LVD GmbH, Berlin
Druck und Binden CPI books GmbH, Leck, Germany
Printed in Germany

www.aufbau-verlage.de

Zur Erinnerung an Esta

»Das Schöne ist eine immerwährende Freude.«

JOHN KEATS

»Ein Künstler ist jemand, der gelernt hat,
sich selbst zu vertrauen.«

LUDWIG VAN BEETHOVEN

KAPITEL 1

Vianne
Paris, März 1918

Um schwere Zeiten durchzustehen, muss man etwas Schönes erschaffen. Immer wieder rief Vianne sich jene Lebensweisheit, die ihre Mutter zu Beginn dieses katastrophalen Krieges gemurmelt hatte, ins Gedächtnis.

Sie saß mit anderen Frauen an einem Tisch im La Violette, einem Pariser Restaurant, das in der Belle Époque sehr berühmt gewesen war. Nun war es geschlossen. Auch die elegante Bar mit der Zinndecke war verwaist. Vor dem Krieg hatten dort um diese Jahreszeit Männer in hellen Leinenanzügen und Frauen in Spitzenkleidern gesessen, getrunken und geplaudert, doch das war seit Jahren vorbei. Nun hörte man das Geklapper von Stricknadeln, denn die Frauen am Tisch strickten Socken und Pullover für die Soldaten in den kalten, verschlammten französischen Schützengräben.

Nach einer Weile begannen sie, über das Kriegsgeschehen zu reden. Vianne schwieg und konzentrierte sich auf die feine Nadel, mit der sie an dem aufwendig gearbeiteten Sommerkleid ihrer Mutter Biesen nähte. Es war ein duftiges weißes Kleid aus zarter Spitze, mit winzigen gehäkelten Blumen verziert, einem Zipfelsaum und einem Unterkleid aus weißem Batist, kürzer als der Überwurf aus

Spitze. Nur mit halbem Ohr hörte sie Madame Roger auf irgendeine Bemerkung hin missbilligend mit der Zunge schnalzen.

Auch Vianne hatte seit Kriegsbeginn warme Sachen für die französischen Soldaten gestrickt, zuerst in der Schule, später im La Violette. Doch an diesem Tag hatte sie sich, nachdem sie unzählige Pullover zusammengenäht hatte, dem Spitzenkleid gewidmet. Liebevoll berührte sie die Perlmuttknöpfe und fein gehäkelten Ösen, mit denen das kostbare Kleid im Rücken geschlossen wurde. Die Pullover standen für die raue Wirklichkeit, das Kleid für ihre Träume.

Jemand öffnete die Glastür des Restaurants, deren Scheiben mit Klebestreifen versehen waren, um sie vor dem Zerbersten durch Bombenexplosionen zu schützen. Die Gespräche über die Angriffe auf die Stadt verstummten. Bis vor Kurzem hatten sie nahezu ununterbrochen stattgefunden, es war, als hätte es in Paris Artilleriegranaten und Fliegerbomben geregnet. Die Einwohner waren mit eingezogenen Köpfen durch die Straßen gehuscht – als hätten sie sich so schützen können.

Am Morgen hatte Viannes Vater ihr und ihrer Mutter beim Frühstück erzählt, dass es ein Gerücht gebe, irgendwo im Norden von Paris stünden getarnte Ferngeschütze der Deutschen, sogenannte »Paris-Geschütze«, aus denen die Stadt beschossen wurde. Bisher sei jedoch vergeblich nach ihnen gefahndet worden. Unklar sei nur, warum der Granatenbeschuss der Stadt am Vortag offenbar eingestellt worden sei.

Auch Vianne war die seltsame Stille aufgefallen. Nach dem fortwährenden Geschützdonner hatte sie etwas Unheimliches an sich.

Nun blickte sie zu der geöffneten Tür des Restaurants. Draußen hatte es zu regnen begonnen, und sie spürte den nasskalten Wind, der von den Champs-Élysées hereinwehte. Ein Lieferwagen fuhr draußen vorbei, dann eine Straßenbahn. Sie wurden von Frauen gefahren, so wie es seit Kriegsbeginn üblich geworden war.

Viannes Mutter betrat das Restaurant und schloss die Tür hinter sich. Vianne steckte ihre Nadel ins Nadelkissen. Auch die Frauen am Tisch hörten auf zu arbeiten und blickten Viannes Mutter entgegen.

Diese streifte ihre Handschuhe ab und zog sich ihren modischen Hut mit der breiten Krempe und der Schleife hinten an der Krone vom Kopf. Dann beugte sie sich zu Vianne hinab und sagte leise: »Ich habe wundervolle Neuigkeiten.«

Wundervoll? In diesen Zeiten? Die Zuversicht ihrer Mutter, ihr optimistischer Glaube, eines Tages werde alles wieder gut, war angesichts der Opfer, die der Krieg tagtäglich forderte, erstaunlich. Dennoch hatte ihre Einstellung etwas Tröstliches.

Vianne dachte an die Ehemänner, Söhne und Brüder, die gefallen waren, die zahllosen Frauen in der Stadt, die Trauerkleidung trugen, die Menschen, die sich auf den Bahnhöfen zu den Zügen drängten, um aus Paris zu fliehen. Dann schaute sie in die hellbraunen Augen ihrer Mutter, die sich lächelnd aufrichtete.

Viannes Eltern waren nicht gewillt, Paris den Rücken zu kehren. Sie waren der festen Überzeugung, dass ihnen nichts zustoßen würde, nichts zustoßen konnte. Sie liebten einander und besaßen eine schöne Wohnung in der Rue de Sévigné, wo sie sich sicher fühlten, auch wenn in der Stadt Granaten und Bomben einschlugen, Häuser einstürzten und die Druckwellen der Detonationen, sogar wenn man selbst von den Angriffen verschont geblieben war, überall spürbar waren.

»Und wie lautet die wundervolle Nachricht?«, fragte Vianne, die sich nicht erinnern konnte, wann sie zuletzt etwas wirklich Erfreuliches gehört hatte.

»Anaïs und Jacques kommen am Karfreitag nach Hause. Und am Ostersonntag feiern sie mit uns ihren Geburtstag. In ein paar Tagen werde ich wieder alle meine Kinder bei mir haben.«

Vianne legte das Spitzenkleid auf den Tisch und schob den Stuhl zurück, um sich von ihrer Mutter umarmen zu lassen. Mit geschlossenen Augen atmete sie deren Lieblingsparfum ein, Chypre de Coty, mit der Duftnotenkomposition aus Bergamotte, Iriswurzel und Jasmin. Der Geruch war so weit von den Realitäten der vergangenen vier Jahre entfernt, dass er zu einer vollkommen anderen Welt zu gehören schien. Aber so war Maman, eine Frau mit Stil, ganz gleich, was rings um sie geschah.

»Ich bin so aufgeregt, dass ich dauernd nach Luft ringen muss«, flüsterte sie Vianne ins Ohr. Dann trat sie einen Schritt zurück. »Wir werden ein richtiges Geburtstagsfest feiern.«

Vianne sah ihre Mutter liebevoll an und verscheuchte die Furcht, die sie bei dem Gedanken an die Zwillinge unweigerlich befiel. Seit vier Jahren sorgte sie sich um das Leben ihrer Geschwister, die sich in den Kampfgebieten aufhielten. Manchmal hatte Vianne die Sorge kaum ertragen. Immerzu hatten sie und ihre Eltern auf eine Nachricht von Jacques oder Anaïs gewartet, und wie selten war eine eingetroffen.

»Kommen die beiden zur gleichen Zeit an?«, fragte sie.

Ihre Mutter drückte eine Hand auf ihre Brust. »Ja. Wir werden wieder vereint sein, *chérie*. Wenn du wüsstest, was das für mich bedeutet. Wir werden ihren Besuch und ihren Geburtstag feiern.«

Sie schaute zu den Frauen am Tisch, lächelte Marguerite zu, ihrer ältesten Freundin, die ihr einen Luftkuss schickte.

Madame Roger legte ihren halb fertigen Pullover ab, verschränkte die Arme vor der Brust und presste die Lippen zusammen. Dann murmelte sie etwas von unangemessenem Frohsinn und dass es anscheinend Menschen gebe, die den Ernst der Lage noch immer nicht begriffen hätten.

Marguerite verdrehte die Augen himmelwärts.

»Bist du für heute fertig, Vianne?«, fragte ihre Mutter, die Madame Rogers Bemerkung nicht mitbekommen hatte.

Vianne nickte und faltete das Spitzenkleid behutsam zusammen. Sie schlug es in Kattun ein und verstaute es vorsichtig in der großen, weichen Baumwolltasche, in der sie es am Morgen hierhertransportiert hatte.

Dann erklärte sie Madame Roger, dass sie ihre Aufgaben für den Tag erledigt habe, und stand auf. Um Madame Roger zu beschämen, fragte sie ihre Mutter laut, wie viel Geld sie an diesem Tag für die französischen Kriegswaisen gesammelt habe.

»Vier Sammelbüchsen waren voll«, antwortete ihre Mutter, die Madame Roger offenbar noch immer nicht richtig wahrgenommen hatte. »Noch beim Einschlafen werde ich das Geklapper der Münzen in den Ohren haben und wahrscheinlich sogar im Schlaf murmeln: ›Eine kleine Spende für unsere Kriegswaisen, bitte.‹«

»Ich glaube, wir haben eine Feier verdient.« Vianne schulterte die Tasche und spürte, wie das schwere Skizzenbuch darin gegen ihre Hüfte schlug. »Meine Schwester Anaïs arbeitet als Krankenschwester in den von den Deutschen besetzten Gebieten«, erzählte sie den Frauen und blickte Madame Roger trotzig an. »Und mein

Bruder kommt direkt von der Front. Die beiden haben ihr Leben für unser Land riskiert, warum sollten wir ihren Geburtstag nicht mit ihnen feiern dürfen?«

Madame Roger schien anderer Meinung zu sein, ihre verkniffene Miene sprach Bände.

Vianne spürte, wie ihre Mutter ihr eine Hand auf die Schulter legte. Sie wandte sich zu ihr um. »Die beiden haben so viel Schreckliches mit ansehen müssen.«

Als der Krieg ausbrach, war Vianne vierzehn Jahre alt gewesen, zu jung, um irgendwo eingesetzt zu werden. Anaïs und Jacques hatten sich sofort gemeldet, die eine als Krankenschwester, der andere als Soldat.

Wie bedeutungslos es dagegen war, in Paris zu sein und zu stricken. Voller Bewunderung hatte Vianne ihre große Schwester betrachtet, wenn sie auf Heimaturlaub kam und die weiße Schwesterntracht ihre braunen Augen und ihr blondes Haar besonders betonte. Allerdings war ihre temperamentvolle, mutige Schwester für sie schon von klein auf ein Idol gewesen.

Im Frühsommer 1914, als jedermann klar war, dass es zum Krieg kommen würde, war Anaïs in einem belgischen Lehrkrankenhaus inmitten ihrer Ausbildung zur Krankenschwester gewesen. Als der Krieg dann ausbrach, riet die französische Regierung allen Frauen, zu Hause zu bleiben. Sie war der Auffassung, Frauen gehörten nicht an die Front. Anaïs hatte zu den Frauen gezählt, die an den Kriegsminister schrieben und dagegen protestierten, die anboten, Rettungsdienste zu leisten, die Pilotinnen werden, Lazarette einrichten, weibliche Hilfskorps gründen wollten, wie es sie in England gab. Sie wurden abgewiesen. Es hieß, die Männer Frankreichs würden den Krieg gewinnen. Diese Meinung hatte sich nach kurzer Zeit geändert.

Die innere Stärke und Tapferkeit ihrer Schwester waren Vianne nicht gegeben. Wenn Anaïs bei ihren seltenen Besuchen von den Verwundungen berichtete, die die Soldaten erlitten hatten, schauderte Vianne vor Entsetzen.

Seit 1915 war Anaïs nahe der Front tätig und wusste von unfassbaren Gräueltaten zu berichten, meistens im Flüsterton und nur, wenn sie sich mit ihren Eltern allein wähnte. Doch Vianne hatte oft genug an der Tür gelauscht. Sie hatte von Geiselnahmen erfahren, von Folter, von Frauen, die vergewaltigt, und Dörfern, die niedergebrannt worden waren. Es verstörte sie zutiefst, wenn Anaïs berichtete, wie Vergewaltigungen in aller Öffentlichkeit stattfanden, um die Macht der Eroberer zu demonstrieren.

Als jüngstes Kind hatte Vianne früh erkannt, dass sie mit ihren Geschwistern nicht mithalten konnte, sie hatte es gar nicht erst versucht. Doch als sie während der Kriegsjahre erlebte, wie ihre Eltern und deren Freunde die Zwillinge immerzu lobend erwähnten, beschloss sie, auch für sich etwas zu finden, das sie auszeichnen würde.

Sie hatte festgestellt, dass sie schneller und akkurater strickte und nähte als die anderen Frauen im La Violette, und sich daran erinnert, dass auch ihre Handarbeiten in der Schule schöner und phantasievoller ausgefallen waren als die der anderen Mädchen. Daraus hatte sich eine Idee entwickelt.

Inzwischen stahl Vianne sich, wenn sie nachts vor Sorge um ihre Geschwister nicht schlafen konnte, mit ihren Buntstiften und ihrem Skizzenbuch in das Arbeitszimmer ihres Vaters. Sie schaltete seine

Schreibtischlampe ein und begann, Kleidungsstücke zu entwerfen. In winziger Schrift notierte sie sich dazu Arbeitsanweisungen und klebte Stoffproben auf – Kaschmir, Wildleder, Musselin, Baumwolle, Organza, winzige Stückchen feinster Lyoner Seide. Es waren Reste, die sie von Schneidern und Kurzwarenhändlern im Marais erbettelte.

In einer Zeit, die von Grauen und Angst geprägt war, flüchtete sie sich in Träume und stellte sich die Zeit nach dem Krieg vor. Sie malte sich eine Zukunft aus, in der die Menschen erneut ohne Furcht leben und Frauen wundervolle Kleider tragen würden.

Aber daran war zurzeit noch nicht zu denken. Die Textilfabriken im Norden Frankreichs waren von den Deutschen zerstört, die Webmaschinen und Stoffe requiriert und nach Deutschland transportiert worden. Der wirtschaftliche Schaden sowohl für die Region als auch für die französische Bekleidungsindustrie war enorm. Der Wollpreis stieg in schwindelerregende Höhen, die Arbeiter in den Textilfabriken verloren ihre Stellen. Daraufhin sprang Lyon in die Bresche, die Stadt, in der seit Jahrhunderten Seide hergestellt wurde. Die Seidenpreise wurden gesenkt, die französische Bekleidungsindustrie – einschließlich der Armee – erhielt wieder bezahlbare Stoffe. Insbesondere die Pariser Couturiers begrüßten diese Entwicklung und setzten in ihren Kollektionen vermehrt Seide ein. Wolle wurde bei der Herstellung der Stoffe nun mit Seide vermischt.

So oft wie möglich lief Vianne durch die Stadt – vorbei an Kriegsversehrten, Trümmerhaufen, Bombenkratern und Häusern, in denen die geborstenen Fensterscheiben durch Pappkarton oder Holzbretter ersetzt worden waren –, um in den noch unversehrten

Schaufenstern der berühmten Modemacherinnen, Jeanne Paquin, Jeanne Lanvin und Gabrielle »Coco« Chanel, die neuesten Kreationen zu bewundern.

In der *Vogue* hatte Vianne über diese Modeschöpferinnen gelesen, über ihr Leben und die Art, wie sie ihre Geschäfte in den Kriegsjahren über Wasser gehalten hatten. Sie hatten ihre Laufbahnen als Schneiderinnen oder Modistinnen begonnen und führten nun millionenschwere Unternehmen. Jeanne Paquin insbesondere schien eine begnadete Geschäftsfrau zu sein, doch allen Frauen war gemein, dass sie nicht nur hart arbeiteten, sondern darüber hinaus so innovativ, kreativ und stilsicher waren, dass die französische Mode selbst in den Kriegsjahren weltweit führend geblieben war.

Vianne fragte sich, ob es auch ihr eines Tages gelingen würde, etwas Derartiges zu kreieren, etwas, worauf sie stolz sein könnte.

Dann war sie wieder in der Realität und hörte, wie ihre Mutter Marguerite zu der Geburtstagsfeier der Zwillinge einlud. »Wir werden am frühen Nachmittag anfangen, damit wir genügend Zeit für unsere Gäste haben, bevor um acht die Ausgangssperre beginnt.«

Vianne warf einen Blick hinaus auf die Champs-Élysées. Wie alle anderen Straßen auch würde sie abends im Dunkeln liegen. Das einzige Licht kam dann von den Suchscheinwerfern, die den Himmel nach feindlichen Flugzeugen abtasteten. Es war eine beängstigende Atmosphäre, bei der sich auch ohne Ausgangssperre niemand mehr auf die Straße gewagt hätte.

»Natürlich komme ich zu der Geburtstagsfeier«, sagte Marguerite mit leuchtenden Augen. »Vielen Dank für die Einladung.«

»Ich kann den Tag kaum erwarten«, sagte Viannes Mutter.

»Und, was wirst du tragen an diesem besonderen Tag?«, fragte Marguerite. »Ein neues Kleid vielleicht?«

Viannes Mutter zuckte mit den Schultern. »Darüber habe ich noch nicht nachgedacht.«

»Ich aber«, sagte Vianne und sah die schwarze Lyoner Spitze vor sich, die sie im Nähzimmer ihrer Mutter entdeckt hatte. Sie brannte darauf, den kostbaren Stoff zu besticken, mit violetten Stiefmütterchen und zarten grünen Ranken. Doch dann wurde ihr bewusst, dass sie diese Arbeit bis Ostersonntag nicht mehr schaffen würde.

Allerdings hatte sie ihrer Mutter ein pfirsichfarbenes Seidenkostüm genäht, das beinah fertig war. Die Maße hatte sie von einem ihrer Kleider übernommen, ein Schnittmuster aus Kaliko angefertigt und es der Schneiderpuppe angeheftet, die ihre Mutter ihr zu ihrem letzten Geburtstag geschenkt hatte. In ihrem Skizzenbuch war das Kostüm aus allen Winkeln zu sehen. Wie immer hatte Vianne dazu ein schmiedeeisernes Gitter als Hintergrund gemalt. Auch in den großen Modezeitschriften, der *Mode du Jour* und dem *Journal des Dames et des Modes*, verwendeten die Designer Hintergründe, Vianne hatte die Arbeiten von George Barbier, Eduardo Garcia Benito und Gerda Wegener eingehend studiert.

Diese Künstler hatten sich bei der Wahl der Farben, des Schnitts und der Stoffmuster von orientalischen und asiatischen Kunstwerken inspirieren lassen. Vianne hatte es ihnen nachgetan und das Kleid für ihre Mutter so fließend geschnitten, wie es auf den berühmten Vorlagen zu sehen war. Es bestand aus einem schmalen seidenen Unterkleid und einem weiten, knöchellangen Kaftan, dessen Saum sie mit Wellenlinien aus winzigen Glasperlen verziert hatte. Auch Rosen hatte sie entlang des Saums gestickt, mit einem Silbergarn, wie man es auf exquisiten japanischen Kimonos sah.

Sie dachte an die Arbeiten des Couturiers Paul Poiret, die sie faszinierten. Er hatte als einer der Ersten schmal geschnittene Kleider propagiert, die zudem exotisch und theatralisch zugleich anmuteten. Im Geist sah Vianne seine losen, kimonoartigen Gewänder vor sich, die durchscheinenden Tuniken mit chinesischen, persischen oder japanischen Motiven, die Säume mit goldenen Fransen oder Pelz besetzt, oftmals über Pluderhosen getragen. Es war, als kämen seine Kleider aus einer anderen Welt.

Vor dem Krieg war Vianne mit ihren Eltern im Théâtre du Châtelet gewesen und hatte die Ballets Russes gesehen, das Ensemble, das Paris im Sturm erobert hatte. Die Kostüme und das Bühnenbild waren atemberaubend gewesen, voller Farbenpracht und exotischer Sinnlichkeit. Und in den Pariser Straßen hatte sie die Modistinnen bewundert, die Turbane mit einer Aigrette trugen, Pfauenfedern, die mit Broschen befestigt waren, dazu Tuniken mit den einfallsreichsten Mustern. War es da ein Wunder, dass ihre Phantasie sich mit der Mode zu beschäftigen begann, als Flucht aus der Wirklichkeit in eine Welt der schönen Dinge?

Schönheit und Exotik dominierten Viannes Skizzen, wenn auch in bescheidenerem Maß als bei ihren großen Vorbildern. Und eines Tages, das hatte sie sich fest vorgenommen, würde sie die Welt bereisen und sich wie Paul Poiret von Fremdländischem inspirieren lassen.

Doch zurzeit herrschte noch Krieg, und sie konnte nichts weiter tun, als jeden Tag bis in die Nacht an dem Complet zu arbeiten, das sie für ihre Mutter angefertigt hatte.

Sie hatte bereits modische Alltagskostüme geschneidert, sowohl für sich als auch für ihre Mutter. Die Vorlagen hatte sie Modezeitschriften entnommen. Doch zum Geburtstag ihrer Geschwister sollte ihre Mutter das zweiteilige Kleid tragen, das sie, Vianne, ganz allein entworfen hatte. Es sollte den Geburtstag zu etwas Besonderem machen, zu einer Familienfeier, bei der sie den Krieg für eine Weile vergessen und ihren Blick auf eine hellere Zukunft lenken konnten.

Überdies wäre das Seidenkostüm ein Dankeschön dafür, dass ihre Mutter ihr in den Kriegsjahren stets Mut gemacht hatte.

Vianne schreckte auf. Madame Roger hatte mit der Faust auf den Tisch geschlagen. »Wie kann jemand feiern, wenn so viele Menschen trauern und leiden?«

»Es ist ein Geburtstag, zu dem wir im Familienkreis zusammenkommen«, erwiderte Viannes Mutter. »Weiter nichts.«

Madame Roger zog die Brauen zusammen.

Vianne wollte fort von dieser unangenehmen Frau und streifte ihre Handschuhe über. »Bitte, lass uns gehen, Maman.«

»Und zum Essen gibt es Gemüseauflauf. Mit Gemüse aus unserem Garten«, fuhr ihre Mutter fort.

Marguerite packte ihr Strickzeug zusammen. »Ich könnte aus Brot und getrockneten Aprikosen einen Kuchen machen.« Sie stand auf und schloss sich Vianne und ihrer Mutter an, die sich von den Frauen am Tisch verabschiedeten und das Restaurant verließen.

Der Regen hatte aufgehört, die Luft roch nach nassem Laub. Vianne warf einen Blick zum Himmel. Durch die grauen Wolken drängten sich Sonnenstrahlen. Sie schimmerten in den Regenpfützen und auf den verschnörkelten, schwarz lackierten Laternen, die die Prachtstraße vor dem Krieg nach Einbruch der Dunkelheit beleuchtet hatten.

Vianne beschloss, nicht an den Krieg, sondern an die Feier am Ostersonntag zu denken. An das Wiedersehen mit ihren Geschwistern. Wie sagte ihre Mutter immer? *Man darf keine Minute des Lebens vergeuden. Erst recht nicht, wenn man etwas Schönes tun kann, etwas, das einem Freude bereitet.*

*

Sie nahmen die Treppe hinunter zur Métro-Station Champs-Élysées, die wie einige andere auch im Jugendstil gestaltet war. Vor dem Krieg hatte Viannes Vater mit ihr einen Ausflug unternommen und ihr diese Bahnhöfe mit ihren elegant geschwungenen Verzierungen und Blumenornamenten gezeigt, die aus Métro-Stationen Kunst machten. Nun reihten sich an den Wänden Plakate, auf denen um Spenden für Kriegsversehrte, Kriegswaisen, Kriegsgefangene und Tuberkulosekranke gebeten wurde.

Viannes Blick fiel auf ein Plakat, auf dem eine attraktive Frau eine Sammelbüchse hochhielt. Überall ging es um den Krieg und seine Folgen. Mit schwerem Herzen dachte sie daran, dass Marguerites Mann in der Schlacht um Verdun gefallen war.

Sie stiegen in die ankommende Bahn, fuhren bis zur Station Hôtel de Ville. Im Waggon sah man nur bedrückte Gesichter und zermürbt wirkende Menschen.

In der Station Hôtel de Ville hatte das Rote Kreuz eine Suppenküche eingerichtet. Es waren überwiegend junge Frauen, die von frühmorgens bis spätabends Essen austeilten. Über einige von ihnen wachten ihre Mütter. Manche strickten währenddessen, andere hielten die Feuer in den Öfen am Brennen. Wie immer standen Kriegsversehrte in einer Warteschlange an, viele von ihnen auf Krücken.

Die drei Frauen stiegen zum Tageslicht hinauf und liefen am imposanten Rathaus der Stadt vorbei in Richtung Marais. Der Bestand an Bäumen in den Straßen und Parks hatte sich gelichtet. Immerzu wurden welche gefällt und zu Brennholz verarbeitet. Man sah noch mehr Kriegsversehrte, die zerschlissene Uniformen trugen und bettelten.

Viannes Mutter steuerte die Église Saint-Gervais an, an deren Messe die Familie sonntags teilnahm.

Die Fenster dieser Kirche waren nicht entfernt worden, anders als in der Kathedrale Notre-Dame, deren wertvolle Buntglasfenster zu Beginn des Kriegs in Sicherheit gebracht worden waren. Statt ihrer waren einfache gelbe Fensterscheiben eingesetzt worden, durch die nur fahles Licht fiel. Doch auch in Notre-Dame würde die Sonne nach dem Krieg wieder durch die bunten Fenster scheinen und die Farben eines Kaleidoskops auf die Marmorfußböden des Kirchenschiffs malen.

Vianne drückte den Arm ihrer Mutter. »Du möchtest ein Dankgebet sprechen, oder? Dafür, dass Anaïs und Jacques bald wieder bei uns sein werden.«

»Und eine Kerze anzünden«, erwiderte ihre Mutter. »Ich möchte dem Herrn sagen, wie glücklich ich bin, und ich bin sicher, dass er mich hören wird.«

Marguerite verabschiedete sich vor der Kirche. Sie würde weiter zu ihrer einsam gewordenen Wohnung an der Place des Vosges laufen.

Vianne und ihre Mutter betraten die Kirche. Vianne blickte zu dem Sterngewölbe hinauf, dann zum Altarraum und zu den mächtigen Säulen an den Seiten des Hauptschiffs. Sie spürte, wie die Gedanken an den Krieg sich auflösten und die friedliche Stille der Kirche sich auf sie zu übertragen begann.

Ihre Mutter steckte eine Münze in die Sammelbüchse am Opferstock, entnahm ihm eine Kerze und zündete sie an einer der zahlreichen brennenden Kerzen an. Dann stellte sie ihr Licht zu den anderen, senkte den Kopf und betete.

Vianne tat es ihr nach, behielt ihre Kerze jedoch einen Moment lang in der Hand, um zuzusehen, wie das Wachs an der Spitze schmolz. Dann steckte sie sie zu den anderen und betete um Schutz für die Menschen, die sie liebte. Es war eine Bitte, die seit vier Jahren eine besonders große Bedeutung hatte.

*

Am Abend zog Vianne sich in die Bibliothek ihres Vaters zurück. Sie liebte diesen Raum, in dem die Bücher an den Wänden bis unter die Decke reichten und an einem nasskalten Frühlingsabend wie diesem im Kamin ein Feuer brannte. Auf dem Tischchen an ihrer Seite stand der Nähkasten, den ihre Mutter ihr geschenkt hatte. Unter anderem enthielt er Stickgarn, in Farben von den zartesten Pastelltönen bis zu kräftigen Rot-, Grün- und Blautönen, von Cremefarben bis Dunkelbraun.

Vianne spannte ein Stück Saum des pfirsichfarbenen Seidenstoffs in ihren Stickrahmen und stellte ihn fest. Außer dem knisternden Feuer war nichts zu hören, sie konnte sich ungestört auf ihre Arbeit konzentrieren.

Mit Kreide malte sie die Blättchen auf, die an den gestickten Rosen noch fehlten. Für die feine Arbeit teilte sie zwei Fäden des vierfädigen Sticktwists ab, suchte eine hauchdünne Nadel heraus und begann mit sicherer Hand zu arbeiten. Dabei versank die Welt ringsum, es gab nur noch die Verzierungen, die sie vor Augen hatte.

Als es an der Tür klopfte, fuhr sie zusammen.

»Maman?« Hastig schraubte Vianne den Stickrahmen auf. Sie hatte ihre Eltern gebeten, nicht in die Bibliothek zu kommen, wenn sie dort an dem Ensemble für ihre Mutter arbeitete. Sie habe sich nämlich eine Überraschung ausgedacht, die man noch nicht sehen dürfe.

»Darf ich reinkommen?«, fragte ihre Mutter.

Vianne faltete den Kaftan zusammen, legte ihn in einen Korb und breitete ein Stück Kattun darüber. »Ja.«

Ihre Mutter kam herein. Sie hatte ihren schweren Haarknoten gelöst und das lange blonde Haar bereits zur Nacht ausgekämmt. »Geh bald zu Bett, *chérie*. Morgen haben wir viel zu tun, und der Tag wird lang werden.«

Vianne hatte sich so sehr in ihre Stickarbeit vertieft und sich immer wieder die Freude ihrer Mutter ausgemalt, dass die Zeit unbemerkt verflogen war.

»Ich weiß, wie leidenschaftlich gern du handarbeitest, aber –«

»Es ist mehr als Leidenschaft«, fiel Vianne ein. Schöne Kleidungsstücke anzufertigen, war ihre Berufung, dessen war sie sich mittlerweile sicher. »Es bedeutet mir alles.«

»Alles?« Ihre Mutter zog die Brauen hoch. »Ist das nicht ein wenig übertrieben?«

Vianne schüttelte den Kopf. »Bei den meisten Frauen kommen schöne Kleider seit Kriegsbeginn an letzter Stelle. Vielleicht ist das nicht gut.«

Ihre Mutter runzelte die Stirn. »Mag sein, aber was bleibt uns anderes übrig?«

»Natürlich sind Lebensmittel und Brennholz wichtiger, das weiß ich selbst. Auch dass wir uns kaum neue Kleidung leisten können und alte Sachen flicken müssen, ist mir klar. Aber müssen wir deshalb gleichgültig oder gar nachlässig werden?«

»Aber das sind wir nicht. Du hast für uns beide todschicke Kostüme genäht.«

»Das genügt nicht. Denk an das, was du immer sagst. ›Um schwere Zeiten durchzustehen, muss man etwas Schönes erschaffen.‹«

Viannes Mutter ließ sich Vianne gegenüber auf dem Sofa nieder und seufzte. »Ich wusste, dass ich diese ach so weisen Worte eines Tages bereuen würde.«

Vianne spürte, wie kribbelnde Aufregung in ihr hochstieg. Schon seit einer Weile hatte sie mit ihrer Mutter über ein Thema sprechen wollen, das ihr auf der Seele brannte, und nun schien endlich der richtige Zeitpunkt gekommen zu sein.

»Trotz oder vielleicht gerade wegen des Kriegs feiert die französische Mode große Erfolge. Kleider der Haute Couture sind die einzigen Luxusgüter, deren Herstellung die Regierung nach wie vor erlaubt. Und warum?«

Ihre Mutter lächelte. »Ich bin sicher, dass du es mir gleich verraten wirst.«

»Es sind zwei Gründe. Zum einen ein wirtschaftlicher, denn unsere Mode ist im Ausland sehr begehrt. Und zum anderen ein psychologischer. Es macht uns nämlich stolz, die internationale Modewelt zu dominieren, und wir möchten nicht, dass sich daran etwas ändert.« Vianne senkte ihre Stimme, damit ihr Vater sie nicht hörte. »Ich möchte in der Modebranche arbeiten, Maman, in einem der großen französischen Häuser, die von Frauen geführt werden. Vielleicht als Modistin. Oder als Schneiderin.«

Ihre Mutter sah sie überrascht an, und für einen Moment schien es ihr die Sprache verschlagen zu haben. Als sie sich wieder gefasst hatte, fragte sie: »Und was glaubst du, was dein Vater dazu sagt?«

Vianne stand auf und setzte sich zu ihr. »Papa ist Geschäftsmann, er wird verstehen, dass ich mein Leben der Mode widmen will. Es ist ein Industriezweig, der überaus einträglich ist.«

»Dein ganzes Leben?«, fragte ihre Mutter. »Obwohl die meisten Frauen in unserer Familie nie für Geld gearbeitet haben? Sicher, du nähst gern, aber warum nicht nur für dich, deine Schwester und mich? Ich könnte deinem Vater erklären, dass wir keine Schneiderin mehr brauchen, aber dass du zur Lohnarbeiterin wirst, wird er nicht tolerieren.«

»Ich habe nicht vor, Lohnarbeiterin zu bleiben«, sagte Vianne. »Obwohl Jeanne Paquin zusammen mit anderen dafür gesorgt hat, dass Modistinnen und Näherinnen endlich besser bezahlt werden.« Sie blickte ihre Mutter eindringlich an. »Ich möchte wie eine unserer berühmten Modeschöpferinnen werden, Maman. Ich würde ganz unten anfangen und lernen, was das Geheimnis ihrer Kleider ausmacht.«

Ihre Mutter strich ihr über das Haar und steckte ihr eine lose Strähne hinter das Ohr. »Also, wenn du dir das wünschst … warum eigentlich nicht? Warum solltest du nicht unabhängig werden und versuchen, auf einem der wenigen Gebiete erfolgreich zu sein, die uns Frauen offenstehen?«

Vianne drückte ihrer Mutter einen Kuss auf die Wange. »Du bist ein Genie, Maman. Genauso werde ich es Papa vortragen. Kein Mann wird einer Frau das Nähen verbieten, auch Papa nicht.«

Ihre Mutter zog sie an sich. »Dann flieg, mein Schatz, und folge deinen Träumen. In meiner Familie haben Handarbeiten die Frauen seit Generationen zusammengebracht, eine hat der anderen gezeigt, wie man etwas Schönes kreiert. Ich mag die Vorstellung, dass unsere Kunst uns künftig vielleicht auch mit der Außenwelt verbindet.«

Vianne schmiegte sich an sie.

*

Früh am Morgen lief Vianne die Rue de Sévigné hinunter. Es war kaum jemand unterwegs, sie konnte ihre Schritte hören. Doch die ersten Sonnenstrahlen waren bereits hervorgekommen und ließen die cremefarbenen Fassaden und schwarzen schmiedeeisernen Balkongitter entlang der Straße aufscheinen.

Die Rue Saint-Antoine war belebter. Frauen radelten an Vianne vorbei oder öffneten Geschäfte, Briefträgerinnen hatten begonnen, die Post auszutragen.

Seit Kriegsbeginn wurde das Geschäftsleben der Stadt von Frauen bestimmt.

An einer Boulangerie standen Frauen um *pain national* an, ein Brot, das statt mit Weizenmehl mit exakt vorgegebenen Mengen an Roggen- und Gerstenmehl gebacken wurde. Die Pariser nahmen es notgedrungen hin, doch Viannes Vater bemerkte gelegentlich, dass der Krieg hoffentlich bald beendet sei, es wieder richtige Baguettes gebe und er auch nicht mehr gezwungen sei, Margarine statt Butter zu essen.

Vianne kam an einem Café vorbei und an einer Reihe Geschäfte, darunter eine Buchhandlung, bevor sie in die Rue de Turenne einbog. Dort lag das »Céline«, das Antiquitätengeschäft ihres Vaters. Durch das Schaufenster sah sie ihn. Er war offenbar noch früher aufgestanden als sie selbst und war nun dabei, eine große Marienstatue ins richtige Licht zu rücken. Sie war aus Terrakotta, der Körper mit Stroh gefüllt, und trug ein uraltes Gewand aus fadenscheiniger Baumwolle. Ihr Porzellankopf war leicht zur Seite geneigt, die Handflächen zeigten nach oben.

Vianne betrat das noble Geschäft. Ihr Vater wandte sich von der Statue ab, lächelte Vianne an und küsste sie auf beide Wangen.

Genau wie Jacques und Vianne hatte er blondes Haar und blaue Augen. Allerdings war sein Schopf in den Kriegsjahren leicht ergraut und immer mehr zurückgewichen. Doch Vianne fand, dass es seinem guten Aussehen keinerlei Abbruch tat.

»Was führt dich hierher, *ma mignonne?*«

Vianne streifte ihre Handschuhe ab. »Ich möchte mit dir reden.«

»Aha. Dann komm, setzen wir uns.«

Sie schlängelten sich an antiken Möbelstücken vorbei, einer Marmorbüste der Venus, vergoldeten Rokoko-Stühlen, einer Vitrine voller kostbarer Parfumflakons und an einem mit reichen Schnitzereien verzierten und mit Blattgold belegten Tisch, an dem sie sich niederließen. Über ihnen hing ein Lüster mit dem üppigen Kristallbehang, der in der Belle Époque Mode gewesen war.

Vianne ließ ihren Blick über die zahlreichen Gemälde an den Wänden gleiten. Bei den meisten schien es sich um italienische Landschaftsmalerei zu handeln. Sie raffte all ihren Mut zusammen und begann.

»Ich habe zur Geburtstagsfeier von Jacques und Anaïs für Maman ein zweiteiliges Kleid genäht.«

»Soso, meine Kleine.«

Vianne hoffte, dass ihr Vater sie nun loben und sagen würde, wie wunderbar es sei, dass sie dieses Ereignis auf ihre Weise würdigen wolle. Doch es kam nichts.

Mit einem Mal pochte ihr Herz so heftig, dass sie eine Hand auf ihre Brust legte, um es zu beruhigen. »Wenn du das Ensemble siehst, wirst du feststellen, wie viel ich inzwischen gelernt habe.« Es war wichtig, dass er das verstand. »Ich bin nicht mehr die kleine Vianne und habe, was mein Leben betrifft, sehr genaue Vorstellungen.«

Ihr Vater wirkte erstaunt.

»Ich will nicht lange darum herumreden, Papa, ich möchte arbeiten gehen. Bei einem unserer großen Couturiers. Was hältst du davon?«

Ihr Vater griff nach einer kleinen gläsernen Vase und vertiefte sich stirnrunzelnd in ihren Anblick.

»Davon träume ich seit Langem.« Viannes Stimme hatte angefangen zu zittern. Sie machte eine Pause, räusperte sich. »Ich würde als Modistin oder Näherin anfangen. Ich möchte elegante Kleider und Hüte anfertigen, sie vielleicht eines Tages sogar selbst entwerfen. Es wäre eine Möglichkeit, in einer der erfolgreichsten französischen Branchen tätig zu sein.«

Ihr Vater stellte die Vase ab, spitzte die Lippen und schwieg.

Vianne versuchte es erneut. »Der Umsatz der französischen Modeindustrie geht in die Millionen. Sogar jetzt, während des Kriegs. Nur zu Kriegsbeginn hatten die namhaften Häuser ihr Geschäft geschlossen, wenige Monate später waren sie wieder offen.«

»Vianne, es –«

Vianne ließ ihren Vater nicht ausreden. »Es sind vor allem die Modeschöpferinnen, die ich bewundere. Die Frauen, denen es gelungen ist, eine führende Rolle zu übernehmen. Jeanne Paquin, Jeanne Lanvin, Jeanne Adèle Bernard und Coco Chanel. Zahllose französische Frauen sehnen sich nach ihren Kleidern. Auch im Ausland dominieren sie die Modewelt.«

Ihr Vater schüttelte den Kopf. »Aber du bist nicht wie diese Frauen, *ma chérie*.«

»Das weißt du nicht«, erwiderte Vianne. »Diese Frauen, ich – auch du –, wir alle möchten von schönen Dingen umgeben sein. Möchten anderen Menschen Schönes bieten, etwas, das sie lieben und bewundern können – das sie in schweren Zeiten aufmuntert.«

»Vianne.« Ihr Vater seufzte. »Du bist behütet aufgewachsen, in einer liebevollen Familie. Wie willst du in der Welt kleiner Näherinnen und Modistinnen bestehen können? Diese Frauen kommen aus anderen Verhältnissen, sie sind ganz anders als du. Erst vor einem Jahr haben sie gestreikt, das muss man sich mal vorstellen. Sie sind von der Place Vendôme die Rue Saint-Honoré hinuntermarschiert, haben lautstark Lohnerhöhungen und freie Tage gefordert.« Er hob die Hände und ließ sie wieder fallen. »Abgesehen davon, dass du zu diesen Frauen nicht passt, würdest du ihre Arbeitsbedingungen gar nicht ertragen.« Er lehnte sich zurück, schüttelte erneut den Kopf. »Wahrscheinlich malst du dir diese Welt in den rosigsten Farben aus und vergisst, dass du dann ein Teil der Arbeiterklasse wärst. Armut ist nichts Romantisches, Vianne. Außerdem würdest du für jeden Ehekandidaten aus unseren Kreisen inakzeptabel werden.«

Vianne zwang sich, seinem Blick standzuhalten. »Und was wäre, wenn ich erfolgreich würde?«

»Als Arbeiterin?« Viannes Vater lachte. »Ich sehe sie noch vor mir, diese armen Mädchen, die durch die Straßen eines unserer besten Viertel gezogen sind. Die Leute, die sie gesehen haben, waren entweder verärgert oder amüsiert. Die Haute Couture konzentriert sich auf eine kleine, äußerst wohlhabende Gruppe Kundinnen. Eine Näherin oder Hutmacherin spielt für sie keine Rolle. Natürlich gefallen dir die Kreationen, die du in Modejournalen siehst, aber mit dem armseligen Leben einer Arbeiterin haben diese Kleider nichts zu tun.« Viannes Vater stand auf. »Und nun lass uns dieses Thema begraben.« Er umrundete den Tisch, um Vianne über den Kopf zu streichen. »Deine Geschwister sind auf dem Weg zu uns. Warum gehst du nicht nach Hause und hilfst deiner Mutter bei den Vorbereitungen?« Er legte einen Finger unter Viannes Kinn und hob ihren Kopf. »Du bist ein bildhübsches Mädchen, etwas Besseres kann eine Frau sich doch gar nicht wünschen. Darüber hinaus hast du es nicht nötig, das entbehrungsreiche Dasein einer Arbeiterin zu fristen. Warte, bis der Krieg zu Ende ist und die jungen Männer, die ihn überlebt haben, zurückkehren. Ich bin sicher, dass es unter ihnen einige geben wird, die zu uns passen und dir das Leben bieten können, das du verdienst. Mit einem wundervollen Heim, Kindern und Liebe. Setz dir nicht so enge Grenzen, *mon bébé*. Glücklicherweise bist du nicht gezwungen, dir dein Brot selbst zu verdienen.«

Ich bin kein Baby mehr, hätte Vianne am liebsten gesagt. Und vielleicht möchte ich eines Tages einen Ehemann und Kinder, jetzt jedenfalls noch nicht. Jetzt möchte ich aus phantastischen Stoffen aufsehenerregende Kleider schneidern und lernen, wie man Hüte macht. Ich möchte nicht der Zierrat eines Mannes sein, sondern meine Ideen verwirklichen, mich selbst verwirklichen. Jede andere Zukunft erscheint mir öde und grau.

Das Elend und die Zerstörungen des Kriegs hatten noch dazu beigetragen, diese Wünsche zu festigen. Man musste sein Leben in die Hand nehmen und etwas Gutes daraus machen, schließlich konnte es einem jederzeit geraubt werden.

Ihr Vater betrachtete sie lächelnd. »Du bist wie deine Mutter. Eine Träumerin. Gut, dass ich euch davor bewahre, euch in euren Träumen zu verlieren.«

Vianne seufzte leise. In Wahrheit war das Gegenteil der Fall: Ihre Mutter stand mit beiden Beinen im Leben, und ihr Vater war derjenige, der sich in seinen Träumereien verlor.

Zudem konnte er sehr stur sein, deshalb beschloss Vianne, das Thema nicht weiter zu verfolgen. Es würde nichts bringen.

»Ich habe eine Idee für das Kleid, das ich Maman nähe. Dafür würde ich mir gerne eines deiner Schmuckstücke leihen.« Sie schenkte ihm das Lächeln, das sie von ihrer Mutter geerbt hatte und dem er nicht widerstehen konnte. In dieses Lächeln hatte er sich verliebt, als Viannes Mutter, damals noch eine junge Frau, aus der Provence nach Paris gekommen war und den introvertierten, feingeistigen Antiquitätenhändler mit ihrer offenen, unbeschwerten Art verzaubert hatte.

Vianne dachte an die Liebe, die ihre Eltern verband. Eine solche Liebe wünschte sie sich auch, sie verstand nur nicht, weshalb sie dafür ihre beruflichen Träume aufgeben sollte.

»Welches Schmuckstück denn?«, fragte ihr Vater.

»Ich zeige es dir.« Vianne trat an den uralten Sekretär, der zu den unverkäuflichen Lieblingsstücken ihres Vaters gehörte, und öffnete das Geheimfach. Sie entnahm einen kleinen Schlüssel und schloss damit die Schmuckvitrine auf. Vorsichtig hob sie eine silberne, mit Diamanten besetzte Filigranbrosche heraus und ließ sie im Licht des Kristalllüsters funkeln.

»Das Kleid besteht aus zwei Teilen, einem schmalen seidenen Unterkleid und einem Kaftan, den ich fast fertig bestickt habe. Für ihn brauche ich noch eine Schließe.« Vianne sah ihren Vater bittend an. »Darf ich mir dafür diese Brosche ausleihen?« Sie bewegte die Kostbarkeit im Licht hin und her, um sie noch stärker glitzern zu lassen. »Sie ist so schön. Genau wie Maman. Ich möchte, dass sie auf der Geburtstagsfeier in ihrem ganzen Glanz erstrahlt. Möchtest du das nicht auch?«

Viannes Vater nickte, die Idee schien ihm zu gefallen. Vielleicht stellte er sich vor, wie gut die Brosche seiner eleganten Frau stehen würde. »Gut, nimm sie mit.« Er streifte Viannes Wange mit den Lippen. »Es wird eine ganz besondere Feier werden. Dem Himmel sei Dank, dass wir in diesem schrecklichen Krieg niemanden aus unserer Familie verloren haben.«

KAPITEL 2

Vianne
Paris, März 1918

Vianne wurde von dem Sonnenlicht geweckt, das durch die Ritzen der Rollläden in ihr Zimmer drang. Über ihr schwebte der luftige Baldachin ihres Himmelbetts, das ihr Vater aus dem Nachlass einer Adelsfamilie erworben hatte. Gähnend streckte und reckte sie sich, dann setzte sie sich langsam auf.

Einen Moment lauschte sie der Stille draußen, wartete auf den Alarm einer Sirene, auf einschlagende Granaten und die Schreie panischer Menschen. Doch alles blieb ruhig. Dann läuteten die Kirchenglocken, und Vianne fiel ein, dass Karfreitag war. Die Ruhe hatte mit dem Feiertag nichts zu tun, seit Tagen hatte man in Paris keinen Kriegslärm mehr gehört. Dennoch hatten die Pariser nicht gewagt, auf das Ende der Kampfhandlungen zu hoffen. Allerdings kursierte das Gerücht, der Vorstoß der Deutschen in Richtung Paris sei ins Stocken geraten. Vianne glaubte nicht daran. In den Zeitungen hatte gestanden, die Deutschen rückten weiter vor und versuchten zudem, die Kommunikationswege der Alliierten zu kappen, insbesondere zwischen den amerikanischen Expeditionsstreitkräften und den französischen Kampfeinheiten. Auch von einem deutschen Luftangriff auf den Eiffelturm, der den Franzosen als Abhörzentrale für deutsche Funksprüche diente, war die Rede gewesen.

Vianne überlegte, was klüger wäre: die neuesten Nachrichten gar nicht erst zu lesen oder informiert zu bleiben und sich fortwährend um Frankreich und das Leben ihrer Familie zu sorgen. Es gab Tage, an denen die Nachrichten so niederschmetternd waren, dass sie sich nicht mehr vorstellen konnte, irgendwann wieder zurückzukehren zu dem unbeschwerten Leben, das sie vor dem Krieg geführt hatte. Dennoch war ihr bewusst, wie glücklich ihre Familie sich schätzen konnte, dass sie überhaupt noch lebten.

Als die Kirchenglocken verstummten, stand sie auf und streifte ihren Morgenmantel über. Und dann hörte sie es – nicht den Lärm von Alarmsirenen, den sie immerzu fürchtete, sondern fröhliche Stimmen und Gelächter. Auf diesen wunderbaren Klang hatte sie lange gehofft, denn er konnte nur eines bedeuten: Ihre Geschwister waren hier!

Mit freudig klopfendem Herzen verließ sie ihr Zimmer, lief die Treppe hinunter und öffnete die Tür des Esszimmers. Sie sah ihren Vater am Kopfende des gedeckten Tisches sitzen, gelbe Narzissen leuchteten in den großen Blumenvasen, und zu beiden Seiten ihrer lächelnden Mutter saßen sie – Jacques und Anaïs.

»Vianne, *ma puce*!« Anaïs sprang auf und breitete die Arme aus.

Vianne ließ sich in die Umarmung sinken, ihre Wange an die blütenweiße Schwesterntracht gepresst, und schloss glücklich die Augen.

Nach einem langen Augenblick trat sie einen Schritt zurück und betrachtete ihre Schwester. Anaïs hatte ihr langes blondes Haar zu einem Nackenknoten geschlungen und wirkte so schön und elegant wie eh und je. Vor dem Krieg hatten zahlreiche junge Männer sie umworben, die inzwischen alle gegen die Deutschen kämpften oder bei Gefechten im Norden oder Osten Frankreichs ums Leben gekommen waren. Doch diese traurigen Gedanken verdrängte Vianne schnell.

Und dann lag sie in Jacques' Armen, der ebenfalls seine Uniform trug und viel zu dünn war. Sie blickte in seine Augen, ebenso blau wie die ihren, und erkannte darin einen Ausdruck, der dort früher nicht gewesen war.

»War es sehr schlimm?«, flüsterte sie ihm ins Ohr und spürte, wie ihn ein Schauder durchlief. Doch dann schüttelte er den Kopf, nahm wieder am Frühstückstisch Platz und steckte sich eine Zigarette an.

Vianne wünschte, sie hätte nichts gesagt, und befahl sich, ihre Ängste und Sorgen an diesem Wochenende für sich zu behalten. Nichts durfte den Besuch ihrer Geschwister trüben.

Anaïs sprach jedoch ganz offen über den Krieg, erzählte Geschichten, die sie auf ihren Postkarten nach Hause nicht hatte unterbringen können. Auch Jacques hatte sich auf seinen Postkarten stets kurzgefasst, hatte nur Grüße geschickt und seine Familie ermuntert, zuversichtlich zu bleiben. Nun berichtete Viannes Schwester, was die verwundeten Soldaten, die sie im Lazarett von Ypern versorgte, von den Schlachtfeldern erzählten, dass sie häufig in ihren letzten Stunden bei ihnen gesessen hatte. Ein ums andere Mal betonte sie, wie sehr sie den Krieg hasse.

Anaïs' Schilderungen verstörten Vianne, dennoch verspürte sie einen Anflug von Neid. Ihre Schwester tat wenigstens etwas, stand Männern bei, die ihr Leben im Kampf gegen das feindliche Deutschland aufs Spiel setzten. Sie beschloss, ihren Vater so bald wie möglich davon zu überzeugen, dass auch sie weder zu fein noch zu zart war, um zu arbeiten, auch wenn ihre Arbeit weniger heldenhaft sein würde als die ihrer Schwester.

Anders als Anaïs war Jacques auffallend schweigsam und rauchte eine Zigarette nach der anderen. Sie alle bemerkten, dass seine Hände zitterten und sich auf seiner Oberlippe Schweiß bildete. Dann und wann streckte ihre Mutter eine Hand aus, streichelte ihren Sohn oder drückte die Hand, die keine Zigarette hielt. Er lächelte sie dankbar an, doch es wirkte gezwungen.

*

An diesem Vormittag lachte Vianne so laut und glücklich wie seit Langem nicht mehr. Durch den Krieg hatte sie gelernt, dass es keine größere Freude gab, als mit den Menschen zusammen zu sein, die man liebte.

Sie, ihre Mutter und Anaïs schlenderten am Ufer der Seine entlang, die in der Frühlingssonne glitzerte. Sie hatten sich untergehakt und waren so offenkundig guter Laune, dass sie die Blicke der Passanten auf sich zogen. Viannes Mutter schilderte Anaïs, wie ihr Vater jeden Morgen, wenn sie ihm dunkles Brot und Margarine vorsetzte, die Brauen zusammenzog und schmollte und wie sehr eine Frau im La Violette die geplante Geburtstagsfeier missbilligt hatte.

»Dieser Krieg ist für uns alle eine Katastrophe«, sagte sie. »Trotzdem dürfen wir ihm nicht erlauben, dass er unsere Hoffnungen und Träume zerstört.«

Anaïs schien sich diese Worte durch den Kopf gehen zu lassen. Schon als kleines Mädchen war sie mitunter sehr nachdenklich gewesen. Wenn ihre Mutter abends vor dem Einschlafen in ihr gemeinsames Zimmer kam und ihnen noch ein Märchen vorlas, hatte Anaïs sie beobachtet, als wartete sie auf den Moment, da der Blick ihrer Mutter ernst wurde und sie einen tiefsinnigen Zug an sich offenbarte, der nicht zu ihrer gewohnten Leichtigkeit passte. Anaïs schien wie gebannt von diesem Moment, in dem sie erahnen konnten, dass sich hinter der immer fröhlichen Maman eine Frau mit ihren eigenen komplexen Gedanken und Gefühlen verbarg.

»Vianne hat wundervoll nähen gelernt«, fuhr ihre Mutter jetzt fort. »Im Handumdrehen fertigt sie die fabelhaftesten Kleidungsstücke an.«

Anaïs sah Vianne interessiert an, und Vianne errötete vor Stolz.

»Für die Geburtstagsfeier am Sonntag habe ich eine Überraschung vorbereitet«, sagte Vianne. »Für Maman. Dann kann jeder entscheiden, ob ich talentiert bin oder nicht.«

Eine Gruppe Soldaten auf Heimaturlaub kam ihnen entgegen. Einer von ihnen zwinkerte Anaïs zu. Vielleicht hatte sie ihm ein Lächeln geschenkt.

»Warum gibst du mir nicht einen klitzekleinen Hinweis, wie diese Überraschung aussieht?«, bat Anaïs.

Vianne schüttelte den Kopf. »Alle müssen bis Sonntag warten.« Sie drehte sich zu ihrer Mutter um. »Wie viele Leute hast du eingeladen?«

Ihre Mutter zuckte mit den Schultern. »Zwanzig oder so.« Sie seufzte schwer. »Nur unsere engsten Freunde. Oder vielmehr die, die geblieben sind.«

»Ich hoffe, ich werde meine Freunde und Freundinnen gleich in der Kirche sehen«, sagte Anaïs und befingerte den Anhänger an ihrer Kette, ein Medaillon, das ihr Vater ihr geschenkt hatte. Innen war ein winziges Foto ihrer Mutter.

Sie verließen das Seine-Ufer und überquerten die große, kopfsteingepflasterte Place Saint-Gervais zu der Kirche, vor der sich bereits eine große Schar Gläubige zur Karfreitagsandacht versammelt hatte.

Vianne ließ ihren Blick über die ehrwürdige Fassade der Kirche wandern, spürte ihre Mutter und ihre Schwester an ihrer Seite und fühlte sich geborgen. Niemand konnte vorhersagen, wie das Leben nach dem Krieg aussehen würde, man konnte nicht einmal das Geschehen der nächsten Tage und Wochen vorhersagen, doch das massive Steingebäude vor ihnen erschien ihr wie ein Sinnbild der Hoffnung und Stabilität.

Mit einem Mal kam ein frischer Wind auf, und Vianne zog ihre Kostümjacke enger um sich. Anaïs bahnte sich einen Weg durch die Menge zu einer ihrer Freundinnen, ihre Mutter folgte Anaïs und begrüßte ihrerseits Freunde und Bekannte.

Der nächste Windstoß war noch kräftiger und scheuchte einige Tauben auf. Sie flatterten in die Höhe und hatten sich kurz darauf im grau verfärbten Himmel verloren.

Vianne fröstelte. Ihr Kostüm war viel zu dünn, um in der kalten Kirche an der langen Andacht teilzunehmen. Sie stellte sich die warme Wohnung zu Hause vor und dachte daran, dass sie an das Kleid ihrer Mutter noch letzte Hand anlegen musste. Auch die Brosche aus der Schmuckvitrine ihres Vaters musste sie noch annähen. Und bei den Vorbereitungen für Sonntag würde sie auch helfen müssen. Seit Kriegsbeginn hatten sie nur noch eine Bedienstete, und für sie allein gab es viel zu viel Arbeit zu erledigen. Seit die Männer an der Front kämpften, hatten Frauen ihre Arbeitsplätze übernommen, auch diejenigen, die sich zuvor als Dienstmädchen verdingt hatten.

Vianne drängte sich an den Kirchgängern vorbei, an Frauen, alten Männern und Kindern, bis sie bei ihrer Mutter war. Sie tippte ihr zaghaft auf die Schulter. Ihre Mutter drehte sich um, und Vianne flüsterte, dass sie nach Hause gehen werde. Sie müsse noch etwas für die Überraschung erledigen. Falls es ihre Zeit erlaube, werde sie ihren Vater unterhalten, der nur selten in die Kirche ging und kontemplative Momente zu Hause vorzog.

Außerdem wollte Vianne Zeit mit ihrem Bruder verbringen und ein bisschen mit ihm reden. Zwar hatten sie alle getan, als wäre nichts und als sei Jacques noch immer der Alte, doch das stimmte einfach nicht. Irgendetwas war bei seinen Kampfeinsätzen mit ihm geschehen.

Ihre Mutter nickte, tätschelte Viannes Arm und erklärte, es sei nicht schlimm, wenn sie die Andacht versäume, am Ostersonntag würden sie dann alle gemeinsam zur Messe gehen.

Vianne lächelte dankbar und drückte ihrer Mutter einen Kuss auf die Wange. Dann sah sie ihr nach, wie sie, flankiert von ihren Freundinnen, Anaïs in die Kirche folgte.

Vianne schlug den Rückweg ein. Ein Mann mit bleichem Gesicht und eingefallenen Wangen kam ihr entgegen. Als er zu husten begann, trat Vianne zur Seite. Auch Tuberkulose zählte zu den Unglücken, die die Menschen in diesen Zeiten befallen konnten.

*

Auf dem Quai de l'Hôtel de Ville blieb Vianne noch einmal stehen und sah den vorübergleitenden Kähnen auf der Seine zu, bis es ihr wirklich zu kalt wurde und sie sich befahl, auf geradem Weg nach Hause zu gehen.

Sie hatte sich kaum umgewandt, als sie eine Explosion hörte, so nah und ohrenbetäubend laut, dass die Fensterscheiben der Häuser am Quai klirrten und der Boden bebte.

Vianne selbst kam es vor, als würde ihr ganzer Körper vibrieren. Sie tastete nach dem Schutzgeländer am Ufer und krümmte sich vor Angst und Übelkeit. Dann wurde ihr so schwindlig, dass ihr das Wasser der Seine entgegenzukommen schien.

Wie lange es dauerte, bis das Donnern und Krachen leiser wurde und schließlich nur noch als Nachhall in ihren Ohren vibrierte, vermochte Vianne nicht zu sagen. Sie blickte auf den Fluss hinunter, der wieder ruhig vorbeiströmte, und ihr war, als sähe sie im Wasser das Gesicht ihrer Mutter.

Vianne richtete sich auf, registrierte die seltsame Stille, die sich ausgebreitet hatte, und griff automatisch nach der Kette um ihren Hals, die ihre Mutter ihr zum vierzehnten Geburtstag geschenkt hatte – in dem Jahr, als der Krieg begann, von dem ihre Mutter ihr wieder und wieder versichert hatte, sie würden ihn überleben. Die ganze Familie. Sie seien unverwüstlich. Sie selbst werde dafür sorgen, dass keinem von ihnen Unheil widerfahre.

Und dann brach plötzlich ein furchtbarer Lärm aus. Rettungswagen rasten mit heulenden Sirenen über den Quai, schreiende Menschen kamen von der Kirche Saint-Gervais her angerannt, unter ihnen mehrere Frauen, die beim Laufen ihre Kinder an die Brust pressten. Ein weinendes Kleinkind, das von seiner Mutter mitgezerrt wurde, sah Vianne mit angstgeweitetem Blick an.

Wie gelähmt verfolgte Vianne das Geschehen. Schließlich gelang es ihr, sich aus der Erstarrung zu lösen. Sie spürte ihr hämmerndes Herz und schluckte, um ihren Gaumen zu befeuchten, der vor Angst trocken geworden war.

Sie musste zur Kirche, musste sich vergewissern, dass ihrer Mutter und ihrer Schwester nichts passiert war.

Ein kalter Schauder überlief sie, als sie an das Gesicht ihrer Mutter dachte, das sie im Wasser der Seine zu sehen geglaubt hatte. Nur für einen Moment war es da gewesen und hatte sich dann wieder aufgelöst. Die Vision musste von ihrer Panik hervorgerufen worden sein, eine Folge der Angst, die mit jedem Beschuss einherging.

Sie rannte los, bog in die Rue de Brosse ein, die zur Kirche führte. Ein Polizist winkte sie ungeduldig zur Seite, um den Rettungswagen Platz zu machen, die in halsbrecherischem Tempo durch die Straßen rasten.

Vianne hastete weiter. Mit ihr liefen einige Menschen auf die Kirche zu, andere kamen von dort. Vianne schnappte einen Gesprächsfetzen auf – es hieß, das Dach sei getroffen worden. Sie erreichte die Place Saint-Gervais und erkannte, dass das Dach der Kirche fortgerissen worden war. Es hingen nur noch ein paar faserige Holzbretter von den Mauerresten, der ganze Fußboden war von schweren Gesteinsbrocken bedeckt.

Noch während Vianne auf die Ruine starrte, gab eine der Mauern nach und fiel in sich zusammen. Wieder schrien Menschen, und Vianne musste sich übergeben.

Eine Frau trat zu ihr, um zu sehen, ob sie Hilfe brauchte. »Meine Mutter«, flüsterte Vianne und begann, an ihrer Kostümjacke zu reißen. Ihr war plötzlich furchtbar heiß. »Meine Mutter und meine Schwester sind in der Kirche. Ich muss zu ihnen.«

Dann war die Frau verschwunden, und Polizisten bauten sich vor den Menschen auf, die in die Kirche drängen wollten, um nach ihren Angehörigen zu suchen.

Vianne schaffte es nicht, sich von der Stelle zu rühren. Selbst als die Menge von den Polizisten zurückgetrieben wurde, vermochte sie nicht, sich zu bewegen. Mit halbem Ohr hörte sie die Polizisten sagen, dass der vordere Teil des Dachgewölbes zusammengebrochen sei und die Teilnehmer der Andacht, die darunter gesessen hatten, unter dem herabstürzenden Gestein begraben worden seien.

Schließlich packte eine Hand Vianne am Arm und zog sie zurück zu den anderen, die darauf warteten, etwas über das Schicksal ihrer Angehörigen oder Freunde zu erfahren. Irgendwann erklärte die Polizei, es sei zwecklos, auf weitere Überlebende zu hoffen, und Vianne machte sich schweren Schrittes auf den Heimweg.

*

Am Abend zog Viannes Vater sich früh zurück. Vianne hatte ihm weinend berichtet, was geschehen war, danach hatte er kaum ein Wort gesprochen.

Nach einer Weile folgte Vianne ihm, blieb jedoch vor der Tür des Schlafzimmers stehen und starrte auf den dünnen Lichtstreifen, der unter der Tür durchschien. Dann stieg sie die Treppe hinauf zu ihrem Zimmer.

Am späten Nachmittag war Marguerite vorbeigekommen, in den Augen ein Ausdruck sprachlosen Entsetzens. Sie hatte vergeblich versucht, Vianne, Jacques und ihren Vater zum Essen zu bewegen. Dann hatte sie Telegramme an die Verwandten von Viannes Mutter in der Provence gesandt. Es waren nicht mehr viele übrig. Einige waren im Krieg gefallen, andere, wie Viannes Großeltern, bereits vor über zehn Jahren gestorben.

Um ein Uhr morgens war Vianne immer noch wach. Sie kroch aus ihrem Bett und trat in den Flur. Im Schlafzimmer ihrer Eltern war es nun dunkel. Vor der Tür ließ sie sich auf den Boden sinken, vergrub ihr Gesicht in den Händen und spürte einen Seelenschmerz, wie sie ihn nie zuvor erlebt hatte. Sie sehnte sich nach ihrer Mutter, die zum Sterben viel zu jung gewesen war, und nach ihrer Schwester, die nun nicht mehr zusammen mit ihr älter werden würde. Die nie heiraten und Kinder bekommen, die nicht einmal mehr für ihren Einsatz an den Schlachtfeldern ausgezeichnet werden würde.

Schließlich raffte Vianne sich auf und ging in den Salon, wo sie auf ihren Bruder stieß. Auch er hatte am Nachmittag nur wenig gesagt. Nun saß er mit gesenktem Kopf auf dem dunkelgrünen Sofa, die Hände hingen zwischen seinen Knien herab. Er wirkte wie versteinert.

Alles würde sie künftig an ihre Mutter erinnern, dachte Vianne: die Kissen mit den Naturmotiven, die ihre Mutter genäht hatte, die Vasen, in denen sie Blumen arrangiert hatte – darunter eine, in die sie erst am Morgen frische weiße Freesien gestellt hatte –, das silberne Kaffeeservice, mit dem sie am Sonntag für die Geburtstagsfeier gedeckt hätte.

Vianne ließ sich in einen Sessel fallen. Jacques reagierte nicht. Sie ahnte, dass ihr Bruder besonders unter dem Tod seiner Zwillingsschwester litt. Anaïs, ganze zehn Minuten älter als er, war stets die Stärkere und in ihrer Kindheit bei allem, was sie taten, die Anführerin gewesen.

Sie und Maman hatten die Familie zusammengehalten, und Vianne fragte sich, wie sie ohne die beiden leben sollten. Sie wusste, dass sie niemals in der Lage sein würde, die Leere, die sie hinterlassen hatten, zu füllen. Doch sie schwor sich in diesem Moment, dass sie ihr Bestes tun würde, sich um ihren Vater und ihren Bruder zu kümmern.

KAPITEL 3

Vianne
Paris, November 1918

Vianne setzte ihre Ellbogen ein, um sich einen Weg durch die jubelnde Menschenmenge zu bahnen, die die Straßen im Marais verstopfte. Sie musste einen Arzt finden, dessen Praxis noch geöffnet war und der in diesem Freudentaumel, der ganz Paris erfasst hatte, bereit war, mit ihr in die Rue de Sévigné zu kommen.

Viannes Vater war am Tod seiner Frau und seiner Tochter zerbrochen. Mit jedem Tag hatte sich sein Zustand verschlechtert, an diesem Morgen war er nicht mehr in der Lage gewesen aufzustehen.

Irgendwo spielte eine Blaskapelle, und immer wieder stimmten kleine Gruppen die Marseillaise an. Auch einige Soldaten waren zu sehen. Wahllos griffen sie nach jungen Frauen und küssten sie. Eine Kanone der Deutschen, auf der rittlings ein kleiner Junge saß, wurde durch die Straßen gezogen, und die Menge johlte. An einigen Gebäuden hingen große Banner in den französischen Nationalfarben Blau-Weiß-Rot, mit der Aufschrift »L'armistice est signé!« oder »La guerre est finie! Vive la France!«. Auf den Balkonen beugten sich Leute über die Brüstung und schwenkten französische Fahnen, einige auch amerikanische und englische.

In Viannes Familie wurde weder gefeiert noch blickten sie freudig in die Zukunft. Am Morgen hatte ihr Vater in dem Ehebett, wo er nun allein schlief, noch elender ausgesehen als an den Tagen zuvor.

Seit dem Tod von Frau und Tochter hatte er sein Antiquitätengeschäft nicht mehr betreten. Auch die Bitte einer seiner ältesten Kundinnen, ihre Antiquitäten zu schätzen und ihr bei deren Verkauf behilflich zu sein, hatte er ignoriert, sich nicht einmal für den erheblichen Gewinn, der damit verbunden gewesen wäre, interessiert. Vianne nahm an, dass er seine Arbeit als eine unwillkommene Ablenkung von seiner Trauer ansah; sie hätte eine Rückkehr ins Leben bedeutet, an der ihm nichts mehr lag. Ihr Vater hatte seinen Lebensmut verloren, war nicht länger gewillt, »schwere Zeiten durchzustehen«, schon gar nicht, indem er »etwas Schönes schuf«, wie seine Frau ihm geraten hätte.

Vianne näherte sich der Kirchenruine, wo ihre Mutter und Anaïs umgekommen waren, und ihre Kehle schnürte sich zu. Sie wandte den Blick ab und berührte die schwarze Armbinde, die sie als Zeichen ihrer Trauer trug. Tagelang war in den Zeitungen von dem Bombenangriff am Karfreitag berichtet worden. Beinah neunzig Kirchenbesucher hatten dabei ihr Leben verloren, auch Freunde ihrer Mutter und ihrer Schwester waren darunter gewesen.

Mittlerweile wusste man zudem, dass die Kirche Saint-Gervais von einem jener Paris-Geschütze beschossen worden war, von denen man zuvor gemunkelt hatte. Aber es war nicht bloß ein Gerücht gewesen, dass diese unweit von Paris gestanden hatten, die Frage war nur, warum sie nicht unschädlich gemacht worden waren. Wie hatten die Deutschen sie unbemerkt in Stellung bringen können? Die Kanone saß auf einer großen Drehscheibe und war außerordentlich lang, man konnte sie auch getarnt kaum übersehen. Ihre

Geschosse – hundertzwanzig Kilogramm schwere Artillerie-Granaten – hatten eine Reichweite von hundertdreißig Kilometern, waren jedoch ungenau und galten somit militärisch als ineffektiv. All das hatte Vianne inzwischen aus der Zeitung erfahren. Doch eines dieser ungenauen Geschosse hatte die Kirche Saint-Gervais getroffen und zwei Menschen getötet, die Vianne über alles geliebt hatte.

Wieder musste sie sich durch eine singende Menschentraube kämpfen. Einen Moment lang tat ihr der Anblick der glücklichen Gesichter gut, dann meldete sich ihre Trauer schmerzhaft zurück.

Sie hoffte sehr, sie würde den Hausarzt antreffen, zu dem ihre Familie ging, seit Vianne denken konnte. Es gab wenige Alternativen, und ganz gewiss würde kein Krankenwagen es durch die verstopften Straßen schaffen, um ihren Vater in ein Krankenhaus zu bringen. Wahrscheinlich würde ihr Vater nicht einmal als Notfall angesehen, dazu gab es zu viele Kriegsversehrte, die darauf warteten, behandelt zu werden.

Es fiel Vianne schwer, sich vorzustellen, dass die Kampfhandlungen an der Front seit diesem Morgen tatsächlich beendet waren. Nach vier schrecklichen Jahren würden die Soldaten nun nach Hause kommen, abgesehen von den rund neun Millionen, die im Krieg gefallen waren. Sie erinnerte sich an das, was sie am Vortag in der Zeitung gelesen hatte: Der deutsche Kaiser hatte abgedankt, die militärische Lage war seit dem Einsatz amerikanischer Truppen für die Deutschen zunehmend aussichtslos geworden, und die neue Reichsregierung Deutschlands war von ihrer Obersten Heeresleitung aufgefordert worden, einen Waffenstillstand auszuhandeln.

Vor Vianne tauchte ein kleiner Zeitungsjunge auf, der ihr mit einem frisch gedruckten Exemplar von *Le Figaro* vor der Nase herumwedelte. Sie schüttelte den Kopf und dachte, wie viel Glück er gehabt hatte, für den Kriegsdienst zu jung gewesen zu sein. Aber galt das auch für den Rest seiner Familie? Hatte er Bruder, Vater oder Onkel verloren? Oder gar, wie sie, Mutter und Schwester? Inzwischen mutmaßte man in der Stadt, dass die eigentümliche Stille, über die man sich vor jenem Karfreitag gewundert hatte, dadurch entstanden war, dass die Läufe der langen Kanonenrohre der Paris-Geschütze, die sich nach einer Weile durch die abgefeuerten Granaten abnutzten, in den ruhigen Tagen ausgetauscht worden waren. Während Vianne an dem Kleid für ihre Mutter genäht hatte, waren die Deutschen damit beschäftigt, ihren Tod vorzubereiten.

Schließlich erreichte sie die Rue de Lobau, wo die Praxis ihres Hausarztes lag. Sie war geschlossen. Verzweifelt klopfte Vianne an die Tür und betete, dass es nicht schon zu spät war. Sie sah das leichenblasse Gesicht ihres Vaters vor sich, des Mannes, der zwar manchmal etwas verträumt, aber stets wie ein Fels in der Brandung gewesen war. Doch seit dem Tod seiner Frau und seiner Tochter wirkte er wie ein vertrocknetes Blatt an einem Baum. Ein Windstoß würde genügen, um ihn fortzuwehen.

Die Tür öffnete sich.

»Mademoiselle Mercier«, sagte der Arzt und musterte Vianne besorgt. »Ist Ihnen nicht wohl? Oder geht es um Ihren Vater?«

Da erst wurde Vianne bewusst, dass sie, trotz der frischen Herbstluft, schweißgebadet war.

Sie wischte sich über die Stirn und holte tief Luft. »Es geht um meinen Vater. Heute Morgen hat er das Bewusstsein verloren. Und als er wieder zu sich gekommen ist, konnte er nicht aufstehen.« Sie spürte, wie ihr Tränen in die Augen schossen, und zwinkerte sie schnell fort. »Könnten Sie ihn bitte untersuchen kommen?«

Auf der Straße fasste der Arzt Vianne am Arm und forderte die Menschen, die ihnen im Weg standen, lautstark auf, sie durchzulassen.

Manche traten zur Seite, andere nahmen sie in ihrem Freudenrausch gar nicht wahr.

Vianne fiel es schwer, mit dem forschen Tempo des Arztes Schritt zu halten. Sie war furchtbar erschöpft. Seit dem Frühjahr führte sie das Antiquitätengeschäft ihres Vaters. Sie öffnete morgens den Laden, empfing die Laufkundschaft, pflegte die wertvollen Möbelstücke und schrieb Kunden aus der Liste ihres Vaters an, um ihnen einige ausgewählte Stücke zum Kauf anzubieten. Abends widmete sie sich der Buchhaltung, beantwortete Briefe, ordnete die Unterlagen. Nur selten ging sie vor Mitternacht zu Bett.

Doch so anstrengend die Arbeit auch war, sie hatte nun gelernt, was es bedeutete, Geschäftsfrau zu sein. Im Sommer hatte sie festgestellt, dass sie sogar ganz erfolgreich war und monatlich mehr Antiquitäten verkaufte als zuvor ihr Vater. Ein Grund war sicherlich, dass sie sich gern mit ihren Kunden unterhielt, ihnen zuhörte und auf ihre Wünsche einging. Bei ihren Einkäufen war sie zurückhaltend, dachte an die eingeschränkten Mittel ihrer Kunden und erwarb Dinge, die sie sich leisten konnten – eine antike Porzellanpuppe im Spitzenkleid, einen kleinen Silberspiegel aus der Zeit Louis XVI., filigrane Goldbroschen und Silberarmbänder aus dem frühen 19. Jahrhundert.

Ihr Vater nahm an diesen Entwicklungen kaum noch Anteil, und so stellte Vianne sich ersatzweise das Lob ihres Bruders vor, wenn er aus dem Krieg zurückkäme und sähe, was sie geleistet hatte.

Jacques war in der Woche nach Ostern an die Front zurückgekehrt. Wie sehr ihn der Tod seiner Mutter und seiner Schwester getroffen hatte, war nicht zu erkennen gewesen. Es war, als hätte er den Verlust resigniert hingenommen, jedenfalls hatte er nur wenig dazu gesagt, eigentlich kaum eine Regung gezeigt. Auch mit ihrem Vater hatte er nur über die Formalitäten gesprochen, die es zu erledigen galt. Vianne konnte sein Verhalten nicht nachvollziehen. Es bereitete ihr beinah ebenso viele Sorgen wie die Krankheit ihres Vaters.

In der Rue de Sévigné öffnete Marguerite ihnen die Wohnungstür, und ihr Blick war so schwer, dass Vianne wusste, was geschehen war. Sie spürte, wie ihr Herz sich schmerzhaft verkrampfte. Ihr Vater war tot. Das Gefühl der Verlassenheit, das sich nach dem Tod ihrer Mutter und ihrer Schwester eingestellt hatte, wurde bodenlos.

Marguerite legte die Arme um sie und drückte sie tröstend an sich.

*

Zehn Tage später kam Jacques nach Hause. Er war verwundet worden, was Vianne erst bei seiner Rückkehr erfuhr. Zwei Monate lang hatte er in einem Lazarett gelegen, wo man die Schrapnellwunden an seinen Armen und Beinen behandelt hatte.

Kurz nach seiner Heimkehr hatte er Vianne in den Salon gebeten. Als sie hereinkam, saß er auf dem grünen Sofa, hinter ihm der seidene chinesische Wandteppich, den ihr Vater so geliebt hatte.

Mit unbewegter Miene erklärte er: »Du solltest so rasch wie möglich heiraten, Vianne. Bis es so weit ist, brauchst du eine andere Unterkunft. Ich werde dir bis zu deiner Hochzeit einen kleinen Unterhalt zahlen, mehr kannst du von mir nicht erwarten. Es ist an der Zeit, dass du erwachsen wirst. So wie Anaïs und ich es tun mussten, während du hier in unserem Elternhaus in Sicherheit warst.«

Im ersten Moment verschlug es Vianne die Sprache. Sie wusste nicht, was sie darauf antworten sollte. Sie hatte sich so oft vorgeworfen, im Krieg nicht genug für ihr Land getan zu haben. Aber was hatte es denn außer ihren Strickarbeiten gegeben, das sie hätte beitragen können? Sogar für eine Hilfstätigkeit in den Lazaretten war sie zu jung gewesen, was Jacques eigentlich klar sein müsste. Warum stellte er es so dar, als wäre sie aus Feigheit oder Bequemlichkeit zu Hause geblieben?

Dennoch wagte sie nicht aufzubegehren. Jacques war nun der Herr des Hauses. Er hatte das Vermögen ihrer Eltern geerbt, einschließlich dieser Wohnung. Dass er ihr gegenüber eine moralische Verpflichtung besaß, schien ihm nicht in den Sinn zu kommen.

»Wenn Sandrine und ich verheiratet sind, werden wir die Wohnung übernehmen«, fuhr Jacques fort. »Und meine Frau wird die Hausherrin sein. Sie möchte hier frei schalten und walten können.«

Woher kam nur diese Kälte? So war Jacques vor dem Krieg nicht gewesen. Nun war er kaum noch wiederzuerkennen.

Um seinen harten Gesichtsausdruck nicht länger sehen zu müssen, stand Vianne auf und trat ans Fenster. Sie schob die weißen Spitzenvorhänge beiseite und blickte hinunter auf die Rue de Sévigné. Der Wind trieb trockenes Laub durch die Straße, einige

Frauen trugen bereits Wintermäntel. Viele von ihnen waren vermutlich zu Lebensmittelgeschäften unterwegs, wo die Ware weiterhin rationiert war. Die Arbeitsstellen, die sie während des Kriegs innegehabt hatten, wurden wieder von Männern besetzt. Vianne sah eine Gruppe junger Kerle, die Gesichter so freudlos, als läge der Jubel über das Ende des Krieges in ferner Vergangenheit.

Dann erinnerte sie sich an Jacques' Worte. Was ging in ihm vor? Wie konnte er sie einfach so vor die Tür setzen? Und sie hatte sich eingebildet, er würde sie loben, weil sie das Geschäft ihres Vaters erfolgreich weitergeführt hatte.

»Meine Frau kann hier nicht nach ihren Wünschen schalten und walten, wenn ihre kleine Schwägerin ihr überall im Weg ist«, sprach Jacques weiter. »Sie möchte die Wohnung nach ihren Vorstellungen gestalten. Was angesichts der zahllosen Erinnerungsstücke in allen Ecken ohnehin nicht einfach sein wird.«

Von welchen Erinnerungsstücken sprach er wohl in diesem abfälligen Ton? Meinte er die Vitrine aus Rosenholz mit der Sammlung antiken Porzellans? Die kostbaren Teppiche aus aller Welt? Die seltene Onyxlampe? Die Stühle aus der Zeit des Empire mit den Petit-Point-Bezügen?

»Die Einrichtung dieser Wohnung ist sehr altmodisch«, hörte sie ihren Bruder sagen.

Unser Vater war Antiquitätenhändler, hätte Vianne am liebsten geantwortet, und das, was du *altmodisch* nennst, war die Quelle unseres Wohlstands. Alles, was hier steht, hat er mit Liebe ausgewählt. Achtest du sein Lebenswerk nicht mehr? Auch nicht die schönen Dinge, die Maman für diese Wohnung ausgesucht oder selbst angefertigt hat?

Sie wandte sich zu ihm um. »Du wirfst mich also raus, und das, obwohl ich Papas Geschäft gewinnbringend weitergeführt habe. Du tust so, als ob ich nie etwas beigetragen hätte, dabei habe ich es geschafft, immer sämtliche Rechnungen zu begleichen, und habe mich acht Monate lang, mit nur einer Dienstkraft an meiner Seite, um diese Wohnung gekümmert. Das kann doch nicht dein Ernst sein!«

In diesem Augenblick klopfte es an der Tür, und das Dienstmädchen – das Vianne ebenfalls weiter finanziert hatte – führte eine junge Frau in einem einfachen blauen Kleid in den Salon.

Es war Sandrine Roche, Jacques' zukünftige Ehefrau. Sie war Krankenschwester, erfuhr Vianne, und hatte ihren Bruder im Lazarett gepflegt. Steif wie eine Marionette streckte Vianne ihr die Hand zum Gruß entgegen, doch Sandrine wich ihrem Blick aus und lief zu Jacques, um sich an ihn zu schmiegen.

Sie nahm an seiner Seite Platz und betupfte geziert ihr frisch onduliertes blondes Haar. Sie hatte genau die gleiche Haarfarbe wie Anaïs, und Vianne fragte sich, ob Jacques sich eine Frau ausgesucht hatte, die ihn an seine verlorene Zwillingsschwester erinnerte.

Und warum setzte er dann das einzige Mitglied seiner Familie, das noch eine Verbindung zu denen darstellte, die er verloren hatte, auf die Straße?

Vianne überlegte, ob sie den Salon verlassen sollte, sie wusste ohnehin nicht, was sie zu Sandrine sagen sollte. Unschlüssig blieb sie stehen und dachte an die Unterhaltung mit Jacques früher an diesem Morgen.

Noch vor dem Frühstück war er in ihr Zimmer gekommen. Sie hatte ihr Skizzenbuch auf dem Schoß und war dabei, an das Abendkleid, das sie entworfen hatte, ein Stückchen Seidengeorgette zu kleben. Es war ein Etuikleid, doch diesen einfachen Schnitt wollte sie mit schwarzen Glasperlen und silbernen Strasssteinen interessanter gestalten. In der kommenden Saison würden diese Verzierungen der letzte Schrei sein, sie gehörten einfach zu den schlichten, modernen Kleidern, die sie in den Fenstern der namhaften Couturiers gesehen hatte.

Bei Jacques' Eintritt hatte sie ihr Skizzenbuch sinken lassen und ihn verwundert angeblickt. Zu so früher Stunde erschien ihr Bruder für gewöhnlich nicht bei ihr.

Doch offenbar drängte es ihn, ihr zu erzählen, dass er sich nach vier schrecklichen Jahren in den Schützengräben in eine junge Frau verliebt habe, die er so rasch wie möglich heiraten wolle.

Normalerweise hätte Vianne auf diese Ankündigung mit Freude und Glückwünschen reagiert, aber seine kalte Miene und die Leere seines Blicks hielten sie davon ab. Doch nicht einmal im Traum hätte sie sich vorgestellt, dass der Einzug seiner Ehefrau ihren Auszug bedeuten würde.

Nun wandte sie sich Sandrine zu und sagte: »Während des Kriegs haben Sie sicherlich Furchtbares mitansehen müssen. Ich verstehe, dass Sie das nun hinter sich lassen und wieder ein angenehmes Leben führen möchten.« Vianne hatte ihre Worte mit Bedacht gewählt, sich an den Rat ihrer Mutter erinnert, dass man anderen stets höflich begegnen solle, sogar dann, wenn diese einen verletzt hatten. Dass man den Kompromiss suchen müsse. Nur Hinterlist, Niedertracht und Schikane dürfe man nicht hinnehmen.

Sie versuchte sich an einem Lächeln, in der Hoffnung, es würde erwidert werden. Oder dass es in Sandrines Augen zumindest einen Anflug von Wärme geben würde.

Sandrine senkte den Kopf, betrachtete die Hände, die sie sittsam auf ihrem Schoß gefaltet hatte, und schwieg.

Vianne wurde das Herz schwer. Wahrscheinlich war es illusorisch, von ihrer zukünftigen Schwägerin zu erwarten, dass sie sich für Viannes Verbleib in der Wohnung einsetzte.

Auch Jacques sagte nichts. Auf seine neue, hölzerne Art saß er neben Sandrine und tat, als wäre alles in bester Ordnung. Vianne hatte große Lust, einen der Porzellanteller ihres Vaters zu nehmen und ihn Jacques an den Kopf zu werfen, nur um ihm eine Gefühlsregung zu entlocken.

»Dann bin ich wohl bald obdachlos«, sagte sie stattdessen so ruhig wie möglich und dachte, wie dumm sie gewesen war, zu erwarten, ihr Bruder würde sie bei seiner Heimkehr loben für das, was sie erreicht hatte.

Sandrine strich den Rock ihres Kleides glatt. Als Jacques aufstand und den Salon zum Kamin durchquerte, folgte sie ihm mit den Augen, einen Ausdruck tiefster Ergebenheit auf ihrem Gesicht.

Am Kamin stemmte er die Fäuste in die Seiten, vielleicht um seine Autorität zu demonstrieren. Und doch bemerkte sie den Schweißfilm auf seiner Oberlippe – schon während seines Besuchs im März war er immer wieder in nervösen Schweiß ausgebrochen.

Ihr Bruder war von jeher distanziert gewesen, manchmal hatte er auch unsicher gewirkt. Doch wie er sich nun aufspielte, das war vollkommen neu. Sie erinnerte sich, wie er früher stets Anaïs für sich hatte entscheiden lassen. In ihrer Kindheit waren sie einmal an der Loire im Urlaub gewesen, und Anaïs war stundenlang auf dem Pony einer Bauernfamilie durch die Landschaft geritten. Weil sie so lange unterwegs war, wurde Jacques panisch, war sicher, dass seiner Zwillingsschwester etwas zugestoßen sein musste, und hatte sich erst beruhigt, als Anaïs wohlbehalten zurückkehrte. Sie war seine Beschützerin gewesen. Dagegen schien sie, Vianne, ihm rein gar nichts zu bedeuten.

Vianne lehnte sich gegen die Fensterbank und sah ihren Bruder an. »Du hast eine kleine Unterhaltszahlung erwähnt. Das bedeutet vermutlich, dass ich mir nicht mehr als ein unmöbliertes Zimmer leisten kann.«

Wie konnte Jacques ihr das nur antun? Sie blickte zu Sandrine, und ihr wurde bewusst, dass sie mit dieser stillen, unterwürfigen Frau nicht zusammenwohnen wollte. Sandrine war Lichtjahre von Anaïs und ihrer Mutter entfernt, die diese Wohnung mit ihrer Liebe und ihrem Lachen erfüllt hatten.

»Nein, du kannst bei Marguerite Clément wohnen«, sagte Jacques.

»Bei Marguerite?«

Er nickte. »Ich habe mit ihr gesprochen. Sie besteht darauf, dass du zu ihr ziehst. Sie wird für dich sorgen und dir helfen, einen Ehemann zu finden. Ein perfektes Arrangement, wenn du mich fragst.«

Vianne versuchte, ihm in die Augen zu schauen, doch er wich ihrem Blick aus.

Nichts davon war perfekt. Sie wollte unabhängig sein und das Leben führen, von dem sie immer geträumt hatte. Sie wünschte, sie hätte ihr Skizzenbuch, könnte es an sich pressen und Kraft daraus schöpfen.

Zählen meine Pläne und Hoffnungen für dich so wenig, dass du dich nicht einmal nach ihnen erkundigst?, wollte sie Jacques fragen. Bin ich für dich wertlos, nur noch eine Unannehmlichkeit, jemand, den man zu einer Freundin der Familie abschiebt?

»Ich frage mich, wie du mit dir selbst leben kannst, Jacques«, sagte sie zornig. »Warum behandelst du mich wie einen lästigen Gegenstand, den du aus dem Weg räumen musst? Was glaubst du, was Anaïs dazu sagen würde?«

Jacques' Kopf fuhr zu ihr herum, und in seinen Augen flammte etwas auf, das aber sogleich wieder erlosch.

Nun meldete sich Sandrine zu Wort.

»Es wird zu Ihrem Vorteil sein, Vianne. Bestimmt werden Sie bald jemanden kennenlernen, der Ihr Herz gewinnt.«

Vianne funkelte sie böse an.

»Vianne, meine Kleine«, sagte Jacques einlenkend, »es –«

»Ich bin nicht deine Kleine«, fuhr Vianne ihn an. »Ich bin eine erwachsene Frau, die diesen Haushalt und Papas Geschäft geführt hat. Und ich möchte mir nicht vorschreiben lassen, wie ich lebe und wann ich heiraten soll.«

Jacques seufzte. »Du siehst Probleme, wo keine sind. Das hast du früher schon getan, wahrscheinlich hast du eine allzu blühende Phantasie. Wie dem auch sei, du wirst hier ausziehen und bei Marguerite unterkommen.« Seine Stimme war streng geworden, als wolle er ihr verdeutlichen, dass er im Recht und sie im Unrecht sei, obwohl sie beide wussten, dass es genau umgekehrt war.

Er muss den Verstand verloren haben, dachte Vianne. Oder noch schlimmer: Er wollte sie an ihrem Verstand zweifeln lassen und ihren Wunsch, nach eigenen Vorstellungen zu leben, lächerlich machen.

»Dann ziehe ich eben zu Marguerite«, sagte sie. »Heute noch. Morgen komme ich dann vorbei und hole meine Sachen. Ich werde auch einige Kleider von Maman mitnehmen, ich weiß, dass sie das gewollt hätte.« Sie richtete ihren Blick auf Sandrine. »Meine Mutter hat ihre Kleider nicht einfach nur getragen, sie hat in ihnen geglänzt.«

Jacques zog die Brauen zusammen.

»Ich werde nicht so leben, wie du es wünschst, Jacques«, fuhr Vianne fort. »Ich werde mir meine Träume erfüllen. Und du wirst eines Tages staunen, wenn du siehst, was ich erreicht habe. Ganz allein, ohne deine Unterstützung.«

»Geh jetzt«, sagte Jacques. »Bitte. Und sprich nie mehr über Anaïs, als hättest du sie besser gekannt als ich. Du fragst mich auch nie mehr, was Anaïs zu etwas gesagt oder gedacht hätte. Ich möchte nicht daran erinnert werden, dass sie tot ist, ich aber noch lebe. Oder daran, dass du noch lebst und es sie nicht mehr gibt.«

Vianne starrte ihn ungläubig an und glaubte, sich verhört zu haben. Sie brauchte einen Moment, um sich wieder zu fassen. »Anaïs fehlt mir genauso wie dir. Auch Maman und Papa vermisse ich schrecklich. Trotzdem käme ich nie auf den Gedanken, dein Leben als weniger wertvoll zu bezeichnen.«

Jacques' Kiefer versteifte sich. Mit einer knappen Geste bedeutete er Vianne zu gehen. »Bitte fang heute schon an, deine Sachen zu packen.«

Vianne verließ hastig den Salon und rannte die Treppe hinauf in ihr Zimmer. Sie holte ihren Koffer hervor und begann die Kleidungsstücke, die sie mitnehmen wollte, zusammenzufalten. Auch die Kleider ihrer Mutter würde sie schon einpacken, denn in die Rue de Sévigné wollte sie nie mehr zurückkehren.

Im Zimmer ihrer Mutter zog sie deren Koffer unter dem Bett hervor. Sie konnte zwei Koffer tragen, zu Marguerites Wohnung an der Place des Vosges war es nicht weit. Sie legte als Erstes das weiße Spitzenkleid hinein. Daran hatte sie an jenem Tag im La Violette gearbeitet, als ihre Mutter gekommen war, um ihr zu erzählen, dass die Zwillinge an deren Geburtstag bei ihnen sein würden.

Als Nächstes griff sie nach dem pfirsichfarbenen Ensemble aus Seide, mit dem sie ihre Mutter hatte überraschen wollen, und faltete es behutsam zusammen. Dazu legte sie die Kaschmirstola ihrer Mutter. Zuletzt nahm sie das Hochzeitsfoto ihrer Eltern und ein Foto von Anaïs vom Nachttisch, schob sie zwischen die Kleider und schloss den Koffer.

Wenig später trug sie beide Koffer die Treppe hinunter, streifte ihren Wintermantel über und trat hinaus in die kalte Novemberluft. Eine junge Frau mit zwei Koffern und einem ehrgeizigen Traum.

Doch sie war fest davon überzeugt, dass sie diesen Traum verwirklichen würde, selbst wenn sie die Einzige war, die daran glaubte.

KAPITEL 4

Vianne

Le Havre, Herbst 1924

Zusammen mit zahllosen anderen Passagieren stand Vianne auf dem Quai d'Escale. In einer Hand hielt sie das Ticket für ihre Schiffspassage, in der anderen ihren Pass. Unter »Beruf« stand in ihrem Pass »Schneiderin«, und darauf war sie stolz.

Wie eine Grande Dame der Seefahrt ragte der riesengroße transatlantische Passagierdampfer *Paris* vor ihr auf, mit schwarzem Rumpf und leuchtend weißen Schornsteinen. Ehrfürchtig blickte Vianne zur Reling hinauf und konnte noch nicht recht glauben, dass dieses Schiff sie nach New York bringen würde.

Sie spürte den Wind, der über den Quai blies, und hörte das Nebelhorn der *Paris* tuten, mit einem so tiefen Dröhnen, dass es ihr durch Mark und Bein ging. Bald würde es so weit sein, sie würde an Bord gehen und Frankreich verlassen. Ihr Herz pochte heftig bei dem Gedanken.

Sie dachte an die Zeit bei Marguerite zurück, der Frau, die sie mit so viel Freundlichkeit in ihrer Wohnung aufgenommen hatte. Sie erinnerte sich an ihre erste Stelle als Modistin, die sie in einem kleinen Modehaus auf der Rive Gauche ergattert hatte. Sechs Tage die Woche hatte sie dort von morgens bis abends geschuftet und danach bis spät in die Nacht an ihren eigenen Designs gearbeitet.

Von ihrem Lohn hatte sie so viel wie nur möglich gespart, jedoch hatte sie darauf bestanden, Marguerite Geld für ihre Unterkunft und Verpflegung zu zahlen, ganz gleich, wie sehr die ehemalige Freundin ihrer Mutter sich dagegen gewehrt hatte.

In dem Modehaus hatte sie anfangs nur Knöpfe, Strasssteine und Perlen an die eleganten Kleider genäht, die ihre Kolleginnen geschneidert hatten. Später durfte sie Schnittmuster anfertigen und ihre Stickkünste verfeinern – eine sehr nützliche Fähigkeit, denn Stickereien an Kleidern waren in den vergangenen Jahren groß in Mode gekommen. Danach war sie zur Näherin aufgestiegen, und zuletzt hatte sie zu den Schneiderinnen gezählt, die ein Kleid von Anfang bis Ende betreuten.

Vianne hatte gehofft, im nächsten Schritt würde man ihr erlauben, Kleider nach ihren eigenen Entwürfen zu fertigen, doch diesen Sprung hatte sie nicht geschafft. Vielleicht lag es an Paris, dass ihr der nötige Kampfgeist und das Durchsetzungsvermögen dazu gefehlt hatten. Überall in der Stadt lauerten Erinnerungen, spukten die Geister von Menschen herum, die sie geliebt hatte. Im Jardin des Tuileries dachte sie an die Spaziergänge, die sie dort mit Anaïs und ihrer Mutter unternommen und wie sich eine bei der anderen untergehakt hatte. Im Louvre war sie mit ihrem Vater gewesen, hatte sich mit ihm flüsternd über die ausgestellten Gemälde und Skulpturen unterhalten. Und in der Rue de Sévigné waren sie vor dem Krieg alle zusammen glücklich gewesen, nun wohnte dort nur noch Jacques mit seiner Frau.

Sie hatte versucht, sich für das Nachkriegs-Paris zu erwärmen, hatte die neuen Jazzclubs und Tanzhallen besucht, mit Freundinnen Ausflüge ins Umland gemacht. Doch im vergangenen Winter, als die Tage grau wurden und die Dunkelheit jeden Abend früher hereinbrach, war sie so schwermütig geworden, dass sie überlegt hatte, ob es nicht besser wäre, die Stadt zu verlassen. Die Traurigkeit lastete einfach zu schwer auf ihrer Seele. Es war an der Zeit, sich aufzuraffen und ein neues Leben zu beginnen, an einem Ort, an dem es keine schrecklichen Erinnerungen gab. Die Frage war nur, wo?

Die Antwort entdeckte sie in einer Buchhandlung, wo sie auf die Erzählungen F. Scott Fitzgeralds über das Jazz-Zeitalter stieß. Mit dem schmalen Band verzog Vianne sich auf den Fenstersitz in Marguerites Salon und verschlang die Geschichten über die amerikanische Lebensart, die Partys, den Luxus, den Optimismus, das Gefühl der Freiheit und die neue Musik des Jazz. Sie las von Soireen, die die Reichen bei sich zu Hause gaben und bei denen sie die allerneuste Mode trugen.

Anders als in Europa herrschte in Amerika wirtschaftliche Stabilität, der Große Krieg war bereits vergessen, man musste nicht überall Erinnerungen fürchten, die einen wie Schatten verfolgten. In der Zeitung hatte Vianne gelesen, dass Amerika die aufsteigende Weltmacht sei, ein Land, das Einwanderer brauchte und willkommen hieß. Vielleicht fände sie dort die Möglichkeit, ihren Traum zu verwirklichen und Kleider zu entwerfen, wie sie die Heldinnen von Fitzgeralds Romanen trugen.

Nun ließ sie ihren Blick über die Menschenmenge am Hafen wandern. Viele würden die *Paris* besteigen, andere waren nur hier, um zuzuschauen, wie das Schiff in See stach, und um den Passagieren nachzuwinken. Sie blickte zum Himmel und sandte ihren Eltern und Anaïs einen stummen Abschiedsgruß, versprach ihnen, in Amerika ihr Bestes zu geben und für sie mit zu leben.

Kurz darauf blieb ihr Blick an zwei Gepäckträgern hängen, deren Wagen mit schweren Reisetruhen aus Leder beladen waren. Die Wartenden traten zur Seite, um ihnen Platz zu machen. Hinter den Gepäckträgern erschienen zwei elegant gekleidete Frauen, die so gelassen wirkten, als überquerten sie andauernd den Atlantik.

Vianne sah die zahlreichen Gepäckaufkleber der Reisetruhen – darunter Acapulco, Casablanca, Marrakesch, Orient Express – und versuchte vergeblich, sich den Inhalt der Truhen vorzustellen. Sie beschloss, die Kleider, die die beiden Frauen trugen, am Abend aus dem Gedächtnis nachzuzeichnen.

Eines von ihnen gehörte zu einer attraktiven Frau, die Vianne auf Anfang dreißig schätzte. Es war aus cremefarbenem Georgette, mit silbrig schimmernden, eingewebten Seerosenblüten, der Ausschnitt mit Glasperlen eingefasst.

Die Menschen ringsum waren verstummt und beobachteten, wie die beiden Frauen die Gangway hinaufschritten. Vianne hörte jemanden den Namen »Emilie Grigsby« raunen, wusste jedoch nicht, welche Frau damit gemeint war. Sie studierte den modischen, eng anliegenden Glockenhut der Frau in dem hellen Kleid, unter dem kurz geschnittenes rotblondes Haar zum Vorschein kam.

Oben an der Gangway angekommen, drehte sie sich noch einmal um, lächelte und deutete ein Winken an.

»Das ist Emilie Grigsby«, sagte eine Frau an Viannes Seite mit amerikanischem Akzent.

»Und wer ist sie?«, fragte Vianne und hielt den Blick weiterhin auf die beiden Frauen gerichtet.

Die zweite Frau war dunkelhaarig und trug eine Kreation von Coco Chanel, ein Kostüm aus weichem, geometrisch gemustertem

Strickjersey, dem Stoff, der für einen Teil der Chanel-Mode typisch war. Der Rock saß tief, der Ausschnitt des hüftlangen Oberteils war mit Satin eingefasst, und auch die Manschetten an den weit geschnittenen Ärmeln waren aus Satin. Die Frau ließ ihren Blick über die Menschenmenge streifen, und für einen kurzen Moment kreuzte sich ihr Blick mit Viannes.

»Das wissen Sie nicht? Miss Grigsby war mit Charles T. Yerkes liiert. Er hat ihr in New York ein Stadthaus gekauft.«

Oben an der Gangway erschien der Kapitän, um die beiden Frauen in Empfang zu nehmen. Gleich darauf waren sie aus ihrem Blickfeld verschwunden. Vianne nahm an, dass sie auf dem Weg zu ihren Kabinen in der ersten Klasse waren.

Langsam setzten sich die Passagiere in Bewegung. Vianne und ihre Gesprächspartnerin wurden mitgeschoben.

»Miss Grigsby ist eine Mäzenin«, fuhr die Frau fort. »Sie fördert Maler, Bildhauer, Schriftsteller und Musiker. Manche behaupten, sie sei die schönste Frau der Welt. Inzwischen lebt sie die meiste Zeit in London, doch wie es aussieht, begleitet sie Katherine Carter nach New York.«

»Und wer ist Katherine Carter?«

»Sie hat einen New Yorker Industriellen geheiratet und führt in ihrem Haus in der Fifth Avenue einen Salon.« Die Frau betrachtete Vianne mit schief gelegtem Kopf. »Warum interessieren die beiden Frauen Sie? Sind Sie auch auf der Suche nach einem vermögenden Gentleman, der Ihnen die Annehmlichkeiten bieten kann, die Miss Grigsby und Mrs. Carter genießen?«

Vianne schüttelte energisch den Kopf. »Bestimmt nicht. Aber ich würde für diese Frauen gern Kleider entwerfen.«

Ihre Gesprächspartnerin zog eine Braue hoch. »Was für ein seltsamer Wunsch.« Sie zuckte mit den Schultern. »Aber bitte, in New York ist ja alles möglich.«

Damit hatten sie das Schiff erreicht.

Vianne umklammerte den Griff ihres Koffers und machte einen großen Schritt auf die Gangway.

Nun hatte sie zum ersten Mal in ihrem Leben französischen Boden verlassen und würde um die halbe Welt reisen, auf dem Weg zu einem neuen Leben. Bei diesem Gedanken begann es in ihrer Magengrube zu kribbeln. Schemenhaft tauchten vor ihrem inneren Auge bereits erste Kleider auf, die sie in New York entwerfen würde und die von Frauen wie Miss Grigsby und Mrs. Carter getragen werden würden.

*

Vianne hatte eine Kabine zweiter Klasse gebucht, die sie sich mit drei anderen Frauen teilte. Auf der ersten Etappe der Reise, von Le Havre nach Plymouth, wurde sie seekrank. Jedes Mal, wenn es ihr ein wenig besser ging, griff sie nach ihrem Skizzenbuch und entwarf Kleider, einige von schlichter Eleganz, andere mutiger und aufwendiger geschnitten und verziert. Bei jedem einzelnen hatte sie Emilie Grigsby und Katherine Carter vor Augen, wie diese ihre Kreationen trugen.

Gespannt lauschte sie den Gesprächen der Frauen in ihrer Kabine. Sie sprachen von der ersten Klasse des Schiffs, als hätten sie diese mit eigenen Augen gesehen, erklärten, kein anderes Passagierschiff könne mit dem dortigen Luxus mithalten. Man müsse nur mit den Fingern schnippen, und schon erscheine ein Diener, der einem jeden Wunsch erfülle. Zudem gebe es ein Kino, einen Ballsaal, wunderbare Deckpromenaden, und jede Kabine sei in einer anderen Farbe gehalten.

Eines Abends, als Plymouth weit hinter ihnen lag und sie sich etwas besser fühlte, ging Vianne an Deck und blickte von der Reling auf das wogende Meer. Die Möwen, die das Schiff noch eine Zeit lang begleitet hatten, waren inzwischen verschwunden.

Vianne beugte sich über die Reling und sah die Lichter des Speisesaals der ersten Klasse. Er reichte über drei Decks, und es hieß, er sei mit hochwertigem Zitronenholz aus Ceylon getäfelt. Es standen Tische sowohl auf den Innen- als auch auf den Außendecks.

Vianne versuchte, sich das Bordleben der Erste-Klasse-Passagiere vorzustellen, doch es gelang ihr nicht. Das war eine Welt, die ihr fremd war.

Schließlich wandte sie sich ab, um zum Speisesaal der zweiten Klasse zu gehen. Auf dem Weg kam sie durch den gut besuchten Grand Salon de Conversation mit seinen roten und cremefarbenen Sesseln, wo an zierlichen Messingtischen Cocktails getrunken wurden.

Als sie den Speisesaal betrat, stürzte ein junges Dienstmädchen auf sie zu und fragte auf Englisch, ob sie Miss Mercier sei.

Vianne nickte und dankte im Stillen ihren Eltern, die darauf bestanden hatten, dass sie und ihre Geschwister Englisch lernten.

»Ich habe gehört, Sie sind Schneiderin?«

Vianne bejahte, und der jungen Frau schien ein Stein vom Herzen zu fallen. »Das Abendkleid meiner Herrin ist beschädigt worden«, sagte sie. »Wir brauchen jemanden, der in der Lage ist, den

Schaden zu beheben. Würden Sie mit in die erste Klasse kommen und uns helfen? Selbstverständlich wird man Sie für Ihre Arbeit entlohnen.«

»Das tue ich gern«, sagte Vianne. Für die Möglichkeit, sich die erste Klasse anschauen zu können, hätte sie auch umsonst gearbeitet.

*

Wenig später betrat sie diese noble Welt. Sprachlos vor Staunen betrachtete sie das im Jugendstil gehaltene Treppenhaus, das von einer Kuppel gekrönt wurde.

Als sie die breite Treppe hinaufstieg, begann ihr Herz aufgeregt zu pochen. Bald würde sie ein Abendkleid in den Händen halten, das einer der glamourösen Damen an Bord gehörte.

Sie durchquerten eine Cocktail-Lounge, und Vianne registrierte dabei die kostspielige Einrichtung und die erlesenen Kleider der Frauen. Ein hellbraunes Chiffonkleid mit Goldstickerei und ein anderes in leuchtenden Rottönen mit mehrstufigen Volants hätte sie sich gern ein wenig näher angesehen.

Schließlich erreichten sie einen Korridor, von dem mehrere Kabinen abgingen. Viannes Begleiterin öffnete eine der Türen.

Als Erstes fiel Viannes Blick auf die helle, geometrisch gemusterte Tapete, dann auf eine dazu passende Ottomane und schließlich auf die Frau, die mit dem Rücken zu ihnen an einem Frisiertisch saß und ein asiatisch wirkendes Gewand aus Seide trug.

Als sie sich umwandte, erkannte Vianne Mrs. Carter, eine der beiden bildschönen Frauen, die sie vor dem Auslaufen des Schiffs gesehen hatte.

»Adrienne, da sind Sie ja endlich«, sagte Mrs. Carter zu dem Dienstmädchen, das Vianne hergebracht hatte. »Bitte sagen Sie mir, dass diese junge Frau mein Abendkleid reparieren kann.«

Adrienne stellte Vianne vor und erklärte, sie sei ihr wärmstens empfohlen worden.

Mrs. Carter schenkte Vianne ein flüchtiges Lächeln und stand auf. Mit einer kleinen Handbewegung bedeutete sie Adrienne, das Kleid aus dem großen, verspiegelten Kleiderschrank zu holen.

Die Tür zum Bad stand halb offen, und Vianne sah eine große marmorne Badewanne. Mit einem Seufzer dachte sie an ihre Kabine, die beiden Stockbetten mit den durchgelegenen Matratzen und den einfachen grauen Wolldecken, an das Bad auf dem Gang, das sie sich mit vielen anderen Passagieren teilte.

Adrienne holte ein fließendes blassblaues Chiffonkleid aus dem Schrank. Es war mit Perlen bestickt, die in unregelmäßigen Abständen leicht abstrakte Muschelmuster bildeten. Der Saum war asymmetrisch.

Vorsichtig legte Adrienne das Kleid auf die Ottomane. »An einer der Muscheln ist der Faden gerissen, und wir haben einige Perlen verloren. Leider besitzen wir keinen passenden Ersatz, um den Schaden zu beheben, und Mrs. Carter befürchtet, weitere der Perlen könnten sich lösen.«

»Glauben Sie, Sie können mir helfen?«, fragte Mrs. Carter an Vianne gewandt.

Voller Bewunderung betrachtete Vianne den zarten Stoff mit den fein gearbeiteten Muschelverzierungen und dachte, dass es vermutlich Monate, wenn nicht Jahre dauern würde, bis sie in einem New Yorker Modehaus, das solche Kleider schuf, arbeiten durfte.

»Haben Sie mit Perlenstickereien Erfahrung?«, fragte Adrienne.

Vianne nickte. »Ich habe in Paris für einen Couturier gearbeitet, der höchste Ansprüche stellte. Niemand wird die Reparatur erkennen.« Sie blickte sich um. »Soll ich hier daran arbeiten oder woanders?«

»Mit dem Kleid dürfen Sie die Kabine nicht verlassen«, erwiderte Adrienne streng.

»Adrienne, bitte«, sagte Mrs. Carter. »Wir sind auf einem Schiff. Was meinen Sie, wie weit Mademoiselle Mercier mit dem Kleid käme?« Das Thema schien sie zu langweilen, sie ließ sich wieder an ihrem Frisiertisch nieder.

Vianne war beeindruckt, dass Mrs. Carter ihren Nachnamen so perfekt ausgesprochen hatte, als sei sie selbst Französin. »Vielleicht finden Sie in New York passende Ersatzperlen.«

»Möglich«, sagte Mrs. Carter geistesabwesend. »Geben Sie Mademoiselle Mercier Nähzeug, Adrienne. Und dann lassen Sie mir ein Bad ein.«

Adrienne öffnete ein eingebautes Schrankfach aus Walnuss und holte ein großes Etui hervor, das sie Vianne reichte. »Sie können sich auf die Ottomane setzen.«

Vianne nahm Platz und schaute in das Etui. Es enthielt Garne in unzähligen Farben, zwei kleine Scheren und ein Nadel-Set.

Adrienne ging ins Badezimmer. Gleich darauf hörte man Wasser in die Wanne rauschen, und dann waberte der Duft einer teuren Badeessenz herüber.

Mrs. Carter verschwand im Bad und schloss die Tür hinter sich.

Es dauerte nicht allzu lang, und Vianne hatte ihre Arbeit beendet. Sie war nicht ganz einfach gewesen, doch es hatte ihr Freude bereitet, diese einzigartige Kreation wiederherzustellen. Sie warf einen sehnsüchtigen Blick auf den Kleiderschrank, malte sich die eleganten Kleider aus, die hinter den Türen verborgen waren, und wünschte, sie könnte sie herausholen und in Ruhe betrachten.

»Es ist gut, dass Sie mich gefunden haben«, sagte sie, als sie Adrienne das Kleid reichte. »Es wäre eine Schande gewesen, wenn die Muschel sich ganz aufgelöst hätte. Oder wenn sie falsch ausgebessert und ihre eigenwillige Form zerstört worden wäre. Ich nehme an, dass das Kleid Mrs. Carter ganz hervorragend steht.«

Adrienne lächelte. »Darauf können Sie Gift nehmen.« Sie hängte das Kleid auf einem Bügel an den Schrank.

In diesem Augenblick öffnete sich die Tür der Kabine, und Miss Grigsby kam herein. Sie trug ein ägyptisch angehauchtes, bodenlanges Abendkleid und im Haar eine schmale Diamanttiara. Ihre Augen funkelten unternehmungslustig, doch als sie Vianne entdeckte, stutzte sie.

»Haben Sie jemanden zu sich eingeladen, Adrienne?«, fragte sie. »Wer ist diese junge Frau?«

»Miss Mercier ist Schneiderin. Sie hat die Muschel an Mrs. Carters Chiffonkleid ausgebessert.«

Miss Grigsby ließ sich in einen Sessel fallen und trat ihre hochhackigen Slingpumps ab. Dann zog sie die Tiara aus ihrem Haar und legte sie auf einen Beistelltisch.

Wenige Augenblicke später kam Mrs. Carter aus dem Badezimmer, gehüllt in einen perlgrauen seidenen Morgenrock.

Vianne stand auf. Sie fühlte sich befangen, wusste nicht, wie sie sich in Gegenwart dieser mondänen Frauen verhalten sollte, und beschloss, sich rasch zu verabschieden. »Ihr Kleid ist fertig, Mrs.

Carter«, sagte sie verlegen. Sie nahm das Kleid vom Schrank und zeigte ihr die Stelle, die sie repariert hatte.

Beide Frauen beugten sich interessiert darüber.

»Tadellos«, sagte Miss Grigsby. »Man sieht nicht das Geringste.« Sie hob den Kopf und sah Vianne an. »Ich war diejenige, die die Muschel beschädigt hat. Ich bin mit meinem Armband daran hängen geblieben.«

Mrs. Carter richtete sich auf. »Einwandfreie Arbeit. Ich bin Ihnen sehr dankbar.« Sie sah Vianne nachdenklich an. »Ich glaube, ich erinnere mich an Sie. Habe ich Sie nicht gesehen, als wir das Schiff bestiegen haben? Sie hatten ein so zauberhaftes Kostüm an und trugen es, wie es nur eine Französin vermag.«

Vianne errötete vor Freude.

»Darf ich fragen, was Sie nach New York führt?«

»Ich hoffe, Sie sind nicht auf der Suche nach einem Ehemann«, sagte Miss Grigsby und wirkte amüsiert. »Genießen Sie das Leben, bevor Sie sich binden.«

Vianne schüttelte den Kopf. »Ich möchte nicht heiraten, sondern als Schneiderin arbeiten. In einem Modehaus. Und eines Tages möchte ich Kleider entwerfen, Haute Couture, wie Sie sie tragen.« Wieder errötete sie. Vielleicht hätte sie das nicht sagen sollen. Warum sollten diese Frauen sich für ihre Ambitionen interessieren?

Miss Grigsby und Mrs. Carter tauschten einen Blick.

Dann sagte Miss Grigsby: »In dem Fall sollten Sie für Eloise Chappelle arbeiten. Gehen Sie zu ihr, sie hat ihr Atelier in der Park Avenue, oben an der 63rd Street. Sagen Sie ihr, dass ich Sie empfehle. Etliche meiner Freundinnen lassen sich ihre Tagesgarderobe von ihr schneidern, mitunter sogar ein Abendkleid. Eloise ist wirklich gut, und sie würde Sie auch nicht ausbeuten. Sie ist ihren Mitarbeiterinnen gegenüber sehr fürsorglich. Es wäre ein schöner Start.«

Im ersten Moment wusste Vianne nicht, wie sie reagieren sollte. Der Vorschlag war so überraschend gekommen. »Danke«, brachte sie schließlich hervor. »Das ist sehr liebenswürdig von Ihnen.«

»Keine Ursache«, entgegnete Miss Grigsby.

»Und vielen Dank, dass Sie mein Kleid gerettet haben«, sagte Mrs. Carter.

Beschwingt kehrte Vianne in die zweite Klasse zurück. Heute hatte sie einen Blick erhascht auf die Zukunft, von der sie träumte, und trotz all der Enttäuschungen und Kümmernisse der letzten Jahre verspürte sie unbändige Hoffnung beim Gedanken an ihr verheißungsvolles Leben in New York.

KAPITEL 5

Vianne
New York, Herbst 1924

Zu ihrem Vorstellungsgespräch bei Madame Chappelle hatte Vianne sich für einen marineblauen Wollrock mit doppelter Kellerfalte, eine weiße Rüschenbluse aus Voile und beigefarbene Schuhe mit Keilabsatz entschieden. Darüber trug sie einen hellen Übergangsmantel.

Auf dem Weg über die Park Avenue in Manhattan drückte sie ihren Skizzenblock an ihr vor Aufregung pochendes Herz und stellte sich vor, was für ein Glück es wäre, für Eloise Chappelle und ihre vornehmen Kunden arbeiten zu dürfen.

Sie lief vorbei an Männern, die weite, lose fallende Anzüge trugen, ganz so, wie es Mode war. Die Mäntel und Glockenhüte der Frauen musterte sie genauer und merkte sich jedes kleine Detail.

Über die Park Avenue ging sie heute zum ersten Mal. Es war eine breite Prachtstraße, die der Länge nach von einem schmalen, baumbestandenen Grasstreifen geteilt wurde.

Vianne war mit dem Bus aus Brooklyn gekommen, und noch immer hatte sie den Lärm dieses Stadtteils im Ohr: das Rattern der Straßenbahnen, die so voll waren, dass Menschen während der Fahrt außen auf den Trittbrettern standen, hupende Autos und Busse, die Pfiffe der Verkehrspolizisten, die mit weißen Handschuhen den Fußgänger- und Autoverkehr dirigierten. Die Park Avenue war um einiges ruhiger.

Inzwischen kannte sie sich in den Straßen der Stadt schon ein wenig aus, hatte in den vergangenen Tagen den Broadway, die Fifth Avenue und den Riverside Drive erkundet. Sie hatte das berühmte Plaza Hotel bestaunt, war hinunter nach Coney Island gefahren und im Central Park spazieren gegangen. Der Central Park hatte sie an den Bois de Boulogne erinnert, und zum ersten Mal seit ihrer Ankunft in New York hatte sie großes Heimweh übermannt. Sie hatte es schnell abgeschüttelt und sich immer wieder daran erinnert, dass New York die modernste Stadt der Welt sei und Paris sie zuletzt nur noch bedrückt hatte.

Der einzige Wermutstropfen war bisher die ärmliche Unterkunft in einer Pension, die Vianne in Brooklyn gefunden hatte, aber etwas Besseres konnte sie sich nicht leisten. All ihre Sehnsucht galt Manhattan, dort war das Leben aufregend und glamourös, und sie würde alles daransetzen, eines Tages dazuzugehören.

Sie überquerte die 63rd Street der Upper East Side, der Hochburg wohlhabender New Yorker. Hier lag das Atelier Chappelle.

Vianne hätte schwören können, dass ihrer Bewerbung bei Eloise Chappelle nicht allein die Empfehlung von Emilie Grigsby geholfen hatte, sondern auch der Umstand, dass sie selbst Pariserin war. In ihrem Antwortschreiben hatte Madame Chappelle sich beeindruckt gezeigt, dass Vianne in einem kleinen, aber feinen Pariser Modehaus als Modistin und Schneiderin gearbeitet hatte. Zwar sei es nicht Chanel oder Lanvin gewesen, doch jedermann wisse, dass selbst die weniger namhaften Pariser Modehäuser der Rive Gauche zur internationalen Elite zählten.

Als Vianne vor dem Haus stand, in dem Madame Chappelle ihr Atelier hatte, schlug ihr das Herz bis zum Hals. Sie atmete noch einmal tief durch, zwang sich zur Ruhe und ermahnte sich, bei dem anstehenden Gespräch nicht vor lauter Nervosität nur Unsinn zu plappern.

Sie betrachtete die Auslage in dem großen Schaufenster. Es waren hauptsächlich Abendkleider, aus Chiffon, Spitze und Brokat, einige mit Federn besetzt, andere mit Satin eingefasst. Die Taillen waren tief, wie es zurzeit modern war, teilweise mit großen Stoffblumen an der Seite. Bei einem Kleid waren die Ärmel so weit geschnitten, dass sie den Eindruck eines Capes erweckten. Das war der Stil, der die Wintersaison dominieren würde, im Atelier Chappelle war er bereits zu sehen.

Vianne ließ sich die Modelle durch den Kopf gehen, die sie in den amerikanischen Modezeitschriften studiert hatte. Jeden Abend hatte sie sich diese Zeitschriften angeschaut und sich die Details der abgebildeten Kleider eingeprägt. Sollte Madame Chappelle sie diesbezüglich einer Prüfung unterziehen, wäre sie gewappnet.

Schließlich gab sie sich einen Ruck und klopfte an die schwarz lackierte Eingangstür.

Sie wurde von einer jungen Frau geöffnet, die auf dem Weg nach draußen war, in einem tizianroten Mantel, dessen Kragen, Manschetten und Saum mit Biberpelz besetzt waren. Ungeniert musterte sie Vianne von oben bis unten.

Vianne errötete. So selbstbewusst war sie auch einmal gewesen, in der Zeit, als ihre Eltern und Anaïs noch lebten, bevor Jacques sie vor die Tür gesetzt hatte. Doch vielleicht würde es ihr in New York gelingen, ihre Selbstsicherheit zurückzugewinnen.

Vianne betrat ein Zimmer, das Salon und Empfangsraum zugleich zu sein schien und in dem momentan niemand war.

Sie blickte sich um. Der Raum hätte ein Pariser Salon sein können. Auf dem glänzenden Parkettfußboden lagen dicke Perserteppiche, an der Decke hing ein vielflammiger Kristalllüster, darunter stand ein Tisch aus der Zeit Louis XVI. Um den Tisch gruppiert waren einige zierliche rote Samtsessel.

In einer Ecke war ein altrosafarbenes Kleid aus Chiffon auf einer Schaufensterpuppe drapiert. Der Ausschnitt war mit Kristallen und Strass verziert, die Schultern mit Fransen bestückt.

Vianne wagte sich nicht zu setzen, sondern wartete darauf, dass sich die Tür am anderen Ende des Raums öffnete und Madame Chappelle erschien.

Hinter der Tür waren Frauenstimmen zu hören, die sich näherten. Vianne spitzte die Ohren, doch die Stimmen waren zu leise, als dass sie die Worte hätte vernehmen können. Angestellte waren das nicht, die Schneiderei würde sich wahrscheinlich in einem der hinteren Räume befinden.

Noch einmal ließ sie den Blick über den Empfangsraum gleiten und fragte sich, wann sie selbst wohl so weit wäre, dass sie einen solchen Raum ihr Eigen nennen konnte.

Die Tür öffnete sich, und Vianne erhaschte einen kurzen Blick in das dahinterliegende Zimmer, auf helle Teppiche, einen ovalen Standspiegel und einen Sessel, über dem ein Kleid lag.

Dann kamen zwei Frauen heraus, eine von ihnen im Mantel. Sicherlich war das eine Kundin, und die andere Frau musste Madame Chappelle sein. Vianne trat zur Seite, um nicht zu stören, doch die Frau, die vielleicht die Besitzerin war, wandte sich Vianne zu und musterte sie unverhohlen. Dann sagte sie: »Ich bin Eloise Chappelle. Und wer sind Sie?«

»*Bonjour, madame*«, sagte Vianne, ohne nachzudenken, doch dann riss sie sich zusammen und sprach auf Englisch weiter. »Mein Name ist Vianne Mercier, und es ist mir eine Ehre, Sie –«

Madame Chappelle winkte ab. »Wie ich sehe, tragen Sie Ihr Haar noch lang.« Sie küsste die zweite Frau zum Abschied auf die Wange und wandte sich wieder Vianne zu. »Aber immerhin haben Sie den gewisse Pariser Flair.«

Die Kundin begutachtete Vianne kritisch, dann zupfte sie ihren Mantel zurecht, öffnete die Eingangstür und verschwand.

Madame Chappelle, eine schlanke, hochgewachsene Frau mit kinnlangem kastanienrotem Haar, trug ein grünes Kleid aus Krepp-Georgette, dessen tief sitzende Taille von einer Schärpe betont wurde. Auch hier waren an der Seite Stoffblumen befestigt. Strümpfe und Pumps waren cremefarben.

Sie setzte sich an den Tisch und bedeutete Vianne mit einer Geste, sich in dem roten Samtsessel davor niederzulassen.

Madame Chappelle hatte ein interessantes Gesicht, mit schwerlidrigen braunen Augen und Sommersprossen auf dem Nasenrücken. Die Augen hatte sie mit einem braunen Lidstrich umrahmt, der Lidschatten war nur ein heller Hauch, im Kontrast zu den feuerrot geschminkten Lippen.

Mit dieser Frau konnte sie nicht mithalten, dachte Vianne. Wenn sie Glück hatte, würde sie hier als Näherin arbeiten dürfen, was jedoch immer noch besser wäre, als in einer der Textilfabriken im Garment District anzufangen, wo Frauen an langen Tischen saßen und im Akkord nähten.

»Warum haben Sie Ihr Haar nicht abschneiden lassen?«, fragte Madame Chappelle.

Vianne errötete und wusste nicht, was sie antworten sollte. Sie trug ihr Haar so lang, wie ihre Mutter und Anaïs es getan hatten. Es war für sie die letzte sichtbare Verbindung zu den beiden.

»Dazu hatte ich noch keine Gelegenheit«, erwiderte sie. »Nach meiner Ankunft habe ich mich zunächst mit der Stadt vertraut gemacht, und nun muss ich dringend eine Arbeit finden.«

Madame Chappelle zog die Tischschublade auf, holte ein silbernes Etui heraus und entnahm ihm eine Zigarette, die sie in eine ebenfalls silberfarbene Zigarettenspitze steckte, jedoch nicht anzündete. »Wir könnten uns auch in mein Büro setzen, doch auf dem Weg dorthin kommt man durch die Schneiderei, und mindestens eine der Frauen würde mich mit irgendeinem Anliegen aufhalten.«

Unwillkürlich strich Vianne über die Armstütze ihres Sessels und genoss das Gefühl des samtweichen Stoffs.

»Erzählen Sie mir, warum Sie Paris verlassen haben«, fuhr Madame Chappelle fort. »Warum wollen Sie in New York leben, obwohl Paris doch das Modezentrum der Welt ist? Die meisten Frauen in New York sehnen sich nach Paris. Warum sind Sie in die andere Richtung gegangen?«

Mit dieser Frage hatte Vianne gerechnet und sich die Antwort bereits überlegt. »Wegen des Kriegs.«

Madame Chappelle zog die Brauen hoch. »Des Großen Kriegs? Der ist seit sechs Jahren zu Ende.«

»Ja, aber meine Mutter und meine Schwester sind bei einem Granatenbeschuss umgekommen, und wenig später ist mein Vater vor

Kummer ebenfalls gestorben. All diese Erinnerungen sind für mich mit Paris verbunden, und es war schmerzhaft, immerzu mit ihnen zu leben.«

»Ihr Verlust tut mir sehr leid«, sagte Madame Chappelle mit aufrichtig klingendem Bedauern. »Sie wollten also ein neues Leben beginnen und haben sich für New York entschieden.«

Vianne nickte.

»Und wie lange haben Sie vor hierzubleiben?«

Bis ich hier mein eigenes Atelier eröffne. »Ich habe nicht vor, New York wieder zu verlassen.« *Es gibt für mich keinen Grund, nach Paris zurückzukehren.*

Madame Chappelle taxierte Vianne nachdenklich. Dann sagte sie: »Also gut, sparen wir uns das Larifari, ich rede ohnehin nicht gern drum herum.«

Vianne hatte keine Ahnung, was mit »Larifari« gemeint war, doch den Sinn hatte sie erfasst. Im Übrigen hatte Madame Chappelle etwas, das ihr ausgesprochen gut gefiel. Vielleicht lag es an ihrer Eleganz, gepaart mit einer gewissen Lässigkeit, oder daran, dass sie sich offenkundig wohl in ihrer Haut fühlte. Sie hätte in jedem Pariser Salon bestehen können, wäre sogar der Mittelpunkt gewesen. Doch unter dem gefälligen Äußeren verbarg sich eine clevere Geschäftsfrau, darauf hätte Vianne wetten können.

»Ich habe tatsächlich eine Stelle zu besetzen, aber dabei geht es um mehr als die Arbeit einer Schneiderin.«

Jetzt kommt es, dachte Vianne und hielt die Luft an.

»Ich habe zu viele Kundinnen, um jeder einzelnen von ihnen gerecht zu werden«, fuhr Madame Chappelle fort. »Zwar sind meine Näherinnen alle sehr fleißig und loyal und durchaus fähig, die hohen Ansprüche zu erfüllen, die meine Kundschaft und ich an sie stellen, dennoch brauche ich jemanden, der mir andere Arbeit abnimmt.«

Vianne nickte.

»Im Grunde suche ich jemanden, der drei Rollen ausfüllen kann und es mir erspart, drei neue Leute einstellen zu müssen.«

Wieder nickte Vianne.

»Sie haben geschrieben, dass Sie schnell und zuverlässig arbeiten.«

»Das stimmt. Deshalb bin ich in dem Pariser Modehaus, in dem ich gearbeitet habe, so rasch aufgestiegen. Von einer Modistin bis zur Schneiderin. Ich war Zuschneiderin und Stickerin. Ich kann mit Perlen und Strass arbeiten, mit Pailletten und mit den anderen Verzierungen, die zurzeit bei Etuikleidern in Mode sind.«

Vianne hoffte, dass sie im Englischen keine Fehler gemacht hatte. Seit ihrer Ankunft hatte sie sich so oft wie möglich in dieser Sprache unterhalten, dennoch war ihr bewusst, dass ihre Aussprache zu wünschen übrig ließ.

Madame Chappelle schwieg, und sie beschloss, einfach weiterzusprechen. »Zuletzt habe ich, zusätzlich zu meiner Arbeit als Schneiderin, eine Gruppe Modistinnen und Näherinnen beaufsichtigt.«

»Sie hatten also größere Verantwortung«, sagte Madame Chappelle. »Wie mutig von Ihnen, dann zu entscheiden, dass Sie ein neues Leben anfangen wollen. Noch dazu in einem weit entfernten Land.«

Vianne wollte ihre Gründe nicht wiederholen, und ganz sicher würde sie nicht erwähnen, dass ihr Ziel die Gründung eines eigenen Modehauses war. Und dass dieses Ziel in New York womöglich leichter als in Paris zu erreichen war.

»Sie haben auch geschrieben, dass Sie für sich, Ihre Familie und Freunde Kleider entworfen und genäht haben.«

»*Oui* – ich meine, ja.«

Vianne griff nach ihrer Tragetasche und holte das pfirsichfarbene Ensemble heraus, das ihre Mutter nicht mehr hatte tragen können. Vorsichtig legte sie die beiden Teile über ihren Schoß, so dass am Saum die Wellenlinien aus Glasperlen zu sehen waren und die Rosen, die sie mit so viel Liebe gestickt hatte. Als ihr Blick auf die Schließe fiel – die kostbare Brosche, die ihr Vater ihr überlassen hatte –, schnürte sich ihre Brust zu.

Madame Chappelle stand auf und umrundete den Tisch. »Darf ich mir das einmal näher ansehen?«

»Natürlich.« Vianne breitete die beiden Teile über ihren Armen aus.

Madame Chappelle beugte sich über das Seidenensemble und begutachtete lange jedes Detail. Schließlich richtete sie sich wieder auf. »Erstaunlich. Es könnte in jeder anspruchsvollen Kollektion bestehen.« Sie blickte Vianne an. »Haben Sie das wirklich selbst gemacht?«

»Ja, das habe ich vor sechs Jahren entworfen und angefertigt.«

Madame Chappelle schnalzte anerkennend mit der Zunge. »Haben Sie noch andere Kreationen, die Sie mir zeigen können?«

Vianne legte das zweiteilige Kleid zur Seite, zog ihr Skizzenbuch aus der Tragetasche und überreichte es Madame Chappelle. Die eingeklebten Stoffproben hatten es mittlerweile auf das Dreifache anschwellen lassen.

Madame Chappelle ließ sich wieder an der anderen Seite des Tischs nieder und ging das Buch Seite für Seite durch, studierte dabei jeden Entwurf, insbesondere das großzügig geschnittene und mit Pailletten besetzte Abendkleid aus Tüll, das zu Viannes Lieblingen zählte.

»Ich fasse es nicht«, sagte sie, vertieft in den Anblick des Kleides. »Es ist so schön. Die Pailletten scheinen sich in einer glitzernden Kaskade über den Stoff zu ergießen.«

Glücklich beugte Vianne sich vor und fuhr mit einem Finger an dem Kleid entlang, das sie an einem kalten Wintermorgen in Paris entworfen hatte. Zuerst hatte sie nur am Fenster gesessen und über die im Dunst liegende Place des Vosges geschaut, die verhangenen herrschaftlichen Häuser aus Backstein, den Park. Nach einer Weile hatten erste Sonnenstrahlen den Dunstschleier durchbrochen und waren von den Fensterscheiben der Häuser gegenüber funkelnd zurückgeworfen worden. Die Schönheit dieses Augenblicks hatte sie zu dem Kleid inspiriert. Der Tüll sollte für den Dunst stehen, die Pailletten für die Sonnenstrahlen.

»Die Pailletten sind zweifarbig, silbern auf der Vorderseite, golden auf der Rückseite«, erklärte sie. »Sie überlappen einander und werden, wenn die Trägerin sich bewegt, einen glitzernden Fluss kreieren.«

Madame Chappelle schien sich an der Zeichnung nicht sattsehen zu können.

»Darüber hinaus werden die Pailletten das Licht reflektieren«, fuhr Vianne fort. »Und am Oberteil betonen sie die beiden Stoffbahnen, die auf dem Rücken befestigt werden.« Vianne blätterte zurück und zeigte Madame Chappelle die Vorstudien, den gerafften

Rock, der nur bis knapp über die Knie reichte, und die Einzelheiten des Oberteils.

»Phantastisch«, sagte Madame Chappelle. »Und so originell. Das mag ich ganz besonders. Sie haben niemanden kopiert.«

»Wie Sie sehen, habe ich auf Ärmel verzichtet«, erklärte Vianne eifrig. »Aber der Clou sind die beidseits gefärbten Pailletten.«

»Ich mag den tiefen V-Ausschnitt«, sagte Madame Chappelle. »Und die breiten Bahnen auf dem Rücken. Auch die Länge ist perfekt.«

Vianne blickte sie dankbar an.

»Die Frau, die dieses Kleid trägt, hätte genügend Beinfreiheit zum Tanzen.«

»*Oui.*«

Madame Chappelle reichte Vianne das Skizzenbuch zurück. Dann formte sie die Hände zu einem Zelt und blickte Vianne mit geschürzten Lippen an.

»Eigentlich brauche ich auch eine zweite Designerin«, sagte sie schließlich. »Eine Nachwuchskraft.«

Vianne zwang sich, ruhig zu bleiben.

»Ein Teil der Arbeit wäre recht banal. Sie würden mir assistieren, Stoffe einkaufen, an meine Kreationen letzte Hand anlegen.« Madame Chappelle griff nach der Zigarettenspitze mit der noch immer nicht angezündeten Zigarette. »Ich erwarte von all meinen Angestellten, dass sie mir assistieren, ganz gleich, ob es sich um Schneiderinnen, Schnittmustermacherinnen, Zuschneiderinnen, Stickerinnen oder Nachwuchsdesignerinnen handelt. Wenn nötig, krempelt hier jede die Ärmel hoch und übernimmt die Arbeit, die erledigt werden muss.«

»So muss das auch sein«, sagte Vianne.

»Eine Nachwuchsdesignerin müsste also überall anpacken. Sie müsste in der Lage sein, mit meinen Kundinnen umzugehen, sie zu beraten und die richtigen Kleider für sie zu entwerfen.«

Madame Chappelle suchte jemanden, der Kundinnen beriet? Diese Aufgabe hatte Vianne sich seit Langem gewünscht.

»Darüber hinaus muss sie erfahren genug sein, um die Frauen in der Schneiderei anleiten zu können. Sie muss wissen, was sie zu tun und wie sie es zu tun haben.« Madame Chappelle lachte. »Ich fürchte, das sind bereits mehr als drei Rollen.« Sie wurde wieder ernst. »Mit anderen Worten, Sie würden die Kleider vom ersten bis zum letzten Schritt mit mir verantworten.«

Es klang zu schön, um wahr zu sein, dachte Vianne. Sie dürfte mit den Kundinnen sprechen, typengerechte Kleider entwerfen, die die Kundinnen glücklich machen würden, die Fertigstellung der Kleider beaufsichtigen. Sie würde für eine namhafte Modeschöpferin arbeiten – und für all das bezahlt werden. Es war wie im Märchen.

»Das würde ich alles sehr gern tun«, sagte sie.

Madame Chappelles geschminkte Lippen verzogen sich zu einem Lächeln. »Und natürlich müssten Sie sich über die neuesten Trends auf dem Laufenden halten. Einschließlich der Stoffe, Farben und Schnitte.«

»Selbstverständlich.« Am liebsten hätte Vianne einen Luftsprung gemacht.

»Ich erwarte eine Frau mit einem außergewöhnlichen Gespür für Farbkombinationen und der Fähigkeit, in drei Dimensionen zu denken. Schöne Kleider müssen ihre große Leidenschaft sein.«

Vianne versuchte sich an dem charmanten Lächeln, das sie von ihrer Mutter geerbt hatte, und sagte: »Wenn Sie möchten, kann ich diese Frau sein.«

Madame Chappelle lehnte sich zurück und schlug die Beine übereinander. »Bevor wir uns weiter unterhalten, habe ich eine Aufgabe für Sie. Ein Test, um zu sehen, ob Sie wirklich die Richtige sind.«

Vianne straffte die Schultern. »Ich bin bereit.«

Madame Chappelle lachte. Es war jedoch kein spöttisches Lachen, sondern ein vergnügtes, als freue sie sich über Viannes Entschlossenheit. »Es ist nur ein kleiner Test, Mademoiselle Mercier.«

»Bitte nennen Sie mich doch beim Vornamen«, bot Vianne ihr an. Sie hatte bereits gelernt, dass Amerikaner einander gern so informell anredeten.

»Einverstanden.« Madame Chappelle legte die immer noch unbenutzte Zigarette weg. »Mir ist schon lange keine Frau mehr begegnet, die meine große Liebe zur Mode teilt und gleichzeitig in der Lage ist, einzigartige Kleider zu entwerfen.«

Vianne strahlte.

»Aber«, Madame Chappelle hob einen Zeigefinger, »zuerst die Formalitäten. Und zu ihnen gehört der Test.«

»*Bien sûr*«, sagte Vianne und dachte, dass sie seit Jahren nicht mehr so glücklich gewesen war.

Madame Chappelle lächelte amüsiert. »Meine Kundinnen werden Ihnen zu Füßen liegen, wenn Sie bei den Gesprächen dann und wann etwas auf Französisch einstreuen.«

Sie stand auf. »Kommen Sie. Ich möchte, dass Sie eine meiner liebsten Kundinnen kennenlernen. Mrs. Adriana Conti.« Sie verschwand und kehrte gleich darauf in einem zu ihrem Kleid passenden grünen, pelzgefütterten Mantel zurück.

Madame Chappelle hielt Vianne die Tür auf. »Sie werden mit dieser Kundin sprechen und anschließend ein Kleid für sie entwerfen. Dieses Kleid werden Sie bis zur Fertigstellung betreuen. Das ist der Test, der alles Weitere entscheidet.«

Sie liefen über die Park Avenue. An einer Ecke blieb Madame Chappelle stehen. »Ach, und noch etwas.«

Vianne sah sie erwartungsvoll an und dachte, sogar wenn Madame Chappelle von ihr verlangen würde, einen dieser widerlichen Hotdogs zu essen, würde sie es tun.

Madame Chappelle deutete auf Viannes Kopf. »Sie müssen Ihr Haar auf Kinnlänge schneiden lassen. Der schwere Nackenknoten ist zu altmodisch.«

Vianne unterdrückte einen Seufzer.

Im Weitergehen fragte Madame Chappelle, ob Vianne eine vernünftige Unterkunft gefunden habe oder noch etwas suche.

Vianne erklärte, dass sie noch auf der Suche sei.

»Wenn alles gut geht und Sie Mrs. Conti zufriedenstellen, können Sie sich die Wohnung über meinem Atelier mit Lucia teilen. Lucia macht bei mir die Schnittmuster.«

Vianne bedankte sich höflich, auch wenn sie Madame Chappelle am liebsten stürmisch umarmt hätte.

Schließlich blieben sie vor dem herrschaftlichen Eingang eines Stadthauses stehen. »Da wären wir«, sagte Madame Chappelle. »Giorgio, der Sohn von Mrs. Conti, wird hier im Parterre ein modernes Restaurant eröffnen. Es wird die halbe Etage einnehmen.« Sie deutete zu einer verbarrikadierten Fensterreihe, und Vianne hörte das Hämmern von Handwerkern. »Mrs. Conti wünscht ein Kleid für den Eröffnungsabend. Das wird Ihre Feuertaufe, Vianne.«

»Ich werde mein Bestes geben«, entgegnete Vianne und betete, dass sie Madame Chappelle nicht enttäuschen würde.

Ein Portier öffnete ihnen die schwere Eingangstür.

Sie schritten über einen schwarz-weiß gefliesten Marmorfußboden zu den Aufzügen.

Vianne stellte sich vor, wie Jacques staunen würde, könnte er sie jetzt sehen.

Während sie auf einen Aufzug warteten, sagte Madame Chappelle: »Giorgio Conti ist einer der bestaussehenden und begehrtesten Junggesellen der Stadt. Sollte er bei seiner Mutter sein, rate ich Ihnen, sich nicht von ihm bezirzen zu lassen.«

»Das würde ich niemals tun«, antwortete Vianne.

Madame Chappelle wiegte den Kopf hin und her. »Warten wir es ab. Giorgio ist äußerst charmant. Und Sie sind eine schöne junge Frau, die ihm gefallen wird.«

»Ich würde niemals etwas tun, das Ihrem oder meinem Ruf abträglich wäre«, erwiderte Vianne. »Mein einziges Interesse gilt meiner Arbeit, und ich bin dankbar für die Chance, die Sie mir bieten und die so viel mehr beinhaltet, als ich zu hoffen gewagt hatte.«

Madame Chappelle lächelte. »Das haben Sie schön gesagt. Giorgio Conti ist trotzdem nicht ohne.«

Vor ihnen öffnete sich die Aufzugstür.

Während sie in die Höhe schwebten, wiederholte Vianne in Gedanken ihr Mantra, dass sie alles daransetzen würde, um in New

York erfolgreich zu sein. Das Letzte, was sie wollte, war, sich auf eine Liebelei einzulassen, ganz gleich, ob es sich dabei um den Sohn von Mrs. Conti oder um irgendeinen anderen jungen Mann handelte.

KAPITEL 6

Eloise
New York, Herbst 1924

Es hieß zwar, Nachahmung sei die höchste Form der Anerkennung, doch der Meinung war Eloise Chappelle nicht. Für sie bedeutete Nachahmung schlicht Diebstahl, und über so etwas ärgerte sie sich sehr.

Mit eiligen Schritten lief sie über die Madison Avenue und zog ihren Mantel enger um sich – für einen Tag im Oktober war es erstaunlich kalt.

Schon bald hatte sie den Lärm der belebten Straße ausgeblendet und war in Gedanken wieder bei ihrem Gespräch mit Vianne. Die junge Frau hatte einen fabelhaften Eindruck gemacht, auch bei Adriana Conti war sie sehr gut angekommen. Sie hatte großartige Ideen und war ganz offenkundig kreativ und talentiert, besaß also genau die Eigenschaften, die Eloise bei einer Nachwuchskraft suchte. Dass Vianne Französin war, betrachtete sie als zusätzliches Plus.

Doch dann war Vianne vergessen, und ihre Gedanken kehrten zu dem bevorstehenden Lunchtermin im Kaufhaus Macy's zurück, und sie versuchte zu erraten, warum Lena Davis sie eingeladen hatte. Schließlich ermahnte sie sich, nicht weiter zu grübeln, beim Lunch würde sie ohnehin erfahren, warum Lena sich mit ihr hatte treffen wollen.

Lena, das war die Frau, die Eloises Geschäft schadete, indem sie ihre Kleider kopierte. Von außen ließ Eloise sich nichts anmerken, doch die negativen Folgen machten ihr natürlich zu schaffen. Nun fragte sie sich, warum sie so hilflos mit angesehen hatte, wie Lena ihre Ideen gestohlen und ihre Kleider nachgeschneidert hatte. Und dann hatte sie diese Kleider auf den Laufstegen der großen New Yorker Kaufhäuser vorführen lassen. Sie waren in den Schaufenstern ausgestellt und in Modezeitschriften abgebildet worden. Lena behauptete natürlich, dass es sich um ihre eigenen Kreationen handele.

An manchen Tagen kostete es Eloise große Kraft, überhaupt noch weiterzumachen, neue Kleider zu entwerfen und auch ihre Angestellten zum Durchhalten zu motivieren. Inzwischen hatten nämlich auch die Frauen, die für sie arbeiteten, festgestellt, dass Kleider, in die sie Herzblut investiert hatten, unter einem anderen Markennamen Erfolge feierten. Vielleicht, sagte sich Eloise, würde Vianne ihr helfen, das Steuer wieder herumzureißen.

Es würde jedoch nicht leicht sein. Mittlerweile war Lena zu einer wohlhabenden Frau mit besten Beziehungen aufgestiegen.

Eloise erinnerte sich noch gut an den Tag, als sie Lena kennengelernt hatte. Es war bei einer Modenschau im Saks Fifth Avenue gewesen. Eine Schau in einem noblen Kaufhaus war damals noch etwas Besonderes gewesen. Heute fanden sie in allen Kaufhäusern New Yorks statt, so häufig, dass die Kundschaft begonnen hatte, sich zu beschweren. Es hieß, man könne nicht einmal mehr eine Tasse Kaffee trinken, ohne dass Models an einem vorbeimarschierten.

Damals hatte Lena nicht mehr als eine kleine Schneiderei in einer unbedeutenden Seitenstraße Manhattans besessen. Eloise hatte noch genau vor Augen, wie die hübsch gekleidete Frau auf sie zugekommen war und Eloises Kreationen in den höchsten Tönen gelobt hatte. Eloise hatte ein ungutes Gefühl gehabt, das sie sich aber nicht hatte erklären können. Vor allem aber hatte sie sich geschmeichelt gefühlt.

Nun zahlte sie den Preis für ihre Eitelkeit.

Warum hatte sie nicht erkannt, dass Lena sie ausfragte? Warum hatte sie ihr so bereitwillig erzählt, dass ein Saum aus Fransen oder Quasten beim Tanzen größere Beinfreiheit bot? Sie hatte ihr sogar das orangerote Kleid aus Seidensamt beschrieben, mit dem sie ganz groß hatte herauskommen wollen. Es sollte ein besonderes Kleid werden, mit einem schmalen Samtgürtel auf der tief sitzenden Taille. Doch der Clou wären die pfirsichfarbenen, gestuft angeordneten Bänder aus Perlenstoff gewesen, die von der tiefen Taille ausgehend über den Rock gefallen wären. Sie hätten nicht nur das Licht reflektiert, sondern wären auch bei jedem Schritt mitgeschwungen. Zudem hätte der Kontrast zwischen orangerot und pfirsichfarben aufregend und raffiniert zugleich gewirkt.

Wenig später brachte Lena genau dieses Kleid heraus, nur dass sie als Kontrastfarben Aquamarin und Himmelblau gewählt hatte. Am schlimmsten war, dass sie Eloise mit diesem Kleid auf den Laufstegen zuvorgekommen war. Es markierte den Beginn von Lenas Karriere als gefragte Modeschöpferin.

In den Interviews, die Lena den großen Modezeitschriften gab, erzählte sie stets, der Entwurf zu diesem blauen Kleid sei ihr im Traum erschienen. Eloise hatte ihren Augen nicht getraut, als sie das las.

Wenig später eröffnete Lena ein großes Modehaus. Es erhielt den Namen »Pearl«, und fortan stand es für eine New Yorker Mode, die es mit den Pariser Vorbildern aufnehmen konnte. Als Nächstes schaffte es Lena, mit Macy's einen Exklusivvertrag abzuschließen. In jeder Saison bot Macy's nun eine Auswahl ihrer Kollektionen in einem Vorführraum an, der nur einem gehobenen Kundenkreis offenstand.

Eloise hatte emotional und finanziell gelitten unter der Hinterhältigkeit dieser Konkurrentin. Dennoch war sie nicht bereit, ihrerseits Kleider für Kaufhäuser zu entwerfen, allein aufgrund der Arbeitsbedingungen, die dort für Näherinnen herrschten. Die Frauen hatten Zwölfstundentage, arbeiteten beengt in sogenannten »Nähstuben«, wurden schlecht behandelt und noch schlechter bezahlt.

Eloise war sich treu geblieben. Von Anfang an hatte sie sich ein Atelier gewünscht, in dem maßgeschneiderte Kleider angefertigt wurden, nicht Vorlagen für Konfektionsware. Sie zahlte ordentliche Löhne und bot normale Arbeitszeiten. Überstunden waren eine Ausnahme und Kündigungen eine Seltenheit.

Doch sie spürte den Konkurrenzdruck der Kaufhäuser, mit deren Preisen sie nicht mithalten konnte. Leider schien der Trend zur Massenware zu gehen. Sie konnte bloß hoffen, dass Vianne tatsächlich so kreativ war, wie es den Anschein hatte, und Kleider entwarf, die Lenas Fähigkeit, sie zu kopieren, überstiegen.

Dann und wann hatte Eloise überlegt, Lena zu verklagen, und es sich jedes Mal wieder ausgeredet. Lena hatte zu viele Bewunderer, zu gute Beziehungen. Eine Klage würde zu einem Skandal führen, der Eloise und nicht Lena schaden würde. Man würde ihr nachsagen, dass sie ihrer Konkurrentin den Erfolg neidete. Eloise nahm an, dass Lena sich dessen bewusst war und es sich zunutze machte.

Dennoch musste sie etwas unternehmen. Anfangs hatte Lena sich damit begnügt, das ursprüngliche blaue Kleid immer wieder zu variieren. Dann jedoch hatte sie angefangen, auch andere Kleider aus Eloises Kollektionen zu kopieren, bis hin zu den Verzierungen und Applikationen. Eigene Ideen hatte sie offenbar nicht.

Eloise verstand nur nicht, dass sie selbst und die Frauen, die für sie arbeiteten, offenbar die Einzigen in New York waren, denen das auffiel.

Und nun hatte sie von Lena eine Einladung zum Lunch erhalten. Der Gedanke, dieser Frau gleich gegenüberzusitzen, war ihr zuwider, aber sie war auch neugierig und wollte erfahren, was Lena ihr zu sagen hatte.

An der Ecke Madison und 34th Street blieb Eloise stehen und beschirmte die Augen mit der Hand vor den Sonnenstrahlen, die die schweren dunklen Wolken durchdrungen hatten. Tage wie diese, regnerisch und grau, ließen sie stets voller Sehnsucht an das Wetter in Texas denken. Dort hatte sie ihre Kindheit und Jugend verbracht, und sie vermisste die Hitze und den ewig blauen Himmel, ebenso wie die endlose Weite des flachen Landes.

Ihr Vater hatte eine Ranch an der Grenze zu Mexiko besessen. *Verplappere dich nicht wieder*, hätte er ihr vor dem Treffen mit Lena geraten. *Du weißt, dass du Lena Davis nicht trauen kannst.*

Er war ein guter Geschäftsmann gewesen.

Bis er alles verloren hatte.

Die Erinnerung daran schmerzte Eloise noch immer.

Sie dachte an die Jahre vor 1880, als er seine Rinderherden über die Great Plains von Oklahoma bis hinauf nach Kansas getrieben hatte. Von dort aus wurden sie in die Schlachthäuser Chicagos transportiert. Damals wurde das Fleisch von Longhornrindern zu Höchstpreisen verkauft, war insbesondere in den Städten an der Ost- und Westküste begehrt.

Dann wurden überall in Texas und den Great Plains Eisenbahnstrecken ausgebaut und neue Städte gegründet. Dadurch erhöhte sich der Wert des Bodens, und die Rancher begannen, um Weideland zu konkurrieren. Stacheldrahtzäune wurden errichtet, die Möglichkeiten, die Herden über offenes Land gen Norden zu treiben, wurden beschnitten. Hinzu kamen Dürreperioden, verheerende Unwetter und das Zeckenstichfieber. Letzteres bedeutete, dass die Rinderherden isoliert werden mussten, um die Menschen vor Ansteckung zu schützen. Die Preise für das Fleisch der Longhornrinder fielen. Das war das Ende für kleine Rancher wie Eloises Vater.

Zuletzt blieb ihm nichts anderes übrig, als sein Land zu verkaufen, einschließlich des großen Wohnhauses mit der Veranda, von der aus man bis zum Horizont hatte blicken können. Die Familie machte sich auf den Weg nach New York, der Stadt, die ihre neue Heimat werden sollte. Doch Eloises Vater erlag auf halbem Weg einem Herzinfarkt.

Eloise war einundzwanzig, als sie und ihre Mutter ohne ihn in New York ankamen und in eine winzige Wohnung zogen. Um zu überleben, musste sie sich sogleich Arbeit suchen. Sie begann als Näherin und legte jeden Penny zur Seite, um sich eines Tages selbstständig machen zu können.

Nun, zwanzig Jahre später, teilte Eloise sich noch immer eine Wohnung mit ihrer Mutter, nur war sie größer als die erste, gehörte Eloise und lag in einer schönen, baumbestandenen Straße von

Greenwich Village. Den Haushalt führte Eloises Mutter. Bei ihr tankte Eloise Kraft, wenn Lenas erfolgreiche Machenschaften ihr so sehr zusetzten, dass sie kurz davor war, aufzugeben.

Immer wieder tröstete ihre Mutter sie und versicherte ihr, Lena Davis könne es mit ihr nicht aufnehmen. Eloise wünschte, sie könnte das glauben. Zwar hatte sie eine treue Kundschaft, wohlhabende Frauen, die ihre Garderobe ausschließlich bei ihr bestellten, doch ihr fehlten die jungen Frauen, die von Lenas Konfektionsware angezogen wurden, die sogenannten »Flapper« der neuen Generation, die nun die Mode bestimmten. Ihre Hoffnung war, dass Vianne es schaffen würde, diese Gruppe für sich zu gewinnen.

Bei Macy's angekommen, straffte Eloise ihre Schultern und stieß die Eingangstür auf. Sie durchquerte das Parterre, vorbei an Glasvitrinen, Verkäuferinnen und Kundinnen, deren Getümmel und Stimmengewirr sie für einen Moment von ihren Sorgen ablenkten. Sie betrat einen Aufzug und fuhr hinauf zu dem Restaurant im sechsten Stock.

Lena saß bereits an einem der Tische. Ihr schwarzes Haar glänzte, und sie hatte ihre Pelzstola über der Sitzbanklehne drapiert. Sie lächelte Eloise mit kirschrot geschminkten Lippen an.

Langsam und voller Widerwillen schlängelte Eloise sich an den anderen Tischen vorbei zu ihr durch. Mit einem Mal bemerkte sie, dass Lena nicht allein war, und sie erkannte den Mann bei ihr, auch wenn er mit dem Rücken zu ihr saß.

Für einen Moment verharrte Eloise unschlüssig, dann nahm sie einen tiefen Atemzug und ging weiter.

Lena wandte sich einer Frau zu, die an ihrem Tisch stehen geblieben war, und wechselte mit ihr ein paar Worte, bevor sie sich wieder umdrehte und Eloise von oben bis unten musterte. »Da sind Sie ja«, sagte sie, als hätte sie stundenlang auf Eloise gewartet. Mit einer gezierten Geste bedeutete sie ihr, sich auf den freien Platz an der Seite des Mannes zu setzen. Ihr Nagellack hatte die gleiche Farbe wie ihr Lippenstift. »Schön, dass Sie uns Gesellschaft leisten. Eddie Winter kennen Sie ja. Er hat für uns beide schon alkoholfreie Cocktails bestellt, wir wussten ja nicht, ob Sie kommen oder nicht.«

Eloise streifte ihren Mantel ab und deponierte ihn neben Lenas Stola. »Wenn ich verhindert gewesen wäre, hätte ich mich gemeldet.«

Sie reichte Eddie Winter die Hand. Er war der noch recht junge Chefredakteur der *Bella*, eines New Yorker Modejournals, das sowohl in Sachen Tageskleidung als auch bei der Haute Couture als führend galt.

Beunruhigt fragte Eloise sich, was Winter bei ihrem Treffen zu suchen hatte, ließ sich jedoch nichts anmerken.

Winter trug einen weit geschnittenen Anzug, den man als lässig-elegant bezeichnen konnte, das gewellte, brünette Haar war zu einem Seitenscheitel frisiert, und die Schildpattbrille hatte kreisrunde Gläser. Alles entsprach der neuesten Mode.

Eloise spürte, wie sich ihre Schultern vor Nervosität verkrampften. Zudem war es ihr in dem bis auf den letzten Platz besetzten Restaurant unangenehm warm.

Winter winkte eine Kellnerin herbei. Ohne Eloise nach ihren Wünschen zu fragen, bestellte er auch für sie einen Cocktail.

Dann wandte er sich Eloise zu. »Ich muss zugeben, dass mich die Vorstellung einer Story über Lena und Sie begeistert.«

»Einer Story über uns?« Eloise sah Lena an, die ihrem Blick auswich und an ihrem Cocktail nippte.

»Entschuldigen Sie, Eddie, aber ich kann Ihnen nicht ganz folgen. Sprechen Sie von einer Story in *Bella*? Wenn ja, höre ich davon zum ersten Mal.« Eloise hatte sich gezwungen, ganz ruhig zu sprechen. Am liebsten wäre sie aufgestanden und gegangen, doch das wäre unklug gewesen.

Die Kellnerin brachte Eloises Cocktail und verteilte Speisekarten auf dem Tisch.

»Kein Problem, ich werde es Ihnen erklären.« Winter nippte an seinem schon halb leeren Cocktail. »Wir dachten, es wäre großartig, in einer unserer nächsten Ausgaben über Sie und Lena zu berichten. Ihnen verdankt die New Yorker Mode schließlich die Fransenkleider aus Seidensamt. Ich bin sicher, dass unsere Leserinnen alles über Sie erfahren möchten. Woher Sie Ihre Ideen nehmen, was Sie als Nächstes kreieren werden und so weiter.«

Lena lächelte Eloise honigsüß an.

Steh auf und geh, hörte Eloise die Stimme ihres Vaters. *Mit dieser Frau solltest du nichts mehr zu schaffen haben.*

Winter sah sie an, vielleicht erwartete er von ihr einen Freudenschrei. »Es wäre fabelhafte Werbung für Sie. Sie müssen nur noch sagen, wann und wo wir Sie interviewen dürfen.«

Eloise wandte sich Lena zu, wollte ihr signalisieren, dass sie nicht im Traum an einer gemeinsamen Story mit ihr interessiert war, und prallte an der Härte ihres Blicks ab.

Einen Moment lang versuchte sie, sich die Welt dieser Frau vorzustellen, in der es ausschließlich um materielle Werte ging, nie um Anstand, Rücksichtnahme oder die Freude am kreativen Schaffen.

Und plötzlich verlor sie alles Furchteinflößende, war nicht mehr die Dämonin, die Eloise seit Jahren verfolgte, sondern nur noch eine Frau, die nichts weiter vermochte, als zu lügen, betrügen und Geld zu raffen.

Eloise nahm einen Schluck, stellte ihr Glas ab und sah Winter an. »Für das ›wann und wo‹ ist es noch ein bisschen zu früh. Denn ich mache nur unter einer Bedingung mit. Sonst gibt es keine Story.«

Winter hatte ein silbernes Zigarettenetui hervorgezogen und es auf den Tisch gelegt. »Und die wäre?«

Eloise tippte das Etui an, bis es sich drehte und das gespiegelte Deckenlicht aufblitzen ließ. »Ich möchte als Erste interviewt werden.« Noch einmal würde sie sich von Lena nicht hereinlegen lassen. »Und dann werde ich die wahre Geschichte dieses Kleides aus Seidensamt erzählen. Denn es war meine Idee, diesen Stoff zu wählen und die Fransen gestuft anzuordnen.«

Winter entnahm dem Etui eine Zigarette, steckte sie an und blies den Rauch in die Luft. »Sprechen Sie weiter. Ich bin ein Zeitungsmann, ich liebe Sensationen.«

»Oh, ich bin sicher, in dem Fall werden Sie auf Ihre Kosten kommen.« Eloise griff nach ihrem Glas. »Meine Kreationen sind nämlich ausnahmslos Originale, beruhen immer auf meinen Ideen, nie auf denen einer anderen Modeschöpferin. Ich habe es gar nicht nötig, Ideen zu stehlen und Entwürfe zu kopieren. Abgesehen davon wäre es mir peinlich.« Sie wandte sich Lena zu. »Ich bin sicher, Sie sind da ganz meiner Meinung.«

Lena hob die Schultern. »Ich weiß nicht, was Sie unter ›Ideen stehlen‹ verstehen. Ideen lassen sich nicht anfassen, wie soll man sie da stehlen? Allerdings halte ich es durchaus für möglich, dass zwei Modeschöpferinnen die gleiche Idee haben, sie jedoch unterschiedlich umsetzen. Oder meinen Sie nicht, Miss Chappelle?«

Winter lehnte sich zurück und schaute zwischen den beiden Frauen hin und her. Um seinen Mund spielte ein Lächeln. Offenbar versprach dieser Lunch deutlich interessanter zu werden, als er erwartet hatte.

»Das kann vielleicht ein Mal vorkommen«, erwiderte Eloise, »aber nicht ständig.« Sie sah Winter an. »Ich arbeite grundsätzlich mit eigenen Ideen, vom ersten Entwurf bis zur Fertigstellung eines Kleids. Deshalb auch der Begriff ›Modeschöpferin‹.«

Lena lachte und schüttelte den Kopf.

»Glücklicherweise habe ich unentwegt neue Ideen«, fuhr Eloise fort. »Sie sollten mich also nicht unterschätzen, Mrs. Davis. Bedauerlicherweise habe ich Sie einmal überschätzt und für einen fairen Menschen gehalten. Das war ein Fehler.«

Winter beugte sich vor und streifte seine Zigarette am Aschenbecher ab.

»Sie haben damals gesagt, Sie hätten das Kleid aus Seidensamt geträumt«, fuhr Eloise fort. »Vielleicht hielten Sie das für eine originelle Idee. Oder aber der Begriff ›originell‹ ist für Sie einfach ein Fremdwort.«

Es tat Eloise gut, Lena Davis vor Eddie Winter bloßzustellen. Es belebte sie regelrecht, und das war ein Gefühl, das sie seit Langem nicht mehr gehabt hatte.

Lena leerte ihr Cocktailglas, dann griff sie nach ihrer Handtasche und der Pelzstola. Sie entschuldigte sich bei Winter, sagte, sie müsse leider schon gehen. Ohne Eloise eines Blickes zu würdigen, verließ sie das Restaurant.

Winter lachte. »Eloise kam, sah und siegte.« Er ließ das Zigarettenetui aufschnappen. »Darf ich Ihnen eine Zigarette anbieten?«

Eloise nahm das Angebot dankend an, und er gab ihr Feuer.

»Um was genau ging es da gerade eigentlich?«, fragte er und wirkte noch immer belustigt.

Eloise zwinkerte ihm zu. »Vor Journalisten gehe ich lieber nicht ins Detail.«

Winter zuckte die Achseln. »Ich weiß trotzdem, dass Lena nicht Ihre Klasse besitzt.«

»Natürlich nicht.« Eloise nahm einen tiefen Zug von ihrer Zigarette. Dann vertiefte sie sich in die Speisekarte und beschloss, ihren Triumph mit einem Filet Mignon zu feiern.

»Wir werden also nur über Sie berichten«, sagte Winter. »Vielleicht können Sie uns dabei schon etwas über Ihre Frühlingskollektion verraten. Mir scheint, dass Stoffblumen an Kragen, Gürteln und Schärpen groß im Kommen sind.«

Eloise trank den letzten Rest ihres Cocktails. »Oh, ich habe noch ganz andere Dinge im Kopf. Sie werden staunen.«

KAPITEL 7

Vianne
New York, Herbst 1924

»Jetzt kannst du die Augen aufmachen«, sagte Lucia.

Vianne tat, wie ihr geheißen, beugte sich vor und starrte in den Spiegel.

Sie und Lucia waren in der Schneiderei. Dort hatte Lucia sich Viannes Haaren angenommen.

Vorsichtig drehte Vianne den Kopf hin und her. Das Haar reichte ihr nur noch bis zum Kinn und war zu einem feschen Seitenscheitel frisiert. Ihre blauen Augen wirkten plötzlich riesengroß, und die dunklen Wimpernkränze schienen sich noch deutlicher von ihrem blassen Teint abzuheben. Auch das winzige Muttermal auf ihrer linken Wange fiel nun auf. Unsicher berührte sie ihren Nacken, tastete nach dem schweren Haarknoten, der nicht mehr da war.

Lucia legte ihre Schere beiseite und begutachtete Vianne mit zufriedener Miene. »Du siehst fabelhaft aus.«

Vianne fing Lucias Blick im Spiegel auf und versuchte sich an einem Lächeln.

Sie befanden sich allein im Atelier, die anderen Frauen waren zur Mittagspause nach draußen gegangen, und Madame Chappelle war irgendwo zum Lunch verabredet.

Vianne berührte die weichen, blonden Wellen, die ihr Gesicht umrahmten. Ihr Kopf fühlte sich leichter an, aber auch sehr fremd.

Lucia lachte. »Komisches Gefühl, oder? Aber wenn du morgen früh aufwachst, wirst du froh sein, dass du dich nicht mehr umständlich frisieren musst.« Sie zupfte eine Strähne zurecht. »Du wirst auch viel beschwingter tanzen.«

»Tanzen?«, fragte Vianne. Sie hatte keine Ahnung, wo man in New York tanzen gehen konnte.

»Darum kümmern wir uns als Nächstes«, sagte Lucia. »In New York sind die meisten Frauen passionierte Tänzerinnen.«

Vianne warf einen Blick auf den Fußboden, wo sich ihre abgetrennten Locken häuften. Dann schaute sie wieder in den Spiegel, sah im Geist ihre Mutter und Anaïs, beide mit langem blondem Haar.

Lucias Stimme durchbrach ihre Erinnerungen. »Mit dieser Frisur blickst du dem Leben scharf ins Auge und sagst ihm, was Sache ist.«

Vianne konnte nicht aufhören, ihre Haare zu betasten. Zögernd nickte sie. »Ja, vielleicht sollte ich es so sehen.«

Lucia trat zurück und begann, Arme und Beine zu schütteln. »Komm, ich zeig dir, wie man Charleston tanzt.«

Lächelnd betrachtete Vianne die zierliche junge Frau mit dem kurzen schwarzen Haar und den breiten Wangenknochen, die nun vor dem großen Fenster, das zum Hinterhof hinausging, wie eine Wilde tanzte. Sie umrundete die Arbeitstische, scharwenzelte hüftschwingend an den Nähmaschinen vorbei, dann an dem Regal mit den Schüben voller Knöpfe, Bänder, Perlenschnüre, Schleifen und Schnallen, dem Schrank, in dem sich Stoffe stapelten, und zuletzt an der Wand, wo an Ständern und über Schneiderpuppen fertige Kleidungsstücke hingen.

Viannes Blick blieb an dem Cape hängen, das es ihr angetan hatte. Goldie und Mollie, zwei Näherinnen, hatten es ihr an ihrem ersten Tag voller Stolz gezeigt. Es war aus hellbraunem Satin und hatte einen Hermelinkragen, doch das Beste war das karierte Futter, das zu dem edlen Satin und dem kostbaren Kragen einen interessanten Kontrast bildete.

»Habt ihr in Paris keinen Charleston getanzt?«, fragte Lucia leicht außer Atem, legte die Hände auf die Knie und machte abwechselnd X- und O-Beine.

Vianne fühlte sich ein wenig verlegen. Sie wollte Lucia die Laune nicht verderben, indem sie erklärte, sie sei zu unglücklich gewesen, um auszugehen und die neuesten Tänze zu lernen.

Lucia trat an das Grammophon, über dessen Zweck Vianne sich bereits gewundert hatte. »Komm, tanz mit mir!«

»Dürfen wir denn Musik anmachen?«, fragte Vianne ängstlich. In dem Pariser Modehaus, in dem sie gearbeitet hatte, wäre das undenkbar gewesen. Dort hatten sie alle unter Beobachtung gestanden. Zwar war der Streik der Näherinnen und Modistinnen im vorletzten Kriegsjahr erfolgreich gewesen – sie hatten mehr freie Stunden herausgeschlagen, und ihr Lohn war erhöht worden –, doch ihr Arbeitstag blieb hart. Vom stundenlangen Sitzen hatte Vianne jeden Abend Rückenschmerzen gehabt und war zu Fuß zur Place des Vosges gelaufen, nur um ihre verspannten Muskeln zu lockern. Insgesamt war es ihr jedoch deutlich besser ergangen als ihren Kolleginnen. Sie hatte in Marguerites Wohnung ein schönes Zimmer gehabt, wohingegen etliche der anderen Frauen in ärmlichen Verhältnissen lebten, mitunter ihre Ehemänner im Krieg verloren und Kinder zu ernähren hatten. Selbst wenn Musik bei der Arbeit erlaubt gewesen wäre, hätte wahrscheinlich keiner der Sinn nach Tanzen gestanden.

Lucia legte eine Schallplatte auf. »Miss Ellie ist eine gute Chefin und keineswegs so streng, wie sie auf den ersten Blick vielleicht wirkt. Sie hat nichts dagegen, wenn wir uns ab und zu ein bisschen austoben. Tanzen tut gut nach dem langen Sitzen. Ohne ein wenig Bewegung würden wir ja verrückt werden, das weiß auch Miss Ellie.« Vorsichtig setzte sie die Nadel auf die Schallplatte. Man hörte ein leises Rauschen, und dann ertönte die schnelle, rhythmische Musik des Charleston, der in Amerika zurzeit der populärste Tanz war.

»Komm schon«, rief Lucia. »Wenn du ausgehen willst oder zu Partys eingeladen wirst, musst du wissen, wie man Charleston tanzt. Sieh mal.« Sie ging wieder in Hockstellung, fasste ihre Knie und bewegte sie rasch hin und her.

Vianne lachte, der Anblick war einfach zu grotesk.

Doch sie mochte Lucia. Hier in New York würde sie sich bald heimisch fühlen, das spürte sie deutlich – vielleicht sollte sie tatsächlich aufstehen und diesen sonderbaren Tanz üben. »Vianne, worauf wartest du?« Ungeduldig winkte Lucia sie zu sich.

Vianne stand auf und stellte sich neben Lucia. »Also gut, zeig mir, wie es geht.«

»Pass auf.« Lucia machte einen Schritt vor und einen zurück.

Vianne tat es ihr nach.

»Jetzt einen vor, zwei zurück und wieder einen vor. Klar?«

Vianne nickte.

»Und nun schneller. Und hopp. Vor, zurück, zurück, vor.«

Die Musik war mitreißend, und Lucias Augen funkelten vor Freude, als sie Vianne zeigte, wie man mit den Armen wedelte und die Knie auf diese irrwitzige Weise bewegte.

»Schneller!«, rief Lucia und strich sich ein paar Haarsträhnen aus dem Gesicht. »Beweg deine Hüften. Dreh die Füße nach außen – jetzt nach innen – geh seitlich! Vergiss die Arme nicht! Schneller, Vianne!«

Vianne spürte ihre erhitzten Wangen und rang nach Atem.

»Nicht aufhören!« Lucia griff nach Viannes Hand. »Jetzt tanzen wir zusammen!«

Vianne bewegte Knie und Füße hin und her, wedelte mit den Armen, schlenkerte mit den Beinen und konnte sich nicht erinnern, wann sie zum letzten Mal so viel Spaß gehabt hatte.

Als die Schallplatte zu Ende war, keuchte Vianne und stützte sich auf ihren Arbeitstisch. »Ich kann nicht mehr.«

»Das war erst der Anfang.« Lucia klappte den Deckel des Grammophons zu. »Als Nächstes gehst du abends mit uns aus.«

Vianne wollte gerade fragen, wer mit »uns« gemeint war, als sie Madame Chappelles Stimme hörte und erstarrte. Sie warf Lucia einen beunruhigten Blick zu, doch diese wirkte vollkommen gelassen.

»Lucia!«, rief Madame Chappelle, öffnete die Tür und betrat die Schneiderei. Ihr folgte ein attraktiver, gut gekleideter Mann mit modischer Schildpattbrille.

Madame Chappelles Blick fiel auf die blonden Haarsträhnen auf dem Fußboden, die Vianne und Lucia beim Tanzen aufgewirbelt hatten. Sie deutete darauf und runzelte die Stirn. »Darf ich fragen, was das soll?«

Betreten berührte Vianne ihr kurzes Haar.

Madame Chappelles Begleiter schien ein Grinsen zu unterdrücken.

»Wir machen sofort sauber«, erklärte Lucia hastig, öffnete einen Schrank und holte Handfeger und Kehrblech heraus. »Ich habe Vianne die Haare geschnitten, wie Sie es gewünscht haben. Nicht ein einziges Haar ist an die Kleider und Stoffe geraten.«

Madame Chappelle verschränkte die Arme vor der Brust, sagte jedoch nichts.

Lucia begann, die Haare aufzufegen.

Vianne schaute zu Boden und war sich sicher, dass sie nun ihren Job verlieren würde, noch bevor sie richtig damit angefangen hatte.

Madame Chappelle atmete tief durch. Dann sagte sie: »Darf ich Ihnen zwei meiner Mitarbeiterinnen vorstellen, Eddie?« Sie wies auf Vianne. »Vianne Mercier ist erst vor Kurzem aus Paris gekommen. Wie man sieht, hat sie sich gerade die Haare schneiden lassen. Bei der jungen Dame, die den Fußboden so eifrig fegt, handelt es sich um meine Schnittmustermacherin Lucia Martini, die eigentlich wissen müsste, dass mein Atelier kein Friseursalon ist.« Einen Moment lang betrachtete sie ihre beiden Angestellten kopfschüttelnd. »Wie dem auch sei, der Herr an meiner Seite ist Eddie Winter, Chefredakteur der *Bella*.«

Vianne errötete. Auch das noch!

Lucia bedachte Mr. Winter mit einem liebenswürdigen Lächeln. »Ich bin leider keine vornehme Pariserin, sondern nur ein Mädel aus Greenwich Village, das aber sehr gern mal nach Paris fahren würde.«

»Was soll ich erst sagen?«, erwiderte Winter mit einem warmen Lächeln. »Ich komme weder aus dem Village noch aus Paris.« Woher er kam, behielt er für sich.

Vianne wagte einen Blick zu ihm hinüber. Er war wirklich ein gut aussehender Mann. Als er sie ansah, errötete sie noch heftiger.

»Entschuldigen Sie die Unordnung.« Lucia fegte die letzten Haare in den Mülleimer. »Diese Pariserinnen haben wirklich eine Unmenge langer Haare.« Sie legte Handfeger und Kehrblech beiseite und klopfte sich die Hände sauber.

Madame Chappelle hatte ihr und Vianne offenbar bereits verziehen, denn auf ihrem Mund deutete sich ein kleines Lächeln an.

»So erfahre ich wenigstens einmal, wie es hinter den Kulissen eines Modehauses aussieht«, erklärte Winter galant.

»Normalerweise geht es bei uns nicht ganz so ungeniert zu«, sagte Madame Chappelle und klatschte in die Hände. »Bitte wieder an die Arbeit, meine Damen.«

»Es tut mir leid, dass wir Ihre … Arbeit gestört haben.« Mr. Winters Augen funkelten vergnügt.

Vianne öffnete den Mund, um etwas zu sagen und nicht mehr nur wie ein Stockfisch dazustehen, doch in diesem Moment flog die Tür auf, und die anderen Frauen kamen lachend und plaudernd aus der Mittagspause zurück.

Adeline, die als Erste durch die Tür getreten war, legte ihren dunkelroten Samthut und den dazu passenden Mantel ab und musterte Mr. Winter interessiert.

»Eddie, das hier ist Adeline«, erklärte Madame Chappelle. »Ihre Spezialität ist die Feinarbeit, also Stickerei und Applikationen.«

Adeline lächelte selbstgefällig und begrüßte Mr. Winter. Er lehnte schmunzelnd neben einer der Nähmaschinen, die langen Beine lässig von sich gestreckt, und nickte ihr zu.

Madame Chappelle winkte Mollie und Goldie zu sich. »Das hier ist Mr. Winter, der über uns schreiben wird.«

Die jungen Frauen beäugten ihn neugierig.

Madame Chappelle wandte sich wieder an Mr. Winter. »Mollie und Goldie sind meine Näherinnen. Ohne sie wäre ich verloren. Wenn nötig, springen sie auch bei der Feinarbeit ein. Wir arbeiten als Team, das ist für mich sehr wichtig. Ich skizziere die Entwürfe, Lucia fertigt die Schnittmuster an. Nach den Mustern schneiden Mollie und Goldie einen einfachen Stoff zu und heften die Teile auf eine Schneiderpuppe. Ich prüfe die Passform, und wenn alles so ist, wie ich es mir vorstelle, wird das Kleid aus dem Stoff zugeschnitten und genäht, den ich mit der Kundin ausgesucht habe.«

Mollie strich sich die mausbraunen Haare zurück, die vom Wind ganz zerzaust waren. »Sie haben Vianne vergessen.«

Wieder errötete Vianne.

»Richtig«, sagte Winter. »Welche Aufgaben hat die frisch eingetroffene Pariserin?«

»Vianne unterstützt mich bei den Entwürfen.« Madame Chappelle schenkte Vianne einen ermutigenden Blick. »Darüber hinaus wird sie auch selbstständig Kleider designen und mich zu meinen Kundinnen begleiten. Falls erforderlich, wird sie ihren Kolleginnen helfen, insbesondere bei den Verzierungen, die ja bei der aktuellen Mode ungemein wichtig sind.«

»Reizend«, sagte Winter und sah dabei Vianne an.

»Genug geplaudert«, sagte Madame Chappelle. »Mr. Winter wird mich jetzt für seine Zeitschrift interviewen, und um vier Uhr kommt Mrs. Patterson zur Anprobe. Ich erwarte, dass ihr Cape bis dahin für sie bereit ist.«

»Es ist so gut wie fertig«, entgegnete Mollie und deutete auf das Cape aus Satin, an dem Vianne so großen Gefallen gefunden hatte.

Madame Chappelle richtete ihren Blick auf Vianne. »Punkt fünf möchte ich Sie in meinem Büro sehen. Bis dahin müssen Ihre Entwürfe für Mrs. Conti stehen.«

Winter zupfte ein paar Fäden von seiner Anzugjacke und trat in Madame Chappelles Büro.

Goldie und Mollie setzten sich an ihre Nähmaschinen, Lucia ließ sich an ihrem Tisch nieder und vertiefte sich in die Muster, die sie angefertigt hatte.

Auch Vianne kehrte zu ihrem Arbeitsplatz zurück.

Adeline gesellte sich zu ihr. »Ich wusste gar nicht, dass du Miss Ellie bei den Entwürfen helfen wirst«, sagte sie missmutig. »Die Familie meiner Mutter kommt übrigens auch aus Frankreich. Aus Lyon. Sie waren Seidenweber, schon seit Generationen. Die Arbeit mit kostbaren Stoffen liegt mir also im Blut. Kannst du das auch von dir behaupten?«

Vianne wandte sich zu ihr um und blickte in kalte blaue Augen. Adeline schien in ihr eine Konkurrentin zu sehen. Das kannte sie bereits aus dem Pariser Modehaus, dort hatten alle Frauen verbissen um Anerkennung gekämpft und darum, die Beste zu sein. Adeline definierte sich anscheinend über ihre Vorfahren, die Seidenweber aus Lyon. Vianne hätte beinahe darüber gelacht, doch sie wollte keinen Ärger und sagte so freundlich wie möglich: »Ich bin sicher, dass wir ganz wunderbar zusammenarbeiten werden.«

Adeline zuckte mit den Schultern, ging zu ihrem Arbeitsplatz und zog ein mit Perlen gefülltes Glas zu sich heran.

»Bitte nicht plaudern, Vianne«, ermahnte Madame Chappelle. »Konzentrieren Sie sich bitte auf das Kleid für Mrs. Conti. Sie zählt zu meinen anspruchsvollsten Kundinnen.«

Vianne murmelte eine Entschuldigung. Dass Madame Chappelle noch immer im Raum war, hatte sie nicht mitbekommen.

Mit zittriger Hand griff sie nach den Entwürfen, die sie skizziert hatte, holte tief Luft und versuchte, nicht darüber nachzudenken, dass das Kleid für Mrs. Conti ihre »Feuertaufe« war.

*

Nach zwei Stunden hatte Vianne noch immer nichts zustande gebracht, das sie überzeugend fand. Auf ihrem Tisch häuften sich die zusammengeknüllten Skizzen, keine davon zeigte das Richtige für die Frau, die Vianne vor ein paar Tagen kennengelernt hatte – eine schöne, dunkelhaarige Dame Anfang fünfzig, die bei ihren Kleidern Originalität und Perfektion verlangte.

Vianne ging die Entwürfe durch, die übrig geblieben waren, spürte den Druck, der auf ihr lastete, und wurde immer nervöser. Alles, was sie geschaffen hatte, war nichtssagend, einfallslos, schrecklich.

Sie stand auf, trat an das Fenster und blickte hinaus in den Hof.

»Hast du was?«, hörte sie Adeline mit geheuchelter Anteilnahme fragen.

»Es ist alles bestens«, erwiderte Vianne, »danke der Nachfrage.«

Sie dachte an die gut gekleideten Frauen, die sie auf den Straßen von Manhattan gesehen hatte. In Bezug auf ihre Kleidung unterschieden sie sich nur wenig von den Pariserinnen in den besseren Vierteln der Stadt. Nur dass die New Yorker Frauen stets etwas Eiliges an sich hatten, etwas Zielstrebiges, das den Parisern in den Nachkriegsjahren abhandengekommen war. Dort hatte man den Eindruck, dass die Menschen noch dabei waren, die Verluste, die sie erlitten hatten, zu verkraften, die Angehörigen zu betrauern, die auf den Schlachtfeldern, bei Bombenangriffen oder Granatenbeschuss umgekommen waren. In New York dagegen schien man die Erinnerung an den Großen Krieg abgeschüttelt zu haben.

Vianne würde ihre Eltern und ihre Schwester niemals vergessen, das wusste sie. Zwar hatte sie ein neues Leben begonnen, doch die Erinnerungen an die Menschen, die sie geliebt hatte, würden sie immer begleiten.

Dennoch hoffte sie, in New York die Kraft und Lebensfreude zurückzugewinnen, die sie früher einmal besessen hatte, denn die brauchte sie, um schöpferisch zu sein.

Gereizt betrachtete sie die Skizzen, die ihren Erwartungen an sich selbst nicht einmal im Ansatz genügten. Wo war ihr Einfallsreichtum geblieben? Hatte sie ihn in den Jahren verloren, als sie in Paris nach strengen Vorgaben hatte arbeiten müssen?

Sie hörte, wie Lucia Goldie von einem Kleid erzählte, dessen Schnittmuster sie soeben fertiggestellt hatte. Es bestand aus einem seidenen marineblauen Unterkleid, über dem ein Spitzenkleid in der gleichen Farbe getragen werden sollte. Lucia beharrte darauf, den Seidenstoff aus dem tiefen V-Ausschnitt des Spitzenkleids hervorschauen zu lassen, aus Gründen des Anstands.

Aus reiner Gewohnheit wollte Vianne nach ihrem Haarknoten greifen und fasste ins Leere. Am liebsten hätte sie noch einmal in den Mülleimer geschaut, einen letzten Blick auf die Haarpracht geworfen, sich daran erinnert, wie ihre Mutter ihr früher über ebendiese Haare gestrichen hatte, wenn sie gekommen war, um ihr eine gute Nacht zu wünschen.

Sie riss sich zusammen und konzentrierte sich auf das Hier und Jetzt.

Vielleicht sollte sie zunächst vom Stoff des Kleids für Mrs. Conti ausgehen, überlegte sie. Sollte sie mit Seide arbeiten? Mit Samt oder lieber mit Spitze? Ein ärmelloses Samtkleid hatte etwas Elegantes … vielleicht den Saum mit Perlen besticken …

Nein, es musste etwas Ausgefalleneres sein, das erwartete nicht nur Mrs. Conti, sondern auch Madame Chappelle.

Dann fiel ihr Blick zufällig auf eine Frau, die gerade den Hof zu dem dahinterliegenden Haus überquerte und im Wind ihren Hut festhielt. Einen sehr augenfälligen Hut, tiefschwarz und um die Krone herum mit einem breiten weißen Band versehen.

Schwarz und Weiß.

Eine dramatische Kombination.

Ja, das war gut – damit konnte sie anfangen.

Vianne setzte sich wieder an ihren Platz, schob die Papierbällchen zur Seite und begann zu zeichnen.

*

Kurz vor fünf betrat Vianne Madame Chappelles Büro.

»Ich bin so weit.«

Madame Chappelle saß auf der Kante ihres Schreibtischs, mit überkreuzten Beinen und einer leere Zigarettenspitze in der Hand.

»Keine Sorge, ich habe nicht vor zu rauchen, ich halte nur gern etwas in den Händen.«

Mit pochendem Herzen breitete Vianne ihre Skizzen auf dem Schreibtisch aus. Madame Chappelle stand auf und beugte sich interessiert darüber.

»In Anbetracht des besonderen Anlasses«, erklärte Vianne, »habe ich mich darum bemüht, etwas Außergewöhnliches zu schaffen. Mein Design ist für ein ärmelloses schwarzes Röhrenkleid, das mit metallisch schimmernden schwarzen und weißen Blüten, Spiralen und Kreisen verziert wird. Hinzu kommt ein schwarzes, durchscheinendes Cape, das mit weißer Chenille abgesetzt wird.«

Madame Chappelle legte ihre Zigarettenspitze ab und runzelte die Stirn. »Nur Schwarz und Weiß?«

Vianne nickte, darum bemüht, weiterhin mutig zu bleiben. »Ja. Mrs. Conti soll atemberaubend aussehen. Daher der starke Kontrast von Schwarz und Weiß.«

Draußen war die Abenddämmerung angebrochen. Von der Straße her hörte man die Schritte der Männer und Frauen, die von der Arbeit über die Park Avenue nach Hause oder vielleicht zu einer Verabredung eilten.

Madame Chappelle wirkte noch immer skeptisch.

Vianne schluckte nervös. Bei der Skizzierung hatte sie das ausdrucksvolle Gesicht von Mrs. Conti vor Augen gehabt, das von der schimmernden Schwarz-Weiß-Kombination betont würde, ohne es zu erschlagen. Das Cape würde etwas Theatralisches an sich haben, was ganz wunderbar zur großen Eröffnung eines Nobelrestaurants in der Upper East Side passte.

Vianne dachte an die vielen Theaterstücke zurück, die sie mit ihren Eltern besucht hatte, an die Aufführungen der Ballets Russes, mit den phantastischen Kostümen. Seitdem war viel geschehen, sie hatte großes Leid erlebt, und dennoch konnte sie aus diesen Erinnerungen schöpfen und sie nutzen, um Kleider zu kreieren, die ihre Trägerinnen glücklich machen würden.

»Der Zipfelsaum des Kleides wird mit winzigen cremefarbenen Rosetten verziert.« Vianne fuhr mit dem Finger am Saum entlang. »Das wird das kühne Design einen Hauch weicher machen.«

Madame Chappelle tippte auf das Cape. »Und die helle Chenille unten am Cape ist natürlich wieder ein hübscher Kontrast.«

Vianne nickte.

Madame Chappelle wippte nachdenklich mit dem Kopf. »Ich fände drei Reihen Chenille besser. Zwei davon in Schwarz. Das verleiht dem Cape mehr Tiefe, wirkt dramatischer. Eine schwarze Einfassung am Ausschnitt, eine schwarze Reihe auf Hüfthöhe und die unten am Knie in Weiß. Das gibt dem Cape größeres Gewicht, macht es luxuriöser.«

Sie hatte recht, dachte Vianne. Und wenn sie Verbesserungsvorschläge machte, hieß das hoffentlich, dass ihr der Entwurf grundsätzlich gefiel. »Das ist eine wunderbare Idee. Der weiße Streifen Chenille würde beim Gehen auf Kniehöhe schwingen. Um den Halsausschnitt könnten wir einen breiten schwarzen Streifen legen, das wäre dann wie ein zweites kleines Cape auf den Schultern.«

Madame Chappelle vertiefte sich erneut in die Skizzen.

»Die Arbeit mit den Bändern, die zu Blüten und Kreisen geformt und aufgenäht werden müssen, wird sehr viel Zeit beanspruchen. Ist Ihnen das bewusst?«

Vianne nickte.

»So etwas macht ein Kleid beinahe unbezahlbar.«

»Ich bin bereit, diese Arbeit zu übernehmen«, sagte Vianne eifrig. »Ich bin noch neu in New York und habe abends und an den Wochenenden nichts vor.«

Madame Chappelle schüttelte den Kopf. »Ich beute die Frauen, die für mich arbeiten, nicht aus. Was bedeutet, dass ich Sie für Ihre Arbeit bezahlen würde und wir zum Schluss ein ziemlich teures Kleid hätten.« Sie legte den Kopf zur Seite, betrachtete die Entwürfe erneut. »Es ist wirklich sehr originell. Ist Ihnen die Idee erst heute Nachmittag gekommen, oder hatten Sie dieses Kleid schon seit Längerem im Kopf?«

»Den Entwurf habe ich mir vorhin überlegt, Madame Chappelle.«

In der Park Avenue gingen die Straßenlaternen an und warfen ihr Licht in das Atelier. Madame Chappelle lächelte. »Meine Angestellten nennen mich ›Miss Ellie‹.«

Vianne überlegte, ob das hieß, dass sie nun offiziell angestellt war. »Miss Ellie«, sagte sie. »Es ist mir eine Ehre.«

»Dass jemand so rasch etwas so Außergewöhnliches entwirft, habe ich noch nie erlebt«, sagte Miss Ellie. »Oder nur bei mir selbst.« Ihr Blick wurde wehmütig. »Zumindest früher einmal.«

»Das ist sehr freundlich«, sagte Vianne. »Ich danke Ihnen.«

Miss Ellie reichte ihr die Skizzen zurück und wurde wieder sachlich. »Zeichnen Sie die zusätzlichen Reihen Chenille ein. Und denken Sie an die Schulterpartie.«

»*Oui, madame.*«

»Miss Ellie.«

»Entschuldigung, Miss Ellie.« Vianne schlug das Herz bis zum Hals. Sie hatte gerade einen großen Schritt in Richtung ihrer Träume getan. Nach den schweren Jahren in Paris, der Ungewissheit, die mit ihrem Umzug nach New York verbunden gewesen war, hatte sie einen ersten Erfolg errungen und ein Kleid entworfen, das Miss Ellie gefiel. Wenn doch nur ihre Mutter und ihre Schwester hier wären und sich mit ihr freuen könnten.

Miss Ellie nahm ihre Zigarettenspitze wieder auf. »Sprechen Sie mit Lucia über die Wohnung, die ich erwähnt habe. Es sind zwei Zimmer, eins für Sie, eins für Lucia, und ein kleines Wohnzimmer. Ich bin sicher, dass Lucia sich über Gesellschaft freut, sie ist zu oft allein.«

»Danke.« Selig drückte Vianne die Skizzen an ihre Brust.

»Haben Sie viel aus Paris mitgebracht?«

Vianne schüttelte den Kopf. »Nur zwei Koffer. Sie stehen in der Pension, in der ich untergekommen bin. Ich schließe sie immer ab, bevor ich gehe, damit nichts gestohlen wird.«

Miss Ellie seufzte. »Sie Arme! Aber jetzt werden Sie feststellen, dass wir hier wie eine Familie sind. Die Frauen, die für mich arbeiten, werden von mir geschätzt. Das wissen sie, und deshalb bleiben sie bei mir.«

»Sie sind sehr großzügig«, sagte Vianne leise.

»Wenn Sie sich mit Lucia einig werden, lasse ich Sie heute Abend mit Ihren Koffern von einem Fahrer abholen.« Miss Ellie wedelte mit der Hand in Richtung Park Avenue. »In den Nebenstraßen hier gibt es nette kleine Restaurants, wo Sie für wenig Geld zu Abend essen können. Aber vorher machen Sie die Skizzen fertig. Morgen früh um acht müssen wir bei Mrs. Conti sein. Davor treffen wir uns hier zu einem Vorgespräch.«

»Vor Aufregung werde ich kein Auge zutun«, sagte Vianne und wandte sich zum Gehen.

»Doch, das müssen Sie. Sie brauchen Ihren Schönheitsschlaf. Ach, und noch etwas …«

Vianne drehte sich um. »Ja?«

»Sie gehören nun zu meinem Modehaus, und das bedeutet, dass Sie bitte auf sich achten. Es gibt zahllose Männer, die es darauf anlegen, hübschen jungen Frauen schöne Augen zu machen. Lassen Sie nie zu, dass Ihre Arbeit darunter leidet.«

»Ich interessiere mich nicht für Männer«, erwiderte Vianne. »Und ganz sicher setze ich ihnen zuliebe meine Karriere nicht aufs Spiel.«

Sie hatte nicht einmal mehr vor, eines Tages zu heiraten. Bereits an ihrem ersten Tag in New York hatte die Pensionswirtin ihr erklärt, dass verheiratete Frauen, die arbeiten gingen, in Amerika nicht gern gesehen seien. Ihre Tätigkeit werde als bloße Aufbesserung ihres Nadelgeldes betrachtet, und man werfe ihnen vor, dass sie damit alleinstehenden Frauen, die das Geld brauchten, den Arbeitsplatz wegnähmen. Es gebe nicht nur Unternehmen, die sich weigerten, verheiratete Frauen einzustellen, sondern auch Staaten, die sie per Gesetz vom Arbeitsleben ausschlossen.

Ähnliches kannte Vianne aus Frankreich. Vor der Ehe konnten Frauen arbeiten gehen, doch danach bestanden ihre Aufgaben aus Essen kochen, Wohnung putzen, Wäsche waschen und Kinder kriegen.

»Ich bin aus gutem Grund ledig geblieben«, sagte Miss Ellie. »Ledig und unabhängig. Liebesbeziehungen und Arbeit passen einfach nicht zusammen. Ich habe die Liebe meinem Beruf geopfert, und die Frauen, die für mich arbeiten, tun das Gleiche.«

»So werde ich es auch halten«, versprach Vianne. Sie war schließlich weder verliebt, noch hatte sie vor, sich zu verlieben.

KAPITEL 8

Vianne
New York, Herbst 1924

Kurz vor acht am nächsten Morgen betraten Vianne und Miss Ellie die Eingangshalle des Stadthauses, in dem Mrs. Conti wohnte. Die Arbeiten an dem künftigen Restaurant im Erdgeschoss waren offenbar vorangeschritten, nun war bereits eine Doppeltür eingesetzt worden, auch wenn sie noch von braunem Pappkarton geschützt wurde.

Während sie auf den Aufzug warteten, spürte Vianne, wie sich ihr Magen nervös verkrampfte. Sie wünschte, sie könnte Mrs. Conti vermitteln, wie wichtig es für ihre Zukunft bei Miss Ellie war, dass Mrs. Conti sich in ihren Entwurf verliebte. Das Problem war nur, dass so ein gewagtes Kleid eindeutig Geschmackssache war, und Geschmäcker waren bekanntlich verschieden.

Vianne atmete einige Male tief durch und erinnerte sich daran, wie Miss Ellie ihr noch vor einer halben Stunde die neueste Ausgabe der *Bella* gezeigt hatte. Danach würden Lamé, Strass und Federn in der kommenden Saison der letzte Schrei sein. Mit den glitzernden metallischen Verzierungen und der fedrig wirkenden Chenille hatte sie also genau richtiggelegen. Miss Ellie würde hoffentlich erkennen, dass sie, Vianne, eindeutig ein Gespür für neue Modetrends besaß und ein Gewinn für ihr Modehaus war.

Der Aufzug kam, und sie fuhren hinauf in den dreißigsten Stock. Die Tür öffnete sich, und sie waren im Entree von Mrs. Contis Wohnung.

Dieses Mal blickte Vianne sich neugierig um. Bei ihrem ersten Besuch war sie so sehr auf Miss Ellie und die Begegnung mit Mrs. Conti fixiert gewesen, dass sie die Wohnung kaum wahrgenommen hatte. Nun jedoch war sie sicher, dass sogar ihr Vater von dieser Einrichtung schwer beeindruckt gewesen wäre, obwohl nirgends eine Antiquität zu sehen war.

Vianne ließ ihren Blick schweifen, über den Teppich mit dem grauen Untergrund und der geometrischen Musterung in dunklem Rot und Schwarz, das niedrige Sofa mit dem roten Veloursbezug und den hochstehenden, gerundeten Armstützen im Stil des Art déco. Dem Sofa gegenüber befanden sich zwei mit weißem Velours bezogene Schalensessel und dazwischen ein Tisch mit Marmorsockel und Glasplatte. Über eine Wand zogen sich zwei große Fenster, von denen man über ganz Manhattan blickte, an den anderen Wänden wechselten sich Spiegel mit Gemälden zeitgenössischer Maler ab. Den Tisch zierten zwei schwarze Vasen mit weißen Lilien, und der Teppich war so weich, dass Viannes hohe Absätze darin versanken.

Dann erschien Mrs. Conti. Miss Ellie küsste sie auf die Wange und erklärte: »Vianne hat sich etwas ganz Besonderes für Sie ausgedacht, so wie wir es Ihnen versprochen haben.«

Mrs. Conti trat zurück und taxierte Vianne mit schief gelegtem Kopf, wobei ihr dunkles, kinnlanges Haar an einer Seite wie ein glänzender Vorhang hinabfiel.

Vianne betrachtete die Frau, von der für sie so viel abhing. Auf den breiten Wangenknochen hatte sie einen Hauch Rouge aufgetragen, und die dunklen Augen waren mit schwarzem Lidstrich und hellem Lidschatten perfekt geschminkt.

Lächelnd blickte Mrs. Conti Vianne ins Gesicht. »Wenn diese aparte junge Frau ebenso elegant kreieren kann, wie sie selbst heute gekleidet ist, dürfte ihr Entwurf all meinen Erwartungen entsprechen.«

Voller Dank dachte Vianne an Lucia, die sie und Miss Ellie am Morgen darauf hingewiesen hatte, dass Viannes Kleidung für den Besuch bei einer modebewussten Dame wie Mrs. Conti nicht das Richtige sei. Sie brauche etwas Aufwendigeres als ein einfaches graues Wollkostüm.

Miss Ellie hatte Vianne begutachtet und geseufzt. Schließlich hatte sie eines ihrer Kleider herausgesucht und nur noch angemerkt, dass Mrs. Conti bei ihrem ersten Besuch Viannes schlichte Kleidung kommentarlos hingenommen habe.

Vianne strich über den Rock ihres rosenroten Chiffonkleids mit der tiefen Taille, an deren Seite eine blassrosa Chiffonblume einen leichten Kontrast bildete. Miss Ellie selbst hatte sich für ein taubenblaues Kleid aus Krepp-Georgette entschieden.

Die beiden folgten Mrs. Conti durch einen langen, weiß gestrichenen Flur, vorbei an Wandlampen mit weichem, gedämpftem Licht und zu einer Tür, hinter der sich ein Ankleidezimmer verbarg.

Als Erstes bemerkte Vianne die verspiegelten Wände, dann fiel ihr Blick auf die Chaiselongue, ebenfalls mit rotem Velours bezogen, und auf ein rotes Tischchen mit einer Platte aus Spiegelglas. An einer Wand stand eine Schneiderpuppe, daneben ein schwarz lackierter Frisiertisch mit Handspiegel, Haarbürsten und einem silbernen Kästchen für Kosmetiktücher.

Miss Ellie drehte sich zu Vianne um. »Zeigen Sie Mrs. Conti, was Sie sich für sie überlegt haben, meine Liebe.«

*

Eine Stunde später standen sie wieder im Entree und verabschiedeten sich von Mrs. Conti.

»Ihr Entwurf ist einfach wundervoll«, sagte Mrs. Conti an Vianne gewandt. »Ich wünschte, ich könnte das Kleid jetzt schon anprobieren.«

Auch zuvor in ihrem Ankleidezimmer hatte sie den Entwurf überschwänglich gelobt, und Vianne war vor Freude errötet. Sie konnte es selbst kaum erwarten, Mrs. Conti in dem schwarz-weißen Kleid zu sehen.

Als sich die Aufzugstür hinter ihr öffnete, drehte Vianne sich um.

»Giorgio!«, rief Mrs. Conti und umarmte den hochgewachsenen Mann, der aus dem Aufzug getreten war.

Sein Blick fiel auf Vianne und verharrte dort.

Das war also der Sohn von Mrs. Conti. Er war tatsächlich ein unglaublich attraktiver Mann, sie musste sich förmlich zwingen, den Blick von ihm abzuwenden. Doch obwohl sie bisher kaum einschlägige Erfahrungen hatte sammeln können, regte sich sofort eine warnende Stimme in ihr und ermahnte sie, dass man solchen Männern am besten aus dem Weg ging. Leider gefiel er ihr ausgesprochen gut. Sogar seine Kleidung hatte das gewisse Etwas. Die Ärmel seines schneeweißen Hemdes waren hochgekrempelt und standen in klarem Kontrast zu seinen gebräunten Unterarmen.

Seine dunklen Augen waren ebenso ausdrucksvoll wie die seiner Mutter.

»Miss Ellie kenne ich«, sagte er und löste sich von seiner Mutter. »Aber wer sind Sie?« Er streckte die Hand aus, um Vianne zu begrüßen. Die Berührung seiner Finger war so elektrisierend, dass ihr Herzschlag ins Stolpern geriet.

Sie hörte, wie Miss Ellie einen Seufzer ausstieß, und zog hastig ihre Hand zurück. Dann kam ihr das albern vor, schließlich würde sie Giorgio Conti nach dem heutigen Tag sicherlich nie mehr wiedersehen.

Mrs. Conti erklärte ihrem Sohn, wer Vianne war.

»Dann sind Sie also die Modeschöpferin, von der meine Mutter mir vorgeschwärmt hat.«

Giorgio Conti sprach mit einem leichten Akzent, rollte das R vorn an den Zähnen und sprach die Vokale offen aus. Vianne kannte diesen Akzent, so hatten die italienischen Geschäftsfreunde ihres Vaters Französisch gesprochen.

»Darf ich Ihnen vielleicht einmal mein Restaurant zeigen?«, fragte er. »Ihnen und Miss Ellie.«

Vianne drehte sich zu ihrer Chefin um und sah sie fragend an. Sie hätte sich das Restaurant gern angeschaut, doch sie ahnte bereits, wie die Antwort ausfallen würde.

Miss Ellie schüttelte den Kopf. »Sehr freundlich, Giorgio, aber Mademoiselle Mercier und ich müssen wieder an die Arbeit.« Sie klang liebenswürdig und entschieden zugleich. Um ihre Botschaft zu unterstreichen, schob sie Vianne mit einer Hand in Richtung Aufzugstür. Dann wandte sie sich noch einmal um. »Zu der Anprobe komme ich allein, Mrs. Conti. Vianne war für den Entwurf zuständig, das Kleid selbst wird von meinen Näherinnen gefertigt.«

Vianne dachte, dass sie das erste Kleid, das sie in New York entworfen hatte, gern selbst nähen würde, insbesondere die filigranen Blüten und Kreise wollte sie selbst gestalten und anbringen. Doch sie war klug genug, diesen Wunsch für sich zu behalten.

Die Aufzugstür glitt auf. Miss Ellie nickte Giorgio Conti freundlich zu und verstärkte dabei noch den Druck ihrer Hand auf Viannes Rücken.

Vianne drehte sich noch einmal um, und Giorgio Conti schaute ihr direkt in die Augen.

Hastig wandte sie den Blick ab und huschte in den Aufzug. Wahrscheinlich hätte Miss Ellie es nicht einmal toleriert, wenn sie sich mit einem Lächeln von Mrs. Contis Sohn verabschiedet hätte.

Der Aufzug hatte sich kaum in Bewegung gesetzt, da sagte Miss Ellie scharf: »Vianne!«

Vianne senkte den Kopf. »Ja, Miss Ellie?«

»Mir ist bewusst, dass dieser Mann extrem gut aussehend ist. Ich habe auch mitbekommen, wie er Sie angesehen hat. Deshalb möchte ich Sie noch einmal an meine Worte erinnern, wonach der Ruf meines Hauses einwandfrei bleiben muss. Eine Liebelei mit dem Sohn einer Kundin ist ausgeschlossen. So etwas führt zu Klatsch und Tratsch und würde ein schlechtes Licht auf mich werfen, und das wiederum bedeutet geschäftliche Einbußen. Im schlimmsten Fall könnten Sie und die anderen Frauen ihre Arbeit verlieren.« Miss Ellie fasste Vianne am Arm. »Männer müssen diesem Standard nicht gehorchen, aber wir Frauen sind angreifbar. Sie haben vorhin nichts Falsches getan, Vianne, was ich sage, ist keineswegs als Vorwurf gemeint. Aber ich hoffe, wir haben uns verstanden.«

»*Oui*, Miss Ellie.«

Der Aufzug hielt an, und Vianne folgte ihrer Chefin über die schwarz-weißen Marmorfliesen zu der gläsernen Eingangstür, die ihnen von einem Portier aufgehalten wurde.

Auf der Park Avenue hakte Miss Ellie sich bei Vianne unter, als wären sie Freundinnen, die einen Einkaufsbummel machten.

»Mrs. Conti war von Ihrem Entwurf sehr angetan.« Miss Ellie nickte einer gut gekleideten Passantin zu, die sie offenbar kannte. »Vergessen Sie nicht, was das für uns bedeutet. Eine Beziehung zwischen ihrem Sohn und einer Schneiderin würde Mrs. Conti niemals dulden. Keine Frau der New Yorker Gesellschaft würde das. Das ist Ihnen doch klar, oder?«

Vianne nickte.

Am Modehaus Chappelle angekommen, blickte Vianne zu der gesichtslosen Schaufensterpuppe, die das Cape trug. Ihr Blick wanderte über die Kleider – Flapperkleider wurden sie genannt.

Flapper, das waren moderne junge Frauen, die sich über gesellschaftliche Zwänge hinwegsetzten. Aber wo fand man sie? Und konnten sich gesellschaftliche Regeln jemals ändern?

Vianne hatte sich vorgestellt, dass New York für ein modernes, freies Leben stand. Und dass dies auch für Frauen galt. War das vielleicht doch nicht der Fall?

Giorgio Conti hatte etwas in ihr geweckt, das sie in den letzten Monaten des Kriegs begraben hatte. Ihre Trauer war zu groß gewesen, um an irgendwelche Liebesbeziehungen zu denken. Jetzt aber fragte sie sich, ob die Liebe, wie ihre Eltern sie gekannt hatten, ihr für immer versagt bleiben würde. Stand sie als berufstätige Frau so tief unter anderen Frauen, dass sie für Männer, die ihr gefallen könnten, gar nicht infrage kommen würde? War das der Preis, den sie für die Verwirklichung ihres Traums zahlen musste?

»Sie haben mir noch nicht geantwortet«, hörte sie Miss Ellie sagen. »Sie haben doch alles verstanden, was ich gesagt habe, oder?«

Vianne nickte. Sie hatte verstanden.

KAPITEL 9

Amelie
Schottland, Herbst 1924

Als Amelie die Augen öffnete, fiel mildes Licht ins Schlafzimmer. Sie blickte zu den großen Fenstern, aus denen man hinunter ins Tal schauen konnte. Die schweren Vorhänge waren bereits aufgezogen, und draußen schien sich ein wunderbarer Herbsttag anzukündigen.

Amelie griff nach dem Glas Wasser, das ein Dienstmädchen für sie bereitgestellt hatte, und nahm einen Schluck. Ihr Blick fiel auf die zurückgeschlagene Tagesdecke und die Zierkissen neben dem Bett, die sie und Archie beim Zubettgehen dort hingeworfen hatten.

Auf dem Schreibtisch in der Ecke stand eine hohe, schlanke Glasvase mit rosa-weiß gestreiften Lilien, die den Raum mit ihrem schweren Duft tränkten.

Ihre Mutter war gegen diese Lilienart allergisch gewesen. In ihrer Wohnung früher hatte es vor allem Rosen, Lavendel, Iris, Tausendschönchen und Narzissen gegeben. Wundervolle Sträuße hatte ihre Mutter arrangiert und immer mit wenigen Mitteln etwas wahrhaft Schönes gezaubert. Einem grauen Tag konnte sie Glanz verleihen, und ihrer Familie hatte sie, bis zu ihrem Tod, stets nur Freude gebracht.

Amelie stellte das Glas ab.

Sie wusste, dass sie nie nach Paris zurückkehren konnte. Wie hätte sie Jacques und Vianne jemals wieder in die Augen sehen können? Wie hätte sie ihnen erklären sollen, was sie getan hatte? Die Folgen waren so schrecklich gewesen, dass es besser war, mit ihrer Scham im Verborgenen zu leben.

Also war sie geflohen und hatte die Frau, die sie einmal gewesen war, ausgelöscht. Anaïs gab es nicht mehr.

Nun war sie Amelie.

Sie schloss die Augen. Es fing schon wieder an. In ihren Ohren setzte ein Pfeifton ein, der lauter und lauter wurde. Ohne Vorwarnung konnte das geschehen, zu jeder Uhrzeit und an jedem Ort.

Am Vortag war es unten am Bach passiert, der sich durch Archies Anwesen schlängelte und über die Felsen ergoss. Die Luft hatte nach Herbstlaub und schwerer, feuchter Erde gerochen, die Wolken hingen tief und drohend über den Highlands, kurz davor, ihre Wassermassen loszulassen und den Erdboden zu durchweichen.

Dieser wilde schottische Landstrich schien so weit von Paris entfernt wie der Mond von der Erde. Und doch würde Amelie Paris nie hinter sich lassen, ganz gleich, wohin sie ging.

Auch den Krieg würde sie nie vergessen.

Das Pfeifen in ihren Ohren wurde lauter. Ihr brach kalter Schweiß aus, ihr Magen verkrampfte sich, und sie begann zu wimmern. Zitternd wartete sie darauf, dass es aufhörte. Dann setzte der ohrenbetäubende Lärm des Granatenbeschusses wieder ein, gefolgt vom Krachen einstürzender Mauern und den Schreien zahlloser Menschen – den Schreien ihrer Mutter.

Mit rasendem Herzschlag setzte Amelie sich auf und vergrub ihr Gesicht in den Händen.

Sie wünschte, sie könnte die Zeit zurückdrehen, könnte alles anders machen.

Sie wartete, bis der Pfeifton endlich verklang. Dann ließ sie die Hände sinken und schob die Beine aus dem Bett. Ihre Füße tasteten nach den Satinpantoffeln, die immer an der gleichen Stelle standen. Jeden Abend stellte sie die dorthin. Auch andere Gegenstände hatten ihren festen Platz, den sie Abend für Abend kontrollierte. Nur so konnte sie sich sicher fühlen und ihr Leben mit Archie schützen. Die äußere Ordnung lenkte sie ein wenig ab von der Vergangenheit, die sie nicht zu ändern vermochte.

Doch immerzu quälte sie die Frage, warum ihre Mutter hatte sterben müssen, während sie mit dem Leben davongekommen war.

Sie stand auf und trat an ihren Frisiertisch. Wie jeden Morgen prüfte sie ihre Haarfarbe, um sich zu vergewissern, dass ihr blondes Haar nicht nachgewachsen war. Glücklicherweise war dunkles Haar modern, und sie konnte ihrem Dienstmädchen weismachen, dass sie ihr Haar aus modischen Gründen färbte. Nichts durfte an ihre Vergangenheit erinnern, nur so ertrug sie den Gedanken, dass sie überlebt hatte und ihre Mutter nicht.

*

Am Nachmittag kam Caitlin Calhoun zum Tee. Sie setzten sich in den Morning Room, und Amelie spielte die Rolle einer ganz normalen frisch verheirateten Frau, die ihre Nachbarin zu Besuch hatte.

Im Laufe des Tages war es kälter geworden, und die Dienstboten hatten ein Feuer im Kamin gemacht. Von dem schönen Herbsttag war nichts mehr zu erkennen. Nun fiel ein leichter Nieselregen, der Fluss tief unten im Tal war dunstverhangen. Für Schottland war das nicht ungewöhnlich. Gerade noch freute man sich darüber, wie sommerlich es war, im nächsten Moment begann man zu frieren.

Caitlin und ihr Mann Malcolm waren die ersten Nachbarn gewesen, die Archie, nachdem er Amelie nach Carrig gebracht hatte, zum Dinner eingeladen hatte.

Amelie hatte Archie auf einer Cocktailparty in London kennengelernt. Zuerst hatte sie gar nicht hingehen wollen, sich dann jedoch von einer anderen Krankenschwester überreden lassen. Und nun lebte sie in den rauen schottischen Highlands. Das Abgelegene der Gegend war ihr willkommen, und die Schönheit der Landschaft tat ihrer Seele gut. Zumindest anfangs war es so gewesen.

Archie hatte keine Geheimnisse, die er vor ihr verbarg, dessen war Amelie sich sicher. Sie dachte an ihre erste Begegnung zurück. Bereits da hatte er bekannt, dass er von ihr hingerissen sei. Wenig später hatte er ihr seine Liebe gestanden und dann monatelang um sie geworben. Inzwischen wusste sie, dass auch sie ihn liebte.

Vor Archie hatte sie kleine Liebeleien gehabt, die ganz amüsant gewesen waren. Bei den meisten hatte es sich um junge Männer gehandelt, die ihr vor dem Krieg den Hof gemacht hatten. Das hatte ihr und auch ihrer Mutter gut gefallen, aber mehr war es nicht gewesen.

Doch sosehr sie und Archie einander liebten, über gewisse Ereignisse ihrer Vergangenheit würde sie nie mit ihm sprechen. Täte sie es, würde es das Ende ihrer Ehe bedeuten, denn für ihren Mann waren Aufrichtigkeit und moralische Integrität ebenso wichtig wie die klare, reine Luft der Highlands.

Amelie betrachtete die lebhafte junge Frau ihr gegenüber, die einen spitzbübischen Humor besaß. Früher hätte Amelie mit ihr gleichgezogen, nun war sie zurückhaltend geworden. Caitlin hielt sie wahrscheinlich für furchtbar langweilig.

Zu Beginn ihrer Bekanntschaft hatte Caitlin sich gefreut, eine gleichaltrige Nachbarin bekommen zu haben. Ständig hatte sie Amelie zu etwas eingeladen: Einkaufstrips nach London, wo Archie und Malcolm gleich hinter dem Kaufhaus Harrods jeweils eine Wohnung besaßen; Theateraufführungen im West End; Cocktailpartys mit den Jungen und Schönen; Besuche des neu eröffneten Kit Kat Nachtclubs. Einmal hatte sie sogar Eintrittskarten für den exklusiven Embassy Club ergattert, wo die besten Jazzbands spielten und die Crème de la Crème der Londoner Gesellschaft Shimmy und Heebie-Jeebie tanzte.

Amelie hatte alle Einladungen ausgeschlagen.

Nun begannen Caitlins grüne Augen zu funkeln, und ihre feuerrot geschminkten Lippen umspielte ein verschmitztes Lächeln. »Da ich dich nicht von Archie loseisen kann, werden wir hier bei uns eine kleine Party feiern.« Sie runzelte die Stirn. »Na ja, klein wird sie eigentlich nicht sein. Eher eine Riesenparty, die wir in den ersten Frühlingstagen bei uns in Kinloch steigen lassen.«

Amelie stellte ihre Teetasse ab und faltete die Hände im Schoß, um ihr Zittern zu kaschieren. Eine Party? Nein, das kam überhaupt nicht infrage.

»Meine kleine Schwester Annabel hat sich verlobt«, fuhr Caitlin fort. »Sie war zwei Jahre lang in Paris. Hat dort *gearbeitet*.« Sie zuckte mit den Schultern. »Meine Art Leben wäre das nicht.«

In Paris? Nein, jemandem, der in Paris gelebt hatte, durfte sie unter gar keinen Umständen begegnen. Amelie unterdrückte den Drang, aufzuspringen und aus dem Raum zu laufen.

Caitlin sprach weiter. »Clyde – das ist der Zukünftige meiner Schwester – ist Engländer. Besitzt in Hampshire ein phantastisches Anwesen. Wenn du möchtest, kannst du deine Freunde aus Paris zu der Feier einladen. Sicher werden auch Annabels Pariser Freunde kommen. Vielleicht wird sogar jemand darunter sein, den du kennst.«

Amelie verspürte wachsende Panik.

Um Caitlins Blick auszuweichen, trat sie an ein Fenster, zog die Vorhänge ein Stück weiter auf und blickte hinunter ins Tal, zu dem Fluss und der Steinbrücke, die sich über dem Wasser wölbte. Über diese Brücke war sie bei ihrer Ankunft mit Archie gekommen, in einem offenen Cabriolet. Sie hatte ihren Hut festhalten müssen, und ihr Schal hatte hinter ihr im Wind geweht.

Zu Anfang hatte sie hier mit ihren Erinnerungen an frühere Aufenthalte auf dem Land kämpfen müssen. Erinnerungen an die Sommer an der Loire, die es für sie nie mehr geben würde. Jedes Jahr hatten ihre Eltern nicht weit von Amboise ein Haus gemietet. Morgens war sie mit Vianne in die Stadt gelaufen. Sie hatten frische Baguettes gekauft. Und beim Frühstück hatte ihr Vater Stücke davon dick mit Erdbeermarmelade bestrichen.

Ihr Vater war es auch gewesen, der ihr das Reiten beigebracht hatte. Auf einem Pony namens Léo, das zu einem Bauernhaus gehörte. Amelie erinnerte sich, wie die Bauersleute und einige der Knechte ihr bei ihren ersten Reitstunden zugeschaut hatten. Anfangs hatten sie noch gelacht, wenn sie vergeblich versucht hatte, im Trab zu reiten. Es hatte sie angestachelt, besser und besser zu werden, bis sie schließlich fehlerlos traben und später auch galoppieren konnte. Wie frei sie sich gefühlt hatte, wenn sie mit Léo über Felder und durch Wälder preschte, mit einem Hochgefühl, das vollkommen neu für sie war. Sie war die Einzige in ihrer Familie, die den Mut zum Galopp hatte. Wie gern sie geritten war! Und Léo hatte sie geliebt. Wenn sie nach den Ferien nach Paris zurückkehren mussten, hatte sie immer einen Kloß im Hals gehabt.

Im Krieg war Léo requiriert worden, wie die meisten Zugtiere Frankreichs. Und die Frauen in der Bauernfamilie hatten die Arbeit der Männer übernehmen müssen. Doch ohne ihre Zugtiere und deren Dünger hatten sie es nicht geschafft, den Hof in Gang zu halten. Hinzu kam, dass die Preise für Agrarprodukte per Dekret niedrig gehalten worden waren. Zum Schluss war der Hof verkauft worden.

»Meine Eltern möchten, dass die Verlobungsfeier sensationell wird«, hörte sie Caitlin sagen. »Ein Teil wird in einem großen Festzelt stattfinden. Für die jüngere Generation. Im Ballsaal werden wir Platz für Highland Dancing haben, und die Eingangshalle wird an Paris zur Zeit der Belle Époque erinnern.«

Amelie schwieg.

»Du wirst dich wie zu Hause fühlen«, fuhr Caitlin fort. »Gib mir irgendwann eine Liste der Pariser Freunde, die wir für dich einladen sollen, ja?«

Amelie drehte sich nicht um.

»Sie einzuladen war Archies Idee«, fügte Caitlin mit sanftem Nachdruck hinzu. »Wir alle möchten, dass du dich bei uns wie zu Hause fühlst, und deine Freunde werden auch unsere Freunde sein.«

Amelie dachte an die Liebenswürdigkeit, mit der Archie sie mit seiner Familie und jedem seiner Freunde bekannt gemacht hatte. Leider würde sie sich nicht revanchieren können. Archie durfte nie jemanden aus ihrer Vergangenheit kennenlernen. Nie.

Archies Vater war 1920 gestorben. Seitdem war Archie Herr von Carrig. Und Mary, seine Mutter, hatte dazu ihren Segen gegeben. Doch Archie hatte es vorgezogen, nach London umzusiedeln. Allein der Gedanke, ein großes Anwesen leiten zu müssen, hatte ihn überfordert.

Dann hatte er Amelie kennen- und lieben gelernt und sich für die Rückkehr nach Schottland entschieden, hatte gar nicht mehr nachvollziehen können, warum er sich zuvor gefürchtet hatte, sein Erbe anzutreten. Seine Mutter zog in das Witwen-Cottage, das zu Carrig gehörte, und widmete sich dem Blumengarten, den sie so liebte. In das Leben ihres Sohnes mischte sie sich nicht ein. Ebenso wenig bedrängte sie Amelie mit Fragen nach ihrer Vergangenheit. Sie hatte erkannt, dass ihre Schwiegertochter nicht darüber sprechen wollte. Für diese Rücksichtnahme war Amelie ihr sehr dankbar.

Dieses Stillschweigen musste unbedingt gewahrt bleiben.

Amelie wandte sich um.

Caitlin hatte sich ein Stück Obstkuchen genommen und griff nach ihrer Kuchengabel. »Einen Großteil der Gäste können wir bei uns unterbringen, aber wir brauchen zusätzliche Unterkünfte und hoffen, dass einige der Gäste bei euch übernachten können.«

Amelie setzte sich wieder zu Caitlin auf das Sofa. Archie hatte gewollt, dass sie diesen Morning Room nach ihren Wünschen gestaltete. Auch dafür war sie ihm dankbar gewesen. Hinterher hatte sie festgestellt, dass sie den Salon in der Rue de Sévigné kopiert hatte – eine tiefgrüne Sitzgarnitur, blassblaue Seidentapete, weiße Spitzenvorhänge, ein chinesischer Wandteppich.

Nun fühlte der Raum sich heimelig an.

Amelie nahm einen Schluck Tee. »Viele meiner Freunde sind im Krieg umgekommen. Und …« Einen Moment lang wusste sie nicht weiter, dann beschloss sie, die Wahrheit zu sagen. »Und meine engsten Freunde sind bei dem Granatenangriff getötet worden, dem auch meine Mutter zum Opfer gefallen ist.« Sie stellte ihre Tasse ab und begann, nervös mit ihrer Perlenkette zu spielen.

Caitlin schauderte und zog ihre Kaschmirjacke enger um sich. »Du Arme, du hast so viel mitgemacht.« Sie drückte Amelies freie Hand. »Aber vielleicht fällt dir doch noch jemand von früher ein, den du gern einladen möchtest.«

Amelie spürte den Angstschweiß, der sich in ihren Achselhöhlen sammelte. Doch dann regte sich der Selbsterhaltungstrieb, ohne den sie die vergangenen sechs Jahre nicht überstanden hätte. »Wie wäre es, wenn ihr aus der Party ein Kostümfest machen würdet? So wie es in der Belle Époque Mode war. Die Leute lieben es, sich zu verkleiden und zu der Person zu werden, die sie gern wären.«

Caitlin klatschte in die Hände. »Das ist eine geniale Idee. Das werde ich noch heute mit Annabel besprechen. Ein Kostümfest!«

»Vielleicht sogar mit Masken«, sagte Amelie. »Statt eines Kostümfests ein Maskenball. Wäre das nicht wundervoll?«

Caitlin strahlte. »Ein Maskenball!«, hauchte sie. »Das wäre überhaupt das Größte.« Wieder drückte sie Amelies Hand. »Oh, ich bin so froh, dass du Archie geheiratet hast und zu uns gekommen bist.«

Amelie lächelte gezwungen.

KAPITEL 10

Vianne

New York, Winter 1924

Es war nach Mitternacht, doch Vianne saß noch immer in der Schneiderei, um das durchscheinende Cape für Mrs. Conti zu vollenden. Es war kalt, sie hatte sich die Kaschmirstola ihrer Mutter umgelegt und hörte den Regen, vermischt mit Hagel, der draußen niederging. Ein ums andere Mal hielt sie das Cape ans Licht, um sich zu vergewissern, dass ihre Arbeit makellos war.

Sie hatte die weiße und schwarze Chenille ganz vorsichtig auf den zarten Stoff des Capes genäht und zahllose Nächte durchgearbeitet, um aus schwarzen und weißen Bändern Kreise, Spiralen und Blüten zu formen und sie dann auf den Stoff zu nähen, bis sie ihrer Vorstellung entsprachen.

Vianne streifte ihre Stola ab, stand auf und legte sich das Cape um. Sie hob die Arme und ließ den exquisiten Stoff schwingen. Die Enden der mittleren Reihe Chenille lagen auf ihren Handgelenken, auf dem Rücken bildete das Cape einen perfekten Halbkreis, und die letzte Reihe Chenille befand sich unterhalb der Knie, so wie es sein sollte. Auch bei Mrs. Conti würde das Cape so liegen, sie hatten ungefähr die gleiche Größe.

Vianne war zufrieden und verstaute Kleid und Cape behutsam in einem Kleidersack. Am Morgen würde Mrs. Contis Sohn vorbeikommen und das Kleid für seine Mutter zur letzten Anprobe abholen.

Müde schleppte Vianne sich die Treppe zu der winzigen Wohnung hinauf, die sie sich mit Lucia teilte, und befahl sich, nicht an das Wiedersehen mit Giorgio Conti zu denken.

Am Mittag war er im Atelier erschienen, um seine Mutter nach der Anprobe zum Lunch auszuführen. Vianne hatte gerade eine andere Kundin verabschiedet und war noch im Empfangsraum. Giorgio, der in einem dunklen Anzug noch attraktiver wirkte als zuvor, hatte ihr zugelächelt und sich dann mit Miss Ellie unterhalten.

Vianne wusste, dass Adeline und Goldie die Ohren an die Tür gepresst hatten, um sich kein Wort entgehen zu lassen. Sie kannten Giorgio Conti vom Sehen und schwärmten immer, er sei ein Traum von einem Mann.

Vianne sträubte sich nach Kräften gegen die Wirkung, die er auf sie hatte, doch wenn er sie anlächelte, konnte sie gar nicht anders, als innerlich zu glühen.

Im Grunde faszinierten sie sowohl die Mutter als auch der Sohn. Bei einer Anprobe hatte Adriana Conti ihr von ihrer Vergangenheit erzählt. Sie stammte aus Mailand, wo die Familie ihres Mannes zwei Restaurants besessen hatte. Nachdem ihr Mann gestorben war, hatte Giorgio erklärt, er wolle nicht in Mailand bleiben, sondern sein Glück in Amerika versuchen. Seine Mutter war ihm gefolgt – ohne ihren Mann und ihren Sohn hätte sie sich in Mailand einsam gefühlt.

Sie hatten sich eine Wohnung in Manhattan gekauft, und Giorgio hatte beschlossen, ein eigenes Restaurant zu eröffnen. Zur Erinnerung an seinen Vater würde er das Restaurant »Valentino's« nennen. Es sollte zu einer angesagten New Yorker Adresse werden und dem Namen seines Vaters Ehre machen.

Mrs. Conti liebte ihren Sohn und war stolz auf ihn, das war nicht zu übersehen. Vianne hatte ihn bei den Anproben in der Wohnung seiner Mutter des Öfteren getroffen, doch es waren immer nur flüchtige Begegnungen gewesen, nie mehr als ein Gruß und ein Lächeln.

Vianne betrat ihre Wohnung und legte ihre Handtasche ab. Die Wohnung bestand aus drei kleinen Räumen, einer Küche und einem winzigen Bad. Lucia hatte die Tür zu ihrem Schlafzimmer offen gelassen, und Vianne hörte ihren leisen Atem.

Sie ging in ihr eigenes Zimmer, schloss die Tür und knipste die Lampe an ihrem Bett an. Außer dem Bett gab es nicht viel, nur noch ein Waschbecken, einen Kleiderschrank und eine Frisierkommode. An die Wände hatte Vianne einige ihrer schönsten Modezeichnungen gepinnt, und direkt über ihrem Bett hing ein kleiner Kunstdruck, eine Ballerina von Degas.

Sie kleidete sich aus, wusch sich und kroch ins Bett. Und dann lag sie wach, trotz ihrer Müdigkeit, starrte in die Dunkelheit und lauschte dem Prasseln des Regens.

Ohne dass sie es wollte, wanderten ihre Gedanken zu Giorgio Conti. Vielleicht war auch er noch wach und lauschte wie sie dem Regen. Oder aber er schlief tief und fest und träumte von seinem Restaurant.

Er hatte sie und Miss Ellie zu der Eröffnung des Valentino's an diesem Samstag eingeladen, hatte sogar auf ihrem Kommen bestanden. Vianne würde seine Einladung liebend gern annehmen.

Vor jeder Anprobe in der Wohnung seiner Mutter hatte sie zu den mit Pappkarton verbarrikadierten Eingangstüren des Restaurants hinübergesehen und sich gewünscht, sie könnte einen Blick in die dahinterliegenden Räume werfen.

Sie erinnerte sich an das, was er zu Miss Ellie gesagt hatte. Dass sie und Vianne schon deshalb an der Eröffnung teilnehmen müssten, um die Wirkung des Kleides auf die versammelten Gäste zu genießen. Im Übrigen sei es eine einzigartige Werbung für Miss Ellies Atelier, in jeder Zeitung der Stadt werde man über die Eröffnung und die Kleider der geladenen Damen berichten. Es wäre also nur klug, zu erscheinen.

Vianne drehte sich auf die Seite.

Miss Ellie hatte die Einladung für sich und Vianne angenommen, wenn auch mit leisem Widerstreben. Doch nachdem Giorgio gegangen war, hatte sie die Eröffnungsfeier mit keinem Wort mehr erwähnt.

Dennoch hoffte Vianne, dass sie am Samstag an ihrem ersten gesellschaftlichen Ereignis in Manhattan teilnehmen würde.

*

Am Morgen blickte Vianne durch das Schaufenster auf die Park Avenue und sah Mrs. Conti mit ihrem Sohn. Er hielt einen großen schwarzen Regenschirm über sich und seine Mutter, während sie auf das Geschäft zusteuerten.

Vianne hatte kaum geschlafen, doch der Anblick der beiden belebte sie. Sie öffnete ihnen die Tür.

Giorgio Conti bedachte sie mit einem Lächeln, bevor er sich in

Miss Ellies Empfangsraum niederließ und die *New York Times* aufschlug.

Vianne führte Mrs. Conti in die Anprobe, wo Kleid und Cape hingen.

Mrs. Conti strahlte. »Wie ich dieses Ensemble liebe.«

»Gefällt es Ihnen wirklich?« Vianne dachte an die zahllosen Stunden, die sie investiert, die vielen Male, die sie sich mit der Nadel gestochen hatte, die schmerzenden Finger beim Fälteln und Legen der unzähligen Bänder.

»Das fragen Sie noch? Nie zuvor habe ich ein so wundervolles Kleid besessen.« Mrs. Conti ließ sich in einen Sessel sinken, den Blick auf das Kleid gerichtet. »Ich wünschte nur, mein Mann könnte mich morgen Abend darin sehen.« Sie griff in ihre Handtasche, zog ein Taschentuch heraus und betupfte ihre Augen. »Es ist schöner als alles, was ich mir erträumt habe.« Sie griff nach Viannes Hand. »Versprechen Sie mir, dass Sie morgen Abend zur Eröffnung kommen. Sie und Eloise.«

Vianne schaute zu Boden. »Wenn Miss Ellie es erlaubt, komme ich gern.«

Mrs. Conti runzelte die Stirn. »Warum sollte sie es nicht erlauben?«

Vianne hob die Schultern.

*

Ein ums andere Mal hatte Mrs. Conti sich in ihrem Kleid vor dem Spiegel gedreht, das Cape fliegen lassen und beide Teile schließlich schweren Herzens wieder abgelegt.

Vianne begleitete sie zurück in Miss Ellies Empfangsraum und überreichte Giorgio den Kleidersack.

Er lachte, als er das Gesicht seiner Mutter sah. »Du wirkst wie in Trance, das Kleid muss dir gefallen haben.«

»Es ist sensationell«, sagte seine Mutter und breitete die Arme aus.

Giorgio zwinkerte Vianne zu.

Sie spürte, wie sie errötete, und ärgerte sich darüber. Sie brauchte keine Miss Ellie, die ihr erklärte, dass sich in den Kreisen, zu denen die Contis gehörten, niemand ernsthaft für eine Schneiderin interessierte.

Mrs. Conti verabschiedete sich, sie hatte eine Verabredung zum Kaffee.

Vianne strich über den Kleidersack, der ihre Arbeit der vergangenen Wochen enthielt, und musste sich zwingen, ihn nicht liebevoll an sich zu drücken.

Giorgio deutete auf das Schaufenster, an dem der Regen hinablief. »Wie wäre es, wenn ich den Schirm trage und Sie das Kleid? Auf die Weise können Sie sichergehen, dass Ihre Kreation unbeschadet bei uns ankommt.«

Vianne überlegte, ob dieser Kleidertransport ebenfalls ein Verstoß gegen Miss Ellies Regeln wäre. Dann sagte sie sich, dass es ein Service war, der zu ihrem Job gehörte. Fragen konnte sie nicht, Miss Ellie war irgendwo außerhalb unterwegs.

»Warum nicht?«, sagte sie. »Wahrscheinlich ist es so am besten.« Doch die Vorstellung, Giorgio Conti zu begleiten, verwirrte sie so sehr, dass ihr französischer Akzent deutlich stärker zum Vorschein kam.

Beim Verlassen des Ateliers hielt er ihr die Tür auf, und sein Arm streifte sie.

Vianne befahl sich, ja nicht rot zu werden. Sie war schließlich kein albernes kleines Mädchen!

*

In der Wohnung der Contis überreichte Vianne den Kleidersack einem Dienstmädchen und betete, dass das Kleid bei der Eröffnungsfeier das Aufsehen erregte, das sowohl Mrs. Conti als auch Miss Ellie erwarteten.

Als sie sich zum Gehen wandte, bat Giorgio sie, noch einen Moment zu bleiben.

Sie drehte sich zu ihm um.

Er fuhr sich mit den Fingern durchs Haar und schien nach den richtigen Worten zu suchen.

»Ich bin nervös«, brach es dann aus ihm heraus. »Die Eröffnungsfeier morgen muss ein großer Erfolg werden.«

»Das wird sie bestimmt auch«, sagte Vianne. »Ich bin sicher, dass alles ganz wunderbar wird.«

Giorgio seufzte. »Wir haben über zweihundert Gäste, darunter die Restaurantkritiker sämtlicher New Yorker Zeitungen. Wie soll ich bloß all diese Leute gleichzeitig zufriedenstellen?«

»Sie haben Lampenfieber«, sagte Vianne. »Weiter nichts.«

Giorgio schüttelte den Kopf. »Seit gestern bin ich dabei, jedes kleinste Detail zu überprüfen. Immer wieder aufs Neue.« Er seufzte noch einmal. »Aber für die Gäste, die ich im Auge habe, wird das Valentino's vielleicht nicht gut genug sein.« Sein Blick wurde bittend. »Hätten Sie vielleicht Zeit, sich alles anzuschauen? Und würden Sie mir hinterher offen und ehrlich sagen, was Sie von meinem Restaurant halten?«

Vianne zögerte. Wenn sie verhindern wollte, dass Miss Ellie vor ihr zurückkehrte und ihr unangenehme Fragen stellte, musste sie schleunigst wieder ins Atelier zurück.

»Das Restaurant muss so tadellos sein, dass es auch vor den Augen meines Vaters bestehen würde, wäre er noch am Leben. Verstehen Sie das?«

Vianne nickte. »Sehr gut sogar.«

»Dann wissen Sie auch, dass ich mir keinen Misserfolg leisten kann. Es würde bedeuten, dass ich dem Gedenken an meinen Vater nicht gerecht würde.«

»Das kann ich mir einfach nicht vorstellen«, sagte Vianne mit fester Stimme. »Mit Sicherheit haben Sie alles perfekt geplant und vorbereitet.«

»Bitte kommen Sie mit, und schauen Sie es sich an.« Giorgios Blick verdüsterte sich. »Wenn es Ihnen nicht gefällt, werde ich alles absagen. Die ganze Eröffnung.« An den Fingern zählte er die einzelnen Absagen ab. »Das Essen, die Getränke, die Dekoration, die Musik …« Theatralisch drückte er die Hände auf seine Brust. »Und mein Personal werde ich entlassen.«

Vianne musste lachen. »Das ist jetzt genug, Giorgio, das ist Papperlapapp.« Papperlapapp zählte zu Miss Ellies Lieblingsausdrücken.

Giorgio lachte schallend. »Papperlapapp mit französischem Akzent. Herrlich!« Er fasste Vianne am Arm. »Kommen Sie, gönnen Sie mir fünf Minuten Ihrer Zeit.«

Fünf Minuten, dachte Vianne, dagegen konnte niemand etwas haben.

*

Giorgio stieß die Türen zu seinem Restaurant auf und schaltete das Licht an.

Vianne trat über die Schwelle und erstarrte. Der Anblick war atemberaubend.

An der Decke flammten Lichtröhren auf, die im Stil des Art déco geometrische Formen bildeten, kleine und große Rechtecke und Quadrate, doch das waren nur dekorative Elemente. Die eigentliche Beleuchtung ging von den Hängelampen aus, die einen honigfarbenen Schein auf die Tische und den Holzfußboden warfen.

Vianne trat einen Schritt vor und blickte zum anderen Ende des Raums. Dort erstreckte sich über die halbe Wand eine Theke, dahinter befanden sich ein großer Art-déco-Spiegel und Hängeschränke aus Glas, die von winzigen Lichtern illuminiert wurden.

Alle anderen Wände waren mit dunklem Holz vertäfelt, was dem Gastraum den Charakter eines exklusiven Clubs verlieh. Es reihten sich große gerahmte Aufnahmen von New York an den Wänden – die Williamsburg Bridge über dem East River; klassische Sandsteinbauten in Greenwich Village; die Seen im Central Park; Straßenszenen in Brooklyn, Manhattan und Harlem; tanzende Frauen in Flapperkleidern.

»Es ist phantastisch!« Vianne ging weiter in den Raum hinein. Um die Tische in der Mitte gruppierten sich Stühle, an der Seite zur Park Avenue waren Nischen eingerichtet, mit Tischen und lederbezogenen Bänken. Man hatte einen Blick auf die Straße, und die Passanten würden ihrerseits einen Blick ins Restaurant werfen können. Insbesondere in der Winterzeit dürfte die Versuchung, einzutreten und in einem eleganten, beheizten Raum zu essen, unwiderstehlich sein. Ohne dass sie es wollte, tauchte ein Bild vor Viannes innerem Auge auf: Sie und Giorgio saßen in einer der Nischen, tranken einen Cocktail … nein, keinen Cocktail, der Alkoholausschank war in Amerika ja verboten.

Sie ließ ihren Blick über die Tische gleiten, die bereits gedeckt waren, mit kleinen gläsernen Kerzenständern, schneeweißen Leinenservietten, blank poliertem Silberbesteck und Kristallgläsern, die das Lampenlicht reflektierten.

An der Theke blieb Vianne stehen. Auf der dunklen Holzplatte lag ein aufgeschlagenes Skizzenbuch. Es glich dem, das sie für ihre Entwürfe verwendete, nur dass auf diesen Seiten Ausschnitte des Restaurants zu sehen waren. Sie wandte sich zu Giorgio um – und begegnete seinem intensiven Blick.

»Sind das Ihre Zeichnungen?«

Er nickte und zog Vianne einen Barhocker heraus.

Eigentlich müsste sie gehen, dachte Vianne und schaute zu den Fenstern, über die der Regen rann. Sie beschloss, nur noch einen kurzen Moment zu bleiben, und schwang sich auf den Barhocker.

»Möchten Sie sich die Zeichnungen anschauen?«, fragte Giorgio und stand nun so dicht bei ihr, dass sie seinen Atem auf ihrer Wange spürte.

»Gern«, antwortete Vianne. Sie wusste, welche Träume mit solchen Entwürfen verbunden waren, wie konnte sie es da ablehnen, sich seine Zeichnungen anzusehen?

Er blätterte die Seiten für sie um.

Vianne war fasziniert. Jedes einzelne Detail hatte er geplant, bis hin zu den kleinen Glaskerzenständern, die er liebevoll mit brennenden Kerzen gemalt hatte.

»Dann sind das alles Ihre Ideen?«

»Ja.«

Vianne zog das Skizzenbuch näher zu sich heran, schlug nun selbst die Seiten um und bewunderte die Sorgfalt, mit der er schraffiert, Anmerkungen geschrieben und Materialien notiert hatte. Sie stieß auf Seiten, die Rezepte enthielten. »Oh, die darf ich sicherlich nicht sehen«, sagte sie und lächelte Giorgio an. »Falls Italiener wie Franzosen sind, enthalten Rezepte Geheimnisse, die nur der Koch kennen darf.«

Giorgio nickte. »Das gilt auch für uns. Aber vielleicht darf ich eines Tages für Sie kochen, *bella mia*?«

Viannes Herz machte einen Stolperschritt. Hatte er wirklich »meine Schöne« zu ihr gesagt? Und es auch so gemeint? Oder sagten italienische Männer so etwas zu jeder Frau?

»Es sind die Rezepte aus den Mailänder Restaurants meines Vaters«, fuhr Giorgio fort. »Ich habe sie ein wenig für den amerikanischen Geschmack variiert.«

Seine Stimme war wie Samt. Vianne wünschte, sie könnte noch ewig hier sitzen und ihm zuhören. »Ihr Vater war sicherlich ein ganz besonderer Mensch.«

»O ja. Er war mein Vorbild. Bei allen Plänen für dieses Restaurant, bei der Zusammenstellung der Menüs und der Auswahl der Getränke – immer habe ich mich gefragt, ob mein Vater ebenso entschieden hätte. Er hat mich Kochen gelehrt, nach Rezepten, die in unserer Familie von Generation zu Generation weitergegeben wurden.«

So wie Maman mir gezeigt hat, wie man näht und stickt, dachte Vianne, und ihre Augen füllten sich mit Tränen.

Giorgio setzte sich auf den Nachbarhocker. »Darf ich Sie etwas fragen?«

Vianne nickte und fuhr sich mit der Hand über die Augen. Schnell verscheuchte sie die wehmütigen Gedanken an ihre Mutter.

»Warum sind Sie nach New York gekommen?«

»New York zählt zu den Zentren der Welt. Und was die Mode betrifft, werden hier Riesenfortschritte gemacht.« Über ihre Familie würde sie nicht mit ihm sprechen, dazu kannte sie ihn nicht gut genug. »In den europäischen Großstädten leiden die Menschen noch immer an den Auswirkungen des Großen Kriegs, was mich sehr bedrückt hat. In New York ist das Leben unbeschwerter. Das Gute an dieser Stadt ist auch, dass Europa durch den Einfluss von uns Einwanderern hier noch immer ein wenig zu spüren ist.«

Vianne sah Giorgio an, ihre Blicke verfingen sich, und sie spürte ein Kribbeln auf ihrer Haut.

»Möchten Sie einen Kaffee?«, fragte er.

»Nein danke.« Vianne glitt von ihrem Hocker. »Ich muss zurück.«

Er studierte ihre Miene, und sein Blick wurde weich. »Ich weiß, wie sehr Frankreich unter dem Großen Krieg gelitten hat. Ich war zu jung, um eingezogen zu werden, aber meine Mutter hat Freunde, deren Söhne im Kampf gefallen sind.«

Vianne lehnte sich gegen die Theke und nahm einen tiefen, beruhigenden Atemzug. Sie wollte nicht an die Vergangenheit denken, doch sie kam nicht dagegen an. Mit einem Mal war sie wieder in Paris, sah die eleganten Straßen vor sich, das Antiquitätengeschäft ihres Vaters, die Place des Vosges und die Rue de Sévigné ... wo nun Jacques und Sandrine in der Wohnung lebten, in der sie groß geworden war. Bei dem Gedanken regte sich ihr Zorn, sie schob ihn rasch fort.

Das Bild ihres Vaters tauchte vor ihrem inneren Auge auf. Wie er seine Brille aufsetzte, wenn sie das Céline betrat, und sich vergewisserte, dass es wirklich sie war. Wie er seine Arme ausbreitete, um sie zu umarmen. Fast spürte sie die feine Wolle seines Jacketts, das gestärkte Hemd. Und schon kam ein nächstes Bild herangeschwebt. Darin war sie noch ein Kind, und ihr Vater holte sie von der Schule ab. Er nahm ihre Hand und ging mit ihr in ein Café, wo sie sich ein Eclair bestellen durfte. Sie spürte das Gebäck auf der Zunge, die cremige Füllung und die feste Kuvertüre aus dunkler Schokolade. Im Krieg hatte sie ihr Interesse an Leckereien verloren, man bekam ja auch kaum noch welche, und nach dem Krieg hatte es für sie nur noch ihre Arbeit gegeben.

»Vianne«, hörte sie Giorgio sagen.

Sie fuhr zusammen, kehrte in die Gegenwart zurück und fühlte sich peinlich berührt. Wie lange war sie gedanklich woanders gewesen? Und was musste Giorgio von einer Frau halten, die plötzlich stumm wie ein Fisch in die Ferne starrte?

»Wie wäre es mit einer Barbagliata?«, fragte er und deutete auf das Glas vor Vianne. Es enthielt ein dunkles, schaumiges Getränk, das von Schlagsahne gekrönt wurde. »Wissen Sie, was das ist?«

Vianne schüttelte den Kopf. Sie fand nur, dass es ganz wundervoll nach Schokolade roch.

»Es ist eine Mailänder Spezialität. Espresso, Milch, Kakaopulver und Schlagsahne. Kosten Sie es. Es wird Ihnen den Tag versüßen.« Er hüllte das heiße Glas in eine Serviette und reichte es ihr.

Vianne nahm einen kleinen Schluck, dann noch einen. Diese Barbagliata schmeckte phantastisch. Rasch leckte sie mit der Zungenspitze Sahne von ihrer Oberlippe. »Himmlisch«, sagte sie und dachte, sie sollte sich an Giorgio ein Beispiel nehmen. Er hatte einen Weg gefunden, die Erinnerung an seine Familie zu ehren, indem er etwas Großartiges erschaffen hatte, und das wollte sie ebenfalls tun.

»Geht es Ihnen jetzt besser?«, fragte er.

Vianne nickte. »Ich glaube, ich muss mich entschuldigen. Wir sind hier, um über Ihr Restaurant zu sprechen, das einfach nur fabelhaft ist, nicht, um mich aufzumuntern.«

»Ich danke Ihnen für das Kompliment.« Giorgio nahm ihr das leere Glas ab. »So hat jeder dem anderen etwas Gutes getan.«

Und wider besseres Wissen schenkte Vianne ihm das Lächeln, mit dem ihre Mutter ihren Vater verzaubert hatte. Dann griff sie nach ihrer Handtasche, die sie auf der Theke abgelegt hatte, und sah sich dabei in dem Spiegel an der dahinterliegenden Wand. Ihre Wangen waren gerötet, ihre Augen glänzten, und an ihrer Seite stand dieser irrsinnig gut aussehende Mann, vor dem Miss Ellie sie gewarnt hatte. War sie noch bei Sinnen, diese Warnung in den Wind geschlagen zu haben? Wie spät war es überhaupt?

»Mein Gott, jetzt wird es wirklich höchste Zeit für mich«, sagte sie erschrocken. »Auf Wiedersehen, Giorgio. Und für morgen viel Erfolg!«

Er schaute ihr in die Augen. Viel zu lang. »Ich bin so froh, dass Ihnen das Valentino's gefällt.«

Mit hämmerndem Herzen wandte Vianne sich ab. Sie hastete zum Ausgang, schlüpfte durch die Doppeltüren und aus dem Haus. Der Regen hatte aufgehört, der Wind dafür jedoch zugenommen. Er biss in ihre Wangen und peitschte ihr die Haare aus dem Gesicht. Sie senkte den Kopf und lief im Eilschritt zurück zu Miss Ellies Atelier, wo sie sich sicher fühlte.

KAPITEL 11

Vianne
New York, Winter 1924

Miss Ellie war mit Viannes Teilnahme an der Eröffnung einverstanden, Vianne hatte sich also ganz umsonst Gedanken gemacht.

Und so lief sie am Samstagabend aufgeregt über die Park Avenue in Richtung Valentino's. Unter ihrem Mantel trug sie ein Kleid, das sie noch in Paris genäht hatte: ein Etuikleid mit tiefer Taille, das Oberteil eierschalenfarben, mit kleinen blauen Streifen auf den Schultern, die mit Silbergarn bestickt waren, der Rock tiefblau. Auch um Saum und Taille liefen silbern bestickte Borten.

Vor dem Restaurant stand eine Menschentraube aus perfekt geschminkten Frauen in Pelzmänteln und Männern in Kaschmirmänteln. Der Duft von Chanel N°5 hing in der Luft. Auch Reporter waren da, die Notizblöcke schon gezückt und einsatzbereit. Alle drängten zum Eingang.

Vianne hielt sich zurück, umklammerte ihre silbrige Abendtasche und versuchte, in der Menge Miss Ellie zu entdecken. Als jemand auf ihre Schulter tippte, fuhr sie herum.

»Mademoiselle Mercier aus Paris«, sagte Eddie Winter. »Wie schön, Sie wiederzusehen.«

Vianne begrüßte ihn und wünschte, es wäre Giorgio Conti gewesen, der sie angetippt hätte, doch der hatte an diesem Abend natürlich anderes zu tun. Vielleicht war es auch gut, dass er keine Zeit für sie hatte. Bei der Besichtigung seines Restaurants hatte sie sich nicht nur zu lange bei ihm aufgehalten, sondern es hatte auch Momente gegeben, in denen sie mit ihm so etwas wie eine Seelenverwandtschaft gespürt hatte. Solche Begegnungen musste sie in Zukunft vermeiden, sie führten zu nichts. In der Nacht hatte sie kaum geschlafen, sich immerzu gesorgt, Miss Ellie könnte erfahren, dass sie sich das Restaurant von Giorgio hatte zeigen lassen. Das durfte nicht geschehen, ihre Chefin musste darauf vertrauen können, dass sie sich nicht für verführerische junge Männer interessierte und nie etwas tun würde, das dem Ruf ihres Hauses schadete.

Sie bedachte Eddie Winter mit einem liebenswürdigen Lächeln, der Mann von *Bella* hatte schließlich einen begeisterten Artikel über Miss Ellies Modehaus geschrieben, sogar die sorgfältige Arbeit der Näherinnen hatte er gelobt. Wie sie alle gejubelt hatten! Mollie hatte den Artikel ausgeschnitten und an eine Wand der Schneiderei geheftet. Lucia hatte Musik angemacht und getanzt, bis Miss Ellie kam und fragte, ob sie noch zu retten sei. Dennoch war offenkundig, dass auch ihr Winters Beitrag geschmeichelt hatte.

»Ich hoffe, Sie werden das Valentino's ebenso positiv wie Miss Ellies Modehaus besprechen«, sagte Vianne.

»Natürlich. Giorgio Conti ist ein prima Kerl, und sein Restaurant wird schnell eine der beliebtesten Adressen in Manhattan werden.« Winter ließ seinen Blick über die wartenden Gäste wandern. Dann richtete er ihn wieder auf Vianne. »Auch der heutige Abend wird für ihn ein Erfolg sein.« Er zog einen silbernen Flachmann aus der Innenseite seines Mantels und nahm einen Schluck. »Ich bin da absolut zuversichtlich.«

Vianne runzelte die Stirn. In dieser Flasche war mit Sicherheit kein Obstsaft. Das Alkoholverbot schien Eddie Winter nicht zu scheren.

»Schauen Sie nicht so grimmig«, sagte Winter mit vergnügt funkelnden Augen. »Ein Schluck Whiskey ist der beste Schutz vor einer Erkältung. Ich bin da sehr anfällig.« Er hielt ihr die Flasche entgegen. »Möchten Sie auch? Whiskey ist gegen alle möglichen Krankheiten gut. Außerdem beruhigt er die Nerven.«

Vianne betrachtete ihn kopfschüttelnd. »Danke nein, ich fühle mich kerngesund. Ich habe es auch nicht an den Nerven.« Sie fragte sich, ob moderne junge New Yorkerinnen sich am Flachmann eines Mannes bedienten, doch selbst wenn das so wäre, würde sie lieber verzichten.

Winter zuckte mit den Schultern, wandte sich einem anderen Gast zu und begann, mit ihm zu plaudern.

Dann öffneten sich die Glastüren des Restaurants. Die geladenen Gäste brachen in Beifallsrufe aus und drängelten, um eingelassen zu werden. Man hörte eine Jazzband. Sie spielte den brandneuen Song »It Had to Be You«.

Vianne drückte Giorgio die Daumen. Er hatte so viel in die Verwirklichung seines Traumes investiert, und nun war es so weit, und er empfing seine ersten Gäste.

Vianne folgte der Menge. Sie konnte es kaum erwarten, Mrs. Conti in ihrem Kleid zu sehen. Wenn sie an die möglichen Reaktionen dachte, die es an diesem Abend auf ihre Kreation geben könnte, merkte sie, dass sie doch ziemlich nervös war, auch wenn sie bei Eddie das Gegenteil behauptet hatte.

Das Restaurant füllte sich rasch. Die Jazzband spielte einen Blues, leise genug, um die Ausrufe der Bewunderung nicht zu übertönen. Einige Gäste zeigten zur Decke, andere zur Theke, wieder andere begutachteten die großen New-York-Fotos an den Wänden. Kellner boten Tabletts mit Häppchen an. Vianne hörte jemanden erklären, es handele sich ausschließlich um Mailänder Spezialitäten. Vianne wusste, dass sie keinen Bissen herunterbringen würde, doch sie erhaschte Blicke auf Fleischklößchen, wie Blüten geformte Gebäckstücke, in winzige Herzen geschnittene Polenta, panierte Fleischstückchen und Salamiröllchen. Dazu wurden kleine Gabeln und Servietten gereicht.

Die Häppchen kamen gut an, erkannte Vianne, die Leute stürzten sich darauf, als hätten sie seit Tagen nichts gegessen. Jemand in ihrer Nähe bemerkte, das Valentino's sei die nächsten beiden Monate bereits ausgebucht.

Vianne reckte den Hals, um nach Miss Ellie Ausschau zu halten. Dann entdeckte sie ihre Chefin und kämpfte sich zu ihr durch.

»Schmeckt phantastisch.« Miss Ellie knabberte gerade an einem Gebäckstück. »Weckt wunderbare Erinnerungen an Mailand.«

Mrs. Conti näherte sich ihnen mit mehreren Gästen im Schlepptau. Sie griff nach Viannes Hand und hob sie hoch. »Das ist die Designerin meines Kleides. Ihr verdanke ich es, dass ich an diesem Abend großartig aussehe.«

»Ein einzigartiges Kleid«, erklärte ein älterer Mann an ihrer Seite. »Bravo!« Die Männer und Frauen in Mrs. Contis Entourage applaudierten.

Vianne spürte, wie Hitze in ihre Wangen schoss. Doch bevor sie etwas antworten konnte, zogen Mrs. Conti und ihr Gefolge bereits weiter.

Ein Kellner mit einem Tablett voller Negroni trat zu ihr. Die Cocktails wurden in Teegläsern serviert, um ihren alkoholischen Inhalt zu vertuschen.

Nach einer Weile breitete sich der Duft von Kaffee und Schokolade aus; die Kellner hatten begonnen, Barbagliata und heiße Schokolade anzubieten. Vianne dachte an das schaumige Getränk mit Schlagsahne, das Giorgio ihr gereicht hatte, und nahm sich ein Glas.

Und dann stand er plötzlich vor ihr und sprach sie mit seiner samtigen Stimme an. »Na, Vianne, amüsieren Sie sich?«, fragte er, griff nach einer Serviette und tupfte Schlagsahne von ihrer Oberlippe.

Eine heiße Woge stieg in Vianne auf und drohte über ihr zusammenzuschlagen. Sie trat einen Schritt zurück. Das, was sich zwischen ihnen anbahnte, war zu gefährlich. »Es ist ein sehr gelungener Abend, ich gratuliere Ihnen.« Glücklicherweise war Miss Ellie nicht mehr in der Nähe. Sie hatte die Anziehung zwischen Giorgio und ihr bereits bei ihrer ersten Begegnung registriert – und sie alles andere als gutgeheißen.

Ein attraktiver und offenbar gut aufgelegter Mann trat zu ihnen. Er sah Vianne interessiert an.

Giorgio machte ihn und Vianne miteinander bekannt, und Vianne erfuhr, dass der Name des Mannes Jimmy Walker lautete und Giorgio sicher war, dass er der nächste Bürgermeister von New York sein würde.

»Freut mich, Sie kennenzulernen.« Walker küsste Viannes Hand. »Aber warum sind wir uns bisher noch nirgendwo begegnet?«

»Ich lebe erst seit Kurzem in New York«, entgegnete Vianne.

»Und seitdem sie hier ist, hat sie sich im Atelier Chappelle verkrochen, um das Kleid meiner Mutter zu entwerfen und anzufertigen«, erklärte Giorgio. »Vianne ist Miss Ellies zweite Designerin.«

Walker prostete Vianne mit einem Glas Negroni zu und grinste verschwörerisch.

Vianne musste lachen. Der Mann, der vielleicht Bürgermeister von New York werden würde, setzte sich über das gesetzlich vorgeschriebene Alkoholverbot hinweg? New York war wirklich einzigartig. Auch ihre Mutter und ihre Schwester hätten sich hier wohlgefühlt, bei ihrem Vater war sie sich da nicht so sicher.

»Sie sind also ein aufsteigender Stern am Himmel der New Yorker Modewelt«, sagte Walker und nahm einen großen Schluck seines Cocktails. »Lassen Sie es mich wissen, wenn Sie Unterstützung brauchen. Oder falls Sie sich selbstständig machen wollen. Ich bin ein ausgezeichneter Lobbyist.«

»Ich möchte mich nicht selbstständig machen«, erwiderte Vianne. »Aber danke für das Angebot.«

Walker trat ein Stück näher an sie heran. »Wissen Sie, Ihre Chefin hat ihr Atelier wirklich in der besten Ecke Manhattans aufgemacht. Sie hat einen guten Riecher gehabt.« Er deutete mit seinem Glas auf Giorgio, der sich mit einem anderen Gast unterhielt. »Ebenso wie Giorgio. Eine bessere Adresse als die Park Avenue gibt es kaum.« Er zwinkerte Vianne zu. »Und Sie sind die Frau, der Adriana Conti ihr Kleid heute Abend verdankt. Schätzen Sie sich glücklich.«

»Das tue ich«, sagte Vianne, »und ich –«

»Sie sollten wirklich froh sein, dass Sie in New York sind. Die

Stadt wächst wie verrückt. Wussten Sie, dass hier alle fünf Minuten ein Wolkenkratzer entsteht?«

Vianne lachte. »Alle fünf Minuten, das ist schwer zu –«

Wieder ließ Walker sie nicht ausreden. »Natürlich bin ich kein Experte, was Damenkleidung betrifft, aber ich habe Ohren, und heute Abend war von Mrs. Contis Kleid überall die Rede. Schon in der nächsten Woche werden Sie und Miss Ellie sich vor Kundinnen nicht mehr retten können.« Er leerte sein Glas und reichte es einem vorbeieilenden Kellner. »Trotzdem hoffe ich, Sie werden nicht nur arbeiten. Haben Sie das New Yorker Nachtleben schon kennengelernt?«

Vianne schüttelte den Kopf. »Dafür hatte ich zu viel zu tun.«

»Was nicht ist, kann ja noch werden.« Walker zeigte auf Viannes Glas mit Barbagliata. »Das ist etwas für kleine Mädchen. Trinken Sie etwas Vernünftiges, Miss Mercier. Und gehen Sie abends tanzen. Vielleicht tanzen wir beide sogar heute noch zusammen.« Und dann war er im Getümmel verschwunden.

Statt seiner kehrte Giorgio zu ihr zurück. »Ich hoffe, Sie sind noch nicht müde.«

Vianne warf einen Blick auf die Wanduhr hinter der Theke. Es war bereits spät. Doch dann sah sie, dass Miss Ellie bei einer Gästegruppe stand und sich angeregt unterhielt. Sie konnte also noch bleiben und ein wenig mit Giorgio plaudern, bevor ihre Chefin sie entdecken und ihr ärgerliche Blicke zuwerfen würde.

»Hat Jimmy von den New Yorker Speakeasies geschwärmt?«, fragte Giorgio.

Vianne schüttelte den Kopf. »Vielleicht war er kurz davor. Und so jemand will Bürgermeister von New York werden?«

Giorgio lachte. »Im Vergleich zu anderen ist Jimmy harmlos.«

Zu ihrem Erstaunen sah Vianne, dass Miss Ellie dem Ausgang zustrebte. Ohne sich zuerst nach ihr umzusehen? Vielleicht war sie einfach müde.

In ihrem Rücken sprachen Gäste darüber, in Clubs zu gehen und zu tanzen. Vianne wusste, dass auch die Frauen, die für Miss Ellie arbeiteten, am Wochenende ausgingen. Lucia hatte mehrfach versucht, Vianne zum Mitkommen zu bewegen. Doch sie hatte dazu keine Zeit gehabt, hatte jede freie Minute in die Arbeit an Mrs. Contis Kleid gesteckt.

Giorgio schien ebenfalls einen Clubbesuch zu planen. »Haben Sie Lust, mit mir und einigen meiner Freunde woanders weiterzufeiern?«

Vianne wollte bereits dankend ablehnen, doch dann fragte sie sich, warum eigentlich. Wollte sie abends nie etwas anderes als eine Näharbeit oder ihr Kopfkissen sehen? Wurde es nicht höchste Zeit, New York einmal bei Nacht zu erleben?

»Geben Sie sich einen Ruck.« Giorgio lächelte einnehmend. »Wir feiern die Eröffnung meines Restaurants und den Erfolg Ihres Kleides. Was sagen Sie dazu?«

»Ich weiß nicht, Giorgio. Vielleicht wäre es Miss Ellie nicht recht.«

»Miss Ellie?« Giorgio zog die Brauen hoch. »Wir wären eine ganze Gruppe, dagegen kann sie doch nichts haben. Eddie Winter kommt mit, Jimmy Walker … Sie wären also in bester Gesellschaft. Also, was ist, sind Sie mit von der Partie?«

Mit einem Mal kam Vianne sich albern vor. Er lud sie ein, sich einer Gruppe anzuschließen, wollte keineswegs allein mit ihr irgendwohin gehen. Warum hätte er sich das überhaupt wünschen sollen, immerhin dürfte es zahllose Frauen geben, die sich zu ihm hingezogen fühlten. Womöglich war in der Gruppe bereits eine, die es auf ihn abgesehen hatte. Oder er auf sie.

»Wir werden hoch nach Harlem fahren. In den Cotton Club. Ab Mitternacht treten dort die besten Bands auf.« Giorgio nickte einem Gast zu. »Wir tanzen nur, Vianne, weiter nichts.«

Vianne erinnerte sich, wie viel Spaß es ihr gemacht hatte, mit Lucia Charleston zu tanzen. Nun hätte sie die Gelegenheit, zur Musik richtiger Jazzbands zu tanzen, in einem New Yorker Nachtclub, so berühmt, dass selbst sie schon davon gehört hatte. Maman hätte ihr gesagt, sie solle mitgehen, Anaïs erst recht. Keine von ihnen hätte gewollt, dass sie nur arbeitete. Im Geist hörte sie die Stimme ihrer Mutter. *Man darf keine Minute des Lebens vergeuden. Erst recht nicht, wenn man etwas Schönes tun kann, etwas, das einem Freude macht.*

»Als New Yorkerin können Sie sich erst bezeichnen, wenn Sie die Nacht in einem Jazzclub verbracht haben und frühestens im Morgengrauen nach Hause gekommen sind.«

Vianne war noch immer unschlüssig. Doch dann sagte sie sich, dass sie das tun würde, was ihre Mutter und ihre Schwester ihr geraten hätten, und nickte. »Also gut, ich bin dabei. Allerdings brauche ich noch ein, zwei Minuten, um mich frisch zu machen.«

Giorgio strahlte.

Vianne suchte sich den Weg zur Damentoilette und dachte, dass Miss Ellie den Besuch eines Nachtclubs eigentlich nicht verboten hatte, schließlich gingen alle Näherinnen ihres Ateliers an den Wochenenden dorthin, um sich zu amüsieren und zu tanzen. Und von Giorgio würde sie sich einfach fernhalten.

Auch der Vorraum der Toilette war mit dunklem Holz vertäfelt, und am Rand eines großen Spiegels überschnitten sich goldene Zierleisten im Stil des Art déco. Vianne beugte sich vor und studierte ihr Spiegelbild. Viel musste sie nicht tun, nur mit dem Kamm durch ihr kurzes Haar fahren, den Lippenstift nachziehen, einen Hauch Rouge auflegen und die Nase pudern.

Sie sah den Glanz in ihren Augen und wusste, dass es nicht nur die Aussicht auf den Nachtclubbesuch war, der ihn bewirkt hatte.

Sie begutachtete ihr Kleid. Es saß noch immer perfekt. Glücklicherweise trug sie ihre hellen Pumps, mit dem T-Bar-Riemchen, die sich zum Tanzen eigneten.

Wieder dachte sie an ihre Schwester, die in ihrem Pariser Kreis vor dem Krieg zu den lebenslustigsten jungen Frauen gehört hatte, und hoffte, ihr in diesem Cotton Club keine Schande zu machen. In Gedanken warf sie ihrer Schwester einen Luftkuss zu.

Auf dem Rückweg zu Giorgio wurde sie von seiner Mutter aufgehalten, die sie überschwänglich in die Arme schloss.

»Meine liebe Vianne«, sagte sie, »ich danke Ihnen. Ihr Kleid hat dazu beigetragen, dass ich heute einen der schönsten Abende meines Lebens hatte. Schon in Italien hatte Giorgio mir versprochen, ein Restaurant zu eröffnen, das eine Hommage an seinen Vater sein würde. Dann haben wir den Atlantik überquert, und Giorgio hat sich an die Umsetzung seines Versprechens gemacht. Und zur Krönung haben Sie dieses einzigartige Kleid für mich angefertigt. Ich wünschte, mein Mann hätte mich darin sehen können.«

Nach einem Moment löste Vianne sich vorsichtig aus der Umarmung und warf einen raschen Blick auf das Kleid von Mrs. Conti.

Erleichtert stellte sie fest, dass sie bei der Umarmung nirgendwo Rouge oder Puder hinterlassen hatte.

Mrs. Conti sprach weiter. »Eloise weiß bereits, dass ich meine gesamte Frühlings- und Sommergarderobe von Ihnen entworfen haben möchte.«

Vianne konnte es kaum glauben. Das wäre der erste große Schritt zu der führenden Rolle, die sie eines Tages in der Modewelt zu spielen hoffte. Sie bedankte sich bei Mrs. Conti für ihr Vertrauen und versprach, ihr Bestes zu geben.

Jimmy Walker kam mit einer Gruppe junger Frauen in schimmernden Flapperkleidern anspaziert und sagte: »Ich muss Vianne leider entführen, Mrs. Conti. Wir wollen ihr zeigen, wie man sich in New York die Nacht um die Ohren schlägt.«

Mrs. Conti drohte ihm mit dem Zeigefinger. »Passen Sie mir nur ja auf Vianne auf. Ich brauche sie noch.«

»Sie können sich auf mich verlassen.« Walker hob die Hand zum Schwur.

Er und Vianne verabschiedeten sich von Mrs. Conti, die weiterzog.

Viannes Blick huschte zu Giorgio hinüber, der mit anderen Gästen zusammenstand und plauderte. Plötzlich machte die Vorstellung, mit Menschen auszugehen, die sie eigentlich gar nicht kannte, sie sehr nervös, und sie musste sich krampfhaft Anaïs ins Gedächtnis rufen, die sich kopfüber ins Vergnügen gestürzt hätte.

»Es geht los.« Walker berührte Vianne am Arm. »Auf der Fahrt werden wir Champagner trinken.« Er sah Vianne von der Seite an. »Wissen Sie, wie man Charleston tanzt?«

»Natürlich«, sagte Vianne leichthin. »Den haben wir doch auch in Paris getanzt.«

Walker winkelte einen Arm an. »Hängen Sie sich bei mir ein.«

Sie verließen das Restaurant in einer großen Gruppe lachender und schwatzender junger Leute.

An der Straße standen Autos bereit, auf die sie sich verteilten, und mit einem Mal verflogen Viannes Sorgen, ob sie das Richtige tue, und sie fühlte sich so leicht und beschwingt wie seit Langem nicht mehr. Es war doch richtig gewesen, Paris den Rücken zu kehren, um ihr Glück in New York zu suchen.

*

Vor dem Cotton Club fand Vianne sich an der Seite von Eddie Winter wieder. Um sie herum standen vornehme, nach der neuesten Mode gekleidete Männer und Frauen, von denen einige Zigarettenspitzen in den Händen hielten und rauchten. In der Menge befanden sich aber auch ein paar zwielichtig aussehende Gangster-Typen mit öligem Haar. Sie alle warteten auf Einlass.

Vianne konnte ihren Blick nicht von einem Kleid lösen, das unter einem offenen Mantel zu erkennen war. Hellgrün und aus Seidenkrepp, wenn sie nicht alles täuschte. Mit Zipfelsaum und über und über mit Strasssteinen besetzt, die im Licht der roten Außenbeleuchtung des Clubs funkelten.

Winter lachte. »Und wieder eine Nacht, in der Owney sich dumm und dämlich verdient.«

Vianne wandte ihren Blick von dem Kleid ab. »Wer ist Owney?«

»Owney Madden«, raunte Winter ihr ins Ohr. »Ihm gehört der

Cotton Club. Er hat ihn gekauft, als er wegen Mordes im Zuchthaus saß.«

Vianne sah ihn ungläubig an. »Sie machen Witze, oder?«

Winter schüttelte den Kopf. »Es ist die reine Wahrheit.«

Vianne deutete auf die Eingangstür, die in diesem Moment von einem muskelbepackten Türsteher geöffnet wurde. »Riskiere ich mein Leben, wenn ich da reingehe?«

Winter lachte. »Nicht, wenn Sie sich dicht an Giorgio und mich halten. Owney Madden ist Mitglied der irischen Mafia. Im Moment macht er sein Geld mit geschmuggeltem Alkohol und indem er die besten Clubs der Stadt aufkauft.« Er zuckte mit den Schultern. »Was soll's? Wenn Sie in dieser Stadt ausgehen oder Alkohol trinken, fließt das Geld immer in die Taschen irgendwelcher Gangster.«

Vianne sah ihn kopfschüttelnd an. »Und was ist mit der Polizei? Gibt es die in New York nicht?«

»Mord wird nicht geduldet«, erwiderte Winter. »Beim Alkoholausschank wird ein Auge zugedrückt.«

Giorgio stand nun am Eingang und zeigte dem Türsteher seinen Mitgliedsausweis.

Sie rückten einige Schritte vor.

»Die Besitzer der Clubs und Speakeasies wissen, dass sie die Polizei schmieren müssen, wenn sie Alkohol ausschenken wollen. Tun sie es nicht, kann ihnen blühen, dass ihr ganzer Vorrat beschlagnahmt wird. Den verkaufen die Polizisten dann selbst.«

»Wie schön«, sagte Vianne. »Jeder betrügt jeden.«

Winter nickte. »Manchmal verkaufen die Polizisten den beschlagnahmten Alkohol wieder an den, dem sie ihn abgenommen haben. Oder sie machen selbst ein Speakeasy auf.«

»Aber woher kommt der Alkohol, wenn die Herstellung verboten ist?«

Wieder rückten sie ein wenig vor. Giorgio war dabei, auf den Türsteher einzureden.

»Er wird heimlich in Badewannen gepanscht oder kommt über die Grenzen aus unseren beiden Nachbarländern.« Winter legte Vianne eine Hand auf den Rücken und schob sie weiter. »Ein Großteil landet in den Händen von Gangstern wie Owney Madden, der nicht zuletzt dadurch berühmt geworden ist, dass er einem anderen Alkoholschmuggler die Lieferung gestohlen hat. Sehr viel kommt über Kanada herein, über die Great Lakes. Auf der amerikanischen Seite geht es dann per Lastwagen weiter. Wenn die Fahrer in eine Polizeikontrolle geraten, stellen sie sich dumm und fragen, woher sie wissen sollen, was sich im Laderaum des Lastwagens befinde, sie seien schließlich nur die Fahrer.«

Giorgio winkte sie zu sich und bedeutete ihnen, dass sie nun eintreten durften.

Wenig später waren sie im Club, gaben ihre Mäntel an der Garderobe ab und betraten den Tanzsaal, wo die Band gerade »California Here I Come« spielte. Giorgio ging der Gruppe voraus und deutete auf zwei weiß gedeckte, runde Tische, die er offenbar reserviert hatte. Alle anderen Tische waren besetzt, und die Tanzfläche war brechend voll. Das erklärte wohl die lange Warteschlange vor der Eingangstür.

Die Musik ging Vianne direkt in die Beine, doch anscheinend würden sie zunächst eine Weile sitzen, bevor es ans Tanzen ging.

Sie blickte sich um und stellte fest, dass die Band, vom Pianisten bis zum Kontrabassspieler, und die Tanzgruppe – vier Frauen in koketter Männermode – ausschließlich aus Schwarzen bestanden, die Gäste jedoch ausschließlich Weiße waren.

Sie erinnerte sich, wie ihr Vater ihr von der Sklaverei in den amerikanischen Südstaaten erzählt hatte, die nach dem Bürgerkrieg Mitte des vergangenen Jahrhunderts abgeschafft worden war. Doch noch immer herrschte große Ungleichheit – Schwarze durften wegen der Segregation zum Beispiel nicht in dieselben Restaurants, Clubs und Geschäfte gehen wie Weiße.

All das war Vianne bekannt, doch was sich hier abspielte, schien darüber hinauszugehen. In dieser so modernen Metropole, die noch dazu im Norden der USA lag, war die gesamte Innenausstattung einer Baumwollplantage nachempfunden, mit Wandbildern, auf denen Schwarze Männer und Frauen in einem Baumwollfeld arbeiteten. Das Bühnenbild zeigte eines der typischen weißen Herrenhäuser des Südens, wie Vianne sie auf Fotos gesehen hatte.

Mit offenem Mund verfolgte sie, wie eine Schwarze Frau auf den Schultern eines weißen Mannes durch den Saal getragen wurde. Ihr Flitterkostüm war so knapp, dass es nur das Nötigste bedeckte.

Auch die dunkelhäutigen Kellner waren wie Plantagensklaven gekleidet, und einige Wandbilder sollten wohl den Dschungel zeigen. Vianne verstand die Welt nicht mehr. Sollten die Schwarzen hier wieder als »Wilde« gelten, von deren Arbeit Weiße schamlos profitierten? Sie fand das Ambiente mehr als fragwürdig.

Giorgio hatte für die ganze Gruppe Bier bestellt.

»Owneys berühmtes Bier ›Number One‹«, erklärte Winter, der sich zu Vianne gesetzt hatte.

»Vianne!«, erklang da eine laute Frauenstimme.

Vianne fuhr herum. Lucia stand hinter ihr und strahlte über das ganze Gesicht.

Vianne umarmte die junge Frau und war froh, in dieser befremdlichen Umgebung ein vertrautes Gesicht zu sehen.

»Was ist mit dir?« Lucia betrachtete Vianne stirnrunzelnd. »Du siehst aus, als hättest du auf eine Zitrone gebissen. Amüsierst du dich nicht?«

»Doch.« Vianne prostete Lucia mit ihrem Glas zu und nahm einen großen Schluck. Das Bier schmeckte so bitter, dass sie es um ein Haar wieder ausgespuckt hätte. »Siehst du nicht, wie ich mich amüsiere.«

Lucia lachte. »Wer hat es überhaupt geschafft, dich hierherzulocken?« Ihr Blick huschte über die Gesichter am Tisch und blieb an Giorgio hängen. »Ah, verstehe.«

»Du irrst dich.« Vianne fasste Lucias Kinn und drehte ihr Gesicht zu sich zurück. »Hast du Lust, mit mir zu tanzen?«

»Was für eine Frage. Los, komm.«

In diesem Moment stimmte die Band einen Charleston an. Lucia fasste Viannes Arm und zog sie hoch.

Auf der Tanzfläche entspannte Vianne sich ein wenig und beschloss, über die sonderbare Innenausstattung und die rein weiße Gästeschar hinwegzusehen. Sie tanzte, wie Lucia es ihr gezeigt hatte, bewegte die Knie hin und her, schüttelte ihren Körper und wedelte mit den Armen. Doch immer wieder musste sie zu einer hochgewachsenen, sinnlich aussehenden Frau mit knallrotem Lippenstift hinüberblicken, die es schaffte, bei diesem wilden Tanz graziös und anmutig zu wirken.

Als das Musikstück zu Ende war, legte die Band eine kurze Pause ein. Lucia und Vianne verließen die Tanzfläche und lehnten sich schwer atmend gegen die Wand.

Wie sich herausstellte, war die anmutige Tänzerin mit Lucia gekommen. Sie gesellte sich zu ihnen, und Lucia stellte sie als Gia Morelli vor.

Gia strich sich das dunkle Haar aus der Stirn und erklärte: »Heute gestatte ich mir mal einen Abend nur für mich, ohne Mann und Kinder.«

»Gia ist in das Haus gezogen, in dem auch meine Eltern wohnen. Unten in der MacDougal Street. Ihre Familie ist aus Sizilien, genau wie meine«, sagte Lucia.

Gia grinste und fügte hinzu: »Ja, und außerdem sind wir beide in Jazz vernarrt! Niemand spielt den so gut wie die Schwarzen Musiker hier im Cotton Club.«

Vianne blickte zur Bühne, wo die Band sich für das nächste Stück bereit machte. Vielleicht nahmen die Musiker die Demütigung, die mit dem Cotton Club einherging, auf sich, indem sie sich nur auf ihre Musik konzentrierten.

Gia wandte sich Vianne zu. »Du musst uns mal unten im Village besuchen. Am besten dann, wenn Lucias Mutter gekocht hat. Danach wirst du gar nicht mehr fortwollen.«

Es wäre schön, Freundinnen zu haben, die wie sie aus Europa stammten, überlegte Vianne. »Wenn ich darf, komme ich gern. Ich vermisse –« Sie brach ab. Warum den beiden Frauen erzählen, dass ihr Paris mitunter fehlte, sie waren schließlich hier, um fröhlich zu sein, nicht melancholisch.

Die Band stimmte Gershwins »Rhapsody in Blue« an, ein langsames Stück und der Hit des zu Ende gehenden Jahres. Vianne beschloss, zu ihrem Tisch zurückzukehren.

Auf dem Weg dorthin hielt jemand ihren Arm fest, und als sie sich umdrehte, war es Giorgio.

»Darf ich um diesen Tanz bitten?«, fragte er.

Aus dem Augenwinkel sah Vianne, dass Lucia und Gia zu den Paaren gehörten, die aneinandergeschmiegt im schummrig gewordenen Licht tanzten.

»Es ist nur ein kleiner Tanz«, sagte Giorgio und sah Vianne bittend an.

Sie schüttelte den Kopf. »Ich muss gehen.«

»Nein, das müssen Sie nicht.«

»Aber –«

»Gleich ist das Stück zu Ende, und wir stehen immer noch herum.«

Bevor Vianne antworten konnte, schlang Giorgio einen Arm um ihre Taille. Und wie von allein hob sich Viannes Hand und legte sich auf seine Schulter. Es ist nur ein kleiner Tanz, wiederholte sie in Gedanken und wagte einen Blick in Giorgios Gesicht.

Seine Augen schienen einen Ton dunkler geworden zu sein, und er lächelte sie so zärtlich an, dass Viannes Kopf ganz von allein an seine Schulter sank. Es fühlte sich unfassbar gut an, sie konnte nur hoffen, dass er das heftige Pochen ihres Herzens nicht spürte.

»Gefällt es Ihnen hier?«, fragte er zwischen zwei Schritten.

Sie folgte ihm leichtfüßig. »Ja.« Dann schüttelte sie den Kopf. »Aber mich stört, das Schwarze hier nur als Musiker, Tänzerinnen und Bedienung Zutritt haben, nicht als Gäste.«

Giorgio seufzte und führte seinen Mund dicht an ihr Ohr. »Mich stört es ebenfalls, und es freut mich, dass wir gleich empfinden. Insbesondere die Wandmalereien gehen mir gründlich gegen den Strich. Der einzige Pluspunkt ist, dass es in New York nur noch wenige Clubs gibt, in denen die Bands so grandios spielen wie im Cotton Club.«

Sie glitten so geschmeidig und aufeinander abgestimmt über die Tanzfläche, als hätten sie schon seit Jahren zusammen getanzt.

Vianne schloss die Augen. In Giorgios Armen fühlte sie sich sicher, ein Gefühl, das sie seit Langem nicht mehr gehabt und schmerzlich vermisst hatte.

Dann war das Stück zu Ende. Vianne öffnete die Augen und löste sich aus Giorgios Armen.

»Vianne«, begann er, »ich möchte Ihnen etwas sagen, ich –«

»Nein.« Sie schüttelte den Kopf. »Ich muss jetzt wirklich gehen.« Sie durfte sich nicht von irgendwelchen rührseligen Anwandlungen täuschen lassen, die sie bei einem Tanz verspürt hatte. Vor allem aber durfte sie ihre Arbeit nicht verlieren, denn es gab niemanden, der sie auffangen würde. Sie hatte keine Familie mehr. Es gab nur noch Jacques, der hohnlachen würde, wenn sie ihn bäte, ihr zu helfen.

Allein ihr verräterisches Herz wollte nicht mitspielen. Es wollte vor Freude hüpfen, wenn sie Giorgio sah, und dieses Herz war es auch, das ihr suggeriert hatte, ein einziger Tanz wäre schon in Ordnung.

»Ich danke Ihnen für die Einladung hierher«, sagte sie. »Und ich gratuliere Ihnen noch einmal zur erfolgreichen Eröffnung des Valentino's. Aber jetzt muss ich mich wirklich verabschieden.«

Sie wollte sich zum Gehen wenden, doch Giorgio griff nach ihrer Hand und hielt sie fest.

Vianne runzelte die Stirn und entzog ihm die Hand.

»Vianne, bitte.«

Wieder verfingen sich ihre Blicke.

Vianne wünschte, sie könnte sich ihren Gefühlen überlassen, ihm einfach die Arme um den Hals legen und sich an ihn schmiegen. Doch das war wieder ihr trügerisches Herz, das sie zu diesem unbedachten Schritt überreden wollte, wohingegen ihr Kopf wusste, was richtig war. Und ihr Kopf erinnerte sie daran, dass Giorgio ein Mann war, ein Mann mit Vermögen. Er konnte jede Beziehung eingehen, nach der ihm der Sinn stand, er hatte nichts zu verlieren.

Im Gegensatz zu ihr.

Vianne brachte ihr Herz zum Schweigen und trat weiter zurück.

»*Cara mia*«, sagte er, »was hast du? Bitte sprich mit mir.«

Sie schüttelte den Kopf und schlängelte sich vorbei an den Paaren, die auf das nächste Musikstück warteten, in Richtung Garderobe.

Giorgio folgte ihr nicht.

Während sie auf ihren Mantel wartete, überlegte sie, was es bedeuten würden, wenn sie sich trotz allem mit Giorgio einließe. Miss Ellie würde ihr kündigen, wenn sie davon erführe. Und wenn Giorgio bereits nach kurzer Zeit genug von ihr hatte? Was dann? New York war eine raue Stadt, und keiner von Giorgios Freunden, weder Eddie Winter noch Jimmy Walker, würde ihr zu Hilfe eilen, wenn sie mutterseelenallein auf der Straße saß. Im Grunde gehörte sie gar nicht in diese Kreise, hatte seit dem Tod ihrer Eltern nirgendwo richtig dazugehört. Sie war auf sich allein gestellt, konnte sich nur auf sich selbst verlassen.

Als sie gerade ihren Mantel angezogen hatte, schloss sich plötzlich eine schmale Hand um ihren Arm – eindeutig der Griff einer Frau.

Lucia!, dachte Vianne erleichtert. Vielleicht konnten sie gemeinsam nach Hause gehen. Lächelnd wandte sie sich um und stieß auf Adelines harten Blick.

»Hallo, Adeline«, sagte sie enttäuscht.

Adelines Augen wurden schmal. »Miss Ellies Stardesignerin!«, sagte sie verächtlich. »Lässt sich mit dem Sohn einer Kundin ein und schert sich einen Dreck um den Ruf unseres Ateliers.«

»Nein, du irrst dich, es war nur –«

Adeline ließ sie nicht ausreden. Ihr leuchtend rot geschminkter Mund verzog sich zu einem hämischen Lächeln. »Meine Mutter sagt immer, dass der gute Ruf einer Frau wie die kleine Flamme einer Kerze ist.« Sie hob eine Hand und schnipste mit den Fingern vor Viannes Gesicht. »Und bei dir ist sie gerade erloschen.«

Bestürzt nahm Vianne die Wut war, mit der Adeline gesprochen hatte. »Aber ich habe doch gar nichts –«

Mit einer ungeduldigen Handbewegung gebot Adeline ihr zu schweigen. »Du bist wie alle Pariserinnen und hältst dich für was Besseres. Tauchst hier auf, willst groß rauskommen und interessierst dich nicht mal im Ansatz für deine Kolleginnen.«

Vianne spürte Zorn in sich aufsteigen. »Das ist nicht wahr, Adeline, ich –«

»Meinst du, wir kriegen nicht mit, wie du alles daransetzt, uns auszustechen?«

Vianne fühlte sich wie in dem Moment, als Jacques sie aus ihrem Zuhause geworfen und versucht hatte ihr vorzuschreiben, wie sie ihr Leben führen sollte.

Adeline sprach weiter. »Du besuchst Kundinnen, bei denen noch keine von uns war, nimmst an gesellschaftlichen Ereignissen teil, zu denen wir niemals eingeladen würden, obwohl wir alle länger als du für Miss Ellie gearbeitet haben. Du nähst bis in die Nacht, um dich bei Miss Ellie einzuschmeicheln, flirtest mit Giorgio Conti –«

»Ich flirte mit niemandem«, fiel Vianne ihr scharf ins Wort.

Adeline lachte auf. »Lüg doch nicht, ich habe dich eben gerade mit ihm tanzen sehen. Und zufällig weiß ich, dass Miss Ellie dich vor ihm gewarnt hat. Dass sie dir jede Liebelei untersagt und dich gebeten hat, den guten Ruf ihres Hauses zu wahren. Ich hoffe, du verstehst, dass ich ihr von dir und Giorgio Conti berichten muss.«

Bevor Vianne etwas erwidern konnte, war Adeline in Richtung Ausgang verschwunden.

Für einen Moment stand Vianne da wie gelähmt. Dann ging sie ein paar Schritte in Richtung Ausgang und fühlte sich dabei wie benommen.

»Vianne!«

Plötzlich war Giorgio wieder da und sah sie besorgt an.

»Warum bist du weggelaufen?«, fragte er. »Habe ich etwas falsch gemacht?«

Vianne schüttelte den Kopf und dachte daran, dass Adeline vorhatte, Miss Ellie von ihr und Giorgio zu erzählen. »Nicht Sie, sondern ich habe etwas falsch gemacht.«

Giorgio blickte sie verwirrt an. »Das verstehe ich nicht.«

Vianne presste ihren Mantel an sich und bewegte sich zum Ausgang hin. »Lassen Sie mich gehen, und bitte, nehmen Sie künftig keinen Kontakt zu mir auf.«

»Vianne, bitte, es war doch alles gut. Ich dachte sogar, zwischen uns gäbe es so etwas wie eine Verbindung.«

»Nein, Giorgio«, sagte Vianne kalt. »Da ist nichts.«

Sie streifte ihren Mantel über und drängte sich an dem nicht nachlassenden Strom der Gäste vorbei zur Tür.

Noch war ihre Stelle bei Miss Ellie nicht in Gefahr, sagte sie sich auf dem Heimweg. Sollte Adeline sie tatsächlich anschwärzen, würde sie Miss Ellie die Wahrheit erzählen und ihr erklären, dass sie mit einer Gruppe im Cotton Club gewesen war. Einer Gruppe, der auch Jimmy Walker und Eddie Winter angehört hatten. Dagegen konnte Miss Ellie nichts haben, im Gegenteil.

Anschließend würde sie versuchen, eine bessere Kollegin zu sein, den anderen Frauen beweisen, dass sie sich nicht für etwas Besseres hielt, sondern eine von ihnen war.

KAPITEL 12

Eloise
New York, Winter 1924

Ungläubig hielt Eloise die Modezeitschrift von sich fort, doch das Foto und der dazugehörige Artikel blieben auch aus der Distanz eine Unverschämtheit. Sie holte die Zeitschrift wieder heran und blickte in Lena Davis' strahlend grüne Augen. »Modemacherin Ohnegleichen« lautete die Überschrift des Artikels, in dem es erneut darum ging, dass Lena Davis ihre Kreationen in ihren Träumen sah und diese Bilder nur noch umzusetzen brauchte.

»Deine Träume sind meine Alpträume«, murmelte Eloise zornig. Weiter hieß es, dass Lena Davis auf dem besten Weg sei, mit den großen französischen Modeschöpferinnen auf einer Ebene zu rangieren, unter ihnen keine Geringere als Coco Chanel.

Es war noch nicht lange her, dass Eloise Lena Davis vor Eddie Winter als Kopistin bezeichnet hatte, doch das schien Lena nicht von ihren diebischen Machenschaften abgehalten zu haben. Wieder hatte sie einen Entwurf aus Eloises Atelier nachgeschneidert, diesmal das Kleid, das Vianne für Mrs. Conti entworfen hatte. Alles war wie bei dem Original, vom Zipfelsaum, den mit Metallfäden durchwirkten Bändern, die Blüten, Kreise und Spiralen bildeten, bis hin zu dem durchscheinenden, mit Chenille besetzten Cape.

Lena war schnell, das musste man ihr lassen. Nach der Eröffnung des Valentino's waren in den Gesellschaftsseiten der großen New Yorker Zeitungen Fotos von Mrs. Conti in ihrem Kleid erschienen. Und Lena, die weitaus mehr Angestellte als Eloise besaß, musste sich sofort an die Kopie gemacht haben. Das Original hatte sie natürlich mit keiner Silbe erwähnt.

Eloise legte die Zeitschrift beiseite.

»Ellie!«, sagte ihre Mutter scharf. »Hörst du mir überhaupt zu?«

Sie hatte den Frühstückstisch für sich und ihre Tochter gedeckt und registrierte ungehalten, dass Ellie sich weder von dem gekochten Schinken noch von den Bratkartoffeln genommen hatte. »Möchtest du lieber ein Stück Pecan Pie?«

Keine Antwort.

»Ellie!«

Eloise fuhr zusammen.

Ihre Mutter legte ihr ein Stück Pecan Pie auf den Teller. »Ich habe gerade gesagt, dass Betty Radcliffe und ich eine Reise durch ganz Amerika planen. Wir warten nur noch auf besseres Wetter.« Sie griff nach einer Scheibe Brot und bestrich sie mit Butter. »Wir wollen uns dabei Zeit lassen. Auf dem Rückweg machen wir dann von Florida aus einen Schlenker nach Kuba.«

Eloise nickte und stocherte in ihrem Pie.

»Wir werden es uns richtig gut gehen lassen.«

»Sehr schön«, sagte Eloise geistesabwesend. Ihr Blick fiel auf den Diamantring ihrer Mutter, der in der Morgensonne blitzte. Den hatte ihr Vater gekauft, damals, als das Geschäft mit Rindfleisch noch florierte.

Wie zur Erinnerung an ihr Haus in Texas hatte ihre Mutter auch die New Yorker Wohnung überwiegend mit Korbmöbeln eingerichtet. Und alles verströmte die Wärme und Helligkeit einer südlichen Gegend – die weiß gestrichenen Wände, die hellblaue Sitzgarnitur im Wohnzimmer, die zartgelben Vorhänge, der große Esstisch aus Eschenholz und die Vasen voller üppiger Blumensträuße.

»Ich brauche frische Luft.« Eloise erhob sich und schob das Küchenfenster auf.

»Du könntest mit uns kommen«, fuhr ihre Mutter fort. »Betty mag dich, sie hätte bestimmt nichts dagegen. Sie ist im Übrigen sehr stolz auf dich und deine Arbeit, musst du wissen, genau wie ich es bin.« Sie verteilte Gelee auf ihrem Brot. Dann warf sie einen Blick auf ihre Tochter und runzelte die Stirn. »Warum sagst du nichts? Wir würden uns wirklich freuen, wenn du mit uns kämst. Vielleicht lade ich auch noch ein paar andere Freundinnen ein, dann können wir so richtig schön als Gruppe verreisen.«

Ellie blickte auf die Straße hinunter. Ihre Mutter hatte ein Herz so groß wie Texas, und sie, Eloise, hatte stets versucht, sich ein Beispiel an ihr zu nehmen. Ihre Mutter hatte sich nie aus der Bahn werfen lassen, nicht einmal, als sie Texas verlassen mussten und die neuen Verhältnisse in New York mehr als bescheiden gewesen waren. Nie hatte ihre Mutter ihren Mut verloren, dazu fand sie das Leben viel zu interessant.

Mut, Aufrichtigkeit, Anstand, auf diesen Pfeilern hatte Eloises Erziehung beruht, auf ihnen hatte sie auch ihr Geschäft aufgebaut. Wie aber sollte sie gegen eine Frau wie Lena Davis ankommen, die ihre Ideen stahl, ihre Kleider kopierte und das offenbar auch weiterhin tun würde.

Nachdenklich verfolgte sie das Treiben der Menschen und Autos unten auf der Straße. Sie musste ihre Gedanken ordnen. Ihr Plan, Vianne mithilfe des Kleids von Mrs. Conti als neuen Star ihres Ateliers herauszustellen, würde nicht aufgehen, nicht, solange Lena Davis alle Kleider kopierte, die Vianne entwarf.

Auch die Atmosphäre in der Schneiderei bereitete ihr Kopfzerbrechen. Adeline hatte auf unschöne Weise angedeutet, dass Vianne sich mit Giorgio Conti eingelassen habe. Eloise war darüber hinweggegangen. Wäre ihr selbst etwas in der Art aufgefallen, wäre es etwas anderes gewesen, doch sie vertraute Vianne. Dennoch hatte sie mit ihr geredet und war sicher, dass die Französin nichts getan hatte, was dem Ruf des Modehauses Chappelle schaden könnte. Sie nahm an, dass der Neid aus Adeline gesprochen hatte, denn Vianne war eine überaus talentierte Designerin.

Sie wünschte, es gäbe mehr Menschen, die so großherzig waren wie ihre Mutter, es würde das Leben um einiges leichter machen.

Doch New York war kein Ort, an dem Großherzigkeit regierte. Das Leben in dieser Stadt war hektisch, Erfolg zu haben war alles, und wen scherte es, wenn der Ruhm, wie im Fall Lena Davis, nur gestohlen war. Jeder wollte die Erfolgsleiter hinaufsteigen, am liebsten bis ganz nach oben, und niemand interessierte sich für die, die beim Klettern hinuntergestoßen wurden.

New York wurde von Gangstern beherrscht. Es war ein Becken voller Haie, in dem nur andere Haie überleben konnten. Der Rest wurde gefressen oder ging unter.

Nur dass Eloise nicht gewillt war, sich wie ein Hai zu gebärden oder sich auf Lena Davis' Niveau herabzulassen.

»Was ist mit dir?«, hörte sie ihre Mutter fragen. »Hast du deine Zunge verschluckt?«

Eloise wandte sich zu ihr um. »Es geht um diese Frau, Lena Davis. Sie hat schon wieder einen meiner Entwürfe gestohlen.« Sie wandte sich vom Fenster ab und kehrte an den Frühstückstisch zurück. »Ich komme nicht gegen sie an. Wenn ich sehe, wie sie von meinen Kleidern profitiert, bin ich vor Wut wie gelähmt. Es belastet mich so sehr, dass es meine Schaffenskraft beeinträchtigt. Oder aber ich bin zu alt, bin einfach nicht mehr so kreativ wie früher.«

»Hör auf, dir einzureden, du wärst alt.« Ihre Mutter runzelte die Stirn. »Warum machst du nicht etwas, das diese Lena Davis unmöglich kopieren kann?«

Wenn es nur so einfach wäre. In den vergangenen Tagen hatte sie so oft an ihrem Arbeitstisch gesessen und sich an Entwürfen versucht. Aus keinem war etwas geworden, immer wieder hatte sie Lenas Gesicht vor Augen gehabt, ihr triumphierendes Lächeln, ihre Models, die Kleider vorführten, die Eloise und Vianne entworfen hatten. Ein ums andere Mal hatte sie sich gefragt, warum sie überhaupt noch etwas entwerfen sollte. Um Lena die Arbeit abzunehmen? Vielleicht sollte sie sich nur noch um die Büroarbeit kümmern und Vianne den kreativen Teil überlassen. Nein, das war Unsinn. Sie musste Lena Einhalt gebieten, die Frage war nur, wie.

»Du musst mit etwas ganz Großem und Besonderem herauskommen«, fuhr ihre Mutter fort. »Etwas, das diese entsetzliche Person in die Schranken weist.«

»Das wollte ich.« Resigniert zuckte Eloise mit den Schultern. »Mit dem Kleid für Mrs. Conti. Aber auch das hat Lena kopiert.«

Sie griff nach ihrer Zigarettenpackung, ignorierte den rügenden Blick ihrer Mutter und steckte sich eine an.

»Ein einziges Kleid genügt nicht, Ellie. Du brauchst ein Konzept. Ein Konzept für eine Kollektion, die weder nachgemacht noch Konfektionsware werden kann, denn das ist es doch, was diese Lena verkauft, oder?«

Eloise nickte. »Das ist aber leichter gesagt als getan.«

»Ellie!« Ihre Mutter schlug mit der Hand auf den Tisch. »Seit wann bist du so mutlos? Du entwirfst eine Kollektion, sorgst dafür, dass davon nichts nach außen dringt, und dann bringst du sie bei einer großen Modenschau heraus. Und sollte Lena so dumm sein, diese Kleider zu kopieren, wird jeder wissen, dass sie deine Ideen gestohlen hat.«

Eloise starrte ihre Mutter mit offenem Mund an.

»Wie wäre es mit einer Sommerkollektion?«, fuhr ihre Mutter fort. »Zu der Modenschau lädst du jeden ein, der in New York Rang und Namen hat. Und dann entwickelst du zusammen mit Vianne Merkmale, die für alles, was aus deinem Atelier kommt, typisch sind. Die zu deinem Markenzeichen werden. So wie Coco Chanel und ihresgleichen es getan haben. Natürlich kann man auch ein Kleid von Chanel nachschneidern, nur erkennt jeder, der auch nur einen Hauch Ahnung hat, dieses Kleid dann als Fälschung. Verstehst du, was ich meine?«

Eloise nahm einen tiefen Zug von ihrer Zigarette.

»Du hast Vianne an deiner Seite, vergiss das nicht. Eine Frau, die sich in der Pariser Mode auskennt. Nutze ihr Wissen.«

Eloise spürte ein leises, aufgeregtes Kribbeln in der Magengrube.

»Und für die Modenschau engagierst du erfahrene Models, am

besten von einer der großen Agenturen, wie die von Robert Powers. Und natürlich brauchst du einen ganz besonderen Veranstaltungsort. Danach wird jeder in der Modewelt deine Kreationen kennen, Ellie. Ach, und vergiss nicht, alle namhaften Modejournalisten zu der Schau einzuladen. Deine Kleider müssen in sämtlichen einschlägigen Zeitungen und Zeitschriften abgebildet werden.«

»Mom«, flüsterte Eloise, »ich glaube, du bist ein Genie.«

Ihre Mutter lachte. »Endlich siehst du es ein.« Sie wurde wieder ernst und furchte die Stirn. »Vielleicht ist es möglich, die Modenschau im Valentino's stattfinden zu lassen. Eine bessere Adresse dürfte es in New York zurzeit nicht geben.«

Auch in dem Punkt hatte ihre Mutter recht. Das Restaurant war vom ersten Tag an ein Erfolg gewesen. Dann dachte sie an die Kosten, und ihr rutschte das Herz in die Schuhe.

»Eine aufsehenerregende Kollektion zu erstellen ist allein schon furchtbar teuer, Mom. Gute Models und einen eleganten Veranstaltungsort kann ich mir dann nicht mehr leisten.«

Ihre Mutter verdrehte die Augen. »Muss ich dir alles vorsagen? Du wirst Mrs. Conti und ihren Sohn zu Partnern machen. Mrs. Conti wird geschmeichelt sein, und ihr Sohn wird die Publicity begrüßen.«

»Giorgio Conti braucht keine Publicity«, entgegnete Eloise.

»Ellie!«, sagte ihre Mutter scharf. »Bitte reiß dich zusammen und hör auf, immer nur schwarzzusehen.«

Einen Moment lang schwiegen beide.

Dann hellte sich Eloises Miene auf. »Ich könnte meiner Modenschau ein Motto geben. ›Pariser Zauber‹ oder so. Dazu passend könnte ich Giorgio Conti bitten, französische Getränke und Gerichte anzubieten.«

»Sehr gut«, sagte ihre Mutter und warf einen Blick auf die Uhr. »Ich muss gleich los, mein Schatz. Betty und ich wollen unsere Reiseroute festlegen. Für die sich meine Tochter offenbar nicht im Geringsten interessiert.«

»Doch, doch, Mom«, erwiderte Eloise und lief los, um Block und Stift zu holen.

Wieder in der Küche begann sie, eine Liste zu erstellen. »Ich werde Vianne von deinen Ideen erzählen. Sie wird begeistert sein.«

Ihre Mutter räumte den Frühstückstisch ab. »Warum bringst du sie nicht mal mit? Ich würde sie gern kennenlernen.«

»Du wirst sie mögen«, sagte Eloise. »Sie ist äußerst begabt, fleißig und sich für keine Arbeit zu schade. Ich muss nur darauf achten, dass die anderen Frauen nicht neidisch auf sie werden.«

»Du musst vor allem darauf achten, dass sie bei dir bleibt«, entgegnete ihre Mutter.

KAPITEL 13

Vianne

New York, Winter 1924

Am Morgen warf Vianne einen Blick hinunter auf die ungewöhnlich stille Straße und stellte fest, dass es in der Nacht geschneit hatte. Wie eine weiße Decke lag der Schnee auf dem Bürgersteig und schimmerte im Licht der Straßenlaternen.

Sie erinnerte sich an einen Winterurlaub in Val d'Isère vor vielen Jahren. Sie und ihre Geschwister hatten sich Schneeballschlachten geliefert und waren rodeln gegangen, während ihr Atem in der Luft weiße Wolken gebildet hatte. Sie selbst war noch klein gewesen, hatte auf den Spaziergängen die Hand ihrer Mutter gehalten und sich wohlbehütet gefühlt.

Sie wandte sich ab. Bald würde sie hinunter in die Schneiderei gehen und Adeline begegnen müssen. Sie sollte die Frau mit ihren vorwurfsvollen Blicken ignorieren, doch das war schwierig. Adeline streifte sie absichtlich, wenn sie an ihr vorbeiging, machte unschöne Bemerkungen, laut genug, dass die anderen Frauen in der Schneiderei sie hörten. Mal sprach sie von Viannes Vorliebe für Italiener, mal von ihrem Wunsch, im Mittelpunkt zu stehen, sei es im Atelier oder im Kreis junger Männer. Sie riet Vianne, Lucia nach Greenwich Village zu begleiten und dort mit Männern zu flirten, die zu ihresgleichen zählten, statt ein Auge auf jemanden wie

Giorgio Conti zu werfen, der einer ganz anderen gesellschaftlichen Schicht angehöre und niemals für sie infrage käme.

War denn die Zugehörigkeit zu einer gesellschaftlichen Schicht überhaupt noch ein Thema? Trotz der großen Umstürze während des letzten Kriegs, des Zusammenbruchs von Monarchien und der Abschaffung des Adelsstands? Waren die Menschen nicht viel freier geworden, einschließlich der Frauen, die mittlerweile wählen durften, sich von den beengenden Korsetts getrennt hatten und statt aufwendiger Frisuren einfache Kurzhaarschnitte trugen? Sie selbst hatte sich mutterseelenallein auf den Weg nach New York gemacht, dort Arbeit gefunden und erfolgreich erste Kleider entworfen. Sollte sie sich noch immer als die arme kleine Vianne betrachten, die für niemanden gut genug war?

Sie verließ die Wohnung und nahm die Treppe hinunter ins Atelier. In der Schneiderei verharrte sie einen Moment auf der Schwelle. Die anderen waren bereits da, saßen an den Nähmaschinen oder fertigten, wie Lucia, an einem Arbeitstisch Schnittmuster an. Miss Ellie, gekleidet in ein lindgrünes Jersey-Kostüm, stand bei ihr und begutachtete ihre Arbeit. Und natürlich war auch Adeline anwesend.

Miss Ellie hob den Kopf, nickte Vianne zu und setzte ihre Brille ab. »Jetzt sind wir komplett«, sagte sie, »und können über die Sommerkollektion sprechen. Dazu habe ich mir nämlich etwas ganz Neues und Aufregendes ausgedacht, das euch gefallen wird.«

Vianne ließ sich an ihrem Arbeitsplatz nieder und tat, als hätte sie Adelines Frage, ob sie endlich ausgeschlafen habe, nicht gehört. Sie hätte ihr entgegnen können, dass sie bis spät in die Nacht Kleider entworfen habe und die späten Stunden ihre kreativsten seien, doch sie hielt sich zurück.

Miss Ellie sprach weiter. »Ich werde eine Modenschau veranstalten. Was sagt ihr dazu?«

Die Frauen sagten erst mal gar nichts, ihnen schien es die Sprache verschlagen zu haben.

»Unsere gesamte Sommerkollektion wird unseren Kundinnen, Gästen und der einschlägigen Presse vorgeführt werden.« Miss Ellie verschränkte die Arme vor der Brust und blickte ihre Truppe erwartungsvoll an.

Lucia fing sich als Erste. »Soll diese Modenschau in einem der großen Kaufhäuser stattfinden?«

Miss Ellie schüttelte den Kopf. »Ich denke eher an das Valentino's.«

Die Frauen wechselten überraschte Blicke.

»Mrs. Conti und ihr Sohn haben freundlicherweise eingewilligt, unsere Partner zu sein.« Strahlend stand Miss Ellie in der einfallenden Wintersonne, die sich in ihrem kastanienroten Haar verfing und es aufleuchten ließ. »Das Motto der Modenschau wird ›Pariser Sommerzauber‹ lauten. Oder so ähnlich.«

Viannes Gedanken überschlugen sich. Ein Pariser Motto in Giorgios Restaurant? Das bedeutete, dass sie ihn wiedersehen würde.

»Eddie Winter hat mir bereits versprochen, der Schau eine Doppelseite zu widmen. Allerdings hoffe ich, dass nicht nur seine Zeitschrift im Publikum vertreten sein wird, sondern auch Modejournalisten der *New York Times* und anderer großer Tageszeitungen. Und von den großen überregionalen Modezeitschriften.« Miss Ellie breitete die Arme aus. »Ich möchte, dass wir ganz groß rauskommen, und dazu erwarte ich euren vollen Einsatz.«

Vianne wusste, dass sie etwas sagen sollte, doch sie war noch dabei, ihre Gedanken zu sortieren. Warum musste die Schau unbedingt im Valentino's stattfinden? Warum nicht im Plaza Hotel oder bei Macy's? Das waren doch weitaus angemessenere Veranstaltungsorte als ein Restaurant. Es hatte sie so große Kraft gekostet, ihre Gefühle für Giorgio zu verdrängen. Sie hatte das Valentino's seit jenem Abend nicht mehr besucht und kein Wort mehr über Giorgio verloren, immer in der Hoffnung, Adeline würde endlich aufhören, auf sie und ihn anzuspielen. Sollte das alles vergebens gewesen sein?

»Vianne, ich zähle auf Sie«, sagte Miss Ellie mit glänzenden Augen. »Wir brauchen Sportkleidung, Tageskleidung, Abendkleider – und zur Krönung ein aufsehenerregendes Brautkleid.«

»Vielleicht wird es Giorgio Conti als Inspiration dienen«, murmelte Adeline. »Für die Frau, die er eines Tages heiraten wird – und die nicht Vianne sein wird.«

Vianne versteifte sich.

Miss Ellie sah Adeline an. »Sie und Vianne werden sich hinsichtlich der Stickereien und Verzierungen beraten.«

Adeline lächelte schmeichlerisch. »Selbstverständlich, Miss Ellie, Sie wissen doch, dass Sie sich auf mich verlassen können. Zumal es in meinem Leben nichts gibt, was mich von meiner Arbeit ablenken würde.«

Miss Ellie sah sie irritiert an, sagte jedoch nichts und wandte sich stattdessen den anderen zu. »Mollie, Goldie und Vianne, ihr seid für die Umsetzung zuständig. Zu Beginn des Frühjahrs muss alles fertig sein. Vianne beginnt sofort mit den Entwürfen. Für die, die ich gutheiße, fertigt Lucia umgehend die Schnittmuster an und so weiter, ihr kennt die Abläufe. Aber es wird sehr viel zu tun sein, mehr, als wir es sonst gewohnt sind.«

»Kein Problem«, sagte Lucia und zwinkerte Vianne zu. Sie war noch nie auf Adelines Sticheleien eingegangen, tat wie Vianne immer so, als hätte sie nichts gehört, und dafür schätzte Vianne sie umso mehr.

Miss Ellie hob den Zeigefinger. »Gerade ist mir noch ein besserer Titel eingefallen: ›Sommer in Paris‹. Gut, oder? Das Thema wird garantiert Gefallen finden, wir Amerikaner sind in der Regel ganz vernarrt in alles, was mit Frankreich zu tun hat.«

»Ich kenne jedenfalls einen Italoamerikaner, der ganz verzaubert zu sein scheint vom französischen … Charme«, sagte Adeline.

Vianne stockte der Atem.

»Vianne, Sie sprechen sich mit den Contis ab, insbesondere mit Giorgio«, fuhr Miss Ellie unbeirrt fort. »Machen Sie ihm hinsichtlich des französischen Essens Vorschläge. Sie haben gleich einen Termin bei ihm, den ich für Sie ausgemacht habe. Beschreiben Sie ihm, was die Pariser im Sommer lunchen, geben Sie ihm Anregungen in puncto Dekoration. Schildern Sie ihm ein typisches Pariser Restaurantambiente. Natürlich werde ich bei allem das letzte Wort haben.«

»Vianne kann ihr Glück bestimmt kaum fassen«, murmelte Adeline.

Miss Ellie sah sie mit zusammengezogenen Brauen an. »Wollten Sie etwas sagen? Gibt es etwas, mit dem Sie nicht einverstanden sind?«

»Um Gottes willen.« Adeline schüttelte den Kopf. »Um *mich* brauchen Sie sich keine Gedanken zu machen.«

Vianne spürte, wie Zornesröte in ihre Wangen stieg, doch sie schwieg.

»Hat jemand noch Ideen?«, fragte Miss Ellie. »Hinsichtlich der Modenschau? Oder des französischen Mottos?«

»Wozu?«, fragte Adeline giftig. »Wir machen einfach, was Vianne befiehlt. Sie ist doch die Expertin, wenn es um eine französisch-italienische Vereinigung geht.«

Vianne schleuderte ihr einen wütenden Blick zu.

Mollie und Goldie wirkten unangenehm berührt.

Lucia tat, als wäre nichts. »Ich finde die Idee einfach großartig«, verkündete sie strahlend. »Eine Modenschau mit Pariser Flair!«

»Mir ist schon etwas eingefallen«, sagte Vianne. »Wie wäre es, wenn wir die Schau mit drei Kleidern in je einer der französischen Nationalfarben eröffnen. Blau, Weiß, Rot.«

»Hm«, machte Miss Ellie. »Nicht schlecht.«

»Dazu lassen wir typisch französische Akkordeonmusik erklingen, das würde gleich die richtige Atmosphäre schaffen.« Im Geist sah Vianne die Seine an einem Sommerabend vor sich, Menschen, die am Ufer entlangflanierten, Kähne, die über den Fluss zogen.

Sie riss sich aus ihren Erinnerungen und konzentrierte sich wieder auf das Hier und Jetzt. »Zum Auftakt würden wir Sport- und Freizeitkleidung zeigen. Und mit jedem Kleidungsstück würden die Models an den Gästen vorbeidefilieren und sich zur Musik drehen – so dass man die Kleidung aus allen Blickwinkeln begutachten kann. Auch bei der Dekoration greifen wir die französischen Farben auf... mit roten Tulpen, weißen Pfingstrosen und blauen Hyazinthen.«

»Sonst noch was?«, fragte Adeline. »Möchtest du uns vielleicht noch vorschreiben, wie wir uns an dem Tag zu benehmen haben? Willst du der Star der Modenschau werden? Miss Ellie ersetzen? Dich noch auf andere Weise aufspielen?«

Vianne starrte sie an.

Mollie, Goldie und Lucia schwiegen betreten.

Miss Ellie deutete auf Adeline. »Die Einzige, die sich hier aufspielt, sind Sie, Adeline. Wenn Sie etwas Konstruktives beizutragen haben, freuen wir uns. Falls Sie jedoch weiterhin alles, was ich sage, mit gemurmelten Gehässigkeiten kommentieren, muss ich davon ausgehen, dass Sie nicht länger für mich arbeiten wollen. Ist das klar?«

Adeline sah sie trotzig an, sagte jedoch nichts mehr.

Lucia blickte Vianne an und hob hilflos die Schultern.

»Ich hoffe, Sie haben mich verstanden, Adeline.« Miss Ellie wandte sich Vianne zu. »Sie gehen jetzt ins Valentino's und erklären Giorgio Conti, was Sie sich vorgestellt haben. Er erwartet Sie.«

Vianne nickte stumm und stand auf – was blieb ihr auch anderes übrig.

Sie war schon an der Tür, da hörte sie Miss Ellie sagen: »Wir haben großes Glück, dass Vianne bei uns ist. Ihre Expertise, Hingabe und ihre Entwürfe haben diesem Atelier gutgetan und dazu beigetragen, unsere Zukunft zu sichern. Auch bei unserer Modenschau werden wir von Vianne und ihrem Gespür für Trends profitieren. Deshalb danke ich Mollie, Goldie und Lucia an dieser Stelle, dass sie Vianne so freundlich aufgenommen haben.«

Vianne drehte sich um. »Die Modenschau wird ein phantastisches Ereignis werden, das verspreche ich Ihnen.«

»Ich weiß, dass ich mich auf Sie verlassen kann«, sagte Miss Ellie. »Und jetzt ab mit Ihnen.«

*

In der Empfangshalle vor dem Restaurant blieb Vianne stehen, blickte durch die Glastüren in den eleganten Innenraum und wünschte, ihr Herz würde aufhören verrücktzuspielen.

Sie rief sich ins Gedächtnis, dass Miss Ellie ihr vertraute und sie dieses Vertrauen auf keinen Fall enttäuschen wollte. Davon abgesehen war auch ihr bewusst, dass eine Schneiderin in den Kreisen der wohlhabenden Kundschaft nichts verloren hatte. Daran musste sie sich halten.

Adeline hatte den Bogen vorhin zwar überspannt und Miss Ellies Unwillen erregt, doch mit ihrem Verdacht lag sie richtig. Vianne erinnerte sich nur zu gut daran, welche Gefühle das Tanzen in Giorgios Armen in ihr hervorgerufen hatte. Zu so etwas durfte es nie wieder kommen.

Sie holte tief Luft und klopfte an die gläserne Eingangstür, fest entschlossen, professionell und höflich zu sein. Sie würde mit Giorgio Menü und Dekoration besprechen und anschließend unverzüglich zu Miss Ellies Atelier zurückkehren.

Doch dann ging im Restaurant die Beleuchtung an, und sie sah Giorgio auf sich zukommen, in weißem Hemd mit hochgerollten Ärmeln, das dunkle Haar leicht zerzaust, und ihr Herz schlug Purzelbäume.

Einen Moment lang hielt er auf der anderen Seite der Tür inne, und zwischen seinen Brauen bildete sich eine steile Falte. Dann öffnete er die Tür und trat zurück, um Vianne einzulassen.

»Einen schönen guten Morgen«, sagte er ein wenig kühl.

Vianne erwiderte seinen Gruß und schaute, seinem Blick ausweichend, Richtung Fenster. Es hatte zu schneien begonnen. Draußen tanzten erste Schneeflocken durch die Luft.

»Miss Ellie hat mich gebeten, mit Ihnen über das Essen während der Modenschau zu sprechen. Aber zunächst einmal danke ich Ihnen für das Entgegenkommen, die Veranstaltung in Ihrem Restaurant stattfinden zu lassen. Wir sind Ihnen wirklich sehr dankbar, und …« Sie wusste nicht mehr weiter, und ihre Stimme versandete. »Ich werde Sie nicht lange aufhalten«, fügte sie zusammenhanglos hinzu.

Auf Giorgios Lippen deutete sich ein Lächeln an, das jedoch gleich wieder verschwand. »Sie halten mich nicht auf.«

Vianne trat an ihm vorbei und sah sich um, betont interessiert, als dächte sie bereits über die Modenschau nach.

»Vianne«, sagte Giorgio, »bitte tu nicht so, als wäre nichts passiert. Ich verstehe nicht, warum du nach dem Tanz wortlos davongelaufen bist. Was habe ich falsch gemacht? Es wäre schön, wenn du es mir sagen könntest.«

Sie schluckte. Jetzt nannte er sie »Vianne«, nicht mehr »Bella«. Bella hatte ihr besser gefallen, aber das spielte wohl keine Rolle mehr.

Sie wandte sich um. »Sie haben nichts falsch gemacht. Bitte, Giorgio, lassen Sie uns einfach das Menü besprechen. Ich muss wieder an die Arbeit.«

Giorgio sah ihr in die Augen, als hoffte er, dort eine eindeutigere Antwort zu finden. Dann zuckte er mit den Schultern. »Ich werde Lino zu uns bitten, meinen Küchenchef. Wir können uns mit ihm in mein Büro setzen.«

In seinem Büro würde sie ihm womöglich gegenübersitzen, müsste in sein schönes Gesicht und in seine warmen braunen Augen blicken. »Können wir nicht zu ihm in die Küche gehen?«

Giorgio lachte und schüttelte den Kopf. »Ich glaube, die Küche wäre nicht der richtige Ort für Sie.«

Nun siezte er sie also wieder, stellte Distanz her. Aber warum auch nicht, sie siezte ihn schließlich ebenso.

»Ich bin eine berufstätige Frau«, erwiderte Vianne fest. Das war ja genau der Grund, aus dem sie für jemanden wie ihn nicht infrage kam. Sie war gezwungen, sich ihren Lebensunterhalt zu verdienen – wollte es sogar tun –, aber wäre sie mit ihren Eltern nach New York umgesiedelt und hätte hier lediglich Ausschau nach Heiratskandidaten gehalten, wäre sie für Giorgio Conti eine angemessene Partie gewesen. »Weshalb sollte es mir also etwas ausmachen, Ihren Küchenchef an seinem Arbeitsplatz zu treffen? Eigentlich wäre es doch genau der richtige Ort.« Sie sah Giorgio an, legte Entschlossenheit in ihren Blick.

»Wie Sie meinen. Allerdings wären Sie der erste weibliche Gast, der sich hinunter in die Küche wagt.«

Sie durchquerten das Restaurant und folgten einem Flur, an dessen Seite eine Tür offen stand und den Blick auf Weinregale und einen Tisch mit Gläsern und Dekantern freigab. Ihre Schritte hallten deutlich hörbar in der Stille. Es war ein eigenartiges Gefühl, hier inmitten von New York eine derartige Ruhe zu erleben.

Giorgio stieß eine große Doppeltür auf, und die Stille wurde von einem Heidenlärm durchbrochen – das Hacken von Messern auf Holzbrettern, klappernde Töpfe und Deckel, laute Befehle, die durch den Raum schallten. Verlockende Düfte waberten durch die Luft, und über allem hingen Dampfschwaden.

Plötzlich verharrten die Männer – es waren ausschließlich Männer, die in der Küche arbeiteten – und starrten Vianne an.

Vianne versuchte zu lächeln.

»Bei unserer Besucherin handelt es sich um Miss Mercier«, sagte Giorgio. »Sie gehört zum Atelier von Miss Chappelle und wird mit Lino und mir das Menü für die Modenschau im April besprechen.«

Unter den Blicken der Männer, die von blutjung bis alt und grau rangierten, wurde Vianne so verlegen, dass sie ins Französische zurückfiel. »*Bonjour*«, murmelte sie.

Nervös fasste sie an ihren Hut, strich eine lose Haarsträhne zurück. Sie überlegte, was Anaïs an ihrer Stelle getan hätte, die Mercier-Schwester, die sich nicht so schnell von Männerblicken hatte verwirren lassen. Wahrscheinlich hätte sie nur charmant gelächelt. Ihre Mutter dagegen hätte eine lustige Bemerkung gemacht oder gefragt, ob sie von den wundervoll riechenden Gerichten etwas kosten dürfe.

Giorgio erlöste sie aus ihrem Dilemma, indem er den Männern zurief, sie sollten weiterarbeiten, und ihr bedeutete, ihm weiter nach hinten zu folgen.

Sie gingen durch die feuchtwarme Küche, und Vianne fragte sich, ob sie ihren Mantel ablegen sollte. Auf ihrer Stirn und Oberlippe bildeten sich schon Schweißperlen. Sie begnügte sich damit, den Mantel aufzuknöpfen.

Am anderen Ende der Küche erschien ein hochgewachsener junger Mann, der die Brauen hochzog, als er Vianne erblickte.

»Das ist Lino«, sagte Giorgio und erklärte auch dem Küchenchef, weshalb Vianne gekommen war.

Vianne reichte Lino die Hand und wunderte sich bei einem Blick in seine großen braunen Augen, dass er bereits Küchenchef war. Sie schätzte, dass er kaum älter war als sie.

Sie gingen in einen kleinen Büroraum, der an die Küche anschloss und der, wie Vianne erleichtert feststellte, angenehm kühl war.

»Nimm gerne meinen Platz«, sagte Lino zu Giorgio und deutete auf den Stuhl hinter dem mit Zetteln und Rezepten übersäten Schreibtisch. Giorgio schüttelte den Kopf und zog sich einen Hocker heran.

Vianne ließ sich vor dem Schreibtisch nieder, betrachtete das Regal an der Wand, das voller Kochbücher stand, und dann wieder die Zettelwirtschaft auf dem Schreibtisch. Vielleicht war Lino wie sie und nutzte jede freie Minute, um sich das, was ihm an Kreationen einfiel, zu notieren.

Giorgio nahm eine Schneekugel vom Schreibtisch, die als Briefbeschwerer gedient hatte, und schüttelte sie. »Also noch mal«, sagte er. »Miss Merciers Chefin, die unvergleichliche Eloise Chappelle, wird zu ihrer Modenschau die Reichen und Schönen einladen. Und natürlich die Presse. Das Menü soll französisch sein, denn das Motto der Modenschau bezieht sich auf Paris und den Sommer.« Er sah Vianne an. »So weit alles richtig?«

Vianne nickte. »Richtig, das Motto lautet ›Sommer in Paris‹.«

»Danke.« Giorgio wandte sich wieder seinem Küchenchef zu. »Es muss ein voller Erfolg werden, Lino, ich möchte, dass Miss Chappelle noch viele Modenschauen bei uns veranstaltet. Ist das auch in Ihrem Sinn, Miss Mercier?«

»Natürlich, auch wenn ich nicht diejenige bin, die das entscheidet.«

»Und was genau hat Miss Chappelle sich unter einem französischen Menü vorgestellt?«, fragte Lino.

»Noch gar nichts«, erwiderte Vianne. »Um darüber zu sprechen, bin ich gekommen.« Sie streifte ihre Handschuhe ab, setzte ihren Hut ab und platzierte die Handschuhe säuberlich auf der Hutkrone.

Sie spürte bereits die Freude, die ihr die Vorbereitung der Modenschau machen würde. »Haben Sie selbst Vorschläge für das Menü oder soll ich gleich mit meinen loslegen?«

Lino lächelte. »Ich komme aus der Toskana. Mein Vater hatte ein Restaurant in Florenz. Es bereitet mir Vergnügen, die toskanische Küche in Amerika einzuführen, aber was die französische Küche angeht, werden wir ein wenig experimentieren müssen.« Er zuckte mit den Schultern. »Allerdings bewundere ich Auguste Escoffier, nach ihm würde ich mich gern richten.«

»Perfekt.« Vianne strahlte. »Escoffier hat die komplizierten Gerichte der französischen Küche vereinfacht. Für unseren Lunch ist sein Ansatz genau richtig.«

»Ich habe Escoffiers Kochkunstführer hier und werde ein wenig darin schmökern.« Lino deutete auf das Bücherregal.

»Mein Vater hat für ihn geschwärmt und ihn einen Puristen genannt.« Vianne lächelte bei der Erinnerung. »Escoffier hat uns Franzosen von den schweren Soßen und dem Übermaß an Beilagen erlöst.« Sie dachte daran, wie sehr ihr Vater gutes Essen geliebt hatte, bevor der Krieg begann und es bald nur noch darum ging, überhaupt satt zu werden. Plötzlich bekam sie wieder Heimweh und spürte erneut den Verlust der Menschen, die sie geliebt hatte.

Lino hatte sie beobachtet und schien etwas erkannt zu haben. Seine Miene wurde weich. »Wir machen alles so, wie es Ihrem Vater gefallen hätte.«

Vianne sah ihn dankbar an. »Wie wäre es mit Coquilles Saint-Jacques als Vorspeise? Oder einer Suppe, einer Bouillabaisse oder einer Zwiebelsuppe. Und dann ein leichtes Hauptgericht – eine Salade niçoise, ein Käsesoufflé. Oder Coq au Vin, Entenconfit oder Bœuf bourguignon. Moules marinières wären auch nicht schlecht – nein, die lieber nicht, die muss man mit den Fingern essen, das passt nicht zu einer Modenschau. Aber die anderen sind einfache und klassische französische Gerichte.«

»Das klingt alles köstlich«, sagte Giorgio und sah Vianne an.

Vianne hielt ihren Blick auf Lino gerichtet, der sich eifrig Notizen machte. »Kommen wir zum Dessert. Da wären meine Empfehlungen Tarte Tatin oder Crème anglaise. Oder ein Soufflé au chocolat. Crêpes wären natürlich auch eine Möglichkeit. Ebenso Crème brûlée, die mag ich persönlich am liebsten.«

»Ihr Lieblingsdessert nehmen wir auf jeden Fall«, versprach Lino.

»Es muss alles perfekt zu Miss Merciers großartigen Kreationen passen«, sagte Giorgio.

»Es werden Miss Ellies Kreationen sein«, korrigierte Vianne ihn.

Giorgio zog die Brauen hoch. »Ich meine mich zu erinnern, dass Miss Ellie gesagt hat, auch Ihre Entwürfe würden gezeigt.«

»Wie dem auch sei, ich glaube, wir können uns auf eine gute Zusammenarbeit freuen«, erklärte Lino zufrieden.

»Dessen bin ich mir sicher«, sagte Giorgio.

Vianne errötete. Das Projekt bedeutete ihr sehr viel, doch insgeheim gestand sie sich ein, dass ein Teil des Reizes in der Zusammenarbeit mit Giorgio lag.

*

Giorgio begleitete Vianne zum Ausgang. Als sie sich von ihm verabschiedete und ihm erneut für seine Bereitschaft dankte, die Modenschau in seinem Restaurant stattfinden zu lassen, fragte er, ob sie schon einmal auf Long Island gewesen sei.

Vianne wusste, dass Long Island eine Insel war, die sich von New York aus nach Osten erstreckte, und dass die High Society New Yorks dort den Sommer verbrachte. F. Scott Fitzgerald, einer ihrer Lieblingsautoren, lebte dort, das hatte sie in einer Zeitung gelesen. Auch hatte sie schon Fotos von Luxusvillen gesehen, die sich an den Stränden reihten. Und in Miss Ellies Atelier hatte sie Kundinnen über das Leben dort sprechen hören, über die legendären Partys, die im Sommer gefeiert wurden. Nie wäre sie auf die Idee gekommen, Long Island sei eine Insel, auf der kleine Schneiderinnen irgendetwas zu suchen hatten.

Sie schüttelte den Kopf.

»Niemand, der nicht auf Long Island war, kann behaupten, New York zu kennen«, sagte Giorgio.

»Etwas Ähnliches haben Sie auch über die Nächte in den New Yorker Jazzclubs gesagt«, erwiderte Vianne. Sie hätte am liebsten noch stundenlang mit ihm hier gestanden und geplaudert, doch sie wusste, dass das nicht möglich war.

Giorgio lächelte. »Wie schön, dass du dich noch so gut an meine Worte erinnerst, Vianne. Hättest du Lust, mit mir nach Long Island zu fahren? In den Jazzclub bist du schließlich auch mitgekommen.«

Vianne entschied sich, ihm die Wahrheit zu sagen. Es war besser, als immer wieder herumzudrucksen und missverstanden zu werden. »Das kann ich nicht. Eine von Miss Ellies Regeln lautet, dass ihre Angestellten gesellschaftlich nicht mit ihren Kundinnen verkehren. Und auch nicht mit deren Söhnen.«

Giorgio runzelte die Stirn. »Das ist nicht dein Ernst.«

»Doch. Ein Ausflug mit dir wäre das Ende meiner Arbeit für das Atelier Chappelle.«

Giorgio schien zu überlegen. »Aber es wäre doch ganz unschuldig. Du könntest an einem Sonntag nach Long Island fahren, oder schreibt Miss Ellie dir auch vor, was du an deinem freien Tag zu tun hast? Wir könnten uns dort treffen. Oder wir fahren gemeinsam hin. Abends könnten wir zu einer Party gehen. Ich würde dich mit Familien bekannt machen, die mit meiner Mutter und mir befreundet sind. Unter ihnen findest du sicher neue Kundinnen für das Atelier. Dagegen kann Miss Ellie unmöglich etwas haben.«

Es klang verlockend, und Vianne war versucht nachzugeben. Dann stellte sie sich vor, Adeline würde irgendwie dahinterkommen. Sie schüttelte den Kopf. »Es geht einfach nicht. Ich habe zu viel zu verlieren.«

Giorgio schien verwirrt. »Ich verstehe einfach nicht, wo das Problem liegt. Du bist doch nicht Miss Ellies Eigentum, sondern ein freier Mensch. Abgesehen davon wird Miss Ellie mich kaum verärgern wollen, schließlich möchte sie, dass ihre Modenschau in meinem Restaurant stattfindet.«

Vianne erschrak. War das eine Drohung?

»Meine Mutter ist ein großer Fan von dir, Vianne. Auch sie würde nicht begreifen, warum du nichts mit uns zu tun haben darfst. Noch immer erzählt sie jedem, der es hören will oder auch nicht, dass eine Pariser Designerin ihr zur Eröffnung meines Restaurants ein sensationelles Kleid entworfen hat. Wahrscheinlich wäre sie überglücklich, dich bei einer Party auf Long Island herumzuführen und dein Loblied zu singen.« Er hielt inne und blickte Vianne abwartend an.

»Ich weiß nicht, Giorgio …«

»Eine Party würde bedeuten, dass wir nicht allein wären«, fuhr er fort. »Vielleicht würde das Miss Ellie beruhigen.«

Vianne musste ein Lächeln unterdrücken. Er versuchte es wirklich mit allen Mitteln. Was für ein guter Geschäftsmann er war.

»Ich werde bald erfahren, wann die nächste Party auf Long Island stattfindet. Und dann fahren wir hin, ich zeige dir die Insel, und abends wird gefeiert. Wir leben im Jazz Age, Vianne, du darfst dich nicht ängstlich in deiner Wohnung verkriechen.«

Vianne hob die Schultern. »Vielleicht komme ich mit. Aber wenn, dann nur, um für das Atelier Chappelle zu werben.«

»*Perfetto.*« Lächelnd griff Giorgio nach Viannes Hand und hauchte einen Kuss darauf. »Bis dahin.«

Auf der Straße blieb Vianne stehen und fühlte sich benommen. Hatte sie sich gerade wirklich einverstanden erklärt, mit Giorgio Conti nach Long Island zu fahren und an einer Party teilzunehmen? Künftig musste sie besser aufpassen, sonst würde sie immer wieder seinen Überredungskünsten erliegen.

KAPITEL 14

Amelie
Schottland, April 1925

Amelie nahm den Briefumschlag aus dickem elfenbeinfarbenem Büttenpapier entgegen und steckte ihn in die Tasche ihrer Strickjacke. Es war die Einladung zu der Verlobungsfeier, von der Caitlin gesprochen hatte.

Sie wechselte ein paar Worte mit dem Briefträger, der mit seinem kleinen Sohn Hamish gekommen war, um ihn bei ihr abzugeben. Als sie die Hand ausstreckte, griff der Junge sofort danach.

Im Winter war Hamish Amelies Rettung gewesen. Zuvor hatte sie lange, einsame Tage verbracht und hinaus in den Regen gestarrt, oder in den Nebel, oder auf die verschneiten Berghänge. Ihr Mann war damit beschäftigt gewesen, seine Ländereien zu verwalten. Und dann hatte Duncan, der Briefträger, ihr eines Morgens erzählt, seine Frau habe begonnen, in dem Gemischtwarenladen unten im Dorf zu arbeiten, und er suche nun jemanden, der sich, bis er die Post ausgetragen habe, um seinen kleinen Sohn kümmere. Amelie hatte sich sogleich angeboten.

Nun sahen sie und Hamish Duncan nach, der mit seinem Fahrrad über die Steinbrücke davonfuhr. Dann stiegen sie den Hang zum Haus hinauf, vorbei an Kirschbäumen, deren rosafarbene Blütenpracht sich vor einem leuchtend blauen Himmel abhob. Auf dem Rasen im Garten wuchsen bunte Tulpen, und auch die Berghänge waren von zahllosen Blumen bedeckt. Es war ein wundervoller Anblick.

Amelie berührte den Briefumschlag in ihrer Jackentasche. Nach der Verlobungsfeier würde bald der Sommer beginnen und mit ihm eine ganze Reihe gesellschaftlicher Ereignisse – Picknicks, Grillpartys, die Highland Games, Bauernmärkte und Kirchenbasare –, an denen sie als Archies Ehefrau teilnehmen musste. Bitten, bei den Vorbereitungen zu helfen oder sich in Festkomitees zu engagieren, hatte sie bisher stets ausgeschlagen. Ihr war bewusst, dass sowohl ihre Nachbarn als auch die Leute unten im Dorf diese Entscheidung nicht guthießen und sie zu dem Gerede beitrug, dass sie eine hochmütige, unnahbare Französin sei, die sich niemals in das schottische Landleben einfügen würde. Und dass Archie mit seiner Heirat einen Fehler begangen habe.

Dieses Gerede schmerzte Amelie, erst recht, wenn sie dabei an Archie dachte, der zu dieser ländlichen Gesellschaft dazugehörte. Doch sie bewegte sich weiterhin nur in dem kleinen Kreis, der aus Archie, Caitlin und ihrer Schwiegermutter Mary bestand.

Archie hatte bisher nichts zu Amelies mangelndem Engagement gesagt. Doch an diesem Morgen hatte er sie wieder allein gelassen und war mit Caitlins Mann Malcolm zum Angeln gefahren. Zum Abschied hatte er sie geküsst und ihr Forellen und Hechte versprochen.

Nun machte Hamish sich von ihr los und rannte mit ausgebreiteten Armen, ein Flugzeug imitierend, über den Rasen.

Amelie holte den Briefumschlag hervor, riss ihn auf und überflog die Einladung. Freunde aus Schottland und Frankreich würden kommen, hieß es.

Freunde aus Schottland und Frankreich. Mit unsteter Hand steckte sie die Karte zurück.

Hamish kam auf sie zugerannt. Sie strich ihm über das Haar und drückte einen Kuss auf eins seiner prallen Bäckchen.

»Melie«, sagte er und sah sie mit großen braunen Augen an. »Was machen wir heute?«

Sie zerzauste ihm die Haare, verdrängte die Gedanken an die Verlobungsfeier und setzte ein Lächeln auf. »Wie wär's, wenn wir in die Küche gehen und wieder etwas Französisches backen?«

»Au ja.« Der Junge nickte begeistert. »Und was backen wir?«

»Na, ich dachte an Crêpes. Mit Zucker und Zitronensaft, so wie meine Mutter sie immer gemacht hat.« Amelie wurde die Kehle eng. Sie erinnerte sich an die blau-weiß gemusterten Porzellanteller, auf denen ihre Mutter die hauchdünnen Pfannkuchen serviert hatte. An die Aufregung davor, wenn ihre Mutter sie und Vianne in die Küche gerufen und sich eine Schürze umgebunden hatte. Wie gebannt hatten sie und ihre Schwester die Zubereitung verfolgt und auf den Moment gewartet, wenn sie die ersten Crêpes kosten durften.

Hamish schob seine Hand wieder in ihre. »Gehen wir jetzt in die Küche?«

Amelie nickte und verjagte die Erinnerungen. »Und danach besuchen wir Gabriel auf der Koppel.« Gabriel war der Palomino, den Archie ihr an einem der letzten Wintertage geschenkt hatte. Sie liebte das Pferd mit seinem goldglänzenden Fell. Auch die Ausritte, bei denen sie die umliegende Hügellandschaft erkundete, taten ihr gut. Auf den ebenen Strecken gab sie dem Pferd die Sporen, hörte das Donnern der Hufe und fühlte sich wieder so frei wie früher, wenn sie als Mädchen an der Loire geritten war.

»Dann darfst du ihm einen Apfel geben und an der Longe reiten. Möchtest du das?«

»Ja!« Hamish strahlte.

»Und wenn wir dann noch Zeit haben, malen wir was Schönes.« Hamish nickte begeistert.

Amelie hob den Jungen hoch und drückte ihn an sich, so fest, als hinge ihr Leben davon ab.

Vielleicht tat es das auch.

Sie hätte Hamish erzählen können, dass sie früher mit ihrer kleinen Schwester gemalt hatte, die damals bereits ein erstaunliches Talent besaß. Fasziniert hatte Amelie zugesehen, wie Vianne Tiere und Pflanzen naturgetreu wiedergab und wie sie, als sie älter wurde, begonnen hatte, Kleider zu zeichnen, bis hin zu den ausgefallenen Ballettkostümen, die sie bei den Aufführungen im Théâtre du Châtelet gesehen hatten. Doch das behielt sie alles für sich. Während sie mit Hamish in Richtung der Koppel lief, wünschte sie nichts sehnlicher, als zu wissen, wie es ihrer kleinen Schwester ging und womit sie sich wohl gerade beschäftigte.

*

Am Nachmittag, als die Schatten im Garten länger wurden und Hamish von seinem Vater abgeholt worden war, setzte Amelie sich in den Salon. Trotz der noch kühlen Luft hatte sie die Sprossentür geöffnet, um den Duft der Frühlingsblumen und das Vogelgezwitscher hineinzulassen.

Der Salon zählte zu ihren liebsten Räumen in dem alten Herrenhaus. Er war in dunklen Farben gehalten und wirkte auf Amelie wie eine Höhle, in der sie sich verkriechen konnte.

Der Rest des Hauses war ihr viel zu groß, hatte zu viele Räume – Schlafzimmer, Gästezimmer, altmodische Bäder, Kinderzimmer … in einem davon verstaubte sogar noch Archies altes Kinderspielzeug auf den Regalen. Amelie fand es immer noch schwer zu begreifen, dass eine einzelne Familie so viel Platz für sich haben konnte.

Sie ließ sich in die dunkelroten Samtpolster des Sofas sinken und beobachtete, wie die letzten Sonnenstrahlen die schweren Holzmöbel aufscheinen ließen.

Nach einer Weile kam ihre Schwiegermutter von draußen herein. »Störe ich?«, fragte sie.

»Überhaupt nicht.« Amelie legte das Buch beiseite, in dem sie vergeblich versucht hatte zu lesen, und stand auf. Sie umarmte Mary, und aus alter Gewohnheit küsste sie sie auf beide Wangen.

Mary ließ es geschehen, doch sie war Schottin, und die überschwängliche französische Art der Begrüßung vermochte sie nicht zu erwidern.

»Hattest du einen schönen Tag?«, fragte sie.

»Ja, Hamish war bei mir.« Amelie lächelte bei der Erinnerung. Die Gesellschaft des Jungen wirkte wie Balsam auf ihre Seele, vielleicht, weil er so ganz im Moment lebte und den Ballast der Vergangenheit noch nicht kannte. Auch Mary war eine Frau, die im Moment lebte. Es war eine Kunstform, die Amelie noch nicht gemeistert hatte.

Sie ließen sich auf dem Sofa nieder.

»Hast du die Einladung zu der Verlobungsfeier in Kinloch bekommen?«, fragte Mary.

Amelie nickte. Dann fragte sie: »Soll ich uns vielleicht Tee bringen lassen?«

»Gern.« Mary musterte Amelie prüfend. »Freust du dich auf die Feier?«

»Ja.« Amelie klingelte nach dem Mädchen und gab den Tee in Auftrag.

»Offenbar sollen auch Annabels Pariser Freunde daran teilnehmen. Macht dir das etwas aus?«

Mary war keine Frau, die lange drum herumredete. Auch das schätzte Amelie an ihr. Davon abgesehen hatte Mary ohne Hintergedanken gefragt, nur aus reiner Fürsorge.

Amelie erinnerte sich an ihr erstes Zusammentreffen. Sie hatte sich davor gefürchtet, von Archies Mutter begutachtet zu werden, doch Mary war ihr mit so viel Herzlichkeit begegnet, dass ihre Ängste sofort verflogen waren. Später erklärte Mary, dass sie Amelie vom ersten Moment an gemocht habe und im Übrigen jeden möge, den ihr Sohn schätze, denn auf seine Menschenkenntnis sei Verlass.

Irgendwann hatte Amelie ihrer Schwiegermutter erklärt, dass sie ihre Eltern und Geschwister im Großen Krieg verloren habe. Mary hatte sie nie gedrängt, ihr mehr zu erzählen. Sie hatte erkannt, dass Amelie nicht gern über ihr Leben in Frankreich sprach, und darauf Rücksicht genommen.

»Ich habe Caitlin vorgeschlagen, aus der Feier einen Maskenball zu machen.«

»Einen Maskenball?« Marys Augenbrauen wanderten in die Höhe.

Der Tee wurde gebracht, zusammen mit einem Teller Haferkekse. Amelie schenkte den Tee ein. Seit sie in Schottland lebte, hatte sie nach und nach Geschmack an dem Getränk gefunden.

»Es wäre doch ein schöner Auftakt zu den Bällen der Sommersaison.«

»So könnte man es sehen.« Mary nahm einen Schluck Tee und blickte ihre Schwiegertochter über den Tassenrand hinweg an.

»Hinter der Maske kann ich meine Gefühle verbergen, wenn ich Franzosen gegenüberstehe und daran denken muss, wie sehr mir meine Familie fehlt«, sagte Amelie.

Jeden Einzelnen von ihnen vermisste sie schmerzlich, nur Anaïs nicht. Anaïs hatte überlebt, wohingegen ihre Mutter umgekommen war. Sie wünschte, es wäre umgekehrt gewesen.

»Ich hoffe, dass du uns als deine neue Familie betrachtest«, sagte Mary.

Die Sonne war hinter den Bergen verschwunden, und der Salon wurde in fahles Licht getaucht.

»Das tue ich«, entgegnete Amelie. »Schottland ist nun meine Heimat und Archie mein Ein und Alles.«

Mary stellte ihre Tasse ab und schlug die Beine übereinander. »Ich freue mich auf den Tag –« Sie brach ab. »Ich weiß, dass ich dir deine Mutter nicht ersetzen kann, aber ich hoffe, dass unsere Familie eines Tages –« Sie schüttelte den Kopf. »Entschuldige, ich möchte dir nicht zu nahe treten.«

»Ich weiß, was du sagen willst.« Amelie drückte Marys Hand. »Du wirst eine wundervolle Großmutter werden. Und auch mir bedeutest du viel.«

Mary schloss ihre Finger um Amelies Hand. »Die Verlobungsfeier in Kinloch wird kein Problem werden, Amelie, schließlich werden Archie und ich bei dir sein. Wir werden dafür sorgen, dass die schönen Erinnerungen, die du an Frankreich hast, nicht getrübt werden.«

Amelie versuchte zu lächeln. Es waren genau diese Erinnerungen, die sie mit aller Macht zu verdrängen suchte. Sie taten zu sehr weh.

*

Sie hatten einen Ausflug zum Loch Ness gemacht, Amelie, Archie, Caitlin und ihr Mann Malcolm.

Nun lagen sie auf Wolldecken am Ufer – linker Hand die Ruine von Urquhart Castle, auf der anderen Seite des Loch dicht bewaldete Hänge.

Caitlin schirmte ihre Augen mit der Hand vor der Frühlingssonne ab. »Die Gäste kommen Freitagabend an und bleiben übers Wochenende. Es wird das erste große Fest der Sommersaison.« Sie lächelte. »Und was für ein Fest das werden wird.«

Amelie schwieg. Auch die beiden Männer sagten nichts, sie lagen mit geschlossenen Augen in der Sonne.

»Es ist zwar noch ein wenig früh«, fuhr Caitlin fort, »aber die Vorbereitungen sind schon in vollem Gang. Aus Paris kommen rund dreißig Gäste.« Sie stupste Amelie an. »Aus dem Marais, sagt Annabel. Es muss eine recht hübsche Gegend sein. Kennst du sie?«

»Jeder in Paris kennt den Marais«, erwiderte Amelie so gleichmütig wie möglich.

Im nächsten Moment, und ohne dass sie es wollte, brachen die Erinnerungen über sie herein. Im Geist war sie wieder in der Wohnung in der Rue de Sévigné. Sie hörte ihre Mutter lachen, sah Vianne vor sich, roch den Duft des Kaffees und der heißen Milch während des *goûter*, des kleinen Imbisses am Nachmittag, zu dem es stets etwas Süßes gab. Für halb fünf hatte ihre Mutter ihn immer angesetzt, außer an den Tagen, an denen sie Papa im Céline besucht hatten und er mit ihnen in ein Café gegangen war. Amelie dachte daran, wie nervös ihre Mutter jedes Mal geworden war, wenn eines ihrer Kinder sich nach der Schule verspätet hatte, wie erleichtert sie war, wenn es schließlich erschien, und wie sie es herzte und küsste, als hätte sie es jahrelang nicht gesehen.

Jacques kam so gut wie nie zu spät. Er besuchte ein Jungengymnasium nicht weit von der Rue de Sévigné entfernt, und wenn ihr Vater nicht da war, übernahm er die Rolle des Familienoberhaupts und setzte sich auf den Platz seines Vaters an der Stirnseite des Tisches.

Amelie hatte die Szene genau vor Augen, wie sie und ihre Geschwister sich auf das süße Gebäck stürzten und jeder erzählte, wie es in der Schule gewesen war. Sie selbst und Jacques hatten einander mit ihren Geschichten überboten, um ihre Mutter in Erstaunen zu versetzen, und waren erst zufrieden, wenn sie den Kopf schüttelte und »Unglaublich!« oder »Das darf doch nicht wahr sein!« sagte.

Sie hatte stets den Sieg davongetragen und ihre Geschichten ausgeschmückt, bis ihr alle zuhörten und Jacques sie voller Bewunderung ansah.

Nun fragte sie sich, ob es mit dieser Fähigkeit, andere zu überstrahlen, zusammenhing, dass sie noch lebte, ihre Mutter jedoch nicht? Auch etliche ihrer Freundinnen und deren Mütter waren an jenem Karfreitag unter dem herabstürzenden Gewölbe der Kirche

Saint-Gervais begraben worden. Steckte darin eine Lektion, die sie noch nicht gelernt hatte? Sie hatte überlebt, aber zu einem hohen Preis.

Und nun würden Annabels Freunde aus dem Marais zu der Verlobungsfeier kommen. Und Caitlin hatte wissen wollen, ob sie den Marais kenne.

Natürlich kannte sie dieses Viertel, dort war ihr Zuhause gewesen. Und jeder dort kannte das Céline und die Familie Mercier. Insbesondere ihre Mutter war überall beliebt gewesen. Und jeder von dort wäre über das Schicksal, das die Familie gegen Kriegsende ereilt hatte, im Bilde, würde wissen, dass nur ihr Vater, Vianne und Jacques noch lebten. Wie würden die Leute reagieren, wenn sie erführen, dass Anaïs überlebt hatte, ohne jemandem etwas davon zu sagen? Dass sie geheiratet hatte und in Schottland wohnte.

Ihr Magen verkrampfte sich bei dem Gedanken an ihre Geschwister. Es quälte sie, dass die beiden nicht wussten, dass sie am Leben war, doch wenn sie Kontakt zu ihnen aufnähme und ihnen sagen würde, was sie getan hatte, würde sie ihnen nur das Herz brechen. Sie ertrug es ja kaum selbst, sich im Spiegel anzusehen, wie sollte sie da die Blicke der Menschen, die sie liebte, aushalten.

Caitlin schaute in den Himmel. »Nach dem langen Winter wird es Zeit, dass bei uns wieder Leben einkehrt.«

Der Wind fuhr in Malcolms Haar, und er strich es sich aus dem Gesicht. »Auch früher haben wir den Sommer oft mit einem Ball eröffnet. Diese Tradition möchte ich beibehalten, auch um deinetwillen, meine Liebe.«

Caitlin tätschelte seinen Arm.

Amelie stand auf, ging hinunter zum Wasser und blickte auf das kaum merkliche Wogen der Wellen. Stillstand gab es nicht, nirgendwo herrschte Stabilität. Auch die Pläne, die sie geschmiedet hatte, als sie Archie kennen- und lieben lernte, und die ihr Sicherheit suggeriert hatten, schienen nicht mehr standzuhalten.

Archie, der ihr gefolgt war, legte einen Arm um ihre Taille.

Amelie lehnte sich an ihn.

»Wir müssen nicht auf diese Verlobungsfeier gehen«, sagte er leise. »Nicht, wenn es für dich zu früh ist. Ich weiß, dass dich die Begegnung mit Gästen aus Paris aufwühlen würde.«

Amelie befreite sich aus seinem Arm, hob einen flachen Stein auf und ließ ihn über den See hüpfen.

»Wir könnten an dem Wochenende verreisen«, hörte sie Archie sagen. »Nach London oder nach Bath. Ich bin sicher, dass Caitlin dafür Verständnis hätte.«

Ein Wochenendausflug nach England, statt an der Verlobungsfeier teilzunehmen. Das wäre eine Möglichkeit.

»Amelie?«, sagte Archie.

Sie wandte sich um und betrachtete diesen Mann, der so viel freundlicher und rücksichtsvoller zu ihr war, als sie es verdient hatte. Anaïs hätte seine sanfte Art nicht zu schätzen gewusst, dazu war sie zu wild und unbeständig gewesen, doch Amelie war ihm dankbar und würde ihn niemals verletzen. Anaïs hatte das Schicksal herausgefordert und das Spiel verloren, Amelie würde diesen Fehler nicht begehen. Amelie wollte vernünftig und zuverlässig sein, und das war Anaïs nie gewesen.

Sie blickte in den blauen Himmel, dann auf die kleinen Wellen, die am Ufer leckten. »Natürlich gehen wir zu der Feier. Alles andere würde Caitlin und Malcolm kränken.«

Sie würde eine Verkleidung wählen, in der niemand sie erkennen konnte, und ihre Ängste bezwingen. Wichtig war, dass sie ihr Leben an Archies Seite nicht gefährdete und sich vor der Frau hütete, die sie einmal gewesen war.

KAPITEL 15

Vianne
New York, Frühling 1925

Mit kritischem Blick begutachtete Vianne noch einmal die Kollektion, die sie für die Modenschau entworfen hatte: Kostüme mit den für die neue Saison typischen langen, zweireihigen Jacken, wadenlange, längs gestreifte Tennisröcke, dazu Oberteile mit Bubikragen, ein Reitkostüm, kombinierbar mit grün-rot oder grün-braun karierter Hose, Westen über Hemden, dazu Krawatten mit Windsor-Knoten.

Plötzlich stellte sie sich vor, wie Anaïs diese Sportkleidung geliebt hätte, und ihr Herz wurde schwer.

Sie sah ihre Schwester vor sich, wie sie an der Loire über die Felder galoppierte, ihr langes blondes Haar im Wind wehend. Die Leute auf den Feldern hatten mit der Arbeit innegehalten, um ihr zuzusehen.

Anaïs war wirklich kein Stadtmensch gewesen. Sie hatte die Natur geliebt, war die geborene Reiterin gewesen. Insbesondere der Galopp hatte ihr gefallen, sie hatte sich dabei dem Rhythmus des Pferdes überlassen, und natürlich war sie ohne Sattel geritten. Ungehemmt war Anaïs gewesen, eine Eigenschaft, die Vianne stets bewundert hatte und selbst nicht besaß.

Sie ordnete die Skizzen, die über ihren Arbeitstisch verteilt lagen:

Morgenmäntel aus Seide oder Baumwolle, alle mit Satinbesatz, Seidennegligés mit Spitze, elegante Tageskleider. Zudem hatte Vianne Miss Ellie überredet, auch Bade- und Strandkleidung in die Kollektion aufzunehmen. Sie hatte eine Reihe Badeanzüge aus Wolljersey entworfen, dazu eine Auswahl verschiedener Capes, die darüber getragen werden konnten.

Zum hundertsten Mal begutachtete sie die Skizzen der Abendkleider. Sie waren ihr Meisterwerk, ein Kleid exquisiter als das andere.

In den vergangenen Wochen hatte sie erneut bis spät in die Nacht gearbeitet, auch an den Wochenenden. Sie wollte Kleidungsstücke kreieren, die für Begeisterung sorgen und von den Besucherinnen der Modenschau sofort bestellt würden. Dann würde man sie nach Maß für sie anfertigen. Nur die Abendkleider und einige ausgewählte Tageskleider würden Einzelstücke bleiben. Die Kundinnen, die sie erwarben, mussten sicher sein, bei gesellschaftlichen Anlässen nicht auf eine Frau im gleichen Kleid zu treffen.

Nebenher bekam sie mit, wie Lucia, Goldie und Mollie sich über den vergangenen Samstagabend in einem der New Yorker Jazzclubs unterhielten. Adeline war unterdessen mit Miss Ellie bei einer Anprobe. Darum beneidete Vianne die beiden nicht. Die Kundin, die sie besuchten, war nur schwer zufriedenzustellen und prüfte jedes kleine Detail.

Lucia ließ das Schnittmuster sinken, an dem sie gerade arbeitete. »Du lebst zu zurückgezogen, Vianne«, klagte sie. »Wenn du wüsstest, wie gut wir uns samstags immer amüsieren.«

Vianne zuckte mit den Schultern. »Ich habe einfach zu viel zu tun.«

»Wir wurden ständig zum Tanzen aufgefordert, und ein Mann war attraktiver und schicker als der andere. Mollie hat sich sogar in einen verliebt und hofft, dass sie ihn am kommenden Wochenende wiedersieht. Warum kommst du nicht mit, Vianne? Interessieren dich nicht einmal mehr die Kleider, die die Frauen zum Tanzen tragen?«

Vianne seufzte. »Doch. Sobald die Kleider für die Modenschau fertig sind, komme ich mit.«

»Du arbeitest zu hart«, sagte Lucia. »Das musst du nicht. Oder hast du das Gefühl, du müsstest Miss Ellie irgendwas beweisen?«

»Nein, ich möchte bloß rechtzeitig fertig werden.« Vianne griff nach ihrem Bleistift. Zurzeit musste sie sogar vorarbeiten, denn für diesen Sonntag hatte sie andere Pläne, doch die behielt sie lieber für sich.

Mit schlechtem Gewissen dachte sie an die Party, zu der Giorgio Conti sie eingeladen hatte. Sie würde auf Long Island stattfinden, in einem der großen Herrenhäuser von Sands Point.

Sich selbst und Giorgio hatte Vianne erklärt, dass sie die Einladung nur annehme, weil sie sich für die Kleidung der Frauen auf dieser Party interessiere. Und geschäftliche Kontakte knüpfen wolle. Andere Gründe gebe es nicht.

Sie widmete sich erneut dem schwarzen, blumenbestickten Kleid, zu dem sie die Volkstrachten Frankreichs inspiriert hatten, und fügte einen rosafarbenen Unterrock hinzu, der durch den schwarzen Stoff schimmern würde.

Auch die anderen Frauen konzentrierten sich wieder auf ihre Arbeit.

Zu Viannes Erstaunen hatte Miss Ellie sie sämtliche Kleidungsstücke für die Modenschau entwerfen lassen und nur wenig zu den Entwürfen gesagt. Dadurch hatte Vianne den Eindruck gewonnen, dass ihre Chefin etwas beschäftigte, das über die Vorbereitungen der Modenschau hinausging. Sie wagte nur nicht, Miss Ellie danach zu fragen, es wäre ihr aufdringlich erschienen.

Manchmal jedoch machte Vianne sich Sorgen und überlegte, ob Miss Ellie das Interesse an ihrem Atelier verloren hatte und mit dem Gedanken spielte, es zu schließen.

In dem Moment kehrte Adeline in die Schneiderei zurück und starrte Vianne unfreundlich an. Bisher hatte sie Miss Ellie noch nicht erzählt, dass Vianne an jenem Abend im Cotton Club eng mit Giorgio Conti getanzt hatte. Vianne nahm an, dass sie noch auf den passenden Moment wartete, um diese Bombe platzen zu lassen. Daraufhin würde sie jedoch selbst noch einmal mit Miss Ellie reden und ihr versichern, dass Giorgio Conti für sie nicht mehr sei als ein Geschäftskontakt, mit dem sie ein einziges Mal getanzt habe, weiter nichts. Die Worte hatte sie sich schon ganz genau zurechtgelegt.

Mollie hörte auf zu nähen und drehte sich zu Vianne um. »Soll ich dir den Mann beschreiben, mit dem ich am Samstag die Nacht durchgetanzt habe?«

»Spar dir das«, sagte Adeline. »Vianne interessiert sich nur für Männer mit Vermögen.«

Lucia verdrehte die Augen.

Mollie wirkte gekränkt und wandte sich wieder ihrer Nähmaschine zu.

Vianne tat ihr Bestes, Adelines Bemerkung zu ignorieren. Sie hatte Wichtigeres zu tun, als auf ihre Seitenhiebe einzugehen. Unter anderem musste sie Miss Ellie noch von ihrem Brautkleid überzeugen. Es sollte aus elfenbeinfarbenem Satin sein, bodenlang und, anders als die gängigen Etuikleider, körperbetont.

Zu diesem Zweck hatte sie sich mit Nähten, Abnähern und Schnitten auseinandergesetzt. Sie trat einen Schritt zurück und studierte ihre Skizze. Zwei Rückennähte sollten ein V bilden und sich vom hochgestellten Kragen aus zur Taille hin verjüngen, um die Rückenform der Trägerin zu betonen. Und unterhalb der Taille würden kleine Abnäher die Hüften voller machen.

»Mein lieber Mann, hier sind aber alle fleißig«, hörte sie eine kehlige Frauenstimme sagen. Sie drehte sich um.

Im Türrahmen stand eine auffallend gekleidete Frau um die siebzig, mit kastanienrot gefärbtem Haar. Der grell geschminkte Mund war genauso geschwungen wie der von Miss Ellie, auch die Augenpartie war die gleiche.

»Pepper!« Lucia sprang auf und lief zu der unerwarteten Besucherin. Mollie und Goldie folgten ihr.

Adeline zog die Brauen hoch und schüttelte missbilligend den Kopf.

Vianne hatte schon viele amüsante Geschichten über Miss Ellies Mutter gehört, doch nun begegnete sie ihr zum ersten Mal.

Mollie und Goldie umarmten die alte Dame, die ihren Blick anschließend auf Vianne richtete.

Es war ein strenger, prüfender Blick, unter dem es Vianne schwerfiel, unbefangen zu lächeln. Sie stand auf, streckte Pepper ihre Hand entgegen und nannte ihren Namen.

»Wie schön, Sie kennenzulernen, Vianne. Ich bin Eloises Mutter, Mrs. Pepper Chappelle, aber Sie dürfen mich Pepper nennen, so wie die anderen es tun.« Ihr Blick verlor die Strenge und wurde gütig. »Meine Tochter hat mir viel von Ihnen erzählt. Sie findet, dass Ihre Kreationen nicht nur großartig sind, sondern auch das gewisse Etwas haben.«

Vianne meinte, Adelines bohrenden Blick in ihrem Nacken zu spüren. Entschlossen lächelnd schüttelte sie Peppers Hand. »Die Freude ist ganz meinerseits.«

»Es heißt auch, dass Sie bei der Arbeit unermüdlich sind, mit den Hühnern aufstehen und oft bis weit in die Nacht hinein zeichnen und nähen. Offenbar sind Sie eine große Bereicherung für dieses Atelier.«

»Das hoffe ich«, erwiderte Vianne und sah Pepper dankbar an. Sie mochte diese Frau, auch wenn sie sie gerade erst kennengelernt hatte. Miss Ellies Mutter strahlte einen Elan aus, der sie an Maman und Anaïs erinnerte.

Darüber hinaus trug sie eine der Jacken, die Vianne für die Frühlingssaison entworfen hatte – schwarz mit einem weißen, aztekisch angehauchten Muster, das der derzeitigen Vorliebe für alles Geometrische entsprach. Sie stand Pepper großartig, und der breite weiße Kragen war ideal, um ihr ausdrucksvolles Gesicht zu betonen.

»Ich will nicht lange bleiben«, sagte sie. »Bin nur gekommen, um meine Tochter zum Lunch abzuholen. Wir gehen ins Valentino's. Ein einzigartiges Restaurant. Der Chef ist auch nicht zu verachten.«

Vianne spürte, wie Hitze in ihre Wangen schoss.

»Das finden wir auch«, sagte Adeline. »Vianne ganz besonders.«

Peppers Blick huschte über Viannes Gesicht, und sie lächelte verständnisvoll. »Wie auch immer, bei der Modenschau sehen wir uns wieder, nehme ich an.« Sie streifte schwarze Lederhandschuhe über. »Danach hauen wir auf die Pauke, und ihr zeigt mir, was New York nachts so zu bieten hat.«

Pepper winkte ihnen zum Abschied und verließ das Atelier.

Vianne sank auf ihren Stuhl zurück und überlegte, ob es nicht besser wäre, den Ausflug nach Long Island abzusagen. Denn was wäre, wenn sie auf der Party jemandem begegnete, der Miss Ellie kannte? Frauen, die womöglich zur Modenschau kämen und Miss Ellie erzählen würden, dass sie Vianne auf einer Party in Sands Point kennengelernt hatten, in Begleitung von Giorgio Conti.

*

Am Sonntagmorgen ging Vianne ihr Schminksortiment durch – den Puder, der eine Schattierung heller war als ihr Teint, das flüssige Rouge, den blassroten Lippenstift, den Kajalstift und den rauchblauen Lidschatten, der ihre Augen betonte. Dann griff sie nach der versilberten Haarbürste, die ihre Mutter ihr zum achtzehnten Geburtstag geschenkt hatte, und fuhr sich durch die Haare, bis sie glänzten.

Sie hatte gut geschlafen, was angesichts des mulmigen Gefühls, das der Gedanke an die Party noch immer in ihr auslöste, ein Wunder war. Vielleicht hatte der lange Spaziergang geholfen, den sie am Vortag mit Lucia im Central Park unternommen hatte, oder die anschließende Arbeit an dem Brautkleid für die Modenschau. Beides hatte sie von der Party abgelenkt.

An diesem Morgen war Lucia früh zu ihrer Familie nach Greenwich Village gefahren. Wie immer hatte sie Vianne eingeladen, mit ihr zu kommen.

Doch Vianne war noch nicht bereit dafür, Sonntage im Kreis einer Familie zu verbringen. Es würde sie zu sehr an die Sonntage mit ihrer eigenen Familie erinnern und ihr erneut auf schmerzhafte Weise bewusst machen, was sie unwiderruflich verloren hatte. Vielleicht würde es ihr irgendwann möglich sein, Lucia zu begleiten, im Moment fürchtete sie, es würde sie nur quälen.

Sie öffnete die vergoldete Puderdose mit dem Muster aus grünen Blättern auf dem Deckel. Sie gehörte zu den wenigen schönen Dingen, die sie sich selbst seit ihrer Ankunft in New York gegönnt hatte. Vianne nahm die Quaste und strich über ihre markanten Wangenknochen, immer in kleinen Abschnitten und stets von oben nach unten. Das rosenrote Rouge trug sie in Form einer schmalen Mondsichel auf die Wangen auf und verrieb es mit sanfter Hand.

Mit einem Konturenstift malte sie ihre Lippen ein wenig größer, betonte den Amorbogen und trug dann den Lippenstift auf. Nun wirkten ihre Lippen noch voller, als sie es ohnehin schon waren.

Als Nächstes widmete sie sich ihren Brauen, bürstete sie von unten nach oben und wieder von oben nach unten, bis die Bogen schön geschwungen waren. Um die Form zu erhalten, strich sie mit Vaseline darüber. Dann kam der Kajalstift an die Reihe – davon rieb sie auch ein wenig in ihre Wimpern – und zum Schluss der Lidschatten.

Normalerweise benutzte sie nur wenig Make-up, ihre dunklen Wimpern und blauen Augen waren auch ohne Schminke ausdrucksvoll, doch an diesem Tag wollte sie glamourös aussehen.

Sie warf einen Blick auf die Uhr und erschrak. In zwanzig Minuten würde Giorgio sie abholen, und sie war noch im Morgenmantel.

Sie lief am Fenster vorbei zu ihrem Kleiderschrank. Draußen

schien die Sonne, und wäre sie nicht so nervös gewesen, hätte sie sich kaum etwas Besseres vorstellen können als einen Ausflug ans Meer.

Doch sie war neugierig auf die Insel, von der sie ihre Kundinnen so oft hatte schwärmen hören. Sie wollte die Strandvillen, die Jachthäfen, die noblen Geschäfte und die Feste mit eigenen Augen sehen.

Vianne öffnete ihren Schrank und nahm das Kleid heraus, das sie extra für diesen Tag genäht hatte. Es war ein goldfarbenes Chiffonkleid, schmal geschnitten und mit tiefer Taille, das Oberteil mit honigfarbenen Pailletten besetzt. Für den Stoff hatte Vianne etwas von ihrem Gesparten investieren müssen, die Pailletten hatte Miss Ellie ihr geschenkt und taktvollerweise nicht gefragt, wozu sie diese brauche. Auf dem Rock hatte Vianne mit Stiftperlen rosafarbene Blüten und Ranken gestickt, den V-Ausschnitt mit hauchzarter Seide eingefasst. Der Ausschnitt auf dem Rücken lief ebenfalls spitz zu, war jedoch etwas tiefer als der vordere. Die Farben des Kleides schmeichelten der leichten Bräune, die Vianne bei Spaziergängen im Central Park bekommen hatte und die ihrer Haut etwas Strahlendes verlieh.

Sie streifte das Kleid über, drehte sich vor dem Spiegel und genoss den Anblick der schimmernden Pailletten, die das einfallende Sonnenlicht reflektierten.

Dann schlüpfte sie in ihre cremefarbenen Riemchenpumps, griff nach der schmalen, ebenfalls mit Pailletten besetzten Clutch und verstaute Schminksachen und Schlüssel darin. Als Letztes setzte sie einen weißen Glockenhut auf und legte sich ihren Mantel über den Arm.

Auf dem Weg die Treppe hinunter hallte das Klappern ihrer Absätze durch das ganze Gebäude, und sie dankte dem Himmel, dass niemand im Haus war, der darauf aufmerksam werden und peinliche Fragen stellen konnte.

Als sie auf die Straße trat, stockte ihr der Atem.

Giorgio Conti lehnte an einem glänzenden dunkelblauen Wagen mit lang gestreckter Kühlerhaube. Vianne kannte sich mit Autos nicht aus, doch es war offenkundig, dass es sich um ein kostspieliges Modell handelte, mit dem Giorgio anscheinend noch nicht lange fuhr – die Felgen waren schneeweiß.

Giorgio trug einen kamelfarbenen Dreiteiler mit breitem Kragen und breiten Aufschlägen an den Hosenbeinen. Seine Oxford-Schuhe hatten den gleichen hellen Braunton wie sein Anzug.

Er lächelte, als er Vianne erblickte, stieß sich von dem Wagen ab und kam auf sie zu. Dabei wirkte er so lässig, als führe er jedes Wochenende mit einer Frau nach Long Island.

Viannes Herz zog sich zusammen. Vielleicht war es ja so.

Sie versuchte sich vorzustellen, wie Anaïs an ihrer Stelle gehandelt hätte. Sie war mit Männern leichtherzig umgegangen, und Giorgio wäre vermutlich keine Ausnahme gewesen.

»*Bella*«, sagte er, »du siehst wundervoll aus.« Er nahm ihre Hand, küsste sie und schaute ihr dabei in die Augen. »Du wirst die schönste Frau auf der Party sein.«

Vianne dankte ihm für das Kompliment und beschloss dabei, ihn fortan ebenfalls zu duzen. Dafür kannten sie sich inzwischen wohl wirklich gut genug.

Und dann hatte sie plötzlich das sichere Gefühl, Adeline wäre in der Nähe und würde sie und Giorgio beobachten. Hastig blickte sie sich um. Doch weit und breit war keine Spur von ihr zu sehen.

Noch einmal rief sie sich Anaïs ins Gedächtnis, entschlossen, ebenso unbekümmert zu sein und einfach Giorgios bewundernde Blicke zu genießen.

Inzwischen waren mehrere Passanten stehen geblieben, um Giorgios Wagen zu bestaunen. Einer fragte Giorgio, welche Marke das sei, und er antwortete, es handele sich um einen Duesenberg. Auch das sagte Vianne nicht viel.

»Entschuldigung, Miss.« Eine Passantin deutete auf Viannes Kleid. »Kommt dieses phantastische Kleid etwa aus dem Atelier Chappelle?«

»Ja, natürlich«, antwortete Vianne erfreut. »Und wenn Sie möchten, wird Madame Chappelle für Sie etwas ganz Ähnliches kreieren.«

»Sie sehen sensationell aus, falls ich das so sagen darf. Es ist unglaublich, wie die Pailletten in der Sonne funkeln und zu ihrem honigblonden Haar passen.«

Vianne lächelte so schön, wie ihre Mutter es immer getan hatte, und wandte sich wieder Giorgio zu, der ihre Hand ergriff.

Erneut spürte Vianne das Elektrisierende seiner Berührung, und sie musste sich energisch daran erinnern, dass sie diesem Ausflug nur aus geschäftlichen Gründen zugestimmt hatte.

Giorgio hielt ihr die Beifahrertür auf.

Vianne glitt auf einen weichen Ledersitz und konnte sich nur mit Mühe davon abhalten, andächtig über die glänzende Walnussverkleidung an Tür und Armaturenbrett zu streichen.

Und dann saß Giorgio neben ihr, zwinkerte ihr zu und fragte, ob sie bereit sei für die beste Party ihres Lebens.

Vianne nickte tapfer.

Giorgio startete den Motor. »Ich bin so froh, dass du mitkommst. Es wird ein wunderbarer Tag werden.«

»Giorgio«, sagte Vianne und wurde verlegen. Doch sie musste etwas klären. »Wir sind nur Geschäftsfreunde, das weißt du doch, oder?«

»Mach dir keine Sorgen«, erwiderte er mit nunmehr ausdrucksloser Miene. »Wir sind Geschäftsfreunde, die einen Ausflug machen, um sich zu amüsieren. Weiter nichts.«

Erleichtert lehnte Vianne sich zurück.

*

Als sie die Straße erreichten, die über Long Island nach Sands Point führte, versetzten die vornehmen Villen – jede mit Wassergrundstück und riesengroßen, gepflegten Rasenflächen – Vianne in Erstaunen.

Manche Häuser konnte man nur erahnen, sie waren hinter hohen Mauern und Eingangstoren verborgen. Und immer wieder blitzte das Meer zwischen ihnen auf, in dem sich der blaue Himmel spiegelte.

Wie schön es hier ist, dachte Vianne und spürte, wie sie sich entspannte. Sie überlegte, wann sie sich zum letzten Mal so wohlgefühlt hatte – es musste am Abend der Eröffnung des Valentino's gewesen sein, auf dem Weg zum Cotton Club.

Sie wandte sich zu Giorgio um. »Wenn du wüsstest, wie gut es mir tut, hier entlangzufahren. So wie hier sah es auch in einigen Teilen Frankreichs aus.«

»Erzähl mir von Frankreich«, bat er. »Hast du gern in Paris gelebt?«

Eigentlich sprach Vianne nicht über ihr Leben in Frankreich, es war zu schmerzhaft, doch nun stellte sie fest, dass sie nicht wie sonst schwermütig wurde, sondern Giorgio von Paris und ihrem Leben dort erzählen wollte.

»Ich hatte eine wunderbare Kindheit und bis Kriegsbeginn auch eine schöne Jugend. Und ich habe meine Eltern geliebt. Sie waren zärtlich, verständnisvoll und haben uns Kinder in jeder Hinsicht gefördert.«

»Waren sie nie streng?«, fragte Giorgio.

Vianne lachte. »Doch, wenn es sein musste, waren sie auch streng.«

Giorgio lächelte.

»Ich war die Jüngste und habe zu meinen Geschwistern aufgeschaut. Meine Schwester Anaïs war unglaublich mutig, mehr als ich es jemals sein könnte.«

Giorgio zog die Brauen hoch. »Das bezweifle ich. Du hast dich mutterseelenallein auf den Weg nach New York gemacht. Dazu gehört eine große Portion Mut, würde ich sagen.«

Vianne schüttelte den Kopf. »Das war nichts im Vergleich zu dem, was meine Schwester getan hat. Sie hat sich im Krieg freiwillig gemeldet und in einem Lazarett nahe der Front als Krankenschwester gearbeitet.« Sie hielt inne und hing kurz ihren Gedanken nach. »Mein Bruder war Soldat. Er hat an der Somme gekämpft. Auch an der Schlacht bei Amiens hat er teilgenommen.« Sie seufzte schwer. »Ich habe nur warme Sachen für die Armee gestrickt.« Sie sah Giorgio an und wartete auf seine Reaktion.

»Was hättest du denn anderes tun können«, sagte er. »Du warst doch viel zu jung, um im Krieg eingesetzt zu werden. So wie ich auch. Natürlich hätten wir beide gern mehr getan, aber als der Krieg begann, waren wir Kinder. Ich finde nicht, dass wir uns schuldig fühlen müssen.«

Vianne fühlte sich aber schuldig, schließlich hatte sie den Krieg überlebt, doch ihre Mutter und ihre Schwester waren darin umgekommen. In gewisser Weise war auch ihr Vater ein Kriegsopfer gewesen.

»Du bist kreativ, Vianne«, fuhr Giorgio fort. »Und was du kreierst, ist von atemberaubender Schönheit. Ist das kein Grund, stolz zu sein?«

So etwas hätte auch Maman gesagt, und sie stellte sich vor, wie hingerissen ihre Mutter von Giorgio gewesen wäre.

»Und nun sind alle bis auf Jacques tot«, sagte Vianne leise. »Meine Mutter und meine Schwester sind bei einem Granatenbeschuss umgekommen, und mein Vater ist daraufhin an einem gebrochenen Herzen gestorben.«

Giorgio schwieg einen Moment. Dann sagte er: »Das tut mir sehr leid, Vianne. Wirklich. Ich weiß, dass Worte zu schwach sind, um einem so schweren Verlust gerecht zu werden.«

Vianne nahm einen zittrigen Atemzug. »Allein ihretwegen muss ich so viel wie möglich aus meinem Leben machen. Ich möchte, dass meine Eltern und Anaïs stolz auf mich wären. Ich kann nicht einfach vor mich hinleben und mich damit begnügen, Miss Ellies Nachwuchskraft zu sein. Verstehst du, was ich meine?«

Ich rede zu viel, dachte Vianne. Doch sie wollte ihm verdeutlichen, dass es für sie mehrere Gründe gab, den eingeschlagenen Weg fortzusetzen und ihre Karriere über alles zu stellen. Dass es nichts mit ihm zu tun hatte, wenn sie ihn auf Distanz hielt.

In Wahrheit waren ihre Gefühle für ihn einfach zu stark, um ihn näher an sich heranzulassen. Sie fühlte sich immer mehr zu ihm hingezogen, aber dem durfte sie nicht nachgeben. Nur ihre Moderäume waren von Bedeutung, und für eine Frau war es unmöglich, eine erfolgreiche Karriere und eine Liebesbeziehung zu haben.

»Ja, im Großen und Ganzen verstehe ich es«, antwortete Giorgio schließlich. »Eine Ehe scheint für dich wohl nicht infrage zu kommen.«

Vianne strich eine Falte glatt, die ihr Mantel geworfen hatte, und fragte sich, wie ihre Unterhaltung an diesen Punkt hatte geraten können. In eine solche Situation hätte Anaïs sich niemals gebracht. Sie beschloss, über seinen letzten Satz hinwegzugehen.

»Wenn meine Schwester einen Raum betrat, wusste jeder sofort, dass sie etwas ganz Besonderes war. Ich dagegen muss mich anstrengen, um anderen zu beweisen, dass ich etwas kann.«

Giorgio schüttelte den Kopf. »Wie sehr du dich irrst.«

»Du hast sie nicht gekannt, sonst wüsstest du, was ich meine. Und mein Bruder …«

»Er lebt noch, wenn ich das vorhin richtig verstanden habe?«

Vianne umklammerte ihre Clutch. »Ja, er ist in Paris geblieben. In der Wohnung meiner Eltern. Anaïs war seine Zwillingsschwester, die er über alle Maßen geliebt hat. Er hat mir nie verziehen, dass ich den Krieg überlebt habe, sie aber nicht. Vielleicht hat er mich deshalb vor die Tür gesetzt.«

»Wie bitte?«

Vianne errötete. Warum redete sie so viel? Wie kam sie dazu, Giorgio mit Geschichten aus ihrer Vergangenheit zu behelligen? Die waren doch viel zu privat. Nun wusste er sogar, dass ihr Bruder sie verstoßen hatte. Wahrscheinlich würde es Giorgio eine Lehre sein, und er würde sie nie mehr zu einer Party einladen. Sie strich nervös über die Pailletten der kleinen Tasche auf ihrem Schoß und wünschte, sie hätte den Mund gehalten.

Giorgio nahm ihre Hand und drückte sie beruhigend. »Es ist gut, dass du mir das erzählt hast, Vianne. Manchmal braucht man jemanden, dem man sein Herz ausschütten kann.«

Dann zog er seine Hand zurück, bog von der Straße ab und hielt den Wagen an. »Kopf hoch, Vianne, und schau dir das an.«

Vianne hob den Blick und traute ihren Augen kaum. Vor ihr, umgeben von einem makellosen Rasen und flankiert von Bäumen mit ausladendem Laubdach, lag ein mit Efeu bewachsenes Château – eher ein Schlösschen als ein normales Haus.

Überwältigt ließ Vianne den Blick über die Szenerie gleiten, von dem hohen runden Turm an einer Seite des Châteaus bis zu den weit geöffneten Sprossentüren an der Terrasse, auf der elegant gekleidete Menschen saßen oder standen, rauchend, lachend und sich unterhaltend. Auf der Rückseite des Hauses ging der Rasen in einen lang gezogenen Sandstrand über, und dahinter glänzte das Meer.

Vianne blickte zum blauen Himmel, über den zarte Schleierwolken zogen, und hatte das Gefühl, mitten in eine Erzählung Fitzgeralds hineingeraten zu sein.

Sie dachte daran, wie sehr es ihrem Vater hier gefallen hätte, und als sie die Augen schloss, sah sie ihn vor sich, wie er gut gelaunt in hellem Leinenanzug und einen Spazierstock schwingend über den Rasen lief.

Dann kehrte sie in die Gegenwart zurück und öffnete die Augen.

Sie hörte Musik. In dem Haus spielte jemand Klavier.

»Das ist das Haus von Katherine Carter«, sagte Giorgio. »Hier findet die Party statt.«

»Katherine Carter?«

»Ja, kennst du sie?«

Vianne hob die Schultern. »Kennen ist zu viel gesagt. Ich bin ihr auf der Überfahrt begegnet. Falls es sich um dieselbe Frau handelt.«

Ein Dienstbote winkte Giorgio zu einem großen kiesbestreuten Platz, wo bereits zahlreiche Autos geparkt waren.

Als sie ausstiegen, hieß es, Mrs. Carter erwarte Mr. Conti und seine Begleitung im großen Salon. Ein zweiter Bediensteter nahm Vianne den Mantel ab.

Bei dem Gedanken, in Kürze Mrs. Carter gegenüberzustehen, wurde Vianne ganz aufgeregt und überlegte, ob Mrs. Carter sie wiedererkennen würde. Nein, wahrscheinlich hatte sie die Frau, die ihr Kleid repariert hatte, längst vergessen.

Sie betraten die Terrasse. Die Männer nickten Giorgio zu, die Frauen interessierten sich mehr für Viannes Kleid. Einige von ihnen steckten die Köpfe zusammen und begannen zu tuscheln.

Dann kamen sie in den großen Salon, einen eindrucksvollen Raum mit hoher Decke und einer Glasfront zum Meer, vor der ein Mann am Flügel saß und Gershwin spielte.

Katherine Carter saß mit anderen Frauen auf einem riesigen, halbrunden Sofa und sprang auf, als sie Giorgio und Vianne erblickte.

Sie begrüßte Giorgio liebenswürdig, bevor sie sich Vianne zuwandte und sagte: »*Bonjour*, kleine Pariserin, wie schön, Sie wiederzusehen. Und was für ein atemberaubendes Kleid Sie tragen – ich nehme an, Sie haben es selbst geschneidert?«

Vianne reichte ihr die Hand. »Ich freue mich auch, Sie wiederzusehen.«

Mrs. Carters grüne Augen funkelten vergnügt. Gleichzeitig lag in ihnen etwas Wissendes, das Vianne nicht recht einordnen konnte. Vielleicht schrieb Mrs. Carter dem Umstand, dass sie mit Giorgio gekommen war, zu viel Bedeutung zu.

»*Ça va*, Mademoiselle Mercier? Haben Sie Eloise Chappelle gefunden?«

»*Ça va bien, merci, madame.* Und ja, ich habe Madame Chappelle gefunden. Dank Ihnen arbeite ich jetzt für sie.« Während sie sprachen, überlegte Vianne, wo Mrs. Carter ihr Kleid hatte anfertigen lassen, ein traumhaft schönes, schmal geschnittenes Satinkleid in blassem Rosa, das aufgrund seiner Stickereien chinesisch anmutete.

Giorgio räusperte sich. »Ich fürchte, ich komme nicht ganz mit, aber wie es aussieht, muss ich euch nicht miteinander bekannt machen.« Er deutete auf eine Gruppe Männer. »Ich möchte jemanden begrüßen. Falls ihr mich kurz entschuldigt.«

Vianne wollte Mrs. Carter gerade erzählen, wie es zu ihrer Anstellung bei Miss Ellie gekommen war, als eine dunkelhaarige Frau zu ihnen trat und Vianne neugierig musterte.

»Wie ich sehe, hat Giorgio wieder eine hübsche Frau dabei«, sagte sie mit maliziösem Lächeln.

»Victoria!« Katherine warf der Dunkelhaarigen einen tadelnden Blick zu und machte die beiden Frauen miteinander bekannt.

Vianne betete, Mrs. Carter möge dieser Victoria nicht erzählen, Vianne sei eine unbekannte kleine Schneiderin, die ihr auf der Überfahrt von Le Havre nach New York ein Abendkleid ausgebessert hatte. Das würde mit Sicherheit die Runde machen, und alle würden wissen, dass sie nicht in diese Gesellschaft passte. Doch Mrs. Carter erwähnte ihre erste Begegnung mit keinem Wort.

»Mercier … Mercier.« Victoria runzelte die Stirn. »Der Name sagt mir nichts. Lebt Ihre Familie hier an der Ostküste?«

Was für eine unangenehme Person. Vianne bemühte sich, ihre Verärgerung zu verbergen. »Meine Familie lebte in Paris und ist im Großen Krieg umgekommen.«

»Ach, dann haben Sie hier gar keine Familie.« Wieder zeigte sie dieses boshafte Lächeln. »Wie erfreulich es dann sein muss, dass Giorgio sich Ihrer angenommen hat.« Ihr Blick drückte Missgunst und Herablassung zugleich aus.

Vianne suchte noch nach einer Antwort, als sich Katherine Carter einschaltete. »Sei nicht so vorhersehbar, Victoria. Gib lieber zu, dass Mademoiselle Merciers Kleid die reine Perfektion ist. Oder siehst du hier irgendwo ein schöneres?«

Darüber ging Victoria geflissentlich hinweg, fragte Vianne jedoch, woher sie das Kleid habe.

»Es ist meine eigene Kreation«, antwortete Vianne und sah sich Hilfe suchend nach Giorgio um, doch der stand inzwischen bei der Gruppe am Flügel.

»Wie darf ich das verstehen?«, fragte Victoria und lachte abfällig. »Haben Sie zu Hause eine Nähmaschine und nähen Ihre Kleider selbst?«

»Victoria, wo sind deine Manieren?« Mrs. Carter wirkte irritiert.

Victoria presste die Lippen aufeinander und schwieg.

Vianne wusste, was Maman über jemanden wie Victoria gesagt hätte. *Diese Frau hat weder Stil noch Klasse.*

»Ich hätte mich besser ausdrücken müssen«, sagte Vianne entgegenkommend. »Ich bin Modeschöpferin und habe dieses Kleid sowohl entworfen als auch geschneidert. Davon abgesehen arbeite ich in Manhattan, im Atelier Chappelle, und entwerfe zurzeit unsere nächste Kollektion. Im April wird sie in Giorgios Restaurant, dem Valentino's, vorgeführt, zu der ich Sie hiermit herzlich einlade.«

Victoria schien es die Sprache verschlagen zu haben.

Katherine Carter fasste Viannes Arm. »Kommen Sie, ich möchte Sie mit meinen Gästen bekannt machen.« Ohne Victoria noch eines Blickes zu würdigen, führte sie Vianne fort.

»Ich habe eine Bitte«, sagte sie. »Ich hoffe, Sie werden sie mir nicht abschlagen.«

Vianne wandte sich dieser schönen und liebenswürdigen Frau zu. »Natürlich nicht. Was kann ich für Sie tun?«

Mrs. Carter drückte ihren Arm. »Ich würde Sie gern im Atelier Chappelle besuchen und mit Ihnen überlegen, wie Sie etwas ganz Besonderes für mich kreieren können. Keine Tageskleidung, sondern etwas in der Art, wie Sie es tragen. Was meinen Sie, würden Sie einer langweiligen New Yorkerin zu einem Hauch französischen Flairs verhelfen? Es soll Ihr Schaden nicht sein.«

»Sie sind mir jederzeit willkommen.« Vianne blieb stehen. »Ich bin froh, dass wir uns wiederbegegnet sind, Mrs. Carter.«

»Ganz meinerseits.« Mrs. Carter hakte sich bei Vianne unter. »Ich werde dafür sorgen, dass alles, was Rang und Namen hat, zu

Ihnen kommt. Zwar hätte ich Sie gern nur für mich, aber so selbstsüchtig darf ich wohl nicht sein.« Sie winkte einen Bediensteten herbei, nahm zwei Gläser Champagner von seinem Tablett und prostete Vianne zu.

Wie auf Wolken schritt Vianne mit ihrer Gastgeberin durch den Saal, hin zu der Gruppe am Flügel, wo Mrs. Carter den Pianisten bat, eine kleine Pause einzulegen.

Dann sagte sie: »Alle bitte mal herhören, ich möchte euch die reizende Dame an meiner Seite vorstellen. Das ist Mademoiselle Mercier, eine grandiose junge Modeschöpferin aus Paris. Das Kleid, das sie trägt, ist ihre eigene Kreation.«

Einige der weiblichen Gäste spendeten spontan Applaus.

»Künftig wird sie mir die Ehre erweisen, für mich zu arbeiten, und mir die Mühe ersparen, meine Kleidung aus Paris kommen zu lassen.« Katherine hob ihr Glas. »Miss Mercier wird in New York Furore machen.«

Vianne errötete vor Freude und blickte zu Giorgio, der ihr lächelnd zunickte und den Daumen reckte.

KAPITEL 16

Eloise
New York, Frühling 1925

Eloise ging die Entwürfe durch, die Vianne auf ihrem Schreibtisch hinterlassen hatte, und war wieder einmal beeindruckt. Ihre junge Nachwuchsdesignerin hatte nicht nur phantastische Kleider für die Modenschau entworfen, sondern auch die Dekorationen für das Valentino's skizziert. Entzückt betrachtete sie die Zeichnungen, die entlang des Laufstegs rote und weiße Pfingstrosen zeigten und auf den Tischen Kristallvasen mit blauen Hyazinthen.

Dennoch spürte sie die Last, die auf ihre Seele drückte, und die Müdigkeit, die nun ihr ständiger Begleiter war. Seit Tagen schlief sie nachts kaum noch, und wenn sie doch endlich zur Ruhe fand, hatte sie schreckliche Alpträume, in denen Lena Davis sie auf Schritt und Tritt verfolgte. Wenn sie sich zu ihr umdrehte, zeigte Lena ihr triumphierend die Kleider, die sie kopiert hatte.

Glücklicherweise war es Vianne bisher nicht aufgefallen, dass eine Kopie des Kleids, das sie für Adriana Conti entworfen hatte, bei Macy's im Schaufenster ausgestellt worden war und wahrscheinlich reißenden Absatz fand.

Hinzu kam, dass Eloise selbst noch immer an Ideenlosigkeit litt.

Sie setzte ihre Brille ab und lehnte sich zurück. Ihr Skizzenbuch war auf dem Stand, auf dem es schon vor Monaten gewesen war. Ohne Vianne wäre sie die Kapitänin eines sinkenden Schiffs.

»Hallo, Eloise.«

Eloise fuhr zusammen. Eddie Winter war gekommen. O Gott, dessen Besuch hatte sie ganz vergessen. Hastig schob sie die Skizzen zusammen. »Eddie, mein Lieber, Sie haben mir nicht zufällig einen starken Kaffee mitgebracht?«

»Leider nein.« Winter ließ sich ihr gegenüber nieder und linste auf die Skizzen.

Eloise drehte sie um. »O nein, meine Entwürfe sind noch geheim.«

»Schade«, sagte er. »Aber dafür habe ich etwas für Sie.«

In seiner Stimme schwang etwas mit, das keine guten Nachrichten verhieß. Eloises Magen verkrampfte sich. »Was?«

Eddie strich über sein Haar. »Ich überlege noch, wie ich es Ihnen beibringen soll.«

Lena, dachte Eloise. Es konnte nur um ihre Konkurrentin gehen.

»Was?«, fragte sie noch einmal.

Er seufzte. »Also gut. Ich wollte es Ihnen sagen, bevor Sie es in der Zeitung lesen müssen: Lena eröffnet eine Niederlassung in Paris.«

Eloise schluckte.

»Ich bin aber nicht gekommen, um Ihre Reaktion zu sehen und darüber zu schreiben.«

»Danke, sehr nett.«

»Lenas Mann finanziert den ganzen Spaß.«

Eloise richtete ihren Blick auf die Zimmerpalme in der Ecke. Überall in ihrem Atelier hatte sie Hanf- und Bambuspalmen aufgestellt. Sie sollten ihren Räumen etwas Exotisches verleihen. Die Idee war ihr in einem Luxushotel gekommen, in dessen Empfangshalle Palmen gestanden hatten. In solchen Hotels stieg Lena Davis vermutlich andauernd ab, wohingegen sie dort höchstens einmal einen Cocktail an der Bar trank.

Sie versuchte, an etwas anderes zu denken. Neid war unter ihrer Würde. Überdies zählte er zu den sieben Todsünden.

»Zurzeit sucht Lena nach einer passenden Immobilie an der Place Vendôme.«

Auch das noch. Eine der ersten Pariser Adressen, mit den teuersten Hotels und Geschäften ringsum. Sie stellte sich vor, wie dort die Entwürfe, die Lena von ihr gestohlen hatte, gefeiert würden. Sie fühlte sich restlos besiegt.

»Sie müssen etwas unternehmen«, sagte Eddie.

Eloise schüttelte den Kopf.

»Sorgen Sie für einen Skandal. Sie wissen, wie sehr die New Yorker Skandale lieben.«

Eloises Miene verhärtete sich. »Das kann ich mir nicht leisten, Eddie, ich habe keinen reichen Ehemann, der mich auffängt, falls der Schuss nach hinten losgeht. Und Lena Davis weiß das. Deshalb kopiert sie meine Entwürfe, ohne die Folgen zu fürchten. Sie hat sich jemanden gesucht, dem die Mittel fehlen, um gerichtlich gegen sie vorzugehen.«

»Sie geben zu früh auf.«

Eloise schnaubte. »Ganz sicher nicht.« Sie schlug mit der Faust auf den Tisch. »Ich könnte Lena erwürgen.«

»Kann ich mir denken.« Eddie zog sein Zigarettenetui hervor und bot ihr eine Zigarette an.

Eloise machte eine abwehrende Handbewegung.

»Ellie«, sagte er. So nannte er sie nur ganz selten. »Wollen Sie das tatsächlich immer weiter hinnehmen? Lena stiehlt Ihre Arbeit. Das müssen Sie sich nicht gefallen lassen.«

Nein, dachte Eloise, das musste sie wirklich nicht. Wegen Lena war sie immerzu wütend und machte sich Sorgen um die Zukunft. Darunter hatte ihre Kreativität gelitten. »Ich komme klar«, sagte sie und wünschte, sie könnte es glauben.

Winter schwieg.

»Ich komme klar«, wiederholte Eloise.

Doch als Winter gegangen war, streifte sie Handschuhe, Hut und Mantel über, um einen Ort aufzusuchen, an dem sie in Ruhe nachdenken konnte.

Sie nahm den Bus hinauf zur 84th Street, Ecke Park Avenue. Dort lag die Church of St. Ignatius Loyola, ein massives Steingebäude, das zu den wenigen Orten zählte, an denen Eloise sich stets sicher und geborgen fühlte.

Sie trat durch das Portal, bekreuzigte sich und nahm auf einer Kirchenbank Platz. Dann senkte sie den Kopf und bat den Herrn um Hilfe, denn aus eigener Kraft wusste sie nicht mehr weiter. Ihr geschäftlicher Erfolg stand auf dem Spiel, sie musste für ihre Mutter sorgen und war auch ihren Angestellten verpflichtet, einschließlich Vianne, die gerade erst begonnen hatte, sich zu entfalten.

Sie dachte an Lena und war kurz davor, sich inmitten ihres Gebets mit Mordgedanken zu versündigen. Mit Mühe lenkte sie ihre Konzentration zurück auf die Zwiesprache mit dem Herrn.

Schließlich hob sie den Kopf und blickte zu dem goldglänzenden Altar, über dem der Sohn Gottes in einem Strahlenkranz zu schweben schien. Sie ließ die Stille auf sich wirken, bis sie von einem Gefühl des Friedens durchdrungen war.

Vielleicht gab es doch noch Hoffnung.

KAPITEL 17

Amelie
Schottland, Frühling 1925

Ein Streifen Sonnenlicht fiel auf das viktorianische Puppenhaus im Kinderzimmer und stimmte Amelie wehmütig. Solche Puppenhäuser hatte ihr Vater in seinem Antiquitätengeschäft verkauft. Hier reihten sich auf dem flachen Dach kleine Holzbuchstaben aneinander und bildeten die Namen »Archie« und »Flora«. Flora war Archies jüngere Schwester, die seit drei Jahren quer durch Europa reiste.

Amelies Blick wanderte zum Waschtisch, dann über den runden Holztisch mit der weißen Decke hin zu dem Stuhl, auf dem ein großer Teddybär saß, den Blick erhaben aus dem Fenster gerichtet, als wäre nicht Archie, sondern er Herr über Carrig.

An den hellen Wänden hingen alte Fotos des Parks von Carrig, und auf dem Kaminsims stand ein winziges Teeservice aus Porzellan, als warte dort ein Kind auf seine Gäste.

Mary hing sehr an ihren Kindern, doch sie hatte Amelie einmal gestanden, dass sie die schönste Zeit mit ihnen verbracht hatte, als sie noch klein waren.

Nun spielte niemand mehr in dem Zimmer, allerdings wurde es nach wie vor regelmäßig gelüftet und geputzt.

Amelie legte eine Hand auf ihren Bauch. Am Vortag hatte sich ihr Verdacht bestätigt, woraufhin sie in der Nacht kein Auge zugetan hatte.

Mutterschaft, das war für sie mit Maman verbunden. Die nicht mehr da war, auch nicht da sein würde, wenn sie selbst Mutter würde. Das war das Erste, was ihr in der Arztpraxis durch den Kopf geschossen war, und sofort waren ihr Tränen in die Augen getreten. Maman würde ihr Enkelkind nie sehen, nie verfolgen können, wie es aufwuchs, nie erfahren, was es gelernt oder angestellt hatte.

Amelie sagte sich, dass sie nun eine neue Familie hatte, und doch wünschte sie, sie könnte wenigstens Jacques und Vianne erzählen, dass sie schwanger war. Nur war das nicht möglich. Wie sollte sie ihnen erklären, dass sie noch lebte, sich jedoch seit Jahren nicht gemeldet hatte. Die Wahrheit konnte sie ihnen nicht sagen, und so musste sie sich mit einer halben Familie und einem halben Leben begnügen. Archie hatte seine Mutter, Schwester, Tanten, Onkel, Cousins und Cousinen. Sie dagegen kam sich vor wie ein exotischer Vogel auf der Stange, um sich herum Gespräche und Geplauder, die nichts mit ihr zu tun hatten.

Sie erinnerte sich, wie sie mit ihren Eltern in Paris verschiedene Märkte besucht hatte – insbesondere der sonntägliche Vogelmarkt hatte es ihr angetan. Fasziniert war sie mit Papa von Käfig zu Käfig gegangen, in denen die buntesten Vögel zu sehen waren – Kanarienvögel, Papageien, Zebrafinken –, und er hatte ihr erklärt, aus welchen Ländern die Vögel stammten.

Gleich darauf fiel ihr der Blumenmarkt ein. Da war sie mit ihrer Mutter gewesen, die Stände mit den grünen Blechwannen voller Blumen sah sie noch ganz genau vor sich. Und stets hatte Maman mit ihr überlegt, welche der Blumen am schönsten in der Wohnung aussähen und welche in den schweren Töpfen im Hof.

All diese Erinnerungen musste sie für sich behalten, erst recht nun, da sie schwanger war. Archie durfte nicht erfahren, wer sie in Wahrheit war; wüsste er es, würde er sie und das, was sie getan hatte, verabscheuen. Er würde sie bitten zu gehen. Sie selbst würde das sicherlich irgendwann verkraften, aber nun wuchs in ihr ein winziges Wesen, und ihr Beschützerinstinkt war geweckt. Sie musste eine McCallum sein und vergessen, dass sie einmal eine junge Pariserin namens Anaïs Mercier gewesen war.

Eine Frau, die den Tod ihrer Mutter auf dem Gewissen hatte.

Amelie verließ das Kinderzimmer und durchquerte den Flur. Vor dem Fenster am anderen Ende war der blaue Himmel zu sehen. Das schöne Wetter war ein kleiner Trost für die anstehende Fahrt nach Inverness, wo sie ihr Kleid für den Maskenball abholen würde. Aber auch der Ball würde vorübergehen.

Sie stieg die Treppe hinunter, nahm den Weg durch die Küche und den Vorraum, wo sie die Köpfe der Labradore kraulte, und betrat die Garage. Dort stand der 10/20 HP von Galloway Motors, das allererste Modell des britischen Automobilherstellers. Archie hatte ihn ihr geschenkt.

Ich habe so viel, dachte sie. Und so viel zu verlieren.

Auf dem Weg nach Inverness fuhr sie durch Wiesen und Felder, hinter denen sich die bewaldeten Hänge der Highlands erhoben.

In der Stadt angekommen, stellte sie ihren Wagen in der High Street ab und lief über den kopfsteingepflasterten Bürgersteig in Richtung der Burg, die mit ihrem zinnenbewehrten Dachfirst über den grauen Steinhäusern der kleinen Stadt thronte.

Ihr Ziel war Mrs. Bay, die Schneiderin, bei der Mary ihre Garderobe anfertigen ließ. Mrs. Bay hatte versprochen, Amelie ein Ballkleid zu nähen, so außergewöhnlich und nicht ihrem üblichen Stil entsprechend, dass sie hoffentlich niemand darin erkennen würde.

Als sie die Schneiderei betrat, bimmelte über der Tür ein Glöckchen. Hinten im Raum teilte sich ein roter Samtvorhang, und Mrs. Bay kam hervor.

Amelie begrüßte sie und erfuhr sogleich, dass ihr Kleid ganz phantastisch geworden sei.

Amelie folgte ihr in einen Raum, der gleichzeitig Schneiderei und Anprobe war.

Wie schön Vianne es hier gefunden hätte, dachte Amelie, während ihr Blick über halb fertige und fertige Kleider, Stoffe, Stoffreste, Kästen mit Knöpfen, Strasssteinen und Perlen aller Art glitt. Die Nähmaschine stand am Fenster, das auf eine schmale Gasse hinausging.

Mrs. Bay brachte das Kleid für den Maskenball.

Es war perfekt.

»Wunderbar«, sagte Amelie. »Einfach großartig.«

Mrs. Bay lächelte zufrieden.

Amelie probierte das Kleid an, drehte sich vor dem Spiegel und spürte ihre Erleichterung. Mrs. Bay hatte recht, in diesem Kleid und einer Maske würde niemand sie erkennen, und Anaïs würde für immer begraben bleiben.

*

Wieder auf der Straße dachte Amelie noch einmal an Vianne, die als kleines Mädchen Nadelkissen gesammelt und diese auf der Fensterbank ihres Zimmers aufgereiht hatte. Sie und Jacques hatten sich darüber lustig gemacht. Welches Kind sammelte schon Nadel-kissen? Doch ihre Mutter hatte sie zurechtgewiesen und ihnen be-fohlen, Vianne in Ruhe zu lassen. Sie hatten Vianne trotzdem wei-ter gehänselt, bis diese ihre Sammlung in ihrem Kleiderschrank versteckt hatte.

»Amelie!«

Amelie zuckte zusammen. Sie hatte sich so sehr in ihren Erinne-rungen verloren, dass sie einen Moment brauchte, um in die Ge-genwart zurückzufinden.

Und dann stand Caitlin vor ihr, lächelnd und mit einem hellen, frühlingshaften Hut auf dem Kopf, der von einem goldenen Band und zarten Stoffblumen geziert wurde.

»Hallo, Caitlin«, sagte Amelie, als sie sich wieder gefangen hatte. »Was für ein hübscher Hut.«

Caitlin hakte sich bei ihr unter. »Ich kann mir schon denken, was du in der großen Tasche versteckt hast. Ich fürchte nur, dass du es mir nicht zeigen wirst.«

Sie zog Amelie mit sich. »Aber warum hast du dir ausgerechnet von Mrs. Bay etwas für den Maskenball nähen lassen? Du als Pari-serin.«

Vor einem Hutgeschäft blieb sie stehen und betrachtete die Aus-lage im Schaufenster: weiche Filzhüte mit eingerollter Krempe, die nach der neuesten Mode hinten kürzer war als vorne, Seidenhüte in allen Farben, und einer mit einer Stoffschleife an der Seite.

»Mrs. Bay hat ihre Sache ganz hervorragend gemacht.« Amelie tat, als interessiere sie sich für einen blauen Turban mit einer riesi-gen roten Seidenschleife daran.

Caitlin zuckte mit den Schultern. »Sie kann ganz gut nähen, aber ihre Kleider passen nach Inverness. Kein Vergleich zu London oder Paris.« Sie sah Amelie an. »Ich warte noch immer darauf, dass du meine Einladung zu einem Wochenende in einer dieser Städte annimmst. Was glaubst du, wie gut wir uns in den Jazzclubs amüsieren würden.« Dass Amelie Paris mied, schien ihr nicht bewusst zu sein.

Sie gingen weiter.

»Es ist alles so aufregend«, fuhr Caitlin fort. »Auch Archies Schwester kehrt zum Maskenball zurück, sicher hat Archie es dir schon erzählt. Mit Flora wird der Ball noch lustiger werden. Weißt du, dass Flora meine älteste Freundin ist? Sie ist wirklich sehr amüsant, ich bin sicher, dass du sie mögen wirst. Letzten Monat habe ich sie in London getroffen. Sie kann es kaum erwarten, dich kennenzulernen.«

Amelie dachte besorgt an die Begegnung mit der ihr unbekannten Schwägerin, die, als sie Archie geheiratet hatte, mit Freunden auf einem Segeltörn im Mittelmeer gewesen war. Flora habe eine sehr starke Persönlichkeit, hatte Archie gesagt, und Amelie wusste nicht recht, was das bedeuten sollte.

Bei ihrem Auto angekommen, fragte sie Caitlin, ob sie sie mitnehmen solle. Tatsächlich wünschte sie sich nichts sehnlicher, als allein zu sein, keine Fragen beantworten zu müssen und nichts zu sehen außer dem Ginster am Straßenrand, den hohen Bergen und den Vögeln am Himmel.

Caitlin schüttelte den Kopf. »Ich bin mit meiner Mutter hier. Wir wollten einen Einkaufsbummel machen, doch dann hat sie eine Freundin getroffen und ist mit ihr Tee trinken gegangen.« Sie warf einen Blick auf ihre Uhr. »Ich muss los und sie abholen. Aber es war schön, dich zu sehen und ein wenig mit dir zu plaudern.«

Plötzlich verspürte Amelie eine tiefe Zuneigung für ihre Nachbarin, die stets so liebenswürdig zu ihr war. »Auf Wiedersehen, Caitlin«, sagte sie und wünschte, sie könnte ein ganz normales Leben führen, hätte ein reines Gewissen und zudem eine Mutter, mit der sie Tee trinken und einkaufen gehen könnte.

Caitlin drückte ihren Arm. »Fast hätte ich es vergessen, ich wollte dich noch um einen Gefallen bitten.«

»Welchen denn?«

»Ich weiß, dass Flora bei euch wohnen wird, das ist ja auch selbstverständlich, aber es gibt einen Gast, für den ich noch eine Unterkunft suche.« Caitlin schnitt eine Grimasse. »Annabels Freunde wollen alle bei uns übernachten, was bedeutet, dass unser Haus brechend voll sein wird. Und nun gibt es noch jemanden, für den wir ein Zimmer brauchen. Dummerweise ist mir gerade der Name entfallen. Könntest du vielleicht einspringen?«

Amelie umklammerte den Griff ihrer Tasche. In ihrem Kleid und unter ihrer Maske würde sie auf dem Maskenball niemand erkennen, aber ein Gast, der das Wochenende bei ihnen verbrachte, würde sie ohne Verkleidung sehen. »Weißt du zufällig, ob dieser Gast Franzose ist?«, fragte sie so beiläufig wie möglich.

Caitlin legte den Kopf schief und überlegte. »Nicht einmal das kann ich dir beantworten. Ich bin aber sicher, dass er oder sie keine Probleme machen wird. Was meinst du, wirst du diesen Gast aufnehmen können?«

Amelie wich Caitlins Blick aus, schaute lieber auf die Turmuhr am Ende der Straße und beobachtete, wie der große Zeiger ein Stück vorrückte. »Ja, natürlich.« Es war unmöglich, Caitlins Bitte ohne triftigen Grund auszuschlagen. »Ich werde eines der Gästezimmer vorbereiten lassen. Sag mir, wann dieser Gast ankommt, damit Archie oder ich dann zu Hause sind.«

Caitlin wirkte verwundert, und Amelie wünschte, sie hätte nicht so kleinlich geklungen. Weder sie noch Archie würden den Gast in Empfang nehmen müssen, sie hatten genügend Personal.

»Wird gemacht«, sagte Caitlin. »Ich werde den Gast selbst zu euch bringen.« Sie lachte. »Wenn Flora bei euch wohnt, wirst du einen anderen Menschen kaum bemerken.« Sie drückte Amelie einen Kuss auf die Wange, winkte zum Abschied und lief über die High Street zurück.

Amelie öffnete die Tür ihres Wagens und ließ sich auf den Fahrersitz sinken.

Auf dem Heimweg schwirrte ihr der Kopf. Sie dachte an den Fremden, der in ihrem Haus unterkommen würde und vielleicht aus Frankreich war, fragte sich beklommen, ob sie mit Flora auskommen würde. Archies Mutter war eine warmherzige, einfühlsame Frau, aber nach dem, was sie über Flora gehört hatte, war Archies Schwester weder das eine noch das andere.

Sie konnte nur hoffen, dass Flora nicht zu den Menschen zählte, die eine Fassade durchschauen konnten.

KAPITEL 18

Vianne
New York, Frühling 1925

Vianne nahm sich ein Stück der köstlichen Pekannuss-Schokoladentarte, die Miss Ellies Mutter gebracht hatte. Sogar hübsche Kuchenteller in Pink und Grün hatte sie in ihrem Korb dabeigehabt.

In den vergangenen Wochen, als die Vorbereitungen für die Modenschau sie alle von morgens bis abends beansprucht hatten, war Pepper des Öfteren mit Leckereien erschienen, mit Meringues und Torten aller Art. Je nach Wetterlage hatte sie dazu in der Küche des Ateliers heiße Schokolade oder Eistee bereitet.

Vianne ließ sich die Schokolade ihres Kuchenstücks auf der Zunge zergehen. Gepaart mit dem nussigen Geschmack wirkte das Ganze so wohltuend wie ein warmes Dessert an einem kalten Wintertag.

Heute jedoch tauchte die Frühlingssonne die Schneiderei in helles, warmes Licht. Lucia saß über ein Schnittmuster gebeugt, Mollie nähte einen blassgelben Seidenrock, Goldie die dazu passende Jacke. Später würden Adeline und Vianne beide Teile an Kragen und Saum mit weißen Perlen verzieren, die während der Modenschau im Licht schimmern würden.

Pepper war an ein raffiniert geschnittenes grünes Chiffonkleid mit asymmetrischem Saum herangetreten, das schon fertig auf einem Bügel hing. Auf dem Rock sah man einen Pfau aus Pailletten, schwarze für das Gefieder und goldfarbene für die Umrandung. Auch der Ausschnitt war mit goldenen Pailletten eingefasst.

»Ich weiß, dass meine Kuchen nicht schlecht sind«, sagte sie, »aber mit euren einfallsreichen Kreationen können sie nicht mithalten. Ich wünschte, ihr würdet die Kleider nicht verkaufen.« Sie drehte sich um und seufzte. »Leider müsste ich vierzig Jahre jünger sein, um in diesem grünen Kleid in einem Jazzclub zu tanzen.« Sie hob die Hände und ließ sie in der Luft flattern. »Dabei wäre ich ein umwerfender Flapper gewesen, meint ihr nicht auch?«

Miss Ellie, die ebenfalls an einem Kleid arbeitete, verdrehte amüsiert die Augen. Auch der Stoff dieses Kleids war hellgelb und mit goldenen und schwarzen Perlen bestickt. Auf dem Oberteil zeigten winzige goldene Perlenpfeile von beiden Seiten zur Mitte, auf der Rockmitte ergaben schwarze Perlen ein aufwendiges Blumenmotiv.

»Ich stelle mir gerade vor, was die feinen Damen in Texas zu dir als Flapper gesagt hätten. Du wärst nirgendwo mehr eingeladen worden.« Miss Ellie bedachte ihre Mutter mit einem nachsichtigen Lächeln.

Vianne wünschte, Miss Ellie würde wieder öfter lächeln. Es löste die angespannte Atmosphäre, die seit einer Weile im Atelier zu spüren war. Sie überlegte, wann sie Miss Ellie zum letzten Mal hatte lachen hören, doch es fiel ihr nicht ein.

»Mach die feinen texanischen Frauen nicht schlechter, als sie waren«, erwiderte Miss Ellie. »Die meisten von ihnen haben ihr ganzes Leben auf einer Ranch verbracht. Was glaubst du, wie gern sie in einem Club Charleston und Foxtrott getanzt hätten, wenn es diese Tänze in ihrer Jugend gegeben hätte.«

Vianne schluckte den letzten Bissen Kuchen hinunter. »Hätten Sie denn Lust, einmal mit uns in einen Jazzclub zu gehen?«

Adeline zog die Brauen zusammen.

»Das wäre doch schön«, fuhr Vianne fort. »Sie haben uns mit Ihren wundervollen Kuchen verwöhnt, und wir arbeiten tagein, tagaus. Vielleicht haben wir uns alle eine kleine Abwechslung verdient.«

»Ach, auf einmal?« Lucia stemmte die Hände in die Seiten und mimte die Empörte. »Seit Wochen lege ich euch nahe, dass wir abends einmal ausgehen, aber dann sagst du, vor der Modenschau setzt du keinen Fuß vor die Tür. Warum geht das bei Pepper, bei mir aber nicht?«

Vianne zuckte mit den Schultern. »Miss Ellies Mutter wäre gern einmal Flapper. Also gehen wir mit ihr tanzen. Ich bin sicher, auf der Tanzfläche stellt sie uns alle in den Schatten.«

Pepper schnippte mit den Fingern und drehte ihre Knie hin und her, schneller und schneller, bis ihre kastanienroten Locken flogen und ihre Augen wie die eines Mädchens funkelten. »Sag du was dazu, Ellie. Ich würde so einen Club wirklich gern mal von innen sehen.«

Vianne blickte zu ihrer Chefin.

»Offenbar bin ich hier die Einzige, die weiß, was sich gehört«, sagte Miss Ellie. »Und was nicht.«

Ihre Mutter schnaubte.

»Aber ich kenne meine Mutter. Wenn sie sich etwas in den Kopf gesetzt hat, ist jeder Widerstand zwecklos. Also gehen wir tanzen. Die Frage ist nur, wann.«

Sie macht mit, aber sie wirkt nicht froh, dachte Vianne. Wieder sorgte sie sich um ihre Chefin, die in den vergangenen Wochen immer stiller geworden war. Vielleicht würde ihr ein Tanzabend guttun. Dennoch hätte sie gern gewusst, was Miss Ellie bedrückte. Ihr Geschäft florierte, daran konnte es nicht liegen. Oder störte es sie vielleicht, dass nicht sie, sondern Vianne diejenige war, die den Großteil der neuen Kundinnen akquiriert hatte. Nahm sie ihr diesen Erfolg übel und fühlte sich an den Rand gedrängt?

»Ich finde, es ist eine großartige Idee«, sagte Adeline und sah Miss Ellie Beifall heischend an.

»Das Central Park Casino! Ich glaube, dieser Club wäre für Pepper genau der richtige«, schlug Lucia vor.

»Da ist es teuer«, sagte Mollie. »Den Eintritt kann ich mir nicht leisten.«

»Mach dir deswegen keine Gedanken«, sagte Miss Ellie. »Ich lade euch ein.

Pepper lachte. »Und ich verstecke eine Flasche Whiskey in meiner Handtasche. Niemand wird eine alte Frau wie mich kontrollieren.« Sie klatschte in die Hände. »Warum noch lange herumfackeln? Warum machen wir uns nicht schon heute Abend schick und ziehen los?«

Die Frauen warfen Miss Ellie unsichere Blicke zu.

»Oder hat jemand was dagegen?«

»Niemand würde es wagen, dagegen zu sein.« Miss Ellie seufzte. »Ich bestelle uns einen Tisch für elf Uhr.«

»Und wir werfen uns in Schale«, sagte Vianne. »Und treffen uns vor dem Eingang des Clubs.«

Miss Ellie stand auf und ging kopfschüttelnd aus dem Raum.

Lucia grinste und trat an das Grammophon. Kurz darauf erfüllte der Sound eines schmissigen Dixies die Schneiderei.

*

Um elf Uhr abends standen sie alle aufgeregt vor dem berühmten Club an der 72nd Street. Jede war todschick gekleidet. Pepper trug ein Cape aus mitternachtsblauem Samt mit einem Schalkragen aus Seide, der ihren Hals umschmeichelte und mit hellen, glänzenden Perlen besetzt war.

Das weitläufige, flache Clubgebäude war einst als Restaurant für unbegleitete weibliche Besucher des Central Park eröffnet worden und galt nun als einer der mondänsten Clubs für die Schönen und Reichen von Manhattan.

»Vor dem Großen Krieg war ich hier häufig zum Dinner eingeladen«, verkündete Pepper so laut, dass es alle Umstehenden hören konnten. »Von eleganten und betuchten Galanen. Und jeder hoffte, mein Liebhaber zu werden.« Sie ließ ihren Blick über die Fassade wandern. »Wenn ich mir vorstelle, dass das Casino einmal zum Schutz von unbegleiteten Frauen errichtet wurde.« Sie schüttelte den Kopf. »Wie sich die Zeiten ändern.«

»Und natürlich hast du von diesen Galanen niemanden erhört«, sagte Miss Ellie.

»So ist es. Ich habe in meinem Leben nur einen Mann geliebt, und das war dein Vater.«

»Wie romantisch«, sagte Adeline spöttisch.

Vianne wandte sich zu ihr um. »Glaubst du nicht an die große Liebe?«

Adeline zuckte mit den Schultern und wandte sich ab.

Vianne zog ihren Mantel enger um sich. Darunter trug sie ein ärmelloses Kleid, und sie spürte die kühle Luft des späten Abends.

Während sie mit den anderen darauf wartete, eingelassen zu werden, wanderten ihre Gedanken zu der Party im Haus von Katherine Carter. Wie schnell sie aus Giorgios Auto gestürzt war, als er sie zurückgebracht hatte. Er musste sie für irrsinnig halten. Oder zumindest für unhöflich. Sie wünschte, sie würde sich nicht so stark zu ihm hingezogen fühlen, sich nicht so oft ausmalen, wie schön es wäre, mit ihm zusammen zu sein, wie glücklich es sie machen würde. Nicht nur für eine kurze Liebelei, sondern für etwas viel Tieferes und Dauerhafteres.

Am nächsten Tag hatte er ihr Blumen geschickt. Sie hatte die Karte eingesteckt und die Blumen Lucia geschenkt, hatte behauptet, sie wären der Dankesgruß einer Kundin. Seitdem hatte sie Giorgio nicht mehr gesehen.

»Damals hat ein Steak hier fünfundsiebzig Cent gekostet«, hörte sie Pepper sagen.

Vianne konzentrierte sich wieder auf ihre Begleiterinnen.

Goldie und Mollie starrten die anderen Wartenden an, musterten die Kleider, die unter den Mänteln oder Capes der Frauen hervorblitzten.

Dann ging ein Raunen durch die Menge. »Ich glaube, ich sehe nicht recht«, murmelte Miss Ellie. »Da kommt wahrhaftig Jimmy Walker.«

Vianne drehte sich um und erkannte den Mann, der auf Giorgios Eröffnungsfeier und im Cotton Club dabei gewesen war. Giorgio war sicher gewesen, dass er der nächste Bürgermeister von New

York werden würde. Bis dahin schien er es sich nachts in den Clubs gut gehen zu lassen.

Die Menge teilte sich, um ihm Platz zu machen. Walker grüßte nach allen Seiten, bis sein Blick auf Vianne fiel. Er kam auf sie zu, führte ihre Hand an seine Lippen und sagte: »Freut mich, Sie wiederzusehen. Leider geschieht es nicht alle Tage, dass Ihre Schönheit eines der Etablissements in meiner geliebten Heimatstadt ziert.«

Vianne lächelte freundlich. Walker war ein gut aussehender Mann, mit fein gemeißelten Wangenknochen und unternehmungslustig funkelnden Augen. Warum war sie nicht imstande, sich auf einen kleinen Flirt mit ihm einzulassen, so wie es andere junge Frauen an ihrer Stelle getan hätten?

Die Antwort lautete, dass sie einen Ruf zu wahren hatte und sehr viel für jemanden empfinden müsste, um gegen Miss Ellies Regeln zu verstoßen. Es müssten Gefühle sein wie die, die ihre Eltern über viele Jahre hinweg verbunden hatten.

»Danke für das Kompliment, Mr. Walker, auch wenn ich sicher bin, dass Sie übertreiben. In New York finden Sie überall hübsche Frauen.«

Walker lachte. »An Ihnen ist eine Diplomatin verloren gegangen. Sie sollten in die Politik gehen.«

Vianne schüttelte den Kopf. »Ich habe andere Pläne.«

Walker zupfte seine Manschetten zurecht und bot ihr seinen Arm an. »Kommen Sie mit, meine Schöne, Sie müssen sich hier nicht die Beine in den Bauch stehen.«

Zögernd nahm Vianne seinen Arm und musste lachen, als Pepper sich auf der anderen Seite bei ihm unterhakte und sagte:

»Wir anderen Hübschen kommen ebenfalls mit, wenn Sie nichts dagegen haben.«

Und Walker, ganz der Politiker, lächelte einnehmend und sagte: »Nichts anderes hätte ich erwartet.«

Im Club wurde ihnen der Weg zu ihrem Tisch gewiesen. Walker verabschiedete sich mit einem Handkuss von Vianne, wünschte allen noch einen angenehmen Abend, und dann war er fort.

Vianne blickte sich um. Alle Tische waren besetzt, und die Tanzfläche war voller Paare. Goldie und Mollie vertieften sich in die Getränkekarte und raunten einander mit weit aufgerissenen Augen die Preise zu. Lucia lächelte zufrieden. »Den Club habe ich gut gewählt, oder?«

Vianne lauschte der Jazzband und der weichen Stimme der Sängerin. »We'll Have Manhattan« lautete der Titel des Songs, den man zurzeit überall hörte. Darin ging es um ein New Yorker Liebespaar, das zu arm war, um zu verreisen, und stattdessen die Vorzüge seiner Heimatstadt besang.

Und schon kreisten Viannes Gedanken wieder um Giorgio Conti. Sie überließ sich Träumereien, in denen Miss Ellies Regeln nicht existierten und Frauen einen Beruf und ein Liebesleben gleichermaßen haben konnten. Sie malte sich ein eigenes Atelier aus, das sie ebenso selbstverständlich führen würde wie Giorgio das Valentino's. Warum sollte sie als Frau nicht die gleichen Rechte besitzen wie ein Mann? Machte Miss Ellie nicht allen Frauen vor, dass so etwas möglich war?

Vianne seufzte. Sogar die lebenslustigen Flapper, die sich in jungen Jahren in Jazzclubs amüsierten, schienen, sobald sie verheiratet waren, der Tradition zu gehorchen, indem sie Kinder bekamen und die Hausarbeit erledigten.

»Vianne!«

Sie fuhr herum.

Lucia hatte sie angetippt. »Hör auf zu träumen«, sagte sie. »Wir wollen tanzen.« Sie deutete auf die Tanzfläche, wo Pepper mit einem Mann, der höchstens halb so alt war wie sie, perfekt den Texas Tommy tanzte. Auch die anderen Frauen waren schon auf der Tanzfläche, doch Pepper stahl allen die Schau.

»Den Tanz kann ich nicht«, sagte Vianne.

»Ich zeige ihn dir.« Lucia zog sie mit sich aufs Parkett. »Wir werden die ganze Nacht durchtanzen und alles, was mit Nähen zu tun hat, vergessen.«

*

Gegen zwei Uhr morgens kehrten die Frauen nach einer letzten brasilianischen Samba erschöpft an ihren Tisch zurück. Nur Pepper war noch auf der Tanzfläche.

»Gut, dass wir keine Korsetts mehr tragen müssen«, sagte Goldie und fächelte sich mit der Hand Luft zu. Sie nickte zu Pepper hinüber. »Wie macht sie das bloß? Sie tanzt wie eine Zwanzigjährige. Dabei ist sie im letzten Jahrhundert zur Welt gekommen.«

Lucia wandte sich Vianne zu. »Ich bin so froh, dass du dir heute Nacht eine Pause von der Arbeit gegönnt hast.«

Vianne spürte ihre erhitzten Wangen und war froh, dass sie beim Tanzen endlich wieder einen freien Kopf bekommen hatte. All ihre Sorgen wegen der zahllosen Dinge, die für die Modenschau noch getan werden mussten, waren verflogen.

Nun kam auch Adeline, vom Tanzen ganz außer Atem, und ließ sich an Viannes Seite nieder.

»Hat dir der Abend gefallen?«, fragte Vianne.

Sie wollte versuchen, mit Adeline auszukommen. Sie hatten eigentlich vieles gemeinsam, wie dass sie beide hart arbeiteten und zum Perfektionismus neigten. Und schließlich würden sie noch für lange Zeit zusammenarbeiten müssen.

»*Mir* hat der Abend gefallen«, erwiderte Adeline spitz. »*Du* hast dir sicher gewünscht, ein gewisser Herr wäre dabei gewesen.«

Vianne beschloss, den Moment zu nutzen, um reinen Tisch zu machen. Goldie, Mollie und Lucia waren abgelenkt, sie redeten über die Männer, mit denen sie getanzt hatten. Und Miss Ellie versuchte, ihre Mutter von der Tanzfläche zu lotsen.

»Adeline«, sagte sie, »ich glaube, jener Abend im Cotton Club hat zu einem Missverständnis geführt.« Sie erinnerte sich an die Worte ihrer Mutter, nach denen Lüge und Wahrheit mitunter dicht beieinanderlagen. »Ich würde meine Karriere bei Miss Ellie nie wegen eines Mannes aufs Spiel setzen. Meine Arbeit bedeutet mir alles. Das müsstest du in den letzten Monaten eigentlich erkannt haben.«

Adelines Gesichtsausdruck spiegelte eine ganze Reihe Gefühle wider, keines davon positiv. Sie blickte zu Boden und sagte nichts.

Vianne wartete.

Schließlich sagte Adeline: »Du bist aus Paris gekommen und hast sofort Privilegien erhalten, die wir anderen nie hatten. Und dann setzt du dich über Miss Ellies Vorschriften hinweg und tanzt Wange an Wange mit dem Sohn einer Kundin. Was meinst du, wie wir das fanden?«

Vianne schluckte. »In dem Fall entschuldige ich mich. So hatte ich das nicht gesehen.«

Adeline stand auf. »Bisher habe ich dich noch nicht verraten, aber ich weiß über alles Bescheid.« Sie griff nach ihrer Handtasche. »Oder dachtest du, die Party auf Long Island, die du mit Giorgio Conti besucht hast, wäre geheim geblieben? Ich habe Miss Ellie nichts davon gesagt, es würde ihr das Herz brechen, wenn sie es erführe. Ihr Atelier ist ihr Leben, nicht nur ein Geschäft.« Mit diesen vernichtenden Worten ging Adeline davon.

*

In den wenigen Stunden, bevor der Wecker schrillte, wälzte Vianne sich schlaflos im Bett hin und her. Ein ums andere Mal fragte sie sich, ob Adeline recht hatte. Hatte sie Privilegien erhalten, nur weil sie aus Paris gekommen war? Und wusste vielleicht auch Miss Ellie schon, dass sie mit Giorgio auf Long Island gewesen war? Dass sie dort mit Menschen verkehrt hatte, die einer anderen gesellschaftlichen Schicht angehörten als der ihren? Bisher hatte Miss Ellie nie wissen wollen, woher die neuen Kundinnen kamen, die nach Vianne fragten. Katherine Carter hatte sich von Vianne hinsichtlich ihrer Sommergarderobe beraten lassen und würde vermutlich eine ganze Reihe Kleider in Auftrag geben. Sie hatte von Freundinnen gesprochen, die an Viannes Kreationen interessiert seien. Schwieg Miss Ellie, weil diese Kontakte ihrem Atelier zugutekamen?

Galt sie, Vianne, bereits als Zugpferd für Miss Ellie, oder war sie doch nur die einfache Schneiderin und würde es auch bleiben? Ihr Vater hatte bei gesellschaftlichen Anlässen Kunden gewonnen, und niemand hatte auf ihn herabgesehen. Stattdessen war er überall ein willkommener Gast gewesen. Sie wünschte, so würde es eines Tages auch für sie sein.

Vianne beschloss, vor Arbeitsbeginn zu ihrer Lieblingspatisserie »Madeleine's« zu gehen, einer französischen Konditorei, die sie an Paris erinnerte. Auf dem Weg dorthin dachte sie darüber nach, dass die moderne Welt ja ständig in Bewegung war. Konnte es nicht sein, dass sich die Regeln für berufstätige Frauen bald ändern würden? Dass gesellschaftliche Unterschiede an Bedeutung verloren? Katherine Carter hatte jedenfalls nichts gegen Viannes Anwesenheit auf ihrer Party gehabt.

Als sie in die Konditorei trat, empfing sie der wundervolle Geruch nach frischem Gebäck – Mandel-Croissants, mit dunkler Schokolade gefülltes *pain au chocolat,* süße Brötchen mit Sultaninen- oder Cremefüllung, Brioches, so weich und buttrig wie die in Paris.

»*Bonjour,* Madeleine«, begrüßte sie die Besitzerin, eine Französin, die schon seit Jahren in New York lebte.

Madeleines Augen leuchteten auf. »*Bonjour,* Vianne. *Ça va?*«

»*Merci, ça va bien.*« Vianne orderte Croissants, *pains au chocolat* und eine große Quiche.

Madeleine suchte besonders schöne Gebäckstücke aus, verpackte sie in den pinkfarbenen Kartons der Konditorei und steckte sie in eine pinkfarbene Tüte, deren Griff sie mit einer gleichfarbigen Schleife schloss.

Vianne trug ihre Schätze zurück zum Atelier. Es war zwar Samstag – ein Tag, an dem Miss Ellie ihnen normalerweise freigab –, doch alle hatten sich bereit erklärt, auch an diesem Tag für die Modenschau zu arbeiten.

Sie hatten bereits eine phantastische Kollektion zusammengestellt: Sportfaltenröcke und dazu passende Überblusen; Kostüme für den Tag, in den neuen Modefarben Graublau, Cremefarben und Weiß; Reitkostüme, Bade- und Strandbekleidung, sogar seidene Unterwäsche. Letztere würde ausschließlich weiblichen Gästen in einem separaten Raum des Valentino's vorgeführt werden. Aber der Höhepunkt würden die Abendkleider und das von Vianne entworfene Brautkleid sein.

In der Schneiderei war bereits die ganze Mannschaft versammelt. Goldie und Mollie hatten die Köpfe zusammengesteckt, Adeline schien auf ihre Arbeit konzentriert. Lucia tat beim Anblick der pinkfarbenen Tüten des Madeleine's, als würde sie in Ohnmacht fallen. »Jeder weiß, dass ich italienisches Essen liebe«, sagte sie, »aber nichts geht über französisches Gebäck mit Schokoladenfüllung zum Frühstück.«

»*Pain au chocolat*«, sagte Vianne und betrat die winzige Küche. »Extra für dich.«

»Und schon ist der Tag gerettet«, erklärte Lucia.

Vianne kochte Kaffee und für Lucia, die Naschkatze, heiße Schokolade.

Sie setzten sich in den kleinen Pausenraum und fielen über die Leckereien her.

Dann räusperte sich Mollie. »Sind wir so weit?« Sie blickte Goldie, Lucia und Adeline der Reihe nach an.

Adeline zuckte die Achseln.

»Fang an, Goldie«, sagte Lucia kauend.

»Warum tut ihr so geheimnisvoll?«, fragte Vianne.

»Weil wir eine Überraschung für dich haben«, erwiderte Mollie mit glänzenden Augen. »Los, Goldie.«

Goldies Wangen färbten sich rosig. Sie stellte ihren Teller ab, ging in die Schneiderei und kehrte mit einem Kleidersack über dem Arm zurück.

Vianne betrachtete die Kollegin, die verlegen vor ihr stand. »Goldie«, sagte sie, »hast du etwas für die Modenschau gemacht?«

»Vielleicht.« Goldies Gesichtsfarbe vertiefte sich noch, sogar die Ohren leuchteten nun rot durch ihr hellblondes Haar. Dann öffnete sie den Kleidersack und holte ein cremefarbenes Kleid aus Chiffon und Spitze heraus.

»Oh, wie schön«, flüsterte Vianne und stand auf. »Darf ich das einmal anfassen?«

Goldie nickte und hielt das Kleid hoch.

Vianne berührte den zarten Stoff und begutachtete das Kleid von allen Seiten. Der Rock war asymmetrisch geschnitten, so wie es modern war, auf das Oberteil hatte Goldie mit goldfarbenem Garn orientalisch anmutende Blüten gestickt, auch der Verlauf des Saums war reich mit goldener Stickerei verziert. »Wie das Kleid bei jeder Bewegung schimmern wird«, murmelte Vianne und drehte sich zu Goldie um. »Du weißt ja, wie sehr ich das Spiel mit Lichteffekten mag.«

»Ich bin froh, dass es dir gefällt«, sagte Goldie scheu.

»Gefällt?«, sagte Vianne. »Ich liebe dieses Kleid. Hast du es allein entworfen?«

»Ganz allein«, antwortete Lucia an Goldies Stelle. »Es war ihre Idee, und sie hat alles allein gemacht. Von A bis Z.«

»Das müssen wir Miss Ellie erzählen«, sagte Vianne.

Goldie schüttelte den Kopf. »Bitte nicht, Vianne. Die Arbeit hat mich ausgelaugt. Künftig möchte ich wieder nur nähen.«

»Hm«, machte Vianne. »Mal sehen.«

»Goldie, sag es ihr«, kam es von Lucia.

»Habt ihr noch mehr Überraschungen?«, fragte Vianne.

Goldie wirkte noch immer befangen. »Also … es ist … wir dachten … also, dieses Kleid soll für dich sein, wenn du möchtest. Um es bei der Modenschau zu tragen. Es ist als Dank dafür gedacht, dass du seit deiner Ankunft so viel für dieses Atelier getan hast.«

Vianne schossen Tränen in die Augen. Sie hatte viel getan, das stimmte, aber sie hatte von ihren Kolleginnen auch viel verlangt. Mehr, als sie gewohnt waren. Im Grunde hatte sie Miss Ellies Rolle übernommen, denn diese wirkte nach wie vor unkonzentriert und abgelenkt. Und die Frauen hatten mitgemacht, hatten hart gearbeitet und sich kein einziges Mal beschwert.

»Ich weiß nicht, was ich sagen soll.« Vianne wurde die Kehle eng. »Nicht nur das Nähen, auch die Stickarbeit muss doch sehr viel Zeit in Anspruch genommen haben.«

Wieder zuckte Adeline mit den Schultern.

Vianne vertiefte sich noch einmal in den Anblick des Kleides. »Unglaublich. Lucia hat den Stoff so geschnitten, dass er schräg nach unten und doch ganz glatt fällt.« Sie schaute auf. »Ich weiß nicht, wie ich euch danken soll. Ihr seid wirklich einsame Spitze!«

»Das bist du auch«, entgegnete Lucia. »Mit dir ist neuer Glanz in unser Atelier gekommen. Weißt du, keine von uns hätte früher geglaubt, eine Modenschau zusammenstellen zu können, die in einem Restaurant wie dem Valentino's stattfindet, mit erlesenen Gästen und Presse. Ich bin in ganz einfachen Verhältnissen groß geworden und immer davon ausgegangen, dass ich irgendwo im Hintergrund Sklavenarbeit leisten würde, ohne von jemandem gesehen, geschweige denn wertgeschätzt zu werden. Und nun habe ich es dir zu verdanken, dass ich für eine Modenschau Kleider fertige, die in Modezeitschriften erwähnt oder sogar abgebildet werden.«

Vianne traf auf Adelines Blick und bemühte sich, freundlich zu lächeln.

Adeline sah fort, ihre Miene war undurchdringlich.

Vianne hielt ihren Blick dennoch auf sie gerichtet. »Ich finde es auch schön, dass wir den Erfolg unserer Arbeit sehen. Wir haben ihn verdient, und ich hoffe, dass es so bleiben wird. Ganz gleich, welche Rolle wir bei der Arbeit spielen, jede Kundin soll wissen, wer wir sind und was wir beitragen.«

»Klingt utopisch«, meinte Lucia und hob ihre Tasse. »Aber ich trinke darauf.«

»Falls es wahr wird, werden wir das Vianne zu verdanken haben«, sagte Mollie.

Adeline wirkte wieder mürrisch.

»Goldie und ich haben früher unten im Garment District in einer Textilfabrik geschuftet«, sprach Mollie weiter. »Als Miss Ellie uns eingestellt hat, dachten wir, wir wären im Paradies gelandet. Wir haben uns für Glückspilze gehalten. Waren wir auch. Doch du, Vianne, hast uns eine Welt eröffnet, die wir ohne dich niemals kennengelernt hätten. Und nun dürfen wir einem großen Publikum zeigen, was wir können.«

»Wir Frauen müssen mutiger werden. Anfangen, uns mehr zuzutrauen«, sagte Vianne. »Die Zeiten haben sich geändert, und uns stehen Möglichkeiten offen, die man uns früher nicht zugestanden hat.«

»Was ist mit dem Kleid?« Goldie sah Vianne unsicher an. »Wirst du es bei der Modenschau tragen?«

Vianne lachte. »Natürlich trage ich dieses einzigartige Kleid. Und ich werde jedem verkünden, wer es entworfen und angefertigt hat.«

Alle Frauen – außer Adeline – nickten beifällig.

»Ich habe lange nicht zu hoffen gewagt, dass es mir eines Tages wirklich gelingt, in der Modebranche zu arbeiten«, fuhr Vianne fort. »Als Mädchen wollte ich Modistin werden. Dann Schneiderin. Aber selbst in meinen kühnsten Träumen hätte ich nicht gedacht, dass ich so früh schon Kleider für eine Modenschau entwerfen dürfte. Und das in New York, an der Seite talentierter Kolleginnen.«

Wieder hob Lucia ihre Tasse. »Auf uns! Und darauf, dass die Modenschau alle umhaut.«

»Auf die Modenschau!« Die Frauen stießen miteinander an. Nur Adeline machte nicht mit.

»Noch etwas«, sagte Vianne. »Ihr sollt wissen, dass ich mich bei euch zum ersten Mal seit langer Zeit so fühle, als hätte ich ein Zuhause.«

*

Als die Frauen am späten Nachmittag anfingen zu gähnen, schlug Vianne vor, die Arbeit zu beenden und sich das restliche Wochenende über auszuruhen.

Sie selbst beschloss, einen Spaziergang durch den Central Park zu machen, und streifte ihren Mantel über. Beim Verlassen des Ateliers fiel ihr Blick auf eine junge Frau, die gegenüber in einem Hauseingang kauerte, das Gesicht in den Händen vergraben. Vianne sah noch einmal hin und stellte fest, dass es Adeline war.

Sie rannte über die Straße, wich Autos aus, bis sie vor Adeline stand und ihre Schulter berühren konnte. »Adeline«, sagte sie, »was hast du?«

Adeline hob den Kopf. Sie war kreideweiß und ihre Wangen waren tränennass.

Vianne fasste ihren Arm und half ihr hoch. Sie dachte, Adeline sei vielleicht gestürzt, und suchte nach Verletzungen, doch da war nichts.

»Lass mich«, sagte Adeline und streifte Viannes Arm ab. »Verschwinde einfach.«

Vianne schüttelte den Kopf. »Nein, wir gehen in meine Wohnung. Und dort sagst du mir, was mit dir ist.«

Adeline begann am ganzen Körper zu zittern, doch als Vianne sie über die Straße führte, wehrte sie sich nicht.

Lucia war nach der Arbeit zu ihrer Familie in Greenwich Village gefahren, und dafür war Vianne dankbar. Ein Gefühl sagte ihr, es sei besser, wenn nur sie mit Adeline sprach.

Sie setzte Adeline ins Wohnzimmer und ging in die Küche, um Kaffee zu kochen. Als sie zurückkehrte, stand Adeline am Fenster und blickte auf die Straße hinunter.

Vianne schenkte Kaffee ein und schwieg, bis Adeline sich vom Fenster abwandte und sich wieder auf dem Sofa niederließ. Doch sie sagte nichts, und Vianne wusste nicht, wie sie das Schweigen durchbrechen sollte. Eine Zeit lang war nur der Straßenverkehr zu hören.

»Du musst nicht reden«, sagte Vianne schließlich. »Es sei denn, du möchtest es. Und dann höre ich dir zu. Du kannst mir vertrauen, Adeline, und mir sagen, wie ich dir helfen kann.«

Adeline fing an zu weinen, und als sie nach ihrer Tasse griff, zitterte ihre Hand noch immer.

»Hattest du eine Art Schock?«, fragte Vianne vorsichtig. »Hat dich jemand angegriffen? Wenn ja, müssen wir –«

»Was weißt du schon«, fiel Adeline zornig ein. »Wie kommst du darauf, dass ausgerechnet du mir helfen kannst?«

Vianne ließ die Worte einen Moment lang in der Luft hängen. Adeline nahm einen Schluck Kaffee. Ihre Wangen röteten sich ein wenig.

»Ich weiß einiges«, erwiderte Vianne. »Auch wie es ist, wenn man leidet. Vergiss nicht, dass ich mein Zuhause verlassen habe. Nur dass es kein Zuhause mehr war. Ich hatte gar nichts mehr, bevor ich um die halbe Welt gereist bin, um hierherzukommen.«

»Alles noch besser, als belogen zu werden«, antwortete Adeline tonlos und starrte vor sich hin.

Vianne beugte sich zu ihr vor. »Adeline, bitte sag –«

Wieder ließ Adeline sie nicht ausreden, sondern sprach weiter, als hätte sie Vianne nicht gehört. »Er hat gesagt, dass er mich liebt. Hat von einer wundervollen Zukunft gesprochen. Er müsse nur noch auf sein Erbe warten. Dann wollte er mit mir die ganze Welt bereisen, immer für mich da sein. Er wollte uns eine Wohnung kaufen, nicht weit von Miss Ellies Atelier entfernt. Alles, was ich mir nur wünschen konnte, wollte er mir kaufen, und er hat gesagt, wenn ich nicht wollte, bräuchte ich nie mehr arbeiten zu gehen.«

»Oje.« Vianne seufzte.

»Ich habe Arthur in einem Jazzclub kennengelernt, an einem Abend, als ich mit Lucia tanzen war. Vom ersten Moment an habe ich zwischen uns etwas Besonderes gespürt. Er war so fröhlich und hatte etwas von einem Gentleman. Ich war überglücklich. Er hat mir erzählt, seine Eltern seien bei einem Unfall ums Leben gekommen und dass ihn ein Vormund großgezogen hat. An seinem fünfundzwanzigsten Geburtstag sollte er ein Vermögen erben.« Adeline schlug die Hände vors Gesicht. »Ich habe ihm geglaubt. Jetzt weiß ich, dass ich ihm glauben *wollte*. Verstehst du den Unterschied?«

»Natürlich.« Vianne setzte sich zu Adeline. »Jeder möchte manchmal süßen Worten Glauben schenken.«

Adeline ließ ihre Hände sinken und lachte bitter. »Ich habe sie für die Wahrheit gehalten. Ich dachte, sie bedeuten, dass er mich liebt. Dass er mich heiraten will. Dass er tatsächlich immer für mich da sein wird.« Sie nahm einen zittrigen Atemzug. »Als ich schwanger geworden bin, habe ich mich gefreut.«

Vianne schloss kurz die Augen.

»Ich dachte, Arthur wäre meine große Liebe, und als er gesagt hat, er müsse noch mit seinem Vormund sprechen, damit er vorzeitig an sein Geld käme und wir bald heiraten könnten, war ich selig vor Glück. Beinahe hätte ich es Lucia und den anderen erzählt, aber Arthur wollte, dass ich damit warte, weil er noch eine große Überraschung für mich hätte.«

»Oje«, sagte Vianne noch einmal.

»Ja, oje.« Adeline begann wieder zu weinen und bemühte sich gleichzeitig um ein Lächeln. »Ich dachte an meine Mutter, stellte mir vor, wie stolz sie auf mich wäre, weil ich einen wunderbaren Mann gefunden hatte. Sie hat für ein Theater am Broadway gearbeitet, hat unzählige Pailletten an unzählige Kostüme genäht und ist mit vierzig Jahren vollkommen erschöpft gestorben. Sie hat von einem Mann für mich geträumt, der mir ein gutes Leben bieten kann, ein anderes Leben als das ihre.«

»Jede Mutter wünscht ihrer Tochter nur das Beste«, sagte Vianne und nahm Adelines Hand.

»Ich habe ihm vertraut, habe alles geglaubt«, fuhr Adeline fort. »Und dann hat sich ein Versprechen nach dem anderen in Luft aufgelöst. Und zuletzt hat er gesagt, er sei sich nicht mehr sicher, ob die Heirat eine gute Idee sei. Und das war's.«

»Und das Baby?«, fragte Vianne.

Adeline zog ihre Hand zurück und schlang die Arme um sich. »Er hat für die Abtreibung gezahlt. Und ich musste ihm schwören, niemandem etwas davon zu erzählen. Wahrscheinlich hatte er Angst, sein Vormund würde dahinterkommen und ihn bestrafen. Und dann war es aus, und ich habe ihn nicht mehr gesehen … bis eben.« Adeline rang nach Atem.

»Und was war da?«

»Ich hätte es wissen müssen«, sagte Adeline gedankenverloren. »Er war ein Mann ohne Ehrgeiz, hat einfach auf sein Erbe gewartet. Und vorhin, als er an mir vorbeikam, hatte er schon eine neue Frau am Arm. Eine, die teure Kleidung getragen hat. Wahrscheinlich hat sie Geld.«

»Das muss schrecklich gewesen sein«, sagte Vianne.

»Ja.« Adeline nickte. »Ich habe ihn geliebt. Auch wenn es dumm war. Und weißt du was?«

Vianne schüttelte den Kopf.

»Die Frau, die Arthur eines Tages heiratet, wird mit Sicherheit keine kleine Schneiderin sein. Verstehst du, was ich damit sagen will, Vianne?«

Vianne hob die Schultern. »Nicht so richtig.«

Adeline fasste ihren Arm. »Miss Ellie wird sich nie von dir trennen, dafür lege ich meine Hand ins Feuer. Aber bei Giorgio Conti rate ich dir, vorsichtig zu sein.« Sie ließ Vianne los und lehnte sich zurück.

»Zwischen Giorgio und mir ist nichts«, erwiderte Vianne. »Er macht mir keine Versprechungen, unsere Beziehung ist rein geschäftlicher Natur.«

»Er arbeitet hart, wenigstens das muss man ihm lassen«, sprach Adeline weiter. »Aber er feiert auch gern, besucht Jazzclubs, trinkt und tanzt. Pass einfach auf, dass du dir an ihm nicht die Finger verbrennst.«

»Adeline, ich –«

Adeline machte eine abwehrende Handbewegung. »Bei Miss Ellie anzufangen war das Beste, was dir hier in New York passieren konnte. Konzentrier dich auf das Atelier, denk an deinen Job. Sei nicht so dumm, wie ich es war.«

»Ich bin sicher, dass Giorgio ein Gentleman ist.«

Adeline lachte rau auf. »Also doch. Du hast dich in ihn verliebt.«

»Nein«, log Vianne.

Adeline studierte ihre Miene und schnaubte. »Ob jemand ein Gentleman ist, weißt du erst, wenn er auf die Probe gestellt wird.« Sie stieß einen langen Atem aus. »Aber ich passe auf dich auf und werde verhindern, dass es dir wie mir ergeht.«

»Ach, Adeline.« Vianne griff wieder nach Adelines Hand und drückte sie sanft.

*

Nachdem Adeline sich verabschiedet hatte, verließ auch Vianne ihre Wohnung. Ihr schwirrte der Kopf, und sie brauchte frische Luft. Sie dachte an die Modenschau, an ihre Karriere, die sich in so kurzer Zeit auf eine Weise entwickelt hatte, wie sie es nie für möglich gehalten hätte. Aber was war mit ihrer Gefühlswelt? Musste sie wirklich auf die Liebe verzichten? Würde sie nie das kennenlernen, was ihre Eltern verbunden hatte? Adeline zufolge würde Miss Ellie sich gar nicht von ihr trennen, selbst wenn sie und Giorgio zusammenfänden. Und was war mit Giorgio? Wollte er sie nur verführen, oder empfand er tatsächlich etwas für sie?

Und schon lag das Valentino's vor ihr. Scheinbar hatten ihre Füße sie ohne ihr Zutun hierhergetragen. Zögernd ging sie weiter, und als sie es erreichte, sah sie Giorgio durch eines der Fenster. Er sprach mit einem Kellner – und entdeckte sie. Lächelnd winkte er ihr, sie solle hereinkommen.

Vianne wusste nicht, was sie tun sollte.

Giorgio warf die Arme hoch, wie um zu sagen: Was ist denn? Kurz darauf öffnete sich die Eingangstür, und er rief ihren Namen.

Vianne starrte ihn an und wünschte, sie wüsste, ob Giorgio ein Mann wie ihr Vater oder doch jemand wie Adelines Arthur war.

Dann ging sie zu ihm. »Ich mache nur einen Spaziergang.«

Er lächelte charmant. »Darf ich mitkommen?«

Vianne seufzte. Dann sagte sie sich, wenn sie Giorgio immerzu aus dem Weg ginge, könnte sie ihn wohl kaum näher kennenlernen und feststellen, was für ein Mensch er war.

»Ich könnte eine kleine Pause gebrauchen«, sagte Giorgio und zog Vianne aus dem Weg eines eiligen Passanten. »Außerdem würde ich gern mit dir reden.«

»Geschäftlich?«, fragte sie.

Giorgio verdrehte die Augen. »Warte einen Moment, ich hole meinen Mantel.«

Als er zurück war, sagte er: »Und nun los, bevor du mich wieder ins Restaurant zerrst, um zum hundertsten Mal über das Essen und die Dekoration bei der Modenschau zu sprechen.« Er bog in eine der Querstraßen zum Central Park ein.

Im Park angekommen, schob er ihren Arm in seine Ellbogenbeuge und lenkte sie geschickt an den zahlreichen Spaziergängern vorbei. »Ich hoffe, Miss Ellie hat dich nicht mit neuen Verboten hinsichtlich meiner Person verunsichert.«

Vianne schüttelte den Kopf. »Nein, das hat sie nicht. Trotzdem sollten wir eigentlich nicht zusammen gesehen werden. Aber ich …« Sie stockte. Wie sollte sie ihm erklären, dass sie eigentlich recht gern mit ihm zusammen wäre. Und dass Miss Ellie womöglich gar nichts dazu sagen würde. Dass sowohl ihre Mutter als auch ihre Schwester ihr geraten hätten, auf ihr Herz zu hören und zu sehen, wohin es sie führte.

»Komm, wir laufen zur Bow Bridge«, sagte Giorgio.

Es war ein wundervoller Frühlingsabend, das frische Grün der Bäume bereits ein wenig dunstverhangen.

»Die Bow Bridge ist so elegant«, sagte Vianne, als die Brücke in Sicht kam. »So schön geschwungen.« Sie wandte sich zu Giorgio um. »Ich liebe diesen Park. Er erinnert mich an den Bois de Boulogne bei Paris.«

»Sollen wir über die Bow Bridge spazieren?«

Vianne nickte.

Auf der Brücke beugte sie sich über das Geländer und blickte auf die glatte Wasseroberfläche des Sees. So hatte sie damals auf die Seine geschaut, und sie verdrängte schnell die Erinnerung an das Gesicht ihrer Mutter, das sie am Tag ihres Todes dort einen Moment lang gesehen hatte. Inzwischen war der Krieg seit Jahren vorbei, und hier war nichts anderes zu hören als die Stimmen anderer Spaziergänger, Vogelgezwitscher und das Brummen entfernter Automotoren. Niemand hier wusste etwas von jenem schrecklichen Tag in Paris und von dem Leid, das Viannes Familie widerfahren war.

Mit einem Mal wurde ihr kalt, und sie rieb ihre Arme. Dann wandte sie sich Giorgio zu. »Weißt du noch, wie ich dir einmal gesagt habe, dass ich das Beste aus meinem Leben machen möchte?«

»Ja. Und ich bewundere Frauen, die eine Karriere anstreben. Ich bewundere *dich*, Vianne.«

Vianne schwieg.

Giorgio sprach weiter. »Ich würde auch nie etwas tun, was deine Karriere gefährdet. Vor dir liegt eine große Zukunft, und wir leben in einem Jahrhundert und in einer Stadt der Möglichkeiten. Deshalb sind wir hierhergekommen. Du aus Frankreich, ich aus Italien.«

»Ich hoffe, du hast recht.«

Er nahm ihre Hand und drückte sie auf sein Herz. »Ich wünsche mir sehnlich, dass uns irgendwann mehr als nur Geschäftliches verbindet. Davon abgesehen bin ich der Meinung, dass du deine eigenen Regeln aufstellen und diesen folgen solltest. Nicht denen von Miss Ellie. Ich bin sicher, eines Tages wirst du ein eigenes Atelier besitzen, und vielleicht bist du dann auch bereit, jemanden zu lieben. Vielleicht auch schon früher, denn glaub mir, ich würde dir bei der Verwirklichung deiner Träume niemals im Weg stehen.«

Wie schön das wäre. Vianne schloss die Augen. Und dann spürte sie, wie seine Lippen ganz zart ihren Mund berührten.

KAPITEL 19

Eloise
New York, Frühling 1925

Zusammen mit Eddie Winter beobachtete Eloise die Models der Agentur Robert Powers bei den Probeläufen. Der Laufsteg war im Valentino's in Höhe der Tische errichtet worden. Vianne stand vorn bei dem Choreographen und begutachtete den Auftritt der jungen Frauen. Dann und wann stieg sie selbst auf den Laufsteg, kontrollierte den Fall eines Kleidungsstücks, bat ein Model, sich im Licht der Deckenlampen auf eine bestimmte Weise zu drehen, um ein Kleid besser zur Geltung zu bringen.

Vianne könnte selbst Model sein, ging es Eloise durch den Kopf, vielleicht waren die Frauen deshalb so anstandslos bereit, sich nach ihren Wünschen und Vorschlägen zu richten. An diesem Tag trug ihre Designerin ein phantastisches schwarzes Kleid aus Faille-Satin, Kragen und Manschetten aus weißem Georgette und den Rock mit gebogtem Saum, so wie es der neuesten Mode entsprach.

»Vianne macht sich großartig«, sagte Eddie Winter.

»Zweifellos.« Ich brauche jemanden, dem ich mein Herz ausschütten kann, dachte Eloise und überlegte, ob sie es bei Eddie wagen konnte. Eigentlich hatte er sich bisher immer als Freund erwiesen. Zwar war er Journalist, doch in der *Bella* war nie etwas erschienen, was sie ihm im Vertrauen erzählt hatte. Zudem hatte er versprochen, ihrer Modenschau eine Doppelseite zu widmen. »Vianne ist fabelhaft, wohingegen ich mir vorkomme, als säße ich mutterseelenallein unten in einem Doppeldeckerbus, mit einer Fahrkarte ins Nirgendwo.«

Eddie setzte seine Brille ab und begann, die Gläser mit einem blütenweißen Taschentuch zu putzen. »Ein sehr originelles Bild, meine Liebe, auch wenn ich nicht ganz verstehe, was du damit sagen willst.«

Eloise ließ sich an einem der Tische nieder, die den Laufsteg flankierten. Am nächsten Tag würden hier auf weißen Tischdecken Kristallgläser und Silberbesteck funkeln. Giorgio, der sich mit seinem Patisserie-Chef in die Küche zurückgezogen hatte, war freundlicherweise bereit gewesen, das Restaurant für die Probeläufe an diesem Abend geschlossen zu halten. Den Geschäftsausfall würde er nicht berechnen, obwohl das Valentino's zurzeit die angesagteste Adresse Manhattans war.

Mit Vianne und Giorgio hatte sie wirklich großes Glück gehabt – ohne die beiden würde es die Modenschau nicht geben.

Eloise blickte zu ihrer Mutter, die an einem Tisch auf der anderen Seite des Laufstegs saß. Sie hatte eine Hand auf dem Griff des Gehstocks, den sie seit Neuestem als modisches Accessoire mitschleppte. Sie klopfte mit dem Stock steten Beifall, doch wenn ihr ein Kleid besonders gefiel, klatschte sie begeistert.

»Bravo!«, rief sie, als das erste Tenniskleid vorgeführt wurde.

Eloise lächelte. Die Lebenslust ihrer Mutter war unvergleichlich.

Sie wandte sich Eddie zu, der sie noch immer abwartend ansah. Sie versuchte, ihre Metapher zu erklären. »Meine Mutter sitzt oben im Bus, betrachtet interessiert die Landschaft, erfreut sich, trotz ihres fortschreitenden Alters, an allem Schönen. Vianne und Giorgio Conti sind die neue Generation, sie halten den Bus am Laufen. Beide leisten doppelt und dreifach so viel wie andere und genießen es. Sie wissen, wohin die Reise geht. Und ich? Ich sehe einfach zu, wie eine Frau meine Entwürfe kopiert und davon profitiert. Ich bin unsichtbar geworden, Eddie, bar jeder Bedeutung.«

Winter setzte seine blank geputzte Brille wieder auf und betrachtete Eloise mit schief gelegtem Kopf.

Sie nahm die Geste als Ermunterung weiterzusprechen. »Ich habe meinen Kompass verloren, bin im Nirgendwo ausgestiegen und weiß nicht, wie ich zurück zu meiner Mutter finden soll. Mir fehlt die Kraft, mit Menschen wie Giorgio und Vianne mithalten zu können. Im Grunde ist auch nicht Lena Davis mein Problem, sondern ich selbst.«

Winter runzelte die Stirn. »Aber gegen Vianne hast du doch nichts, oder?«

Eloise schüttelte den Kopf. »Natürlich nicht. Für die Frauen, die für mich arbeiten, ist sie eine wahre Inspiration.« Sie schaute zu Lucia und Adeline, die nun bei Vianne standen und mit ihr flüsterten. Die Frauen waren an diesem Abend in ihrem Element, deshalb war sie froh, dass sie Viannes Rat gefolgt war und allen erlaubt hatte, schon bei den Probeläufen dabei zu sein. Es zu verbieten, wäre unzeitgemäß gewesen, hatte Vianne gesagt. Aber wie sollte sich eine Frau mittleren Alters in dieser modernen Zeit zurechtfinden?

»Ich weiß nicht, wo mein Weg ist, Eddie, und das macht mir Angst.«

Winters Miene war ernst geworden.

»Die Modenschau morgen wird meinem Atelier einen enormen Auftrieb geben.« Eloise lachte. »Ich kann nur hoffen, dass Lena nicht in der Lage sein wird, die Kreationen zu kopieren.«

Winter verschränkte die Arme vor der Brust. »Eloise!«

»Ich habe mich dem Wandel widersetzt«, fuhr Eloise fort. »Ich bin nicht dem Trend gefolgt, Konfektionsware zu fertigen und mit Kaufhäusern ins Geschäft zu kommen. Denn ich bin der festen Überzeugung, dass es weiterhin Frauen geben wird, die auf Originale und maßgeschneiderte Kleidung Wert legen. Und dass es stets einen Markt für die Haute Couture geben wird, die Vianne entwirft. Sie ist eine Künstlerin.«

»Trotzdem wünschte ich, du würdest anfangen, gegen Lena Davis zu kämpfen.«

»Über Lena möchte ich nicht mehr reden«, sagte Eloise entschieden. »Sie ist es nicht wert. Jede Frau, die das Geld eines Mannes im Rücken hat, kann sich durchsetzen und die Werbetrommel für sich rühren.«

»Wenn du meinst.« Winter wirkte skeptisch. »Aber was ist mit dem Problem Eloise? Was können wir tun, damit du dich nicht mehr verloren fühlst?«

Eloise zuckte mit den Schultern. »Wenn ich das wüsste.«

»Lass uns heute Abend ausgehen, Eloise. Vielleicht bringt dich das auf andere Gedanken.«

Eloise beobachtete, wie Vianne den Saum einer schwarz-weißen Seidenjacke, die mit ägyptisch anmutenden Motiven bestickt war, zurechtzupfte.

Ich bin nicht mehr jung und noch nicht alt, dachte Eloise. Und leider weiß ich nicht, was man in dem Dazwischen macht.

»Warum nicht«, sagte sie. »Vielleicht hat das Nachtleben von Manhattan die Antworten für mich.«

*

»Hallo, ihr Süßen.«

Auf diese Weise begrüßte »Texas« Guinan, die Geschäftsführerin des El Fey Clubs, all ihre Gäste. Eloise verdrehte die Augen und fasste Winters Arm, während sie sich in der von Alkohol geschwängerten Luft an den voll besetzten Tischen vorbeischlängelten.

Die Probeläufe für die Modenschau waren beendet. Vianne und Giorgio würden dafür sorgen, dass die Kleidung sorgfältig untergebracht wurde. Lucia hatte sich bereit erklärt, Eloises Mutter nach Haus zu begleiten. Eloise hatte sich überall bedankt und dabei gedacht, dass es leichtsinnig war, einen Abend vor einer Modenschau auszugehen. Und doch war sie Eddie Winter gefolgt.

Noch einmal schaute sie zu Texas Guinan, der Frau, die sogar die opulente Ausstattung dieses berühmt-berüchtigten Clubs überstrahlte. Sie saß neben der Bühne an einem Seitentisch, die Augen stark geschminkt und das Haar zu festen Locken gepresst. Um ihre Schultern lag ein mit Hermelin besetztes Cape.

Jeder in New York wusste, dass Texas' Worte stets mit Vorsicht zu genießen waren. Unter anderem erzählte sie die Geschichte, dass sie auf einer riesengroßen Ranch in Texas Broncos geritten und Vieh zusammengetrieben hatte. Ein anderes Mal hieß es, sie habe ein vornehmes Mädchenpensionat besucht, sei jedoch ausgerissen, um sich einem Zirkus anzuschließen.

»Warum hast du diesen Club gewählt?«, fragte Eloise an Winter gewandt. »Soll ich mir an Texas ein Beispiel nehmen?«

»Bestimmt nicht. An Texas ist alles nur Schau.«

Noch einmal blickte Eloise zu der Frau mit der dröhnenden Stimme und der Trillerpfeife um den Hals, in die sie blies, wenn jemand im Club aus der Reihe tanzte. Eine selbstsichere Frau, die wusste, wie man sich in Szene setzte und geschäftlich erfolgreich war.

Ein dunkelhaariger Mann mit Pferdegesicht und einer Zigarre in der Hand trat zu ihnen. Es war Larry Fay, der Besitzer des Clubs.

»Larry, Sie sind todschick«, sagte Eloise zu ihm und ließ ihren Blick über seinen elegant geschnittenen schwarzen Anzug, das purpurrote Hemd und die silbrig glänzende Fliege wandern. Die Geschichten über ihn waren ebenso legendär wie die über seine Geschäftsführerin. Sicher war nur, dass er ein Gangster war, der seine Karriere mit dem Alkoholschmuggel begonnen hatte. Anfangs war er mit seinem Auto zur kanadischen Grenze gefahren, um Whiskey zu besorgen, inzwischen besaß er eine ganze Wagenflotte, die das für ihn im großen Stil erledigte.

Fay deutete eine Verneigung an. »Wenn mir das eine Dame aus der Modebranche sagt, ist es für mich ein ganz besonderes Kompliment.« Er kniff die Augen zusammen. »Wie ich höre, haben Sie eine aufregende Blondine aus Paris eingestellt und werden mit ihr Furore machen. Glückwunsch.« Und dann war er fort.

Viannes Ruhm war also schon bis in den El Fey Club gedrungen. Eloise überlegte, ob sie dafür dankbar sein sollte.

Sie sah Winter an. »Ob dieser Club mich von meinen Problemen ablenken kann?« Zwar fühlte sie sich seit einer Weile nirgendwo mehr richtig zugehörig, doch hierher passte sie ganz sicher nicht. Es war, als hätte sie sich vor einiger Zeit im Nebel verirrt und fände einfach nicht mehr heraus.

Sie bekamen einen Tisch und bestellten ihre Getränke. Ein Glas Champagner für Eloise, ein Glas Whiskey für Winter.

Als der Kellner ihre Getränke brachte, reichte Winter ihm einen Zehndollarschein.

Eloise zog die Brauen hoch. »Zehn Dollar?«

Winter zuckte die Achseln. »Mangelware ist teuer.« Er hob sein Glas. »Trink, Eloise, und vergiss deine Sorgen. Nur so überlebst du in dieser Stadt.«

Eloise holte ihre Zigarettenspitze hervor, steckte sie zwischen zwei Finger und wedelte damit. Vielleicht wirkte sie so wie ein Flapper, auch wenn sie sich selbst ungefähr so aufregend fand wie eine Kartoffel.

»Lass uns weiterreden«, schlug Winter vor, gerade als die Band »Sweet Georgia Brown« anstimmte.

Eloise nahm einen kleinen Schluck Champagner. »Ich kann mein Problem nicht besser beschreiben, als ich es getan habe, aber ich habe eine Lösung im Kopf. Vielleicht funktioniert sie.«

Winter steckte sich eine Zigarette an, nahm einen Zug und betrachtete Eloise durch die Rauchwolke. »Und die wäre?«

Eloise seufzte. »Seit ich einundzwanzig bin, arbeite ich von morgens bis abends.«

»Das habe ich mir gedacht.«

»Ich habe für meine Mutter gesorgt und mein Geschäft aufgebaut. Dafür habe ich einiges im Leben geopfert.«

»Und dein Geschäft ist ein Erfolg. Zählt das für dich nicht?«

»Doch.« Eloise starrte auf die Bläschen in ihrem Champagnerglas. »Leider bin ich dabei immer langweiliger geworden.«

Winter schüttelte den Kopf. »Ich finde dich nicht langweilig.«

Eloise ging darüber hinweg. »Mir scheint, es gibt nur einen Ausweg.«

»Welchen?«

Sie beugte sich zu ihm vor und erklärte es ihm.

KAPITEL 20

Amelie
Schottland, Frühling 1925

Amelie und ihr Mann standen am Eingang ihres Hauses und warteten auf die Ankunft von Archies Schwester. Über ihnen zog ein Großer Brachvogel seine Kreise, die braun und grau gefleckten Schwingen bewegten sich träge auf und ab. Dann durchbrach sein Ruf die Stille, ein melancholisches Guug-guug.

Amelie ließ ihren Blick über den Park wandern, der friedlich und schön in der Frühlingssonne lag. Ihr Herz dagegen schlug wie eine schottische Trommel, die den Einsatz der Dudelsäcke ankündigte.

Dann war in der Ferne das Brummen eines Wagenmotors zu hören, und Amelie begann nervös mit ihrer Perlenkette zu spielen. Die Kette hatte einst ihrer Schwiegermutter gehört und war ihr Hochzeitsgeschenk für Amelie gewesen.

Am Morgen hatte Mary angerufen und erklärt, dass Flora in ihrem Cottage eingetroffen sei und nach dem Mittagessen in Carrig sein werde. Daraufhin hatte Amelie sich zum hundertsten Mal vergewissert, dass in Floras Zimmer alles perfekt war. Sie hatte ihr einen Frühlingsstrauß gepflückt und in einer Kristallvase auf den Nachttisch gestellt. Beim Mittagessen hatte sie vor Nervosität keinen Bissen herunterbekommen.

Sie dachte daran, wie sehr Archie seine Schwester liebte. Mit den

Briefen, die sie ihm während ihrer Reisen geschickt hatte, hatte er sich stets lächelnd in seine Bibliothek zurückgezogen, um sie in Ruhe zu lesen.

Es war also ein Muss, dass Flora ihre neue Schwägerin mögen würde.

Zwischen den Bäumen tauchte ein kleiner Crossley Bugatti auf, fuhr über die Brücke.

Amelie atmete tief durch. Sie versuchte, das Gesicht hinter dem Steuer zu erkennen und festzustellen, ob Flora wirklich so schön war, wie jedermann behauptete. Doch durch die verschmutzte Windschutzscheibe war nur eine schemenhafte Gestalt zu erahnen.

Der Wagen hielt vor ihnen an. Eine überaus attraktive Frau stieg aus, streifte ihr Kopftuch ab und schüttelte ihr rotbraunes Haar aus.

Ohne auch nur die Wagentür zu schließen, lief sie los und warf sich in Archies Arme.

»Nicht so stürmisch«, sagte Archie lachend und befreite sich. »Vergiss nicht, meine Frau zu begrüßen.«

Seine Schwester trat zurück und richtete ihre großen braunen Augen auf Amelie.

»Hallo, Amelie«, sagte sie. »Ich freue mich unglaublich, dich kennenzulernen.«

Amelie räusperte sich, brachte jedoch keinen Ton hervor. Sie beugte sich vor, küsste Floras Wange, roch den Duft von Shalimar, dem Parfum, das sie selbst in Frankreich benutzt hatte, und sagte: »*Bonjour.*«

»Die Frau aus Paris.« Flora studierte Amelie mit schief gelegtem

Kopf. »Du bist genauso schön, wie Archie gesagt hat.« Ihr Blick glitt über Amelies dunkles Haar.

Bitte lass sie nicht erkennen, dass die Haare gefärbt sind, betete Amelie und bedankte sich mit einem »*Merci*« für das Kompliment. Ihr Englisch hatte sie offenbar vergessen.

Flora strahlte. »Ich kann es kaum erwarten, dich besser kennenzulernen. Deshalb wollte ich auch in Carrig wohnen, nur damit ich so viel Zeit wie möglich mit dir verbringen kann.«

Amelie versuchte sich an einem Lächeln.

Flora sah ihren Bruder an und runzelte die Stirn. »Mum hat gesagt, dass ihr übers Wochenende einen zweiten Gast haben werdet. Muss das sein? Ich wollte mit dir und Amelie allein sein.«

»Wir werden schon genug Zeit für uns allein haben«, erwiderte Archie. »Lasst uns reingehen.«

Flora schüttelte den Kopf. »Ich möchte zum Loch hinauf. Mit Amelie.« Sie wandte sich zu ihrer Schwägerin um. »Wir nehmen meinen Wagen, und dann wandern wir um den Loch. Der kleine See ist mein Lieblingsort in Carrig.« Sie deutete auf das Haus. »Ich war noch nie ein Stubenhocker.«

Amelie lachte. »Das muss in der Familie liegen.« Immer gleich nach dem Aufwachen zog Archie seine Stiefel an und machte einen ersten Gang durch die Natur.

»Denk daran, dass Amelie sich nicht überanstrengen darf«, sagte Archie.

»Ich weiß, dass ihr ein Baby bekommt«, sagte Flora strahlend. »Mum hat es mir erzählt. Das ist eine so wundervolle Nachricht. Wie glücklich Dad gewesen wäre, wenn er das noch hätte erleben dürfen. Und Mum wird eine fabelhafte Großmutter sein.«

Sie umarmte Amelie. »Du ahnst nicht, wie viel Freude du in unser Leben gebracht hast.«

Amelie war perplex. Sie war davon ausgegangen, dass es genau umgekehrt war.

*

Nach der kurzen Fahrt stellte Flora den Bugatti am Ende des Wegs ab, der zum Loch führte. Archies Labradore, die es irgendwie geschafft hatten, mitgenommen zu werden, sprangen vom Rücksitz und rannten los.

Flora verließ den Wagen und blieb einen Moment stehen. Mit geschlossenen Augen atmete sie die reine Luft der Highlands ein.

Amelie stieg aus und reckte sich.

Flora öffnete die Augen. »Gut, dass du Stiefel anhast.«

Amelie zuckte mit den Schultern. »Ich lebe in Schottland und habe mich an festes Schuhwerk gewöhnt.«

Sie nahmen einen Pfad, der sich, von Birken bestanden, durch die Wiesen wand. Nach einer Weile wurden die Birken von Kiefern abgelöst, und dann lag der schmale, lang gezogene See vor ihnen.

Flora deutete auf ein winziges Cottage am unteren Ende des Loch und fragte: »Warst du da schon mal mit Archie?«

Amelie schüttelte den Kopf. »Er hat gesagt, da gebe es nichts zu sehen.«

Über Floras Gesicht zog ein Schatten, doch bevor Amelie nach dem Grund fragen konnte, pfiff Flora die Hunde herbei, die ins Wasser gesprungen waren und nun zurückgehetzt kamen. Sie schüttelten sich, dass die Tropfen flogen. Dann folgten sie irgendeiner Spur, die Nasen dicht am Boden.

Flora schlug den Weg ein, der an dem Cottage vorbeiführte. Die Fenster waren geschlossen, die Vorhänge zugezogen. Das Häuschen lag noch auf dem Land, das Archies Familie gehörte, doch als Amelie von ihrem Mann einmal hatte erfahren wollen, welchem Zweck das Cottage diente, war er ausgewichen.

Offenbar gab es dazu eine Geschichte, die er ihr nicht erzählen wollte, aber sie hatte sich nie viel dabei gedacht.

»Komm, wir gehen hier entlang«, sagte Flora und wies auf den Pfad, der hangaufwärts führte.

Es war ein längerer Anstieg. Nach einer Weile wurden die Bäume weniger, und dann hatten sie einen Blick auf die Berge, auf deren Gipfeln noch Schnee lag. Darüber zogen zarte Schleierwolken.

»Ich liebe diesen Anblick«, sagte Amelie und meinte es auch so. Das schottische Hochland hatte sie von Anfang an in Bann geschlagen. Wie klein der Mensch im Vergleich zu dieser Bergwelt war.

Flora hatte einen Ast aufgehoben, den sie als Spazierstock benutzte. Sie gingen weiter und erreichten das Gatter eines Zauns, der sich bis hinunter zum Wasser zog. Archie hatte diesen Zaun anlegen lassen, um das Wild von Teilen des Baumbestands fernzuhalten. Nicht alle Leute in der Gegend waren darüber froh gewesen. Der Zaun sei »neumodisch«, hieß es, doch Archie war hart geblieben. Der Wald müsse die Möglichkeit zur Regeneration haben, erklärte er, und letztlich stehe der Zaun auf seinem Land.

Plötzlich sagte Flora: »Als ich gehört habe, dass Archie eine Pariserin heiratet und sie nach Carrig bringen will, war ich baff.«

Im ersten Moment wusste Amelie nicht, was sie darauf antworten sollte. Die Hunde bellten, aber sonst war alles still. »Ich liebe Schottland«, sagte sie schließlich. »Es ist mein Zuhause geworden.«

Sie stiegen hangabwärts und gelangten wieder an den See. Amelie blickte auf die ruhige Wasseroberfläche, in der sich Wolken und Tannen spiegelten.

»Ist es für dich hier nicht zu langweilig?«, fragte Flora. »Du bist doch ein ganz anderes Leben gewöhnt.«

»Wie könnte ich mich hier langweilen?«, entgegnete Amelie. »Schottland besitzt eine ganz eigene Schönheit – es hat etwas Erhabenes. Die Landschaft hier hat so viel mehr zu bieten als eine Stadt, die immer nur davon zeugt, was Menschen erschaffen können.«

Flora blieb stehen und sah Amelie an. »Von Archie weiß ich, dass deine Mutter im Krieg umgekommen ist. Das tut mir sehr leid.« Sie seufzte. »Sogar so viele Jahre nach Kriegsende leiden wir noch unter den Folgen.«

Niemand wusste das besser als Amelie. Sie blickte über den See. »Was hast du im Krieg gemacht?«, fragte sie, denn dass Flora einfach zu Hause gesessen und nichts getan hatte, konnte sie sich kaum vorstellen.

»Ich habe in Frankreich Krankenwagen gefahren.« Floras Blick wanderte in die Ferne. »Habe geholfen, verwundete Soldaten vom Schlachtfeld zu tragen und sie ins Lazarett zu schaffen.« Sie wandte sich Amelie zu. »Du warst auch an der Front, habe ich gehört. Als Krankenschwester in Belgien und Frankreich? Belgien muss furchtbar gewesen sein.«

Bei der Erinnerung zog sich Amelies Magen zusammen. »Das war es.«

In großen Sätzen kamen die Hunde von irgendwoher angesprungen. Auf dem Rückweg zu Floras Auto liefen sie erstaunlich still an der Seite der beiden Frauen.

Amelie hob einen flachen Stein auf und ließ ihn über den See hüpfen.

»Ich möchte, dass Archie glücklich ist«, sagte Flora. »Nicht wie beim letzten Mal.«

»Beim letzten Mal?«, fragte Amelie überrascht. Flora antwortete nicht sofort. Sie sah zum anderen Ufer hinüber, wo sich ein dichter Nadelwald den Hang hochzog, bis hinauf in den blauen Himmel.

»Archie ist ein Romantiker«, antwortete Flora schließlich. »Weit mehr als ich.«

»Bist du sicher?« War Archie ein Romantiker? Amelie vermochte es nicht zu sagen.

»Absolut. Deshalb war es dieser Frau auch möglich, ihm das Herz zu brechen.«

Amelies Blick glitt über die Wasserfläche. Zwischen den Bäumen am anderen Ufer blitzte Sonnenlicht hindurch. »Er hat mir einmal von einer Frau namens Morag erzählt. Aber nicht, dass sie ihm das Herz gebrochen hat.«

»Sie hat ihn glauben lassen, dass sie ihn liebte und dass sie ihn heiraten würde. Und dann ist sie zu dem Mann zurückgekehrt, den sie wirklich geliebt hat. Von dem sie gedacht hatte, dass er im Krieg gefallen sei. Für Archie ist eine Welt zusammengebrochen.«

Amelie schwieg.

Flora stupste sie mit dem Ellbogen an. »Deshalb sind wir ja auch so froh, dass Archie dich gefunden hat. Und dass dir Schottland gefällt. Einer Frau aus Paris.« Der Blick, den sie Amelie schenkte, war voller Wärme. »Ich glaube, von den schottischen Frauen war Archie bedient. Und wie gut, dass du dunkelhaarig bist. Morag war blond, und ich möchte nicht, dass es etwas gibt, dass Archie an sie erinnert.«

Amelie schaute zur Seite.

»Komm, wir machen uns auf den Rückweg.« Flora wandte sich um, und sie liefen zurück in Richtung des Wagens.

*

»Natürlich finde ich sie wundervoll. Schon deshalb, weil du es tust. Sie ist nur sehr zurückhaltend.«

Das war Floras Stimme. Sie kam aus der Bibliothek, deren Tür nur angelehnt war. Amelie blieb stehen und lauschte. Sie hörte das Klimpern von Eiswürfeln in Gläsern. Dann wurde ein Streichholz entzündet, und sie nahm an, dass Archie dabei war, ein Feuer im Kamin zu machen.

Archie lachte. »Oder du hast die ganze Zeit geredet, und sie ist nicht zu Wort gekommen. Du weißt, dass du ein wenig überwältigend sein kannst, oder?«

Amelie wagte kaum zu atmen.

»Vielleicht habe ich wirklich zu viel geredet.« Flora gähnte.

Archies Schritte erklangen, dann das Quietschen einer Sprungfeder. Offenbar hatte er sich auf das Sofa gesetzt. Nun das Klicken eines Lichtschalters.

Amelie sah den Raum vor sich, die schönen alten Holzregale, bis zur Decke mit Büchern gefüllt, das Licht auf den ledernen Buchrücken. Ihr Vater hätte diese Bibliothek geliebt – ach, er hätte einfach alles in Carrig geliebt, und wäre er hier, würde er durch sämtliche Räume streifen und sich alles genau ansehen.

»Amelie ist ein Schatz«, fuhr Flora fort. »Trotzdem hatte ich den Eindruck, dass sie mit irgendetwas hinterm Berg hält.« Sie seufzte. »Ich mache mir Sorgen um dich.«

»Amelie hat im Krieg sehr viel mitgemacht«, sagte Archie. »Sie hat geliebte Menschen verloren. Doch darüber spricht sie nicht gern. Jedenfalls hat sie nicht die geringste Ähnlichkeit mit ...« Seine Stimme versandete.

Mit Morag, ergänzte Amelie den Satz stumm.

Sie dachte an ihre Hochzeit, an die Kirche unten im Dorf, wo sie und Archie getraut worden waren. Sie hatte ein Kleid aus weißer Spitze angehabt und den Schleier, den schon Generationen junger Carrig-Frauen getragen hatten. Hinter ihm hatte sie sich verborgen und war dankbar gewesen, dass Archie und seine Mutter mit einer kleinen Hochzeit einverstanden gewesen waren.

Dennoch hatte sie sich unwohl gefühlt.

Weil sie Archie getäuscht hatte.

Ihn hatte täuschen müssen, weil sie ihn liebte und von ihm geliebt werden wollte.

Nun ertönte wieder Archies Stimme. »Der Krieg ist zwar schon seit Jahren vorbei, aber er hat bei Amelie tiefe Spuren hinterlassen.«

Amelie schloss die Augen und verjagte die Erinnerungen, die seine Worte hervorriefen.

»Ich wünschte, ich wäre damals schon mit ihr verheiratet gewesen. Dann hätte sie die Kriegsjahre hier verbringen können. Wäre in Sicherheit gewesen. Ich hätte sie vor allem Schrecklichen bewahrt.«

Flora antwortete nicht.

»Wie auch immer«, fuhr Archie fort, »jetzt ist es nicht mehr zu ändern.«

»Ich hoffe, es gibt nie wieder Krieg«, sagte Flora.

Amelie war, als flüstere es aus allen Ecken, dass sie eine Betrügerin sei. Selbst das Knistern und Knacken des Kaminfeuers schien davon zu sprechen, und das Herz schlug ihr bis zum Hals.

Wieder wurde ein Streichholz entzündet. Dann hörte man Flora, die einen langen Atem ausstieß. Wahrscheinlich rauchte sie nun.

»Denk immer daran, dass deine Frau aus Paris kommt, und pass auf, dass sie sich hier nicht zu einsam fühlt. Oder sich zu sehr langweilt, mit einem Jagdhelfer anbandelt und mit ihm durchbrennt.«

»Flora!«

»Ich habe ja nicht gesagt, dass sie es tun wird, du sollst nur aufpassen. Du hast manchmal einfach Scheuklappen vor den Augen und siehst nicht, was direkt unter deiner Nase vor sich geht.«

»Wie wär's, wenn wir jetzt einmal über dich reden«, sagte Archie.

Am liebsten wäre Amelie in die Bibliothek gegangen, hätte sich zu den beiden gesetzt und alles getan, um Flora von ihrer Treue zu Archie zu überzeugen. Doch wenn sie sich bewegte, würden die beiden erkennen, dass sie die ganze Zeit dicht hinter der Tür gestanden hatte.

Plötzlich begann Flora über irgendetwas laut zu lachen, und Amelie nutzte die Gelegenheit, sich lautlos davonzustehlen.

*

Am nächsten Abend machte Amelie sich für den Maskenball fertig. In ihrem Schlafzimmer herrschte ein seltenes Durcheinander:

Sämtliche Schubladen ihrer Kommode waren aufgezogen, auf dem Fußboden häuften sich die Schuhe, die sie anprobiert hatte, und ihr Kleid hing außen an ihrem Kleiderschrank.

Archie hatte sich geweigert, ein Kostüm zu tragen, und auf seinem Kilt, einem weißen Hemd, der schwarzen Weste mit den Silberknöpfen und seinem Tartan-Plaid bestanden. Nur widerstrebend hatte er sich bereit erklärt, eine einfache schwarze Maske aufzusetzen. Als er angekleidet war, hatte er Amelie aufs Haar geküsst und sich in den Salon verzogen, um dort mit Flora und Mrs. Fife, ihrem Übernachtungsgast aus London, einen Drink zu sich zu nehmen.

Mrs. Fife war um die fünfzig und eine Tante des künftigen Bräutigams. Sie hatte den Tag in Kinloch verbracht und geholfen, die Blumen für die Feier zu arrangieren. Bei der Rückkehr hatte sie verkündet, sie werde sich für den Ball in ihren »besten Samt« werfen.

Amelie, noch im seidenen Morgenmantel, setzte sich an ihren Frisiertisch und studierte ihr Spiegelbild. Sie hatte die braunen Augen mit einem schwarzen Lidstrich betont und ihre langen, dunklen Wimpern getuscht.

Trotz der schwarz gefärbten Haare war sie das Ebenbild ihrer Mutter, und das war so schmerzhaft, dass sie ihren eigenen Anblick kaum ertrug.

Sie stand auf, nahm die Schutzhülle von ihrem Kleid und strich über die mitternachtsblaue Seide. Dieses Kleid, das Mrs. Bay in Inverness gefertigt hatte, war die Kopie eines der drei Kleider, die die Besucher eines Pferderennens in Longchamp im Jahr 1908 zutiefst schockiert hatten.

Und Amelie würde die schottische Gesellschaft in diesem Kleid schockieren.

Damit ging sie ein Risiko ein, das war ihr bewusst, doch sie war sicher, dass man sie nur als Archies exotische Ehefrau aus Paris wahrnehmen würde. Niemand würde sie mit ihrem dunklen Haar und der Maske als Anaïs Mercier erkennen.

Amelie legte ihren Morgenmantel ab und streifte das Kleid über. Zuerst hatte Mrs. Bay ihr vorgeschlagen, darunter ein Korsett mit nur wenigen Stangen zu tragen, doch zuletzt hatte sie ihre Meinung geändert und erklärt, Amelie brauche gar kein Korsett. Nun fiel der Stoff weich über ihre Brüste und Hüften, und das Mitternachtsblau hob ihr cremeweißes Dekolleté hervor. Von ihrer Schwangerschaft war noch nichts zu erkennen.

Sie erinnerte sich an den Tag, als ihre Mutter mit amüsiert funkelnden Augen aus Longchamp zurückgekehrt war und über die drei Frauen gesprochen hatte, die unter ihren Kleidern keine Korsetts getragen hatten. Die Besucher des Rennens hatten sie »obszön« genannt, als »Halbnackte« bezeichnet, die ihren Körper zur Schau stellten. Wie hatte ihr Mutter gelacht, als sie die Damen der Pariser Gesellschaft beschrieb, die ihre Ehemänner und Söhne zum Ausgang der Rennbahn gezerrt hatten.

Ihr Vater hatte Viannes Ohren zugehalten, woraufhin ihre Mutter nur noch lauter gelacht hatte. Doch Vianne hatte genug mitbekommen und Anaïs gefragt, ob diese Kleider schon in *La Nouvelle Mode* zu sehen seien.

Und das waren sie, daran erinnerte Amelie sich noch. Auch daran, wie intensiv ihre kleine Schwester die Abbildungen studiert hatte, mit dem Zeigefinger an den Konturen der Hüften und Schenkel entlanggefahren war.

Der Name der Modeschöpferin, die diese Kleider entworfen

hatte, lautete Jeanne Margaine-Lacroix. Sie hatte das Pferderennen in Longchamp gewählt, um ihre aufsehenerregenden Kreationen zu zeigen, unter denen weder Korsetts noch Unterröcke getragen wurden.

Amelie drehte sich vor dem Spiegel und wünschte, ihre Schwester wäre bei ihr. Welche Freude sie an diesem Kleid gehabt hätte, das im griechischen Stil gestaltet und bis zum Knie geschlitzt war.

Sie griff nach ihrer Maske aus goldener und schwarzer Spitze, die in Form eines Schwans geschnitten war, und setzte sie auf.

Dann streifte sie ihre langen schwarzen Spitzenhandschuhe über, verließ das Schlafzimmer und nahm die Treppe nach unten, wo Archie, Flora und Mrs. Fife auf sie warteten.

Die Feier konnte beginnen.

*

Kinloch erstrahlte im Licht. Es fiel aus den zahlreichen Fenstern auf den Rasen und erleuchtete das große weiße Festzelt.

Amelie hängte sich bei Archie ein. Sie begrüßten die Verlobten, und der Bräutigam in spe küsste Amelie die Hand.

Währenddessen spürte sie die Blicke der Gäste, sah sie miteinander tuscheln und fühlte sich wieder so begehrenswert, wie wenn sie in Paris spazieren oder mit ihrer Mutter ins Theater gegangen war. An diesem Abend würde sie wieder Anaïs sein und die stille, zurückgezogene Amelie hinter sich lassen.

Auch als sie das Festzelt betraten, richteten sich alle Blicke auf sie, und Amelie wusste, dass sie und Archie ein prachtvolles Paar abgaben.

Archie wiederum war ausgesprochen gut aufgelegt, machte Witze, lächelte, wenn ein Mann kam, um Amelies Hand zu küssen, oder Fremde sich mit ihm und seiner Frau bekannt machten und Amelie bewundernd ansahen.

Hinter ihrer Maske ließ Amelie ihren Blick schweifen und stellte fest, dass sie der Paradiesvogel der Festgesellschaft war.

Flora hatte sich unter die Gäste gemischt und sah in einem langen hellrosa Kleid und schwarzen Spitzenhandschuhen ganz bezaubernd aus. Sie begrüßte ihre zahlreichen Freunde und Freundinnen, plauderte mit Verehrern. Genau wie ihr Bruder und seine Frau stand sie im Mittelpunkt des Fests.

Später, als getanzt wurde und Archie auf der Tanzfläche ganz zart mit der Hand über Amelies Rücken fuhr, ließ sie ihren Blick über die Gesichter der anderen Paare gleiten. Den ganzen Abend hatte sie ängstlich nach Menschen Ausschau gehalten, die sie aus Paris kennen könnte, doch bisher war ihr niemand aufgefallen.

Und sie hoffte inständig, dass es so bleiben würde.

Als die Musikkapelle »Les roses blanches« spielte und eine Sängerin das Lied auf Französisch anstimmte, schloss sie die Augen und stellte sich für einen Moment vor, sie wäre in Paris. Sie spürte, wie der Seidenstoff sich bei jedem Schritt an ihre Beine schmiegte und Archies Hand wieder ihren Rücken streichelte.

Als sie den Kopf an seine Schulter legte, sagte er leise: »Ich glaube, ich habe dich vernachlässigt, Liebling. Manchmal neige ich dazu, mich in meiner eigenen Welt zu verlieren. Wahrscheinlich langweilst du dich schrecklich. Dagegen müssen wir etwas unternehmen.«

Amelie hob ihren Kopf und sah ihn an. »Wie kommst du darauf, dass ich mich langweilen könnte?«

Er seufzte. »Weil du heute Abend von innen heraus strahlst. Du bist ganz du, und ich möchte, dass du dich immer so lebendig fühlst wie jetzt. Auch die anderen Menschen hier können es sehen. Alle bewundern dich, und die Männer sind mit Sicherheit in dich verliebt. Was mich ein bisschen eifersüchtig macht, und doch möchte ich, dass es so bleibt.«

Amelie legte ihren Kopf wieder an seine Schulter und wiegte sich mit ihm zur Musik. »Ich glaube, ich weiß nun, warum du wirklich nach London geflohen bist.«

Seine Hand auf ihrem Rücken verharrte.

»Flora hat mir von Morag erzählt«, fuhr Amelie fort. »Aber was hatte sie mit dem Cottage oben am Loch zu tun? War das euer Liebesnest?«

»Das Cottage ist nicht mehr wichtig, Amelie.« Archie holte tief Luft. »Es gibt eine Form der Liebe, die einen schwächt, und eine andere, die einen stärkt. Morag hat mich geschwächt, du dagegen verleihst mir Kraft.«

Amelie dachte an die vielen Dinge, die sie vor ihm geheim hielt, und brauchte plötzlich frische Luft. Sie wartete bis zum Ende des Tanzes. Dann strich sie Archie über die Wange und erklärte, sie sei gleich wieder zurück.

Draußen auf dem Rasen standen einige der männlichen Gäste zusammen und rauchten. Sie hatten ihre Masken abgelegt und musterten Amelie unverhohlen.

Sie machte ein paar Schritte von ihnen fort, spürte eine schmerzhafte Beklemmung in der Brust und rang nach Atem. Sie dachte daran, wie sehr sie Archie liebte und ihm dennoch Lügen erzählt hatte. Dass sie ein Kind zur Welt bringen würde, das den wahren

Namen seiner Mutter nie erfahren würde. Um besser Luft zu be-kommen, nahm sie ihre Maske ab.

Sie fiel ihr aus der Hand und landete auf dem Rasen – ein gol-den-schwarzer Schwan, der sie mit leeren Augen anstarrte.

Und dann geschah es.

»Anaïs?«

Amelie fuhr herum.

Eine Frau trat aus der Dunkelheit ins Licht, das aus den Fenstern von Kinloch fiel.

Amelie wich zurück.

»Anaïs!«

Ein Wort, ein Name.

Eine Wahrheit, die ihr Leben zerstören würde.

Amelie schüttelte den Kopf, berührte ihr dunkles Haar.

Die Frau kam näher.

Amelie starrte sie an. Es war einfach unmöglich. Es konnte nicht sein.

Sie hob die Hand, um die Frau, die sie erkannt hatte, abzuwehren, hörte wieder das Pfeifen in ihren Ohren und presste die Hände an den Kopf. Ihr wurde glühend heiß, das Pfeifen wurde lauter, und sie bekam keine Luft mehr.

Dann fiel sie zu Boden und versank in Dunkelheit.

KAPITEL 21

Vianne
New York, Frühling 1925

»Noch ist draußen alles ruhig«, sagte Miss Ellie beim Betreten der Garderobe. Sie hatten einen Nebenraum umfunktioniert, den man aus dem Gastraum des Valentino's durch eine Tür in der holzgetäfelten Seitenwand erreichte.

Nun standen in diesem Nebenraum Frisiertische, an denen die Models saßen. Sie wurden geschminkt, die Amorbogen der Lippen betont, ihre Haare gelockt.

Vorsichtig streiften Lucia, Goldie und Mollie ihnen anschließend die ersten Kleider über.

Vianne glättete ein Chiffonkleid, prüfte an Rock und Saum, ob irgendwo noch winzige lose Fäden hingen, die entfernt werden mussten. Dann trat sie einen Schritt zurück und ließ ihren Blick über das Kleid wandern, bis sie sich vergewissert hatte, dass es nicht das Geringste zu beanstanden gab.

Dieses Kleid würde als Erstes vorgeführt werden, ein dunkelrotes für den Nachmittag, dessen tiefe Taille von einem schwarzen Band betont wurde.

Vianne bat das Model, sich noch einmal zu drehen. Zufrieden nickend wandte sie sich dann dem nächsten Kleid zu. Dieses war aus weißem Georgette, das Oberteil vorn mit schmalen Biesen versehen, und der weite Rock schwang beim Gehen um die Knie der Trägerin.

Als drittes würden sie ein leichtes blaues Sommerkleid zeigen, schließlich sollte die Schau mit den Farben Frankreichs eröffnet werden. Und alle drei Models würden nicht nur über den Laufsteg schreiten, sondern sich auch immer wieder drehen, um von allen Seiten bewundert werden zu können.

Vianne war, als würden sämtliche Nerven ihres Körpers vibrieren. Am Vorabend hatte die Generalprobe stattgefunden, und in der Nacht hatte sie kein Auge zugetan, war in Gedanken immer wieder die Kleider und die Abfolge der Schau durchgegangen.

Sie hörte, wie draußen die ersten Gäste eintrafen. Ausrufe des Entzückens ertönten, die vermutlich der rot-weiß-blauen Blumendekoration und den großen Fotos von Paris an den Wänden galten, vielleicht auch den in Goldfolie eingeschlagenen Pralinen, die Giorgio auf den Tischen platziert hatte.

»Sie sehen wundervoll aus«, wandte Vianne sich an die ersten drei Models, »bitte tragen Sie die Kleider, als könnten Sie sich keine schöneren vorstellen.«

Wie Maman sich gefreut hätte, wenn sie an diesem Tag hätte dabei sein können. Wie stolz sie gewesen wäre, hätte sie miterleben dürfen, was ihre jüngste Tochter alles geschafft und wie sie ihr Können unter Beweis gestellt hatte. Heute würde sie ihrem Publikum Schönheit schenken, die Schönheit sorgfältig gearbeiteter und mit Liebe gestalteter Kleidung. Das hätte ihre Mutter ganz sicher zu schätzen gewusst.

Während der Schau würde eine Jazzband spielen, doch den Anfang machte die für Frankreich typische Akkordeonmusik.

Die Tür zum Restaurant wurde geöffnet, ein roter Vorhang beiseitegezogen.

Vianne nickte den drei Frauen zu, und sie liefen los.

Danach ging alles ganz schnell.

Ein Model nach dem anderen spazierte los, drehte sich, kehrte zurück, bekam das nächste Kleid übergestreift, schlüpfte in das nächste Paar Schuhe, stets assistiert von Viannes Kolleginnen.

Jedes Kleidungsstück, jeden Schritt, jede Drehung beobachtete Vianne mit Argusaugen.

Dann und wann erhaschte sie einen Blick auf Miss Ellies Mutter, die, ganz in Rot, in einer Ecke des Restaurants saß, sich auf ihren Stock stützte und die Vorführung mit glänzenden Augen verfolgte.

Miss Ellie selbst stand in der Garderobe und kontrollierte anhand einer Liste, ob Kleidungsstück, Schuhe und Accessoires jeweils korrekt zusammengestellt waren und die geplante Abfolge eingehalten wurde.

Als Vianne gerade dabei war, das mitternachtsblaue Abendkleid aus Satin an einem Model zurechtzuzupfen, trat Miss Ellie zu ihr und sagte: »Wissen Sie eigentlich, wie viel ich Ihnen für diesen Tag schulde?«

Draußen erklang Applaus.

Vianne lächelte ihre Chefin müde und zufrieden an. »Wissen Sie, dass ich jede Gelegenheit, die sich mir in New York geboten hat, Ihnen verdanke?« Sie drückte Miss Ellies Arm.

Der Applaus draußen wurde noch lauter.

Vianne schob den roten Samtvorhang ein wenig zur Seite und spähte hinaus. Sie erkannte Katherine Carter, die in der ersten Reihe saß und ein schwarzes Röhrenkleid trug – ärmellos und mit weißer Perlenstickerei, die über das Kleid rankende Iris darstellten, mit Blättern aus hellgrünen Perlen. Auch der Ausschnitt war mit weißen Perlen eingefasst und schimmerte im Licht. Dieses Kleid hatte Vianne für sie entworfen.

Vianne erinnerte sich an ihren ersten Besuch bei Katherine Carter in ihrem Haus in der Fifth Avenue. Sie hatte sich zwingen müssen, die opulente Einrichtung und den in sämtlichen Frühlingsfarben blühenden Garten nicht mit offenem Mund anzustarren.

Sie wandte sich wieder um, denn als Nächstes würde das Brautkleid vorgeführt. Lucia war schon dabei, es an dem Model, das sie dazu auserkoren hatten, zu inspizieren. Als sich die junge Frau in Bewegung setzte, war Vianne kurz davor, selbst vor Freude und Begeisterung zu klatschen.

Stattdessen griff sie nach Adelines Hand und beobachtete mit ihr, wie das Model mit hocherhobenem Kopf über den Laufsteg schritt, sich zwischendurch in dem weiten cremeweißen Satinkleid drehte und dann weiterging. Nächtelang hatte Vianne über dem Entwurf gesessen, häufig mit Lucia an ihrer Seite. Sie hatte ein schlichtes Kleid vor Augen gehabt, doch dabei kam alles auf den perfekten Schnitt an, und niemand kannte sich in dieser Hinsicht besser aus als Lucia. Zuletzt hatte sie sich für einen V-Ausschnitt entschieden und für eine große Schleife auf dem Rücken, die kokett und elegant zugleich wirken sollte. Der Rock wurde hinten gerafft, von dort aus fiel eine Schleppe bis zum Saum.

Vianne schlang die Arme um sich und fing Giorgios Blick auf. Er stand am Tisch von Katherine Carter, und als das Brautkleid an ihm vorüberschwebte, deutete sich auf seinen Lippen ein Lächeln an. Dann führte er zwei Finger an den Mund und warf Vianne einen Kuss zu.

Sie errötete und konzentrierte sich rasch wieder auf das Model. Die schöne junge Frau im Brautkleid war auf dem Rückweg. Vor dem roten Vorhang nahm sie eine abschließende Pose ein, bevor sie, unter stürmischem Applaus, in die Garderobe verschwand.

Hand in Hand mit Miss Ellie trat Vianne dann hervor und lief mit den anderen Frauen des Ateliers und den Models über den Laufsteg, bis sie zuletzt innehielten und sich vor ihrem Publikum verneigten.

Sie erhielten stehenden Applaus, und Miss Ellie hob Viannes Hand.

Bravorufe ertönten.

Giorgio gab zwei Kellnern ein Zeichen, die daraufhin Vianne und Miss Ellie riesige Blumensträuße überreichten. Alle Blicke richteten sich auf sie, und immer noch wurde Beifall geklatscht.

Vianne sah die Begeisterung auf den Gesichtern, spürte, wie sie selbst erglühte, und ihr war, als würde sie sich in dem wunderschönen Kleid, das Goldie für sie genäht hatte, in die Lüfte erheben und über der neuen Welt, die sie erobert hatte, schweben.

In New York sei alles möglich, das hatte die Frau in Le Havre kurz vor dem Ablegen des Schiffes gesagt. Und sie hatte recht behalten, denn in dieser Stadt war es Vianne gelungen, ihren größten und schönsten Traum zu verwirklichen.

Sie spürte Miss Ellies Hand, die Nähe ihrer Kolleginnen, sah, wie liebevoll Giorgio sie anlächelte, und war so glücklich wie seit Jahren nicht mehr. Vielleicht wäre es ihr nun auch endlich möglich, die

Lebensfreude zurückzugewinnen, die sie vor Beginn des Kriegs als selbstverständlich betrachtet hatte.

Als der Applaus langsam nachließ, kam Giorgio zu ihr und küsste sie auf die Wange.

»Fabelhaft«, flüsterte er. »Das war großartig. *Du* warst großartig, *Bella*.«

Er griff nach ihren Händen, doch nun trat Katherine Carter zu ihnen und umarmte Vianne. »Sie werden Stadtgespräch sein, Vianne. Und ich werde ein Problem haben, denn ich möchte Sie mit niemandem teilen. Nur fürchte ich, nach diesem Tag wird mir nichts anderes übrig bleiben.«

»Da brauchen Sie sich keine Sorgen zu machen«, versicherte Vianne dieser liebenswürdigen Frau, der sie so viel verdankte. »Ich werde für unsere Kundinnen weiterhin maßgeschneiderte, individualisierte Kleider kreieren, etwas anderes kommt für mich gar nicht infrage.«

Katherine drückte ihre Hand. »Ich bin sicher, dass Sie berühmt werden, meine Liebe. Ich spüre es ganz deutlich.«

Als sie sich verabschiedet hatte, erschien Eddie Winter, der Giorgio auf die Schulter schlug und Vianne auf die Wange küsste.

»Das war sensationell, Miss Mercier«, sagte er. »Nun werde ich Ihnen allein eine Doppelseite widmen.«

Vianne zog die Brauen hoch. »Und was ist mit Miss Ellie? Es war ihre Modenschau, nicht meine.«

Winter hob die Schultern. »Ihr habe ich bereits eine Doppelseite über die Modenschau versprochen, und ich halte mein Wort. Doch danach hätte ich gern ein Interview mit Ihnen. Ich möchte über die begabte neue Designerin aus Paris schreiben, damit ganz New York weiß, wer sie ist.«

Vianne blickte zu den Gästen, den Models, die sich in den zuletzt vorgeführten Kleidern unter das Publikum mischten und auf Details des Designs aufmerksam machten, und dann wieder zu Eddie Winter.

»Als Überschrift schwebt mir vor: ›Die Frau aus Paris‹«, sagte er und berührte ihren Arm. »Was halten Sie davon?«

Und Vianne konnte nicht anders, als gerührt die Arme um ihn zu schlingen und ihn an sich zu drücken.

*

Als es dunkel geworden war und der Himmel voller Sterne stand, zog Vianne im Atelier Stoffhüllen über die Kleider, die heute gezeigt worden waren. Sie dachte zufrieden an die zahlreichen Kundentermine, die sie nach der Modenschau gemacht hatte, und sank erschöpft auf einen Stuhl.

Miss Ellie lehnte am geöffneten Fenster der Schneiderei, in der Hand die leere Zigarettenspitze. »Die Schau war phantastisch«, sagte sie. »Sie können sich kaum vorstellen, wie dankbar ich Ihnen und den Näherinnen bin. Und auch allen anderen, die zu der Schau beigetragen haben. Das war ein ganz besonderer Tag für mich.«

Miss Ellie ließ sich Vianne gegenüber nieder und legte die Zigarettenspitze auf einen Arbeitstisch. Dann faltete sie die mit Ringen geschmückten Hände im Schoß und sprach weiter. »Darüber hinaus habe ich heute eine Dämonin bezwungen. Eine, von der ich Ihnen nie erzählt habe.«

Vianne sah sie fragend an.

Miss Ellie seufzte. »Es ist eine Modeschöpferin, die mit den großen Kaufhäusern zusammenarbeitet. Sie kopiert meine Kleider und bietet sie als Konfektionsware an. Natürlich behauptet sie, dass es sich um ihre eigenen Kreationen handele.«

Vianne richtete sich auf. »Dieses Problem kenne ich aus Paris. Dagegen muss man etwas unternehmen.«

»Ich weiß.« Miss Ellie seufzte. »Es war nicht einfach, damit umzugehen. Es hat mich Kraft gekostet. Und nun stelle ich fest, dass ich erschöpft bin. Ich arbeite seit zwanzig Jahren, und es ist harte Arbeit gewesen. Aufhören wollte ich nie, aber jetzt ist für mich der Zeitpunkt gekommen, meine Arbeit ein wenig umzuverteilen.«

Vianne sah ihre Chefin besorgt an. Was sollte das bedeuten?

»Der Name der Frau, die meine Entwürfe kopiert, lautet Lena Davis. Ihr gehört das Modehaus Pearl. Wahrscheinlich werden Ihnen in Ihrer Laufbahn noch einige wie sie über den Weg laufen. Seien Sie auf der Hut.«

»Natürlich, aber –«

Miss Ellie ließ sie nicht ausreden. »Eine Möglichkeit, sich zu wehren, ist, dass man Kleider kreiert, die sich nur schwer kopieren lassen. Unvergleichlich schöne Kleider.«

»Das hätte mir auch meine Mutter geraten.«

»Eine kluge Frau.« Miss Ellie lächelte.

Vianne spürte den Abendwind, der von draußen hereinkam, und plötzlich sah sie sich wieder im La Violette sitzen, auf dem Schoß das weiße Spitzenkleid ihrer Mutter, an dessen Oberteil sie Biesen nähte. Wie lange das schon her war. Es war eine beängstigende Zeit voller Grauen und Tod gewesen, die hoffentlich nie mehr wiederkehren würde. Vorausgesetzt, die Welt hatte ihre Lektion gelernt.

»Ich bin noch nicht bereit, mich aus dem Geschäft zurückzuziehen«, fuhr Miss Ellie fort. »Ich lasse mich nicht verdrängen, mir nicht die Arbeit nehmen, die ich liebe, nur weil man meine Ideen stiehlt.« Sie atmete tief ein und aus. »Aber ich glaube, ich habe eine Lösung gefunden. Dazu muss ich sichergehen, dass ich jemanden an meiner Seite habe, der zusammen mit mir Kleider entwirft.«

Vianne schluckte nervös. Worauf wollte Miss Ellie hinaus?

Ihre Chefin sah sie eindringlich an. »Ich würde Sie gern zu meiner Partnerin machen, Vianne. Und sollte ich mich eines Tages aus dem Geschäft zurückziehen, kann ich mir niemand Besseren als Sie als Nachfolgerin vorstellen. Wahrscheinlich werden Sie dieses Atelier sogar noch großartiger machen.«

Vianne stockte der Atem.

»Ich habe sorgfältig darüber nachgedacht«, sagte Miss Ellie. »In den ganzen letzten Wochen. Ich bewundere nicht nur Ihre Kreativität, sondern auch Ihre Fähigkeit, die anderen Frauen zu inspirieren. Den Namen des Ateliers würde ich selbstverständlich in ›Chappelle und Mercier‹ abändern, aber …« Sie machte eine Pause. »Aber wenn ich eines Tages aufhöre, können Sie das Modehaus selbstredend unter Ihrem Namen laufen lassen.«

Vianne schossen Tränen in die Augen. Sie hätte gern etwas erwidert, doch ihr hatte es die Sprache verschlagen.

»Wenn Sie einwilligen, können Sie sich ab sofort als gleichberechtigte Partnerin betrachten. Den Gewinn würden wir uns halbe-halbe teilen. Ich denke mal, gemeinsam können wir es auch mit Lena Davis und ihresgleichen aufnehmen. Bisher war ich immer allein, habe mir keinen Partner gewünscht. Weder im Geschäft noch in der Liebe. Aber jetzt erkenne ich den Wert des gemeinsamen Schaffens.«

Diese Erkenntnis verdanke ich zum großen Teil Ihnen.« Miss Ellie beugte sich vor und griff nach Viannes Hand. »Ich hoffe, Sie werden sich mein Angebot durch den Kopf gehen lassen.«

»Durch den Kopf gehen lassen?«, fragte Vianne mit zittriger Stimme. »Das muss ich nicht. Ich kann mein Glück kaum fassen!«

»Sehr schön.« Miss Ellie strahlte. »Dann wäre da noch etwas.«

Vianne hielt die Luft an.

»Ich habe ja Augen im Kopf, und ich habe auch ein Herz, selbst wenn manche an Letzterem zweifeln mögen. Wir Geschäftsfrauen sind in Wahrheit gar nicht kalt und gefühllos, man sagt es uns nur nach. Wir sind Menschen wie alle anderen auch.«

Vianne nickte.

»Bisher haben Sie in erster Linie an Ihre Karriere gedacht, Vianne, doch mir scheint, nun ist es für Sie an der Zeit, Ihre Karriere mit der Liebe zu verbinden.«

Vianne starrte Miss Ellie an. »Aber –«

Eine ungeduldige Handbewegung brachte sie zum Schweigen. »Wenn Sie und Giorgio herausfinden möchten, wohin Ihre Gefühle füreinander führen, haben Sie meinen Segen.« Miss Ellie seufzte schwer. »Vielleicht rührt die innere Leere, die ich seit einer Weile verspüre, auch daher, dass ich mein Leben ausschließlich meiner Karriere gewidmet habe. Aber nun sage ich mir, warum sollten Frauen nicht, ebenso wie Männer, beides haben können – ihre Arbeit und jemanden, den sie lieben. Mit anderen Worten, die Regeln, die ich aufgestellt habe, gelten nicht mehr. Stattdessen wünsche ich Ihnen von Herzen, dass Sie in der Liebe die gleiche Erfüllung finden wie in Ihrem Beruf.« Sie lachte leise. »Vielleicht werden Sie auch darin vorbildlich sein.«

Vianne blinzelte ihre Tränen fort und lächelte Miss Ellie dankbar an. Sie dachte an das, was sie für Giorgio empfand. Vielleicht sollte sie ihrem Herz doch gestatten, ausnahmsweise mal den Ton anzugeben. Womöglich würde sich daraus etwas entwickeln, wovon sie kaum noch zu träumen gewagt hatte.

*

Nachdem Miss Ellie sich verabschiedet hatte, blieb Vianne noch für lange Zeit in der Schneiderei sitzen. Sie wusste, dass die anderen Frauen den Erfolg der Modenschau in einem Jazzclub feierten, doch sie war zu müde, um sich ihnen anzuschließen.

Mit einer heißen Tasse Tee in den Händen saß sie einfach nur da und blickte auf das Mondlicht, das von draußen hereinfiel. Wie friedlich dieser Raum nach der Hektik der vergangenen Wochen wirkte. Vianne lehnte sich zurück und versuchte, Miss Ellies Angebot sacken zu lassen. Chappelle und Mercier. Sie konnte es noch gar nicht glauben.

Dann klopfte es draußen an der Eingangstür, und sie zuckte zusammen. Für einen Besucher war es eigentlich viel zu spät.

Verwundert stand sie auf, lief nach vorn und öffnete die Eingangstür.

Draußen stand ein Telegrammbote.

Ein Telegramm? Um diese Uhrzeit?

Vielleicht war es für Miss Ellie. Oder Lucia.

»Telegramm für Miss Mercier«, sagte der Bote und hielt ihr einen Briefumschlag hin.

Und Viannes Herz fing an zu rasen. »Das bin ich.« Wie von allein hob sich ihre Hand und nahm den Umschlag entgegen.

Der Bote stieg auf ein Fahrrad und verschwand in der Dunkelheit.

Der Wind war stärker und kälter geworden. Er wirbelte Unrat auf und zerrte an den Blättern der Bäume. Die wenigen Menschen, die noch unterwegs waren, zogen die Köpfe ein und hatten die Mantelkragen hochgeschlagen.

Vianne starrte auf den Umschlag in ihrer Hand. Seit dem Krieg wusste sie, dass ein Telegramm fast immer schlechte Nachrichten überbrachte.

Sie schloss die Tür und stieg die Treppe hinauf zu ihrer Wohnung. Dort schaltete sie das Licht an, holte ein Messer aus der Küchenschublade und schlitzte den Umschlag auf.

Der Text verschwamm vor ihren Augen. Sie musste sich setzen und die Nachricht mehrere Male lesen.

ANAÏS LEBT STOP KOMM NACH PARIS STOP MARGUERITE STOP

Vianne wurde schwindlig. Sie spürte eine aufsteigende Übelkeit und presste sich die Hand auf den Mund. Und immer wieder starrte sie auf die Worte, die sich ihrem Gedächtnis für alle Zeiten einprägen würden. *Anaïs lebt.*

KAPITEL 22

Anaïs

Brüssel, Frühling 1915

Als Anaïs am frühen Morgen ihr Bett verließ, war im Schlafsaal nur das Atmen der anderen Krankenschwestern zu vernehmen. Der Schlafsaal gehörte zu einem Brüsseler Krankenhaus des Roten Kreuzes, und die Krankenschwestern unterstanden der Aufsicht einer englischen Oberschwester namens Edith Cavell.

Anaïs war stolz gewesen, als Cavell sie vor dem Krieg in ihrem belgischen Lehrkrankenhaus als Schwesternschülerin aufgenommen hatte, denn diese Frau hatte die Krankenpflege zu einem anerkannten Beruf gemacht und gänzlich neue Standards gesetzt.

Auch als der Krieg ausbrach und die Deutschen das neutrale Belgien überfielen, blieb Anaïs bei Cavell. Sie erlebte, wie die Deutschen Häuser niederbrannten, Dörfer dem Erdboden gleichmachten, Frauen vergewaltigten und töteten, Kinder umbrachten, Häuser und Geschäfte plünderten und schließlich Brüssel besetzten, doch nie kam ihr der Gedanke, ihren Platz an der Seite von Edith Cavell zu verlassen.

Nun nahm Anaïs das schlichte, unauffällige Kleid von dem Stuhl an ihrem Bett und kleidete sich lautlos im Dunkeln an. Darin war sie mittlerweile geübt. Die Angst vor der Dunkelheit, die sie früher manchmal empfunden hatte, hatte sie mittlerweile überwunden, schließlich begleitete sie Cavell häufig spätabends, wenn diese in Brüssel Kranke und Verwundete besuchte – oder in den nebelverhangenen ersten Stunden des Tages alliierten Soldaten zur Flucht verhalf.

Auf leisen Sohlen verließ Anaïs den Schlafsaal und schlich die Treppe hinunter. Unten angekommen schloss sie die Kleiderkammer auf, deren Regale mit ziviler Männerkleidung gefüllt waren – Kleidung, die von einigen der Krankenschwestern heimlich angefertigt worden war.

Anaïs wartete, bis ihre Augen sich an die Dunkelheit gewöhnt hatten. Dann tastete sie nach der Hose, die sie bereitgelegt hatte. Für die geplante Aktion hatte sie nur zehn Minuten Zeit, in denen, aus Sicherheitsgründen, alles auf die Minute genau ablaufen musste; denn jedem, der alliierte Soldaten versteckte, schützte oder ihnen zur Flucht aus Belgien verhalf, drohte der Tod durch Erschießen.

Anaïs zog einen eng beschriebenen Stofffetzen aus der Tasche – Cavell hatte ihr den Text in geflüstertem Französisch diktiert.

Sie wendete die Hose, trennte ein Stückchen Futter auf, stopfte den Stofffetzen durch die kleine Öffnung und nähte sie wieder zu. Dann trug sie die Hose, zusammen mit einem Jackett, einem sauberen Hemd, Unterwäsche, Socken, Schuhen, einem Gürtel und dem Seesack, den Cavell für den englischen Patienten gepackt hatte, über den Flur.

Mit pochendem Herzen durchquerte sie die stillen Gänge, vorbei an der Schwesternstation, wo die wachhabende Schwester ein Buch las und Anaïs nicht bemerkte, zu den Sälen, in denen die Kranken und Verwundeten lagen – unter ihnen auch Deutsche.

Anfangs hatten die Schwestern sich beschwert, als sie erfuhren, dass sie auch deutsche Soldaten versorgen sollten, doch Oberschwester Cavell war unbeirrbar geblieben. Sie hatte ihnen erklärt, dass sie ihrer Pflicht bei jedem, der Hilfe brauchte, nachzukommen hatten, und so hatten sie sich gefügt.

Anaïs hatte Soldaten von beiden Seiten der Front gepflegt. Einige hatten Gliedmaßen verloren, andere litten an Fußbrand, Schrapnellwunden, der Beulenpest, an den grauenhaften Folgen des eingesetzten Giftgases oder schlicht an Kriegstraumata.

Mit der Zeit hatte Cavell einen sorgsam ausgewählten Kreis Krankenschwestern zusammengestellt und jeder erklärt, sie selbst verstoße eigentlich nicht gegen Vorschriften, doch angesichts des Elends ringsum sei ihr das christliche Gebot der Nächstenliebe wichtiger als das deutsche Kriegsrecht. Und dann hatte sie die Frauen gefragt, ob sie bereit seien, sich einer belgischen Untergrundbewegung anzuschließen.

Anaïs lief leise weiter. Der junge englische Soldat, dem sie in dieser Nacht zur Freiheit verhelfen würde, wusste nicht, dass er einen Kassiber nach England schmuggeln würde. Das würde er erst erfahren, wenn man ihn in London empfing. Sollte er auf der Flucht gefangen und verhört, vielleicht auch gefoltert werden, würde er nichts verraten können.

Inzwischen hatte Anaïs so viele geheime Nachrichten geschrieben und in Kleidungsstücken verborgen, dass sie kaum noch über die Inhalte nachdachte. Ohnehin waren sie in der Regel verschlüsselt. Das ganze Netzwerk, das Cavell aufgebaut hatte, leistete Fluchthilfe und spionierte für die Alliierten. Sie benutzten Taschentücher, Stoff- oder Papierfetzen, beschrifteten sie und verstauten sie in den Jackenfuttern, Hosen und Schuhen der alliierten Soldaten, die die Flucht antraten. Manchmal hatte Anaïs verstanden, worum es in den Nachrichten ging. Einmal hatte sie die Lage einer deutschen Munitionsfabrik notiert, ein anderes Mal den Zusammenschluss deutscher Reserveeinheiten, dann wieder die Orte, an denen die Deutschen neue Schützengräben aushoben. Es waren Informationen, die Agenten bei den Unterhaltungen deutscher Soldaten in belgischen Gasthäusern und Cafés mitbekommen hatten.

Am vergangenen Abend hatte ein Informant ihnen berichtet, dass die Deutschen ihre Angriffe wieder verstärkt auf die Versorgungswege der Alliierten konzentrieren wollten. Das war eine wichtige Information, die die Alliierten erhalten mussten und die ihren Kontaktleuten an den vereinbarten Treffpunkten zugespielt werden würde.

Anaïs war stolz, zu Cavells Netzwerk zu zählen und den Alliierten im Kampf gegen die Deutschen beizustehen. Sie bewunderte die Belgier, die, obwohl sie litten und sich fürchteten, alles taten, um sich dem Feind und seinen Vorschriften zu widersetzen.

Sie kam an dem Bereich des Krankenhauses vorbei, in dem die deutschen Verwundeten untergebracht waren. Dahinter lag der Flügel der alliierten Soldaten, wo Oberschwester Cavell schon auf sie wartete. Ihr Haar war zu einem strammen Knoten frisiert und ließ sie streng wirken, ein Eindruck, der keineswegs täuschte. Nachher, um genau 6:15 Uhr, würde sie die Tagesschwestern zum Frühstück rufen. Kam eine von ihnen auch nur eine Minute zu spät, würde die Schicht ihrer Gruppe zur Strafe um zwei Stunden verlängert werden.

Als Cavell sah, dass Anaïs' langes blondes Haar noch nicht aufgesteckt war, gab sie einen missbilligenden Laut von sich. Anaïs senkte den Kopf und folgte ihrer Vorgesetzten zu dem Bett am anderen Ende des Saals. Behutsam weckte Cavell den Engländer, der so weit genesen war, dass er die Flucht in die neutralen Niederlande und von dort aus weiter nach England wagen konnte. Sollte er auf dem Weg angehalten werden, hatte er in seinem Seesack Nahrungsmittel und Geld, um Kontrolleure zu bestechen.

»Haben Sie seine Sachen?«, wandte Cavell sich flüsternd an Anaïs.

Anaïs nickte.

Cavell führte den jungen Soldaten, der fast noch ein Junge war, in die Kantine und gab ihm einen Kanten Brot und eine Schale mit heißer Fleischbrühe. Er trug ein Nachthemd und wirkte verschlafen. Mit den Fingern fuhr er sich durch sein zerwühltes Haar. Doch er hielt sich an das, was man ihm als Vorsichtsmaßnahme eingeschärft hatte, und sagte kein einziges Wort. Nachdem er die Fleischbrühe gegessen und die Schale mit dem letzten Stück Brot ausgewischt hatte, zog er sich in eine dunkle Ecke der Kantine zurück und streifte die Kleidungsstücke über, die Anaïs ihm gegeben hatte.

Anaïs ging noch einmal die Sachen im Seesack durch. »Essen, Geld, Wasserflasche, niederländischer Pass – und *Stolz und Vorurteil.*«

Cavell verzog keine Miene, doch Anaïs erlaubte sich ein kurzes Grinsen. Ob der junge Mann wohl gerne Jane Austen las? Ihre Auswahl war begrenzt gewesen.

Die Kleidungsstücke passten dem Engländer wie angegossen –

Anaïs hatte zuvor seine Maße genommen. Nun trat er zu ihnen und stopfte das Hemd in die Hose.

Cavell verabschiedete sich von ihm, und Anaïs führte ihn aus dem Gebäude hinaus auf eine noch stille, neblige Straße. Doch es würde nicht lange dauern, bis überall deutsche Soldaten und Geheimpolizei unterwegs wären, sowie Belgier, die sich in der Hoffnung auf Lebensmittel an Läden anstellen würden.

Anaïs hielt die Augen offen, während sie den Soldaten durch enge Gassen führte und die Prachtstraßen mit ihren imposanten Gebäuden mied.

Unterwegs fiel Anaïs' Blick auf eins der Plakate, die in der ganzen Stadt hingen. Auf ihnen drohten die Deutschen jedem, der einen alliierten Soldaten verbarg, mit dem Tod. Anaïs hätte am liebsten darauf gespuckt.

Vor dem Haus, an dem sie den Engländer übergeben sollte, blieb sie stehen und klopfte leise an die Eingangstür. Sie öffnete sich sofort, und eine junge Frau trat heraus. Der Engländer erschrak und packte Anaïs am Arm.

»Yorc«, flüsterte die junge Frau das Codewort des belgischen Widerstands, und Anaïs nickte.

Anaïs wandte sich ihrem Begleiter zu. »Viel Glück.«

Es war das Erste, was sie seit dem Verlassen des Krankenhauses zu ihm sagte. Schweigen war das oberste Gebot, doch auf seinem Weg würde er Glück gut gebrauchen können, vor allem an der Grenze, wenn die Deutschen seinen gefälschten Pass kontrollierten.

Er bedankte sich leise und sah Anaïs an. »Wenn ich in London bin, schreibe ich Ihnen.«

Anaïs schüttelte den Kopf. »Nein, das tun Sie besser nicht. Zu gefährlich.« Cavell war außer sich gewesen, als ein früherer Patient Anaïs eine Postkarte aus England geschickt und sich für ihre Hilfe bedankt hatte.

Es war auch noch nicht lange her, dass Cavell in einem Moment der Nachsichtigkeit einigen englischen Patienten erlaubt hatte, abends auszugehen – nur um es bitter zu bereuen. Die Engländer hatten sich betrunken und waren laut singend zurückgekehrt. Seitdem bestand Cavell auf absoluter Diskretion.

Der junge Soldat verschwand mit der jungen Frau im Haus, und Anaïs kehrte zum Krankenhaus zurück, dem Ort, den sie nun ihr Zuhause nannte.

*

Schreie durchbrachen die morgendliche Stille in den dämmrigen Fluren der Klinik. Anaïs hörte sie schon, als sie die Eingangstür öffnete. Sie gingen ihr durch Mark und Bein. Rasch legte sie Hut, Mantel und Handschuhe ab und eilte die Treppen hinauf.

Sie wusste, von welchem Patienten die Schreie kamen, die wie die eines verwundeten Tieres klangen. Sie war die Einzige, die ihn beruhigen konnte.

Es war schwer zu sagen, wann genau sie Johannes Meyer unter ihre Fittiche genommen hatte. Ihre Einstellung gegenüber den deutschen Verwundeten hier im Krankenhaus hatte sich nach und nach verändert, und irgendwann hatte sie aufgehört, sich über Cavells Aussage, vor Gott seien alle Menschen gleich, zu entrüsten.

Nun war sie bereits seit Wochen Johannes' Vertraute. Mit der Zeit hatte sie hinter der Fassade des Soldaten den Menschen erkannt, einen jungen Mann, der in Karlsruhe studiert hatte. Er hatte ihr erzählt, wie sehr er seine Arbeit als Ingenieur vermisste, und manchmal kleine Zeichnungen für sie angefertigt, von Maschinen und maschinellen Systemen, die Anaïs gefielen, ihr jedoch wenig sagten. Vorsichtshalber hatte sie die Skizzen stets Cavell gezeigt, schließlich sorgten sie sich durchaus, dass die deutschen Verwundeten auf irgendeine Weise für ihr Land spionieren könnten.

Vor dem Bereich mit den deutschen Soldaten hielt Anaïs einen Moment lang inne. Nur Johannes war zu hören, die anderen waren ruhig. Sie hatten sich an seine Schreie gewöhnt, kannten sie auch von anderen Kameraden, die an Alpträumen litten, sei es in den Schützengräben, im Militärlager oder in einem Krankenhaus. Genau wie Anaïs hatten sie lernen müssen, dass Tapferkeit oftmals nur Tünche war.

Johannes hatte einen Granatenangriff knapp überlebt und wurde, wenn er einschlafen wollte oder im Morgengrauen aufwachte, immer von Panik erfasst.

Er hatte Anaïs vom Leben im Schützengraben erzählt, und sie, die verstanden hatte, dass er darüber reden musste, hatte ihm zugehört. Doch es hatte sie mitgenommen, und sie hatte um das Leben aller Soldaten gebangt, insbesondere um das ihres Zwillingsbruders. Er war ihre andere Hälfte, und sie würde es nicht ertragen, wenn ihm etwas zustieße.

Schon an der Tür sah sie Johannes aufrecht im Bett sitzen und wild gestikulieren. Sie lief zu ihm, registrierte den Schweiß auf seiner Stirn und die hervorquellenden Augen. Dass sie noch in Zivilkleidung war und Cavell sie dafür rügen würde, verdrängte sie. Sie konnte diesen Patienten einfach nicht sich selbst überlassen, da mochte er hundertmal Deutscher sein.

An seinem Bett angekommen, rieb sie ihre Hände warm und legte sie auf Johannes' Schultern.

Ein weißes Stück Papier flatterte dabei zu Boden, was Anaïs nur am Rande bemerkte.

Tränen rannen über die eingefallenen Wangen des jungen Deutschen, und er rief nach seiner Mutter, während in seinen Augen das blanke Entsetzen stand.

Anaïs versuchte, ihn zu besänftigen, doch er starrte auf einen Punkt in der Ferne, wo sich immer wieder aufs Neue etwas abzuspielen schien, das nur er sehen konnte, als liefe in seinem Kopf eine Bilderfolge ab, die sich stets an derselben Stelle verhakte.

Ob Männer wie Johannes nach dem Krieg jemals Frieden finden würden?

Er kniete sich im Bett auf, heulend wie ein Wolf, und es kostete Anaïs große Kraft, ihn in eine liegende Position zurückzubringen. Sie flüsterte ihm tröstende Worte zu, benutzte die wenigen Brocken Deutsch, die ihr aus dem Schulunterricht in Erinnerung geblieben waren, und tupfte Johannes mit einem Handtuch den Schweiß vom Gesicht. Er verbarg seinen Kopf in ihrer Armbeuge und wurde von Schluchzern geschüttelt. Anaïs strich ihm über das Haar.

»Johannes«, sagte sie mit sanfter Stimme. So hatte ihre Mutter früher mit Jacques gesprochen, wenn er sich vor etwas gefürchtet hatte. »Alles wird gut. Du bist hier in Sicherheit, und das Schlimme ist vorbei. Es kann dir nichts mehr passieren.«

Sie hoffte inständig, dass sich ihre Worte bewahrheiten würden.

Johannes wimmerte, doch sein wilder Herzschlag beruhigte sich, und das Zucken seines Körpers verebbte.

»Schwester Mercier«, flüsterte er.

»Habe ich dir nicht gesagt, dass du mich Anaïs nennen sollst?« Sie waren beide so jung, dass die Formalitäten, auf denen Ältere bestanden, ihnen ebenso wenig bedeuteten wie die Trennungslinie, die der Krieg zwischen ihnen gezogen hatte.

Seine Schultern begannen wieder zu beben. »Ich finde nur Trost, wenn ich zeichne«, murmelte er.

Anaïs hob das Blatt Papier auf, das zu Boden gefallen war. Johannes hatte darauf eine Eisenbahnschiene gezeichnet. Sie erinnerte sich, dass er ihr einmal erzählt hatte, vor dem Krieg sei er auf dem Gebiet des Eisenbahnbaus tätig gewesen. Darunter stand etwas auf Deutsch, das sie nicht verstand, und darüber zog eine gepunktete Linie einen weiten Bogen. In die Ecke links unten hatte er eine Art Drehscheibe auf einem Gestell gemalt.

Anaïs legte das Papier auf den Nachttisch und beschloss, Cavell später davon zu berichten. Sie drückte Johannes' Schulter und sagte: »Johannes, du musst einen Tag nach dem anderen in Angriff nehmen und versuchen, nicht immerzu an den Krieg zu denken.«

Nutzlose Worte, denn würde man ihn zurück in den Krieg schicken, könnte bereits der erste Tag an der Front ihn das Leben kosten. Sie wünschte, sie könnte mehr für ihn tun, als ihn zu versorgen und zu trösten. Nicht nur für ihn, sondern für all ihre Patienten. Immer wieder hatte sie sich auf die positive Lebensphilosophie ihrer Mutter besonnen und versucht, den leidenden, geschundenen Soldaten hier im Krankenhaus etwas davon abzugeben, doch der Krieg war stärker als jeder Trost.

Johannes war seit zwei Monaten im Krankenhaus und sollte sich von einer Kopfverletzung erholen. In der Zeit hatte Anaïs ihn gebadet, gepflegt und umsorgt, als wäre er Teil ihrer Familie.

Sie setzte sich auf die Bettkante und hielt seine Hand. Sein Puls ging noch immer unregelmäßig.

»Ich hatte gerade mein Studium abgeschlossen und in Essen eine Stelle gefunden«, sagte Johannes leise. »Und dann wurde ich eingezogen.«

»Ich weiß.« Das hatte er ihr schon tausendmal erzählt.

Viele Soldaten in diesem Krieg waren junge Männer wie Johannes, die losgeschickt worden waren, um zu töten. Anaïs verstand nicht, wie die Regierungen der kriegführenden Länder ihnen so etwas hatten befehlen können, zumal sie dabei in Kauf nahmen, dass die Soldaten dabei auch ihr eigenes Leben verlieren konnten.

»Ich zeig dir was.« Mit dünnen, bleichen Fingern wollte Johannes nach der Zeichnung greifen.

Anaïs reichte sie ihm. »Du hast etwas entworfen, nicht wahr?«

Sein stumpfer Blick belebte sich. Er nickte. »Aber es ist mehr als ein Entwurf. Mich hat schon immer fasziniert, auf welche Weise Wissenschaft und Technik in der Lage sind, unser Leben zu verändern und unsere Welt zu modernisieren, wie wir es uns zuvor niemals hätten vorstellen können.«

Er hatte sich beruhigt, stellte Anaïs fest, und seine Schmerzen vergessen. Sie würde noch ein wenig bei ihm bleiben, bevor sie in ihren Schlafsaal zurückkehrte und ihre Schwesterntracht anlegte.

Johannes sprach weiter. »In diesem Jahrhundert werden wir so große technische Fortschritte machen, dass es nie mehr Krieg geben wird. Ich weiß, dass du gegen Deutschland bist, aber unsere

Wissenschaftler gehören zu den besten. Sie kennen keine größere Befriedigung, als Probleme zu lösen, und auf sie müssen wir bauen. Wir müssen die Schlachtfelder hinter uns lassen und von einem fortschrittlicheren Leben träumen, in dem kein Soldat mehr in einem Schützengraben ausharren muss.«

Anaïs ließ ihren Blick über die anderen Betten wandern. In jedem lag ein Mann, der vor dem Krieg gesund und nun verwundet oder verkrüppelt war.

Johannes drückte ihre Hand.

Zuerst fühlte es sich wie eine Geste des Dankes an, dann verstärkte sich sein Griff. »Ich kann nicht mehr zurück an die Front, Anaïs. Bitte sag der Oberschwester, dass sie das dem Arzt erklären muss. Ich möchte zurück nach Essen und dort meine Arbeit wieder aufnehmen.«

Anaïs wich seinem Blick aus. Ihre einzige Aufgabe war es, die Verwundeten zu versorgen, mehr sollte, mehr konnte sie nicht tun. War sie überhaupt bereit, einem deutschen Soldaten einen solchen Wunsch zu erfüllen, während seine Kameraden mit knallendem Stiefelschritt durch Brüssel marschierten, um ihre Herrschaft zu demonstrieren und die Bevölkerung zu tyrannisieren?

Doch in diesem Augenblick drangen die ersten Sonnenstrahlen durch die kleinen Löcher in den Verdunkelungsvorhängen, und Anaïs meinte, die Stimme ihrer Mutter zu hören.

Was wäre, wenn Jacques' Schicksal auf der anderen Seite der Front von einer Krankenschwester abhinge? Wie verzweifelt würden wir dann beten, dass sie ihm helfen würde?

Anaïs stand auf und strich ihr Kleid glatt. Draußen auf dem Flur waren andere Krankenschwestern auf dem Weg zu den alliierten

Patienten. Die deutschen Verwundeten kamen immer erst nach ihnen an die Reihe, ganz gleich, wie sehr sie litten. Im Rest der Stadt mochten die Deutschen den Ton angeben, doch hier im Krankenhaus entschieden die Schwestern.

Sie wünschte, sie wüsste, ob sie Johannes' Bitte nachkommen sollte. War er nicht ihr Feind?

Seine Brust hob und senkte sich schwer, und in seinen Augen standen wieder Tränen.

Mit einem tiefen Seufzer wandte sie sich ab.

*

Tagsüber assistierte Anaïs bei Operationen, kümmerte sich um ihre Patienten und kehrte am Abend in die Unterkunft der Schwestern zurück.

An diesem Abend stieß sie auf dem Weg dorthin fast mit einem ihr unbekannten Mann zusammen.

»Was wollen Sie?«, fragte sie auf Französisch, dann auf Englisch und schließlich in holprigem Deutsch.

Er griff in die Innentasche seiner Anzugjacke und zog einen Ausweis hervor. Wie sich herausstellte, war er ein Angehöriger der Geheimen Feldpolizei, kurz GDP. Es war eine deutsche Polizeieinheit, die neben der uniformierten belgischen Polizei agierte und ihr übergeordnet war.

Anaïs lief es kalt den Rücken runter. Die GDP wurde unter anderem zur Bekämpfung von Sabotage, Spionage und zur Überwachung der belgischen Bevölkerung eingesetzt und war für ihre brutale Vorgehensweise berüchtigt. Cavell hatte die Schwestern ihres Netzwerks vor diesen Männern gewarnt, die überall Angst und Schrecken verbreiteten.

»Wir haben Befehl, dieses Krankenhaus zu durchsuchen. Hier scheint es Umtriebe zu geben, die unseren Interessen zuwiderlaufen.«

Anaïs hatte zwar nicht jedes Wort verstanden, doch den Sinn hatte sie erfasst. »Hier gibt es nichts«, erwiderte sie. »Wir kümmern uns um unsere Verwundeten, deutsche wie alliierte, und weiter nichts. Lassen Sie uns unsere Arbeit in Frieden verrichten.«

Der Mann lächelte verächtlich.

Um ihr Zittern zu verbergen, verschränkte Anaïs ihre Hände auf dem Rücken, doch ihre Gedanken rasten. Hatte jemand einen ihrer Kassiber abgefangen und herausgefunden, woher er stammte? Oder war einer der deutschen Patienten ein Spion und hatte etwas gesehen?

Sie schluckte nervös und dachte daran, dass sie am frühen Morgen in Zivilkleidung ins Krankenhaus gekommen war. Hatte das einer der Deutschen registriert, als sie sich um Johannes gekümmert hatte, und war argwöhnisch geworden?

»Sie irren sich«, sagte der Geheimpolizist. »Wir haben Grund zu der Annahme, dass hier Mitglieder eines Spionagenetzwerks ihr Unwesen treiben.«

Anaïs hielt seinem Blick stand und schüttelte den Kopf. »Unmöglich. Ihr Verdacht entbehrt jeglicher Grundlage.«

Sie erinnerte sich an Cavells Warnung, dass es in Brüssel jede Menge Franzosen und Belgier gab, die die deutschen Behörden mit Informationen belieferten, um sich selbst Vorteile zu verschaffen. Es musste also gar kein deutscher Patient gewesen sein, der etwas bemerkt und gemeldet hatte.

Anaïs wurden die Knie weich, und sie musste sich zwingen, aufrecht stehen zu bleiben und ihre Schultern gerade zu halten.

»Wir werden das gesamte Gebäude durchsuchen«, sagte der Mann und ließ dabei einen anzüglichen Blick über ihren Körper wandern.

Anaïs verschränkte die Arme vor der Brust.

»Sollten wir irgendwo auf Anzeichen stoßen, die auf Spionage oder Sabotage hindeuten, werden wir entsprechend handeln«, fuhr der Mann fort und machte eine herrische Geste. »Und jetzt verschwinden Sie!«

Mit einem Mal hatte Anaïs einen bitteren metallischen Geschmack im Mund. Schmeckte so die Angst?

Im Weiterlaufen überlegte sie, wie sie die anderen Schwestern des Netzwerks warnen konnte. Sie wünschte, Cavell wäre hier, doch sie war in der Stadt, Krankenbesuche machen.

Sie befahl sich, gegen ihre Angst anzugehen, doch als sie die Stiefelschritte weiterer Polizisten hörte, die anscheinend auf dem Weg zu den Krankensälen waren, verkrampfte sich ihr Magen.

Stur geradeaus blickend, doch ohne etwas zu sehen, steuerte sie das Büro der Oberschwester an, trat ein und verschloss die Tür.

Dann streifte sie ihre Schuhe ab und tappte lautlos zum Schreibtisch. Mit bebenden Händen zog sie eine Schublade auf und holte die gefälschten Papiere heraus, die Cavell dort für die nächsten flüchtenden Alliierten untergebracht hatte, dazu eine Rolle Klebeband. Sie schob die Unterlagen in eine dünne Mappe aus Kunststoff, steckte diese in ihre Unterhose, huschte wieder hinaus auf den Flur und weiter zur Toilette des weiblichen Pflegepersonals.

Sie verzog sich in die hinterste Kabine, schloss sie ab und stieg auf den Toilettensitz, um die Mappe unter den Deckel des Wasserbehälters zu kleben.

Doch gerade als sie fertig war und wieder hinuntersteigen wollte, öffnete sich die Tür des Vorraums. Schwere Schritte ertönten – die eines Mannes. Panisch blickte Anaïs zur Kabinentür, konnte jedoch nicht erkennen, ob sie den kleinen Riegel richtig vorgeschoben hatte. Vielleicht war er ihren schweißnassen Fingern entglitten?

Sie kauerte sich zusammen.

Eine Männerstimme fluchte leise auf Deutsch und riss eine Kabinentür nach der anderen auf. Anaïs schloss die Augen und befahl sich, nicht an die Folgen zu denken, falls er sie mit dem Klebeband in der Hand entdeckte. Es wäre ihr sicherer Tod.

Die Schritte kamen näher.

Dann wurde eine andere Stimme laut, die auf Deutsch fragte: »Was glauben Sie hier zu finden?«

Johannes.

Anaïs biss sich in die Faust, um nicht aufzuschreien.

»Hier ist niemand«, fuhr Johannes fort. »Die meisten Toiletten sind defekt.«

Von dem anderen Mann war eine Art Grunzen zu vernehmen.

Anaïs wagte kaum mehr zu atmen.

»Im Übrigen sind wir in einem Krankenhaus«, sprach Johannes weiter. »Gäbe es hier Spione, wäre es mir aufgefallen, schließlich werde ich hier seit Monaten behandelt.«

Anaïs schluckte krampfhaft. Irgendwie musste Johannes erkannt haben, dass sie sich in einer der Kabinen verbarg. Und dann hatte er beschlossen, sie zu retten? Obwohl sie zum feindlichen Lager gehörte?

Einen Moment lang herrschte Schweigen.

Wie gelähmt starrte Anaïs auf ihre Kabinentür.

Der Polizist murmelte etwas, das sie nicht verstand. Dann sagte er: »Wir werden hier stichprobenartige Kontrollen durchführen und jeden, der uns verdächtig erscheint, mitnehmen. Wenn Sie mich angelogen haben, werden Sie es bereuen.«

»Ich habe nicht gelogen«, erwiderte Johannes, »trotzdem verstehe ich natürlich Ihre Bedenken. Aber hier gibt es definitiv keine Spione. Im Gegenteil, das Krankenhauspersonal ist ohne Fehl und Tadel. Sie behandeln uns Deutsche ebenso gut wie die anderen.«

Stille.

»Wir werden das Krankenhaus dennoch beobachten. Und wenn uns auch nur der kleinste Verdacht kommt, bin ich zurück.«

Dann entfernten sich die beiden – der eine mit knallenden Schritten, der andere in Pantoffeln schlurfend.

Als die Tür zufiel, ließ Anaïs sich auf den Toilettensitz sinken und drückte eine Hand auf ihr hämmerndes Herz.

KAPITEL 23

Vianne

Paris, Sommer 1925

»Vianne!«

Vianne ließ ihre Koffer fallen und warf sich in Marguerites Arme.

Ein Gepäckträger kam, lud auf Marguerites Wink hin die Koffer auf seinen Wagen und blieb wartend bei den beiden Frauen stehen.

Vianne küsste die Wangen ihrer alten Freundin. Diesen Augenblick hatte sie sich während der langen Reise oft ausgemalt, und nun spürte sie, dass sie wieder zu Hause war. Ihre Augen füllten sich mit Tränen. »Liebe Marguerite«, flüsterte sie. Die vielen Fragen, die sie seit der überraschenden Nachricht umgetrieben hatten, schob sie für den Moment zur Seite.

Zwei Tage nach dem Erhalt des Telegramms hatte sie die Überfahrt buchen wollen und in einem zweiten Telegramm von Marguerite erfahren, dass bereits alles geregelt sei.

Und so hatte Vianne zwei Koffer gepackt und war mit einem Passagierdampfer namens *Mauretania* nach Plymouth gereist. Von dort aus war sie nach Frankreich übergesetzt und dann mit dem Zug weiter nach Paris gefahren.

Doch während der ganzen Reise hatte sie sich den Kopf zerbrochen, wie um alles in der Welt ihre Schwester am Leben sein konnte. Im Grunde war das undenkbar, immerhin war Anaïs offiziell für tot erklärt worden, hatte zu denen gehört, die nach dem Beschuss der Kirche Saint-Gervais als Opfer gelistet waren. Und falls Anaïs noch lebte, warum hatte sie dann so lange gewartet, bevor sie sich zu erkennen gab?

Nur am Rande nahm sie die anderen Reisenden wahr, die um sie herum zum Ausgang drängten – Frauen in leichten Sommerkleidern und luftigen Hüten, Kinder in kurzen Hosen oder dünnen Kleidchen, adrett gekleidete Männer. Einige wirkten gehetzt, doch insgesamt herrschte eine fröhliche Stimmung, ein geschäftiges Treiben.

Erinnerungen aus den Kriegsjahren wurden in ihr wach. Damals hatten Frauen auf den Bahnhöfen geweint, weil sie ihre Männer, Väter, Söhne oder Brüder verabschiedeten. Insbesondere die jungen Männer hatten sich weit aus den Zugfenstern gelehnt und gewinkt, strahlend, weil sie es gar nicht erwarten konnten, in den Krieg zu ziehen.

Auch Anaïs war damals so abgereist. Jacques ebenfalls.

Marguerite drückte Viannes Arm, und sie kehrte in die Gegenwart zurück.

»Du musst todmüde sein«, sagte Marguerite. »Möchtest du zuerst ein heißes Bad nehmen und dich danach eine Weile ausruhen?« Als sie lächelte, bildeten sich in ihren Augenwinkeln Krähenfüße, die vor einem Jahr noch nicht da gewesen waren.

Vianne schüttelte den Kopf. »Zuerst möchte ich Anaïs sehen.«

Marguerites Lächeln erlosch. »Das wird keine einfache Begegnung.«

Sie setzten sich in Bewegung, folgten dem Gepäckträger hinaus zu einem Droschkenstand. Er lud Viannes Gepäck ein und lupfte die Kappe, als Marguerite ihm Geld in die Hand drückte.

»Bitte erzähl mir alles ganz genau«, bat Vianne, als die Droschke sich in den Straßenverkehr eingefädelt hatte. »Ich weiß überhaupt nicht, was ich denken soll. Natürlich bin ich überglücklich, dass Anaïs noch lebt, nur kann ich mir keinen Reim darauf machen.«

Marguerite streichelte ihre Hand. »Ich bin so froh, dass du wieder da bist.« Ein Schatten huschte über ihr Gesicht. »Du ahnst nicht, wie sehr deine Familie dich braucht.«

Draußen zogen die vertrauten Pariser Straßen vorbei, und Vianne merkte, wie die Bilder New Yorks in ihrem Kopf in den Hintergrund zu rücken begannen.

Dann fiel ihr ein, dass sie sich noch nicht für die Reise bedankt hatte, die Marguerite für sie bezahlt hatte. »Du hättest nicht so viel Geld für mich ausgeben dürfen«, sagte sie. »Ich wäre auch zweiter Klasse gereist. Die Salons der *Mauretania* glichen italienischen Palazzi. Jedenfalls zahle ich dir alles so bald wie möglich zurück, ich bin ja seit Neuestem die Partnerin meiner früheren Chefin.«

Marguerite sah sie erstaunt an. »Ich habe nichts bezahlt. Das war ein Monsieur Conti. Ich dachte, das wüsstest du. Ich habe angenommen, dass ihr euch nahesteht.«

Vianne glaubte ihren Ohren nicht zu trauen. »Giorgio? Das höre ich zum ersten Mal.« Zwar hatte sie Giorgio von Marguerites Telegramm erzählt, aber wie er es geschafft hatte, ihr eine Passage zu buchen und zu bezahlen, war ihr schleierhaft.

Marguerite lächelte und schien sich ihren Teil zu denken.

Und Vianne beschloss, sich bei Giorgio telegraphisch zu bedanken und ihm zu erklären, dass sie die Summe bis auf den letzten Cent zurückzahlen werde.

»Wo ist Anaïs?«, kam sie zum Anlass ihrer Reise zurück. »Und was ist überhaupt passiert?«

»Sie ist in meiner Wohnung.« Marguerite seufzte. »Im Moment leidet sie noch an einer Amnesie. Sie erinnert sich an nichts und niemanden. Weiß nicht, was vor jenem Karfreitag war, erkennt weder mich noch Jacques und scheint –«

»Nein!«, fiel Vianne ihr ins Wort. »Das ist doch gar nicht möglich. Sie erinnert sich nicht einmal mehr an ihre Kindheit? Auch nicht an ihre Familie?« Sie schüttelte den Kopf. »Sie kann doch niemals Jacques vergessen haben, ihren Zwillingsbruder, der ihr so nahe stand wie kein anderer.«

Marguerite sah sie bekümmert an. »Ich vermute, dass sie beim Einsturz des Kirchendachs am Kopf getroffen wurde. Seltsamerweise erinnert sie sich, dass sie nicht an der Andacht teilgenommen hat. Sie ist noch einmal aus der Kirche hinausgelaufen, weil sie plötzlich den Anhänger ihrer Kette vermisst hat und vor der Kirche danach suchen wollte. Und dann kam es zu dem Beschuss.«

Wieder schüttelte Vianne den Kopf. »Das kann doch gar nicht sein.«

»Anaïs wurde auch nicht mit den anderen Verletzten in dasselbe Krankenhaus gebracht, sondern von einem Arzt und dessen Frau aufgenommen. Bei den beiden war sie für ein paar Tage, wirkte verwirrt und ist dann sang- und klanglos verschwunden.«

Nichts davon ergab einen Sinn, dachte Vianne, eine Hand fest auf den Mund gepresst.

»Die Ärzte, die Anaïs jetzt behandeln, halten sie für ein weiteres Kriegsopfer. Sie glauben, der Beschuss damals hat bei ihr eine Geisteskrankheit ausgelöst. Anscheinend bleibt uns nichts anderes übrig, als uns in Geduld zu üben. Aber vielleicht hilft es ihr, dich zu sehen. Das hoffe ich jedenfalls von ganzem Herzen.«

Vianne hatte einen Kloß im Hals. Anaïs und geisteskrank? Das war für sie unvorstellbar. Aber wie sonst sollte man sich erklären, dass sie sich nicht bei ihnen gemeldet hatte? Nicht einmal bei Jacques.

Sie blickte aus dem Fenster, sah die Seine in der Sonne blitzen und Kähne darauf entlanggleiten. In der Ferne erhob sich der Eiffelturm majestätisch über den Dächern der Stadt.

»Hätte Anaïs ihr Gedächtnis nicht verloren und wäre nach dem Unglück nach Hause gekommen, wäre alles anders gewesen«, sagte sie zu Marguerite. »Ich hätte eine Schwester gehabt, die Jacques in die Schranken gewiesen hätte. Anaïs hätte niemals zugelassen, dass er mich rauswirft. Und vielleicht wäre Papa nicht vor Trauer gestorben.« Erschrocken merkte sie, wie bitter sie bei diesen Worten klang.

Marguerite schenkte ihr einen mitleidigen Blick. »Was in der Vergangenheit passiert ist, kann man nicht mehr ändern, Liebes. Anaïs schien im Übrigen ziemlich mitgenommen, als sie vom Tod eures Vaters erfuhr.«

Vianne stiegen Tränen in die Augen.

Sie bogen in die Rue Brosse ein, und die Kirche Saint-Gervais kam in Sicht. Vianne wandte den Blick ab.

»Entschuldige«, sagte Marguerite. »Ich hätte den Fahrer bitten sollen, eine andere Strecke zu wählen.«

Doch nun war es zu spät, sie mussten der Rue Brosse folgen, und ohne dass sie es wollte, wurde Viannes Blick von der Kirche angezogen, die inzwischen wiederaufgebaut war. Die Tränen liefen nun ungehemmt ihre Wangen hinab, und sie verschränkte die Arme schützend vor der Brust. Im Geist hörte sie die Explosion, das Krachen einstürzender Mauern, die Schreie der Menschen und sah sich wieder an der Seine stehen, die Füße schwer wie Blei.

Marguerite überließ sie ihren Gedanken und sagte nichts.

Dann waren sie inmitten des Marais, passierten das Café, wo Vianne sich früher Leckereien hatte aussuchen dürfen, und die Modegeschäfte, an deren Schaufenstern sie sich als Mädchen die Nase platt gedrückt hatte, weil sie unbedingt wissen wollte, wie man so wundervolle Kleider fertigte. Und dann sah sie das Céline – und erschrak.

»Was ist mit unserem Antiquitätengeschäft passiert?« Am liebsten hätte sie den Wagen anhalten lassen, um hinauszuspringen und es sich genau anzusehen. Auf die Schnelle nahm sie nur wahr, dass die Schaufensterscheiben schmutzig waren und das Gold an dem Namen »Céline«, das einst so hell und makellos geglänzt hatte, halb abgeblättert war.

»Jacques ist passiert«, erwiderte Marguerite. »Er ist nicht der Besitzer, den man sich erhofft hätte.«

Vianne spürte, wie sich ihre Kinnpartie versteifte und der Kragen ihrer Bluse so eng wurde, dass sie ihn aufknöpfen musste. Sie drehte den Kopf, um festzustellen, ob es in dem Geschäft ein Lebenszeichen gab, doch sie waren schon vorbeigefahren und erreichten gerade die Place des Vosges.

Noch ganz benommen vom Anblick des Céline stieg Vianne aus der Droschke. Als sie Anstalten machte, den Fahrer zu bezahlen, schob Marguerite sie sanft zur Seite und übernahm die Kosten.

Wie eine Marionette, den Blick starr auf Marguerites Rücken gerichtet, folgte sie ihr durch den schönen Bogengang und in den Hof, wo nicht das kleinste Zeichen der Vernachlässigung zu erkennen war.

Auch das Holz der Wohnungstür, die Marguerite aufschloss, war gepflegt und glänzte.

Vianne überlegte, wann Jacques das Geschäft hatte herunterkommen lassen. Als sie noch in Paris gewohnt hatte, war ihr nichts dergleichen aufgefallen.

Sie und Marguerite nahmen die Treppe hinauf in den fünften Stock.

In der Wohnung angekommen, stellten sie die Koffer ab, und Vianne fand ihre Sprache wieder.

»Ich fasse es nicht«, sagte sie aufgebracht. »Was um alles in der Welt ist aus dem Céline geworden? Hat Jacques den Verstand verloren?«

Ein Dienstmädchen kam herbei und griff nach Viannes Koffern, um sie in ihr Zimmer zu tragen.

»Anaïs ist wahrscheinlich im Salon«, sagte Marguerite. »Möchtest du gleich zu ihr, oder brauchst du noch einen Moment für dich?«

»Ich möchte sie sehen«, antwortete Vianne, verscheuchte die Bilder des Céline und sammelte sich.

»Natürlich«, sagte Marguerite. »Die Ärzte sind übrigens der Ansicht, dass es für Anaïs gut sein könnte, dich zu sehen. Du hast zu den letzten Menschen gehört, mit denen sie vor dem Unglück gesprochen hat. Zumindest von denen, die noch leben.«

»Weiß man, wo sie seither war?«

»In den Highlands.«

»Was? In Schottland?«

Marguerite nickte. »Dort habe ich sie gefunden, als ich auf der Verlobungsfeier einer jungen Schottin war. Sie ist die Tochter einer meiner Freundinnen und hat eine Weile hier im Marais gelebt, wo ich mich ein wenig um sie gekümmert habe. Und dann fahre ich zu dieser Verlobungsfeier und stelle fest, dass es sich bei einer der attraktivsten Frauen dort um keine andere als Anaïs handelt.« Als könne sie es noch immer nicht fassen, schüttelte Marguerite den Kopf. »Ich hätte sie überall wiedererkannt.«

»Aber –«

Marguerite ließ sie nicht ausreden. »Du ahnst nicht, wie perplex ich im ersten Moment war und wie eigenartig Anaïs reagiert hat, als sie mich sah. Natürlich hat sie mich nicht erkannt, aber als ich ihrem Mann erklärt habe, wer ich bin, schien ihr das äußerst unangenehm zu sein.«

Vianne starrte sie an. »Anaïs ist verheiratet?«

»Ja, mit einem Mann namens Archie McCallum. Und ihr Mann wusste von ihr nur, dass sie ihre Familie im Großen Krieg verloren hat. Sonst hatte sie ihm nichts von sich erzählt. Sie sind sich in London begegnet, und nach einer kurzen, stürmischen Romanze haben sie geheiratet.«

Vianne schwirrte der Kopf. Anaïs sollte einen Schotten geheiratet und in den schottischen Highlands gelebt haben? Unvorstellbar. Langsam kamen ihr ernsthafte Zweifel, ob es sich bei der Frau in Marguerites Wohnung tatsächlich um ihre Schwester handelte.

»Archie ist ein ausgesprochen liebenswürdiger Mann, der Anaïs, wie er mir gesagt hat, nie gedrängt hat, ihm mehr über sich zu erzählen. Sie nannte sich in England und Schottland auch gar nicht Anaïs, sondern Amelie.«

»Amelie?« Vianne schüttelte den Kopf. Da hatte sie all die Zeit geglaubt, dass ihre Schwester tot sei, dabei hatte sie in Wahrheit in Schottland gelebt.

»Archie hat Anaïs auch überredet, mit mir nach Paris zurückzukehren, um sich hier vielleicht wieder an ihre Vergangenheit zu erinnern. Und ich habe mich bereit erklärt, sie bei mir aufzunehmen und sie zu umsorgen. So wie ich es auch bei dir getan habe.«

Vianne wusste kaum, wie sie Marguerite danken sollte.

»Zuerst hat Anaïs sich geweigert, mit mir nach Paris zu kommen«, fuhr Marguerite fort. »Nur widerstrebend hat sie sich schließlich dazu bereit erklärt, hat allerdings darauf bestanden, dass ihr Mann sie nicht begleitet.« Sie zuckte mit den Schultern. »Er ist noch immer in Schottland. Du siehst also, wie sehr du gebraucht wirst.«

»Dann lass uns zu ihr gehen.«

*

Vianne und Anaïs hatten sich auf einer Bank der Place des Vosges niedergelassen, eines der großartigsten Plätze von Paris.

Es hatte eine Zeit gegeben, da war Anaïs für Vianne das schönste und klügste Mädchen der Welt gewesen. Nun saß ihre Schwester mit leerem Blick an ihrer Seite und hatte ihr blondes Haar aus unerfindlichen Gründen schwarz gefärbt. Nur ein heller Ansatz war zu sehen, im Moment jedoch unter dem Hut verborgen, den Marguerite Anaïs aufgesetzt hatte.

Vianne blickte zu den Kindern, die in der Sonne umherliefen, dann zu den Erwachsenen, die über die Kieswege spazierten. Keiner wagte es, die gepflegten Rasenflächen zu betreten.

»Anaïs«, sagte Vianne.

Anaïs antwortete nicht, nur das Heben und Senken ihrer Brust verriet, dass sie lebte.

Vianne ließ ihren Blick über das schlichte Kleid wandern, das ihre Schwester aus Schottland mitgebracht hatte.

Wo sie als Amelie McCallum gelebt hatte.

Vorsichtig strich Vianne ihr eine dunkle Strähne aus den Augen. »Weißt du denn nicht mehr, wie wir hier als Kinder gespielt haben?«, fragte sie und bemühte sich, nicht verzweifelt zu klingen, nicht die Hände vors Gesicht zu schlagen und sich dem Schmerz über die auf ganz neue Weise verlorene Schwester zu überlassen.

Sie griff nach Anaïs' Hand und atmete tief durch. Vielleicht hätte sie die Frage nicht stellen sollen. Womöglich hatte sie ihre Schwester damit aufgeregt. Doch dann wandte Anaïs sich ihr zu, und für einen Moment blitzte ihr altes Selbst in ihren Augen auf.

»Anaïs«, wiederholte Vianne sanft.

Marguerite hatte nicht gewollt, dass sie die Wohnung mit Anaïs verließ. Vianne hatte sich darüber hinweggesetzt, denn eine innere Stimme hatte ihr geraten, allein mit ihrer Schwester zu reden, ohne von der Krankenschwester, die Anaïs betreute, beobachtet und belauscht zu werden. Beim Betreten des Salons war es Vianne nämlich so vorgekommen, als wäre in Anaïs' Augen etwas wie Erkennen aufgeflackert.

Plötzlich schlossen sich Anaïs' Finger fest um Viannes Hand.

344

»Ich erinnere mich an alles«, sagte sie leise. »Ich wünschte nur, ich könnte es vergessen.«

Vianne starrte sie an. »Wie war das?« Sie wusste nicht, ob sie ihre Schwester nun erleichtert in die Arme nehmen sollte oder nicht. Sie wollte es tun, doch dann fiel ihr ein, dass Anaïs sich früher stets ein wenig versteift hatte, wenn Vianne die Arme um sie schlang.

»Ich kann nie wieder Anaïs sein«, fuhr sie mit ihrer leisen Stimme fort. »Nie mehr. Und das, was ich dir jetzt sage, darfst du niemandem weitererzählen. Versprich es mir. Sonst werde ich noch etwas Drastischeres tun.«

Vianne öffnete den Mund, um zu antworten, brachte jedoch keinen Ton heraus.

Anaïs richtete ihren Blick wieder geradeaus. »Mamans Tod war meine Schuld.«

»Was sagst du?«, flüsterte Vianne. Die Rasenflächen und Kieswege vor ihr fingen an sich zu drehen.

*

Am späten Nachmittag machte Vianne sich auf den Weg zum Céline. Anaïs war wieder in der Obhut der Krankenschwester. Nach ihrem Bekenntnis war sie einfach aufgestanden und hatte erklärt, sie wolle zurück in Marguerites Wohnung. Viannes Bitten, ihr mehr zu erzählen, waren bei ihrer Schwester auf taube Ohren gestoßen.

Nun, auf dem Weg zum Antiquitätengeschäft, fragte Vianne sich, ob Jacques womöglich mehr wusste. Hatte Anaïs sich ihm geöffnet und nur Marguerite gegenüber behauptet, sie könne sich an nichts erinnern?

Sie bog in die Rue de Sévigné ein. Als sie an dem Haus vorbeikam, in dem sie groß geworden war, schnürte sich ihre Kehle zu. Im Geist sah sie den kalten Blick ihres Bruders bei ihrer letzten Unterredung vor sich und die unscheinbare Frau, mit der er sich verlobt hatte. Sie musste sich zwingen weiterzulaufen, statt die Klingel zu betätigen und den beiden einen wütenden Besuch abzustatten. Sie fragte sich, ob die Wohnung, die ihre Eltern mit den kostbarsten Antiquitäten ausgestattet hatten, nun ebenso heruntergekommen war wie das Céline.

Einst war ihr diese Wohnung wie eine Festung vorgekommen, in der ihrer Familie nichts zustoßen konnte, und dann war alles wie ein Kartenhaus zusammengebrochen.

Sie dachte an das Telegramm, mit dem sie sich bei Giorgio für seine Großzügigkeit bedankt hatte. Auch Miss Ellie hatte sie eins geschickt. Beide wussten nun, dass sie noch eine Zeit lang in Paris bleiben würde.

Als sie das Céline erreichte, wurde sie von glühendem Zorn übermannt. Sie hatte sich im Vorbeifahren nicht getäuscht, das Schaufenster war blind vor Staub, der Name des Geschäfts so abgeblättert, dass er kaum noch zu lesen war.

Sie stieß die Eingangstür auf, die quietschte, als wäre sie seit Langem nicht mehr geölt worden. Und der Innenraum war nur trübe beleuchtet. Auch waren kaum noch Antiquitäten da und die wenigen vorhandenen ebenfalls staubbedeckt.

Sie rief den Namen ihres Bruders.

Hinten im ehemaligen Büro ihres Vaters schien sich etwas zu regen, doch niemand erschien.

Vianne blickte sich um und konnte nicht fassen, wie Jacques mit dem Vermächtnis ihres Vaters umgegangen war. Sie erinnerte sich an seine gebieterischen Gesten, als er sie vor die Tür gesetzt hatte, seinen Anspruch, von nun an der Herr im Haus zu sein und seine künftige Frau die Herrin.

»Vianne.«

Sandrine stand vor ihr, mit stumpfem Blick und einem stramm gezogenen Nackenknoten, der sie, zusammen mit einer unkleidsamen Bluse und einem unförmigen Rock zwanzig Jahre älter machte. Nervös strich sie sich über das Haar. »Hattest du eine gute Reise? Marguerite hat uns erzählt, dass du kommst.«

»Ja, ich bin nur etwas müde.« Wieder blickte Vianne sich um. »Wo ist Jacques? Und was um alles in der Welt hat er mit dem Céline gemacht?«

Flammende Röte schoss Sandrine ins Gesicht, und sie senkte den Blick. »Das kann ich dir nicht sagen.«

Vianne seufzte. »Ist er hinten im Büro?«

Sandrine hob den Kopf und flüsterte: »Ich bin froh, dass du gekommen bist.« Ihr Blick huschte durch den Raum nach hinten. »Ich brauche deine Hilfe. Bitte.« Sie presste eine Hand auf ihren Mund, und ihre Augen füllten sich mit Tränen.

Vianne wollte etwas antworten, doch ihre Schwägerin kam ihr zuvor. »Du siehst ja, wie Jacques das Geschäft heruntergewirtschaftet hat.«

Vianne bewegte sich in Richtung Büro.

Sandrine hielt sie fest. »Dein Bruder ist gar nicht in der Lage, ein Antiquitätengeschäft zu führen.«

Vianne schaute in die grauen Augen, die sie flehend anblickten. »Und warum nicht?«

Im Büro fiel etwas um, es klang nach einem Stuhl. Und dann stand Jacques auf der Schwelle, in der Hand eine Flasche Wein.

»*Bonjour*, Vianne«, sagte er mit schleppender Stimme und grinste, bevor er die Flasche ansetzte und einen großen Schluck nahm. Danach war die Flasche offenbar leer, und Jacques' Miene wurde verdrossen.

»Jacques«, sagte Vianne erschüttert. Nun verstand sie, warum das Céline in einem solch erbarmungswürdigen Zustand war. Sie dachte an das, was sie in New York aufgegeben hatte, um hierherzukommen. Wie unermüdlich sie drüben gearbeitet hatte, um etwas zu erreichen. Sollte ihr das nun alles durch die Finger rinnen, weil ihr Bruder trank und ihre Schwester aus unerfindlichen Gründen tat, als hätte sie ihr Gedächtnis verloren? Und sie ihnen helfen musste?

»Anscheinend hast du in New York keinen Ehemann gefunden«, sagte Jacques und schwenkte die Flasche. »Vielleicht finden wir hier ja jemanden für dich.«

»Ist das alles, was dir einfällt?«, fragte Vianne. »Ich hatte auf eine Entschuldigung gehofft.«

Sie versuchte, sich an den sensiblen Jungen zu erinnern, der er einmal gewesen war, mit klaren blauen Augen in einem hübschen Gesicht. Schäfer wolle er werden, hatte er früher gesagt. Schäfer oder Tierarzt. Und nun war ein Trinker aus ihm geworden, der dabei war, das Lebenswerk seines Vaters zu zerstören.

Und doch war er noch immer ihr Bruder.

»Sandrine«, sagte sie. »Bring mir Putzzeug.« Sie deutete auf Jacques. »Wir reden miteinander, wenn du nüchtern bist.«

KAPITEL 24

Anaïs
Brüssel, Frühling 1915

Am Büro von Oberschwester Cavell angekommen, wurde es Anaïs mulmig zumute. Nervös strich sie über ihre Schürze.

Im Büro wurde eine Schublade aufgezogen und geschlossen. Ein Stuhl knarrte. Zum hundertsten Mal dachte Anaïs an den Gefallen, um den sie ihre Vorgesetzte bitten wollte. Noch vor einem Tag hätte sie nicht geglaubt, dass sie es wagen würde, die Bitte auszusprechen, doch angesichts der Qualen, die Johannes litt, blieb ihr nichts anderes mehr übrig.

Sie atmete noch einmal tief durch und klopfte an die Tür.

»Herein!«

Anaïs betrat das Büro, das wie immer tadellos sauber und aufgeräumt war. Sonnenlicht fiel herein, goldene Säulen, in denen winzige Staubkörnchen tanzten. Manchmal konnte Anaïs nicht fassen, dass die Sonne immer weiter schien, auch dann, wenn deutsche Soldaten durch die Straßen patrouillierten und die Bewohner sich ängstlich wegduckten.

Cavell setzte ihre Brille ab und lächelte Anaïs an.

Anaïs beschloss, nicht lange um den heißen Brei herumzureden, so etwas mochte Cavell nicht. Sie wollte gerade Luft holen, als die Oberschwester zuerst das Wort ergriff.

»Ich muss Sie loben, Miss Mercier. Ihre Arbeit ist auf jedem Gebiet einwandfrei. Übrigens ist auch der junge Mann, den Sie zuletzt zu unseren Kontaktleuten in Brüssel gebracht haben, inzwischen sicher in England angekommen. Und schon habe ich einen neuen Auftrag für Sie.« Mit einem Wink bedeutete sie Anaïs, auf dem Holzstuhl vor ihrem Schreibtisch Platz zu nehmen.

»Bald beginnt der Urlaub, der Ihnen zusteht. Ich nehme an, Sie wollen ihn in Frankreich verbringen.«

Anaïs schüttelte den Kopf. »Ich muss keinen Urlaub nehmen und möchte lieber hierbleiben.«

Cavell runzelte die Stirn. »Das geht nicht, denn ich hoffe, auf dem Weg nach Frankreich werden Sie mir einen Gefallen tun.« Sie beugte sich vor und senkte die Stimme. »Allerdings wird es für Sie nicht ungefährlich sein.«

Anaïs spürte, wie ihr Herz aufgeregt zu klopfen begann.

»Wir haben Informationen, die wir umgehend nach Paris weiterleiten müssen. Sie betreffen die Munitionslager der Deutschen nahe Valenciennes und sind von so zentraler Bedeutung, dass Sie schon morgen aufbrechen müssten. Sie bekommen einen gefälschten Ausweis, mit dem Sie bis zur Grenze gelangen – vorausgesetzt, Sie sind bereit, diese Aufgabe zu übernehmen.«

»Selbstverständlich bin ich das. Doch bevor ich gehe, möchte ich mit Ihnen noch –«

»Tragen Sie Ihr Haar bis zur Grenze offen, das wird die Deutschen ablenken«, fiel Cavell ein.

Anaïs nickte.

»Vielen Dank, Miss Mercier.« Cavell wandte sich wieder ihrer Schreibarbeit zu.

»Ich habe selbst auch eine Bitte.«

Die Oberschwester blickte auf. »Und die wäre?«

»Es geht um den deutschen Patienten, um Johannes Meyer. Ich glaube, er ist nicht in der Lage, an die Front zurückzukehren, ist mehr als die anderen von seinen Kriegserlebnissen traumatisiert. Er zittert, schreit, ist mitunter verwirrt und leidet unter Alpträumen. Und wenn er daraus aufwacht, ist seine Sehkraft geschwächt, so dass er Schwierigkeiten hat, sein Gegenüber zu erkennen.«

Cavell runzelte die Stirn.

»Meyer ist Ingenieur«, fuhr Anaïs fort. »Wenn es ihm einigermaßen gut geht, stellt er mathematische Formeln auf und fertigt Zeichnungen von Maschinen, Brücken und Eisenbahnlinien an, wie die, die ich Ihnen gezeigt habe. Vielleicht können Sie veranlassen, dass er nach Hause gehen kann, in eine Stadt namens Essen. Dort hat er vor dem Krieg gewohnt und gearbeitet.« Sie senkte den Blick. »Ich weiß, dass er zu unseren Feinden gehört und meine Bitte höchst ungewöhnlich ist.«

Cavell seufzte. »In den Augen Gottes sind alle Menschen gleich, und wir müssen Mitleid mit denen haben, die auf beiden Seiten der Front kämpfen. Ich selbst hasse niemanden.«

»Deshalb wage ich es auch, Sie um diesen Gefallen zu bitten.«

Cavell lehnte sich zurück. »Einige werden allerdings glauben, dass Meyer aus Feigheit nicht mehr kämpfen will.«

Anaïs schüttelte den Kopf. »Nein, er leidet wirklich.«

»Die gängige Meinung ist, dass militärische Disziplin das beste Mittel gegen Kriegstraumata sei.«

Anaïs schnaubte. »Die würde ihn umbringen.«

Cavell schwieg und schien nachzudenken. Dann sagte sie: »Wenn wir ihn als Invaliden entlassen, kann es sein, dass er in seiner Heimat nirgendwo mehr Arbeit findet. Damit wäre ihm kaum geholfen, oder?«

»Ganz sicher nicht.« Anaïs überlegte fieberhaft, welche Lösung es für Johannes' Situation geben könnte. Unwillkürlich musste sie an ihren Bruder denken, um den sie sich früher gekümmert hatte. Diese Fürsorge war ihr ein Bedürfnis gewesen, so wie es ihr nun ein Bedürfnis war, Johannes zu helfen. Zwar hatte man sie stets für furchtlos und sogar ein wenig leichtfertig gehalten, doch in ihrem Innern hatte sie von jeher den Wunsch verspürt, Gutes zu tun, Menschen zur Seite zu stehen. Deshalb hatte sie sich für den Beruf der Krankenschwester entschieden, und nun konnte sie etwas Gutes tun und dafür sorgen, dass Johannes gerettet wurde.

»Ich bin sicher, dass Meyer nach einer psychiatrischen Behandlung wieder imstande sein wird zu arbeiten. Es wird jedoch dauern, der Schaden, den er genommen hat, ist immens.«

»Und wenn wir ihn doch zurück an die Front schicken?«, fragte Cavell.

Anaïs holte tief Luft. »Es wäre sein Todesurteil.« Draußen vor dem Fenster wurden Stimmen laut. Deutsche, die Befehle brüllten. Das war das Leben, das Johannes erwartete, müsste er wieder kämpfen. Kranke und Schwache konnten geschützt werden, doch Soldaten waren einer Welt preisgegeben, in der sie töteten oder getötet wurden.

Cavell warf einen Blick zum Fenster und wandte sich wieder um. »Ich werde mit dem diensthabenden Arzt sprechen und ihm vorschlagen, Meyer nach Hause zu schicken.«

Anaïs atmete auf.

»Wahrscheinlich hat er bei der Firma Krupp gearbeitet«, sagte Cavell. »Ein Unternehmen der Schwerindustrie. Vielleicht kann er da eines Tages die Eisenbahnbrücken entwerfen, die er so gerne zeichnet.« Sie lächelte. »Sie haben ein gutes Herz, Schwester Mercier.«

Anaïs stand auf und bedankte sich. Im Geist sah sie den jungen Deutschen, wie er seine Qualen herausschrie, doch nun würde sie sich stets sagen können, dass sie alles getan hatte, um ihn dorthin zu schicken, wo er genesen konnte.

*

»Sie da!«

Anaïs verharrte, als sie die Stimme des deutschen Geheimpolizisten hörte, die sie überall wiedererkannt hätte.

Sie hatte ihre letzte Runde im Krankenhaus beendet und war auf dem Weg ins Bett, um vor ihrem Aufbruch am nächsten Morgen noch ein wenig zu schlafen.

Langsam wandte sie sich um.

Der Polizist stand vor ihr. »Wir würden uns gern ein wenig mit Ihnen unterhalten.«

Anaïs wurde vor Angst übel.

»Mitkommen!« Er packte ihren Arm.

Lieber Gott, hilf mir, flehte Anaïs stumm. Und lass mich bitte tapfer sein.

Eine grobe Hand führte sie über den Flur hinaus in die Nacht.

KAPITEL 25

Vianne
Paris, Sommer 1925

An der Stelle, wo sie an jenem Freitag die Explosion gehört hatte, blieb Vianne stehen und blickte auf die Seine hinab.

Sie dachte an den Preis, den ihre Familie im Krieg hatte zahlen, die Verluste, die sie hatte ertragen müssen. Sie hatte geglaubt, ihr Leben in den vergangenen Jahren wieder in den Griff bekommen zu haben, doch hier in Paris schien es ihr erneut zu entgleiten.

Sie erinnerte sich an das Gesicht ihrer Mutter, das sie damals im Wasser der Seine erblickt hatte. Diesmal sah sie nichts dergleichen, nirgendwo schimmerte blondes Haar, bevor das Bild von den Wellenbewegungen aufgelöst wurde und verschwand.

Mit schwerem Herzen und bleiernen Gliedmaßen ließ sie sich ihre Optionen durch den Kopf gehen. Sie konnte nach New York zurückkehren und tun, als gäbe es in ihrer Familie keine Probleme. In New York wäre sie in der Neuen Welt, mit all ihren Möglichkeiten, die es in der Alten nicht gab.

Doch unverrichteter Dinge zurückzureisen wäre unverzeihlich. Sie würde nicht mit sich leben können, wenn sie das tat.

Die Kleider, die sie entworfen, die Freundinnen, die sie gewonnen, und die Liebe, die sie allzu kurz genossen hatte, waren offenbar nur ein Ausflug ins Reich der Märchen gewesen. Das wahre Leben spielte sich woanders ab. Sie hatte sich ihren Träumen und Phantasien überlassen, wie sie es schon als Mädchen getan hatte, etwa, als sie an dem Spitzenkleid ihrer Mutter gearbeitet hatte, statt Pullover zu stricken. Und diese Träume und Phantasien hatten sie nach New York geführt.

Doch nun war die Zeit, die sie in Amerika verbracht hatte, beendet. Das quirlige Manhattan, das Leben, das sie sich dort aufgebaut hatte, die Zukunft, die vor ihr gelegen hatte, all das war vorbei.

Und falls sie doch wieder zweifeln sollte, ob sie tatsächlich in Paris bleiben musste, um ihrem Bruder beizustehen, würde sie sich daran erinnern, dass er nicht nur ihre Hilfe, sondern auch ihr Mitgefühl brauchte. Allein, dass er sie damals vor die Tür gesetzt und Sandrine Hals über Kopf geheiratet hatte, war ein Zeichen seiner Schwäche gewesen, ebenso das Gebieterische, das sie fälschlicherweise als Stärke ausgelegt hatte. Sie hatte nicht vor, ihm Gleiches mit Gleichem zu vergelten.

Allerdings war sie immer noch fest überzeugt, dass es Jacques' Pflicht gewesen wäre, sich um seine jüngere Schwester zu kümmern und ihr ein Heim und Sicherheit zu bieten.

Vianne verdrängte diesen Gedanken. Sie spürte die Sommersonne, sah, wie der Fluss dahinzog, und wusste, dass ihre New Yorker Episode Vergangenheit war.

Sie würde nicht Miss Ellies Partnerin werden, keine Kleider für die Kundinnen entwerfen, die sie auf der Modenschau gewonnen hatte.

Auch das Glück, das sie mit Giorgio zu finden gehofft hatte, war für immer außer Reichweite.

Sie erinnerte sich, dass sie auch als Mädchen zur Seine gewandert war, wenn sie Kummer hatte. Der Anblick des stetig strömenden Flusses hatte ihr gutgetan, erst recht, wenn die Sonne auf dem Wasser spielte. Doch an diesem Tag sah sie nur Schatten.

Sie würde also in Paris bleiben und als Erstes versuchen, das Céline zu retten, das Vermächtnis ihres Vaters. Gleichzeitig musste sie dafür sorgen, dass Jacques aufhörte zu trinken. Und Anaïs brauchte ihre Hilfe, um wieder zu sich zu finden. Im Grunde würde sie das tun müssen, was ihre Mutter getan hätte, wäre sie noch am Leben, nämlich sich um das Wohl der Familie kümmern. Auch dabei würde sie ihrem Herzen folgen, nur eben nicht auf die Weise, wie es ihr in Amerika möglich gewesen war.

Seufzend wandte sie sich von der Seine ab und machte sich auf den Weg zurück zur Place des Vosges.

Das Céline sah nun wieder ganz gut aus, das war wenigstens etwas. In den drei Wochen seit ihrer Rückkehr hatte sie dort geputzt, die noch vorhandenen Antiquitäten vom Staub befreit und die leeren Weinflaschen, die sich im Büro angesammelt hatten, entsorgt. Sie hatte mit einem Arzt über Jacques' Problem gesprochen und Jacques ermuntert, eine Therapie bei einem Psychiater zu beginnen oder sich sogar in ein Sanatorium zu begeben. Auch die Kunden ihres Vaters hatte sie bereits angeschrieben und erklärt, dass nun sie das Céline wieder führe und sich freuen würde, sie in ihrem Antiquitätengeschäft zu begrüßen. Viele von ihnen hatten ihr geantwortet und ihren Besuch angekündigt.

Ihr Skizzenbuch, das sie aus Amerika mitgebracht hatte, hatte sie in ihrem Zimmer ganz hinten in einer Schublade verstaut.

Sie musste einfach tun, was notwendig war.

Doch sie spürte ihre Erschöpfung, in den letzten Tagen hatte sie bis spät in die Nacht über den Büchern des Céline gesessen. Sie hatte mit einem Vertreter der Bank gesprochen und ihm zugesagt, dass das Geschäft bis Jahresende wieder liquide sein würde, sie bis dahin jedoch einen Überbrückungskredit brauche.

Und am nächsten Tag musste sie die beiden Telegramme nach New York aufgeben, was ihr so unendlich schwerfallen würden.

Für die Pariser und Pariserinnen, die lachend und plaudernd in der Sommersonne spazierten, hatte sie kaum ein Auge, nahm nicht einmal ihre modische Kleidung richtig wahr.

Zunächst jedoch musste sie etwas in Angriff nehmen, das ihr ebenfalls auf die Seele drückte.

Sie musste mit ihrer Schwester reden.

*

Am frühen Abend lud Marguerite Vianne zum Essen ein und unterhielt sich mit ihr so liebevoll, dass Vianne immerfort an ihre Mutter denken musste, die ihrer Freundin so ähnlich gewesen war.

Nach dem Essen ging Marguerite zu einer Aufführung in die Opéra Garnier. Vianne kehrte in die Wohnung zurück und klopfte an Anaïs' Tür.

»Komm rein«, rief ihre Schwester.

Vianne trat in das Zimmer, das in das letzte Licht der untergehenden Sonne getaucht war.

Anaïs saß in ihrem Bett, ihre blasse Haut wirkte beinah durchscheinend. Sie trug ein weites Nachthemd aus hellblauem Batist, das die Rundung ihres Bauches verhüllte.

»Wie fühlst du dich?«, fragte Vianne und blickte aus dem geöffneten Fenster auf den begrünten Platz hinunter. Auf den Bänken saßen Menschen in der Abendsonne. Man hörte Vogelgezwitscher und lautes Gelächter.

Vianne wandte sich ihrer Schwester zu, die ihrem Blick auswich und die Wand anstarrte. Sie wünschte, Anaïs würde tagsüber aufstehen und sich bewegen. Dass sie sich ständig nur in ihrem Bett verkroch, hielt Vianne für schädlich.

»Anaïs!«

Vianne setzte sich auf die Bettkante und griff nach der Hand ihrer Schwester. Sie erinnerte sich daran, wie kräftig und zupackend diese Hand einmal gewesen war, nun war sie weich und schlaff.

Plötzlich traten Tränen in Anaïs' Augen.

Vianne nahm ihre Schwester in die Arme.

Sie dachte an die Telegramme, die der Mann ihrer Schwester schickte, voller Sorge und stets mit dem Vorschlag verbunden, selbst nach Paris zu kommen. Marguerite übernahm es, ihm zu antworten, ihn zu bitten, noch zu warten. Zu Vianne hatte sie gesagt, dass Archies Anwesenheit die Situation nur komplizierter machen werde und Anaïs zunächst einmal nur sie, Marguerite, und Vianne um sich haben solle. Vianne hatte mit dem ihr unbekannten Schwager brieflich korrespondiert und erleichtert festgestellt, dass sie beide sich vollkommen einig waren, was ihre Prioritäten anging, und zwar, dass Anaïs so schnell wie möglich wieder gesund würde.

Mit Ärzten und Psychiatern hatte Anaïs sich leider bisher geweigert zu reden.

Vianne ließ Anaïs los und blickte sie flehentlich an. »Sprich mit mir, Liebes. Bitte.«

Eine Zeit lang starrte Anaïs stumm geradeaus. Dann entrang sich ihrer Brust ein schwerer Seufzer.

»Du weißt, dass ich in einem belgischen Krankenhaus gearbeitet habe, nicht wahr?«

Vianne war, als schwebten die Worte durch den Raum, bevor sie in den sich ausbreitenden Schatten verschwanden.

»Ja, das weiß ich.« Vianne zog die Decke über ihren Beinen zurecht. »Du warst so viel mutiger als ich.«

Anaïs stöhnte. »Sag das nicht.«

»Doch, Anaïs, du hast dein Leben riskiert.«

Anaïs machte eine abwehrende Handbewegung und sprach weiter. »Edith Cavell, die Oberschwester des Krankenhauses, gehörte einer Widerstandsbewegung an.«

Vianne blickte ihre Schwester erschrocken an.

»Cavell war eine außergewöhnliche Frau«, fuhr Anaïs mit weicher Stimme fort. »Sie hat über neunhundert unserer alliierten Patienten, die alle Kriegsgefangene waren, zur Flucht verholfen. Hat dafür gesorgt, dass sie sicher in die Niederlande gelangten und von dort aus weiter nach England.« Anaïs fasste Viannes Arm. »Dabei hat sie einigen von ihnen Informationen mitgegeben, die für die Kriegsministerien in London oder Paris bestimmt waren. Immer wieder hat sie sich der Gefahr ausgesetzt, sich mit Informanten getroffen, die Flüchtenden zu früher Morgenstunde durch Brüssel geführt, ihnen gefälschte Ausweise besorgt und Geld, um deutsche Kontrolleure zu bestechen, insbesondere Angehörige der Geheimpolizei, die ihre Augen überall hatten.«

Vianne streichelte beruhigend Anaïs' Hand, die zu zittern begonnen hatte.

»Auch ich konnte einigen unserer Patienten zur Flucht nach England verhelfen und ihnen Kassiber mitgeben. Allerdings habe ich –« Anaïs' Stimme brach, und es dauerte einen Moment, bis sie sich wieder gefasst hatte und weitersprach. »Ich habe auch einem deutschen Patienten geholfen, einem jungen Soldaten, den ich gerngehabt habe.«

»Du warst also noch mutiger, als ich dachte«, sagte Vianne.

Anaïs schüttelte den Kopf. »Nein. Du verstehst nicht. Der Deutsche, der Johannes hieß, wirkte verletzlich. Er erinnerte mich an Jacques.«

»Um den du dich immer gekümmert hast.«

Anaïs lachte rau auf. »Obwohl ich alles andere als der mütterliche Typ bin.«

Vianne erinnerte sich an die frühere Konstellation. Sie war die Kleine, Anaïs die Tollkühne und Jacques der einzige Junge, der oft ängstlich war und mit Rücksicht behandelt werden musste. Diese Rollenverteilung hatte sie alle drei definiert.

»Ich wollte von jeher Krankenschwester werden«, fuhr Anaïs fort. »Doch du weißt ja, dass in unserer Familie die Frauen eigentlich nicht arbeiten. Es war also ein ungewöhnliches Anliegen. Und dass ich einen so fürsorglichen Beruf ausüben könnte, wollte erst recht niemand in der Familie glauben.«

»Aber du hast dich durchgesetzt.«

Anaïs zuckte mit den Schultern. »Ich wollte dem Beruf trotzdem etwas Abenteuerliches abgewinnen, und Edith Cavell ist zu meinem Vorbild geworden. Sie hat die Krankenpflege revolutioniert und dem Beruf der Krankenschwester die Bedeutung gegeben, die er verdient. Und sie gehörte einer Untergrundbewegung an, bei der ich mitmachen wollte.«

Vianne drehte sich zu ihr um. »Und was war daran falsch?«

»Nichts«, erwiderte Anaïs. »Falsch wurde es erst, als ich mich für den Deutschen eingesetzt und Cavell gebeten habe, ihn nach der Genesung nicht zurück an die Front zu schicken. Weil seine psychischen Probleme zu groß seien.«

»Ich verstehe es noch immer nicht«, sagte Vianne. »Damit hast du doch etwas Gutes getan.«

Anaïs schüttelte den Kopf. »Im Gegenteil. Wenn ich mich nicht für ihn eingesetzt hätte, wäre er nie zu seiner Arbeit bei der Firma Krupp in Essen zurückgekehrt.«

Vianne runzelte die Stirn. Den Namen der Firma kannte sie, sie wusste nur nicht genau, woher.

Anaïs schlug die Hände vors Gesicht. »Wenn du an meiner Stelle wärst und dasselbe getan hättest wie ich, würdest du dir auch wünschen, du wärst tot.«

Bestürzt blickte Vianne auf das dunkle Haar ihrer Schwester und das nachwachsende Blond. Sie wollte ihr über den Kopf streichen, spürte jedoch, dass Anaïs keine tröstlichen Gesten wünschte.

»Krupp produziert nicht nur Gussstahl, sondern ist auch ein Rüstungsbetrieb«, murmelte Anaïs. »Dort wurden die Paris-Geschütze hergestellt, und mit einem von ihnen wurde die Kirche Saint-Gervais angegriffen.«

Es dauerte einen Moment, bis Vianne den Zusammenhang begriff. »Dann hat dieser Mann also für die Firma gearbeitet, die Mamans Tod verschuldet hat. Was aber nicht bedeutet, dass du für –«

Anaïs ließ sie nicht ausreden. »Doch. Ich habe die Zeichnungen gesehen, die Johannes im Krankenhaus angefertigt hat. Aber ich habe sie nicht verstanden.« Sie hob den Kopf. »Auf der letzten war so was wie eine Eisenbahnschiene zu sehen. Darüber hatte er einen Bogen punktiert, das war wohl die Fluglinie der Artilleriegranaten. Und die Schiene war für die Positionierung des Geschützes vorgesehen, nicht für Eisenbahnwaggons, wie ich es mir vorgestellt hatte. Ich wollte Oberschwester Cavell noch davon berichten, bin aber nicht mehr dazu gekommen. Stattdessen habe ich dafür gesorgt, dass der Mann, der das Geschütz entworfen und Maman getötet hat, überhaupt erst die Gelegenheit dazu bekam. Du ahnst nicht, welche Bilder sich mir eingebrannt haben.«

Vianne regte sich nicht, unfähig, etwas zu sagen.

»Einmal hat Johannes mir sogar erzählt, dass er etwas entwickeln wollte, das den Krieg beendet und die Grabenkämpfe für alle Zeiten überflüssig macht. 1915 konnte Johannes nach Essen zurückkehren, drei Jahre später hatte Krupp seinen Entwurf umgesetzt und das Geschütz gebaut, dessen Artilleriegranaten eine Reichweite von hundertdreißig Kilometern hatten.«

Vianne überlief ein Frösteln.

»Und dann ist Maman umgekommen, und ich habe überlebt.«

Anaïs krallte die Hände ineinander. »Deshalb musste ich Anaïs töten. Und ich möchte nie mehr so genannt werden. Verstehst du das, Vianne?«

Vianne öffnete den Mund, um zu antworten, doch Anaïs kam ihr zuvor.

»Du darfst es niemandem erzählen, Vianne. Vor allem Archie darf es nie erfahren. Lass mich einfach nach Schottland zurückkeh-

ren und das Kind zur Welt bringen, das ich nicht verdient habe.«
Anaïs begann zu weinen. »Ich werde mich bis zu meinem Tod
schuldig fühlen.«

Vianne legte einen Arm um ihre Schwester.

Anaïs sprach weiter. »An jenem Karfreitag hatte ich den Anhänger meiner Kette verloren. Noch vor Beginn der Andacht habe ich
es gemerkt und bin hinausgegangen, um draußen nach dem Anhänger zu suchen. Dann kam der Beschuss, das Gewölbe der Kirche
stürzte ein, und ich wurde von einem Gesteinsbrocken am Kopf
getroffen. Als ich wieder zu mir kam, hatte mich ein Arzt aufgenommen. Und am nächsten Tag konnte ich in der Zeitung lesen,
dass ein Paris-Geschütz für die Zerstörung verantwortlich war.
Dort war sogar eine Skizze abgebildet, und ich habe Johannes'
Zeichnung wiedererkannt. Als die Liste der Toten veröffentlicht
wurde und ich darauf meinen Namen gesehen habe, wusste ich,
dass mir die tote Anaïs lieber war als die lebende.«

Vianne schloss kurz die Augen.

»Auch 1915 hätte ich sterben können«, fuhr Anaïs fort. »Da hat
mich die deutsche Geheimpolizei verhört und mir den Aufenthalt
in Brüssel untersagt. Ich stand unter dem Verdacht der Fluchthilfe
und Spionage.«

»Haben sie dir wehgetan?«, fragte Vianne leise.

Anaïs' Blick wurde schwer, und mehr brauchte Vianne nicht, um
die Antwort zu kennen. Sie drückte ihre Schwester an sich.

»Wenig später, im Sommer 1915, wurde eine andere Krankenschwester des Netzwerks von den Deutschen mit mehreren Exemplaren der belgischen Untergrundzeitung *La Libre Belgique* gefasst.«

»O Gott«, murmelte Vianne.

»Edith Cavell wurde ebenfalls von den Deutschen festgenommen, zusammen mit vierunddreißig anderen Mitgliedern des Netzwerks. Und ich konnte nichts für sie tun. Oberschwester Cavell wurde zum Tode verurteilt und hingerichtet. Ich dagegen bin entkommen. Genau wie bei dem Angriff auf die Kirche Saint-Gervais, als gute Menschen ihr Leben lassen mussten. Vielleicht verstehst du jetzt, warum Anaïs es nicht verdient hat zu leben.«

Vianne schüttelte den Kopf und wollte etwas sagen, doch ihre Schwester sprach weiter.

»Edith Cavell hat so vielen geholfen, und dann wurde sie erschossen. Das Letzte, was sie in ihrem Leben gesehen hat, waren die Soldaten, die ihre Gewehre auf sie richteten. Ich stelle mir immer vor, wie schrecklich das für sie gewesen sein muss. Für eine Frau, die nur Nächstenliebe kannte.«

»Das ist grausam«, murmelte Vianne.

»Maman ist an einem kalten Frühlingstag gestorben«, sagte Anaïs voller Bitterkeit. »War gerade noch da und dann nicht mehr. Und die Frau, die mir so viel beigebracht hat, die in vielerlei Hinsicht mein Vorbild war, wurde einfach umgebracht. Ich dagegen habe einem Mann zur Freiheit verholfen, der diese Freiheit genutzt hat, um Mordinstrumente zu bauen.« Sie begegnete Viannes Blick. »Du hast mich immer für eine Heldin gehalten, doch das bin ich nicht. Du solltest mich verachten.«

Vianne nahm Anaïs' Hand und saß mit ihr in der beginnenden Dämmerung. Schließlich sagte sie: »Ich verachte dich nicht.«

Doch Anaïs schien mit den Gedanken woanders zu sein und ihr nicht zuzuhören. Vianne betrachtete das klassische Profil ihrer

Schwester und dachte, dass Anaïs nicht nur äußere, sondern auch innere Schönheit besaß, sonst würde sie sich nicht so schuldig fühlen. Doch die Schuld, die sie sich aufgebürdet hatte, war zu schwer, als dass man sie allein tragen konnte.

»Du solltest Archie die Wahrheit sagen. Und er sollte bei dir sein, bis du dich wieder stark genug fühlst, um nach Schottland zurückzukehren. Außerdem brauchst du jemanden, der dir hilft, das, was du durchgemacht hast, zu verarbeiten. Der Krieg hat nicht nur bei Jacques Schaden angerichtet.« Vianne strich tröstend über Anaïs' Rücken. »Es tut mir so leid, dass du all diese Pein allein getragen hast. Das wird nun anders werden, das verspreche ich dir.«

Im Geist hörte sie die sanfte Stimme ihrer Mutter, die sie darin bestärkte, ihrer Schwester zu helfen.

»Du hast nichts Unrechtes getan, Anaïs, sondern jemandem geholfen, obwohl er der Feind in einem sinnlosen Krieg war. Auch Maman hätte so gehandelt. Woher hättest du seine Pläne kennen sollen?«

Anaïs hatte wieder angefangen zu weinen.

»Es ist auch nicht deine Schuld, dass Maman gestorben ist. Und nun ist der Krieg zu Ende, Anaïs, und wir haben unser Leben behalten. Das Leben, das Maman und Papa uns geschenkt haben. Dafür müssen wir dankbar sein. Hinzu kommt, dass du ein neues Leben in dir trägst, das bald deine ganze Liebe brauchen wird. Du hast niemanden getötet, Anaïs, sondern zahllosen Menschen geholfen. Bitte lade dir nicht die Verantwortung für etwas auf, worauf du keinen Einfluss hattest. Dir und uns, deiner Familie, zuliebe. Lass los.«

Anaïs lehnte sich an sie, und Vianne spürte, wie heftig das Herz ihrer Schwester schlug.

»Sag Archie, er soll kommen«, flüsterte Anaïs.

Und Vianne atmete erleichtert auf.

KAPITEL 26

Vianne

Paris, Herbst 1925

Liebe Vianne,

Dein Brief hat mich tief berührt, und die Nachricht, dass Du nicht zu uns zurückkehrst, hat mich sehr traurig gestimmt. Natürlich verstehe ich, dass Deine Geschwister Dich zurzeit mehr brauchen als wir, dennoch hoffe ich, dass Du Deine Meinung noch ändern und doch wieder nach New York kommen wirst.

Auch Deine Kolleginnen hier vermissen Dich schmerzlich. Wir sind dabei, die vielen neuen Aufträge nach unserer wundervollen Modenschau zu bewältigen, doch in der Schneiderei fehlt etwas. Ein Funke. Dein Genie. Falls – oder ich sage lieber, wenn – Du nach Amerika zurückkehrst, wird hier stets ein Platz für Dich frei sein.

Lucia klagt darüber, dass es ihr in der Wohnung nun langweilig sei. Sie sagt, dass Du sie inspiriert hast und es ihr nun ein wenig an Ideen mangelt. Sie und die anderen Frauen senden Dir die herzlichsten Grüße. Nach Deiner Rückkehr wollen sie mit Dir ausgehen und zur Feier die Nacht mit Dir durchtanzen.

Solche Nächte sind für mich nichts mehr, aber wahrscheinlich käme meine Mutter mit. Auch sie schickt Dir beste Grüße. Ich soll Dir schreiben, dass sie an Dich denkt und für Dich betet.

Wir haben nun angefangen, mehr Ensembles zu nähen, deren

Oberteile aus ausgestellten Tuniken bestehen. Für den Nachmittag sind sie ideal. Wir haben schon etliche Aufträge und verwenden meist geblümten Chiffon. Die Ausschnitte setzen wir jeweils mit andersfarbigem Band ab, und alles wird mit Satin gefüttert. Spitze kommt als Besatz auch wieder ganz groß raus, und als neue Modefarbe scheint sich Braun durchzusetzen, stets mit anderen Farben kombiniert, mit Blau oder Grün. Bogenförmig geschnittene Säume sind ebenfalls groß in Mode, jede Kundin möchte diese Art Saum. Ich setze zurzeit Akzente mit Faille-Satin, das kommt sehr gut an. In Schwarz oder Blau als Kragen oder Manschetten an hellen Kleidern sieht das fabelhaft aus.

Und natürlich fertigen wir Tageskleidung. Doch ohne Dich fehlt ihr das, was sie besonders macht. Dennoch ist das Interesse an unseren Kreationen dank der Modenschau und Deinem Einsatz weiterhin groß. Ich habe schon mehrere Kundinnen anlügen und erklären müssen, dass Du bald zurückkommst.

Ich hoffe wirklich, dass Du unser Atelier als Dein Zuhause betrachtest, in das Du eines Tages zurückkehren wirst.

Vor allem aber hoffe ich, dass Du weiter Kleider entwirfst. Der Funke in Dir darf nicht erlöschen.

Ich bin sicher, dass Du in Deinen Briefen nicht alles beschrieben hast, was Deine Geschwister im Großen Krieg erlitten haben, trotzdem fühle ich mit ihnen und mit Dir. Vergiss nicht, dass Du auch hier eine Familie hast. Wir alle vermissen Dich.

Herzliche Grüße
Deine
Eloise Chappelle

*

Vom Büro des Céline aus beobachtete Vianne ihre Schwägerin, die sich mit einem gut gekleideten Paar unterhielt, das bei einem Spaziergang durch den Marais auf das Antiquitätengeschäft aufmerksam geworden war. Sandrine wirkte professionell. Sie trug das schicke, rot und blau gemusterte Kleid aus Seidenkrepp, das Vianne ihr genäht hatte, und das blonde Haar mittlerweile ebenso kurz wie Vianne.

Als Sandrine sich zu ihr umdrehte, um festzustellen, ob Vianne mit der Art, wie sie das Paar herumführte, zufrieden war, lächelte Vianne anerkennend.

Dann holte sie den Brief, der an diesem Tag eingetroffen war, aus dem Umschlag und las.

Bella,

die Geschichte Deiner Schwester geht mir sehr zu Herzen. Wie viel Grausames die Menschen einander im Krieg antun. Und wie furchtbar, dass Anaïs so viel mitgemacht hat.

Ich bin froh, dass Anaïs' Mann nun auch in Paris ist und sich um sie kümmert. Sicher ist es ebenfalls hilfreich, dass sie professionelle Hilfe bekommt.

Du schreibst, dass Dein Bruder im Sanatorium Fortschritte macht, was für ein Glück. Und Du hast das Céline gerettet, mit Deinem typischen Geschick und Engagement. Nichts anderes hätte ich von Dir erwartet.

Mich freut, dass Du meine kleine Anregung aufgegriffen und mit den Kunden Deines Vaters eine große Wiedereröffnung gefeiert hast. Wie gern ich Deinen Vater kennengelernt hätte. Nach Deinen Beschreibungen muss er ein wunderbarer Mensch gewesen sein. Und

seine Kunden hat er als Freunde betrachtet, so wie ich es auch mit
meinen Gästen im Valentino's halte.

Ich verstehe, dass Du in Paris Aufgaben hast und Dich um die
Zukunft Deiner Geschwister sorgst, doch ich bitte Dich inständig,
Deine eigenen Träume nicht zu vergessen und Deinem Herzen zu
folgen.

Du weißt, wie lieb mir Dein Herz ist, so lieb, dass ich es nicht in
Worte fassen kann.

Ich denke stets an Dich und bin für immer Dein.

Alles Liebe,

Giorgio

Vianne betrachtete die beiden Briefe aus New York. Dann holte sie
tief Luft und verstaute sie in ihrer Schreibtischschublade.

Sandrine trat zu ihr und sagte leise: »Die Kunden, die gerade da
waren, möchten den Tisch aus dem achtzehnten Jahrhundert kaufen. Sie werden morgen wiederkommen und den Transport zu ihrem Haus in der Provence in die Wege leiten.«

Vianne verjagte die schmerzhaften Gedanken an das, was sie in
New York zurückgelassen hatte, und lächelte ihre Schwägerin an.
»Das hast du gut gemacht. Ich bin sicher, wir beide werden bald
wieder einen ordentlichen Umsatz erzielen. Ich habe bereits einige
vielversprechende Objekte im Kopf, die wir kaufen können, und
werde eine Liste potenzieller Kunden aufstellen …« Sie brach ab.

Draußen war ein aufsehenerregendes Auto vorgefahren, groß
und elegant geschwungen und ganz anders als die kastenartigen
Wagen, die man sonst überall sah. Es hatte kaum angehalten, als
sich die ersten Passanten versammelten, um es zu bestaunen.

Auch Vianne stand auf und ging zum Schaufenster, um dieses Luxusgefährt aus der Nähe zu sehen. Sandrine folgte ihr.

»Schau dir die Figur auf der Motorhaube an«, sagte Vianne. »Sie hat Flügel … eine kleine Frauenfigur im Flug. Ich glaube, bei dem Wagen handelt es sich um einen Rolls-Royce.«

»Hast du so einen schon mal gesehen?«, flüsterte Sandrine.

Vianne erinnerte sich an die Wagen, die vor dem Haus von Katherine Carter auf Long Island gestanden hatten – an Giorgios Duesenberg. Sie spürte ein sehnsüchtiges Ziehen in der Brust, und einen Moment lang malte sie sich aus, dass Giorgio aus dem Wagen steigen und das Céline betreten würde.

Stattdessen war es ein grauhaariger, livrierter Chauffeur. Er öffnete den Schlag, man sah ein rotes Lederpolster, und dann stieg eine mondän gekleidete Frau aus dem Wagen und richtete ihren Blick auf das Antiquitätengeschäft.

»Grundgütiger Himmel«, sagte Sandrine ergriffen. »Der Wagen gehört einer Frau. Sie muss einen steinreichen Ehemann haben.«

»Vielleicht.«

Die Frau sagte etwas zu ihrem Chauffeur und wandte sich wieder dem Geschäftseingang zu.

»Mein Gott«, murmelte Vianne. »Das ist Emilie Grigsby. Was um alles in der Welt führt sie zu uns in den Marais?« Ihr Blick glitt über das gewellte, rotblonde Haar, das unter dem Hut zum Vorschein kam, den Porzellanteint des lieblichen Gesichts, die zierliche Figur, die dennoch perfekt proportioniert war. Sofort kamen ihr erste Gedanken für einige exquisite Kleider, die sie für Miss Grigsby entwerfen könnte.

»Woher kennst du sie?«, fragte Sandrine.

»Ich bin ihr auf der *Paris* begegnet, bei der Überfahrt nach New York. Sie gilt als eine der schönsten Frauen der Welt.«

»Wie sie sich bewegt«, flüsterte Sandrine. »Wie eine Königin.«

Und dann öffnete Miss Grigsby die Eingangstür und trat ein. Vianne fehlten die Worte. Miss Grigsby im Céline? Es war, als prallten zwei Welten aufeinander. Sandrine wandte sich zu Vianne um und schien darauf zu warten, dass ihre Schwägerin etwas sagte. Doch Vianne war nur mit dem Anblick des Kleides von Emilie Grigsby beschäftigt, schwarz und mit weißen Rechtecken gemustert. Auch der Ausschnitt war rechteckig, so wie es die allerneuste Mode wollte. Es war, als wäre Miss Grigsby der jüngsten Ausgabe der *Vogue* entstiegen.

Kleider, die sie in New York entworfen hatte, tauchten vor Viannes innerem Auge auf, und im Geist hörte sie das Rattern von Nähmaschinen, die Stimmen von Lucia, Goldie, Mollie und Adeline.

Miss Grigsby schenkte Vianne ein reizendes Lächeln. »Da sind Sie ja, Miss Mercier. Ich habe Sie überall gesucht.« Sie sprach gedehnt, ganz ähnlich wie Miss Ellies Mutter, und das stimmte Vianne noch wehmütiger.

»Ich kann mir nicht vorstellen, dass Sie nach Paris gekommen sind, um mich zu besuchen«, sagte sie verwundert.

»Warum denn nicht?« Miss Grigsby zog ihre perfekt gezupften Augenbrauen hoch und machte sich mit Sandrine bekannt, die in ihrer Scheu feuerrot anlief.

Vianne hatte Miss Ellie einmal erzählt, dass sie nicht nur Mrs. Carter, sondern auch Miss Grigsby auf der *Paris* begegnet war, und dann von Miss Ellie einen Teil von Miss Grigsbys Geschichte erfahren. Danach stammte Emilie Grigsby aus Kentucky und war die Geliebte des berühmten Finanziers Charles Yerkes gewesen, der allerdings vor Jahren gestorben war. Zu seinen Lebzeiten hatte er seiner Ehefrau eine Villa auf der New Yorker Fifth Avenue errichten lassen und Miss Grigsby nicht weit entfernt ein geradezu palastartiges Anwesen auf der Park Avenue. Natürlich hatte er seiner Geliebten auch das Geld für die Ausstattung zur Verfügung gestellt. Zwar war Miss Ellie nie in diesem Haus gewesen, doch sie hatte von der erlesenen Bücher- und Kunstsammlung gehört, von berühmten Gemälden und kostbaren Wandbehängen, von einem Schlafzimmer, das angeblich dem der französischen Kaiserin Joséphine nachempfunden war, von einem Musikzimmer, das die gesamte vierte Etage einnahm und in dem ein mit Blattgold belegter Flügel stand. Selbstredend hatte sie auch eine Loge in der Metropolitan Opera, und wenn sie reiste, tat sie es in großem Stil.

Bei dieser Erzählung war Vianne klar geworden, wie außergewöhnlich ihre Begegnung mit dieser Frau gewesen war, auch wenn ihre Rolle nur darin bestanden hatte, Mrs. Carters Abendkleid auszubessern.

Nach dem Tod von Yerkes hatte Miss Grigsby New York verlassen, hatte das Haus mitsamt seinem kostbaren Inventar verkauft und war nach London umgesiedelt.

»Katherine Carter schickt mich«, sagte sie nun und fuhr mit der Hand über den Tisch aus dem achtzehnten Jahrhundert, den Sandrine verkauft hatte. »Was für schöne Sachen Sie haben.«

Vianne errötete. Sie konnte sich nicht vorstellen, dass eine vermögende Frau wie Miss Grigsby sich tatsächlich für die Antiquitäten im Céline begeistern würde. Seltsamerweise wünschte sie, Miss

Grigsby würde wieder gehen, und gleichzeitig, dass sie noch bliebe und ihr berichtete, was sich zurzeit in der Welt der Haute Couture abspielte, der Welt der Schönen und Reichen, die ihrem sorglosen Leben frönten.

Es war eine Welt, in der sie keinen Platz mehr hatte, sie hatte Geschwister, um die sie sich kümmern, ein Familiengeschäft, dem sie auf die Beine helfen musste. Vielleicht hätte sie Paris nie verlassen dürfen, dann hätte sie auch diese andere Welt nie kennengelernt.

»Ich bin extra aus London gekommen, um Ihnen mitzuteilen, dass Katherine außer sich ist. Sie möchte ihre Modeschöpferin wieder bei sich haben.«

Miss Grigsby war ihretwegen aus London gekommen? »Das ist sehr freundlich, aber –«

Ihre Besucherin hob die Hand und wirkte für eine so zierliche Person ausgesprochen gebieterisch. »Ich mag es nicht, unterbrochen zu werden. Ja, ich bin in Katherines Auftrag hier, aber auch Miss Baker zuliebe. Miss Josephine Baker, von der Sie sicherlich schon gehört haben.«

»Meinen Sie die berühmte Tänzerin?« Sandrine drückte eine Hand auf ihre Brust. »Ich würde sie so gern tanzen sehen. Leider erlaubt mein Mann mir nicht, Bakers *Revue Nègre* zu besuchen.«

Miss Grigsby lachte. »Das ist einer der Gründe, weshalb ich nie geheiratet habe. Ich möchte selbst entscheiden, wohin ich gehe und was ich sehe.«

Sandrine seufzte.

»Josephine ist vor Kurzem nach Paris gekommen. Sie wird eine Sensation werden. So wie Miss Mercier es in New York war.«

Sandrine blickte Vianne mit großen Augen an.

»Uns kann man wohl kaum miteinander vergleichen«, sagte Vianne.

»Warum denn nicht«, sagte Miss Grigsby. »Josephine hat als Revuegirl angefangen, und nun ist sie dabei, Paris im Sturm zu erobern. Sie, Miss Mercier, sind in New York erfolgreich geworden, und dahin sollten Sie auch schleunigst zurückkehren. Hier vergeuden Sie Ihr Talent.«

Vianne schüttelte den Kopf. »Ich muss für meine Familie da sein, meiner Schwester und meinem Bruder geht es nicht gut. Und ich muss dieses Geschäft wieder zum Laufen bringen. Alles andere ist im Moment zweitrangig.«

Miss Grigsby schien kurz zu überlegen. Dann fragte sie: »Wussten Sie, dass Miss Baker die Kleider der Haute Couture ebenso liebt wie Sie? Alle Pariser Modeschöpfer wollen ihre Garderobe kreieren. Paul Poiret, Jeanne Paquin und Jean Patou reißen sich alle geradezu darum.«

Ich bin nicht mehr auf dem Laufenden, dachte Vianne bekümmert. Seit ihrer Ankunft in Paris hatte sie weder Modezeitschriften studiert noch etwas entworfen, nur Sandrine ein, zwei hübsche Kleider genäht. Sich mit ihrer früheren Leidenschaft zu beschäftigen, hätte sie nur unglücklich gemacht. »Nein, das wusste ich alles nicht. Es hat nichts mehr mit mir zu tun.«

»Soso«, sagte Miss Grigsby. »Aber vielleicht interessiert es Sie trotzdem zu hören, dass Katherine Carter für Sie einen Termin bei Miss Baker gemacht hat. Der gleich beginnt. Ich habe den Auftrag, Sie zu Miss Baker zu fahren, damit sie die Frau kennenlernt, die in die New Yorker Modewelt frischen Wind gebracht hat. Katherine hat ihr empfohlen, dass Sie das Kleid entwerfen, das Miss Baker auf dem Cover der *Vogue* tragen wird. So, und was sagen Sie jetzt?«

Viannes Herz begann schneller zu schlagen. Sie hatte Fotos von Josephine Baker gesehen und hatte die Frau hinreißend gefunden. Sie wollte sich gar nicht vorstellen, wie großartig es wäre, für diese Frau ein Kleid zu entwerfen, denn täte sie es, wäre sie verloren. Sie würde ihr Skizzenbuch hervorholen … nein, das durfte sie nicht. »Das geht leider nicht.« Mit einer weiten Handbewegung umfasste sie das Antiquitätengeschäft. »Ich werde hier gebraucht.« Sie hörte selbst, wie unsicher sie klang.

»Herrgott nochmal, Vianne, mach es einfach«, brach es aus Sandrine heraus. »Wenn du es nicht tust, wirst du es dein Leben lang bereuen. Wer lässt sich denn die Gelegenheit entgehen, etwas für Josephine Baker zu kreieren? Das Céline läuft dir nicht weg.«

Vianne sah ihre Schwägerin an, deren vehementer Einwurf ebenso überraschend kam wie der Besuch von Emilie Grigsby.

Um Miss Grigsbys Lippen deutete sich ein Lächeln an. »Sie scheinen mir eine sehr vernünftige junge Frau zu sein«, sagte sie an Sandrine gewandt. »Möchten Sie vielleicht mit uns zu Miss Baker fahren und sich über die Wünsche Ihres Mannes hinwegsetzen?«

»Sehr gern«, sagte Sandrine und lief ins Büro, um ihren Mantel zu holen.

Vianne war noch unschlüssig. Sie hatte sich geschworen, der Modewelt den Rücken zu kehren. Sollte sie wirklich wieder einen Schritt in diese Richtung machen? Allerdings wäre es nur, um ein einziges Kleid zu entwerfen, weiter nichts.

Sie seufzte schwer. »Also gut. Immerhin wird es meine erste Fahrt in einem Rolls-Royce sein.«

Miss Grigsby lachte. »Wenn Sie weiterhin Kleider entwerfen, von denen Frauen wie Katherine Carter schwärmen, werden Sie noch viele Male in einem Rolls-Royce fahren.«

Sandrine betrachtete Vianne kopfschüttelnd. »Warum hast du mir nicht erzählt, wie erfolgreich du in New York warst? Ich dachte, du hättest dir dein Brot dort als einfache Näherin verdient.«

Miss Grigsby hakte sich bei Sandrine unter. »Kommen Sie, auf der Fahrt erzähle ich Ihnen alles über die Rolle, die Ihre Schwägerin in New York gespielt hat. Und Sie helfen mir anschließend, Vianne zur Rückkehr zu überreden.«

Sie drehte sich zu Vianne um. »Ich bin schon ganz gespannt, was Sie sich für Miss Baker ausdenken werden.«

Vianne gab sich geschlagen. Auch sie holte ihren Mantel, und dann folgte sie Sandrine und Miss Grigsby zu deren Wagen.

Der Chauffeur hielt ihnen den Schlag auf.

Vianne stieg ein, sank auf das weiche Lederpolster, und ihr war, als wäre sie wieder in ihrem New Yorker Leben. Ihr Herz machte einen Freudensprung.

*

Josephine Baker hatte in Paris eine elegante Wohnung bezogen. Als Miss Grigsby mit Vianne und Sandrine eintraf, saß sie in einem altmodischen Sessel und hatte die langen Beine über die Armstütze gelegt. »Sie haben sich Zeit gelassen, Miss Mercier«, sagte sie zur Begrüßung.

Miss Grigsby entschuldigte sich und drückte der berühmten Tänzerin einen Kuss auf die Wange.

Vianne stand neben Sandrine, und sie konnte förmlich spüren, wie ihre Schwägerin vor Aufregung vibrierte. Sie selbst hatte sich beim Anblick der Haute-Couture-Kleider, die überall verstreut lagen, wie zu Hause gefühlt.

»Beachten Sie diese Kleider gar nicht«, sagte Miss Baker. »Morgen werden sie alle wieder abgeholt.« Sie lachte. »Und wahrscheinlich wird man mir sofort neue bringen, die mir nicht gefallen.«

Eines dieser Kleider stammte eindeutig aus dem Modehaus Poiret, und Vianne fragte sich, wie spektakulär das von ihr entworfene Kleid würde sein müssen, um Poiret übertrumpfen zu können.

Miss Grigsby drehte sich zu ihr um. »Was die *Vogue* möchte, ist eine Kreation, die aus Miss Baker ein für alle Mal mehr macht als die Revuetänzerin eines New Yorker Theaters, in dem Rassentrennung herrscht.«

Vianne nickte. Sie wusste, wovon die Rede war, erinnerte sich nur zu gut an das, was sie im Cotton Club so verstört hatte.

»Die *Vogue* möchte Miss Bakers Esprit betonen, denn es wird nicht lange dauern, bis sie ganz Europa erobert hat.« Miss Grigsby legte eine Hand auf Miss Bakers Schulter. »Josephine wäre beinah selbst Modeschöpferin geworden.«

»Ach was.« Miss Baker zuckte die Achseln. »Ich habe bloß ein paar Skizzen für Paul Poiret gemacht und Fransen an seine Entwürfe gemalt.« Sie lachte in sich hinein. »Auch die Modezeichnungen in der *Vogue* habe ich hier und da ein wenig korrigiert.«

»Das klingt, als hätten Sie eine ziemlich genaue Vorstellung von dem, was Sie wollen«, entgegnete Vianne lächelnd, während sie Josephine Baker studierte – die langen Beine, die Haare wie ein Mann geschnitten und mit Seitenscheitel. Die Frau war ein Trendsetter, das war offensichtlich. Und schon kamen ihr die ersten

Ideen. »Haben Sie vielleicht einen Block für mich? Und einen Bleistift?«

Miss Baker schwang ihre Beine von der Armlehne, wühlte unter den herumliegenden Kleidern einen Block und einen Stift hervor und reichte sie Vianne.

Vianne trat ans Fenster, um das beste Licht zu haben, und fing an zu skizzieren. Die Sorgen und Probleme, die sie beschäftigten, verblassten. Jetzt zählte nur noch ihr Wunsch, ein Kleid zu entwerfen, das Josephine Bakers Stil und ihrer Ausstrahlung gerecht wurde und es auf das Cover der *Vogue* schaffte. Fieberhaft glitt ihre Hand über das Papier, setzte die Ideen um, die ihr durch den Kopf schossen, bis sie schließlich innehielt und Miss Baker das Endprodukt hinhielt.

Miss Baker griff danach. Ihre Blicke trafen sich, und in den großen, ausdrucksvollen Augen der anderen Frau erkannte Vianne etwas von sich selbst. Es waren eine gehörige Portion Mumm und die Entschlossenheit, das, was einem wichtig war, trotz aller Widrigkeiten durchzusetzen.

Josephine Baker war im Slum von St. Louis aufgewachsen, hatte für andere Leute geputzt und Kinder gehütet. Sie war Komparsin gewesen und als Revuetänzerin durch Amerika getingelt, bevor sie den ersten Talentsuchern auffiel. Nun rissen sich die Theater um sie, und die namhaftesten Designer wetteiferten darum, ihre Garderobe zu entwerfen.

»Ich möchte Sie als Ikone darstellen«, sagte Vianne. »Und als Leitbild für andere Frauen. In meinem Kleid sollen Sie sich wie eine Göttin fühlen. All ihre Kleider sollten das Glamouröse und Raffinierte Ihrer Auftritte widerspiegeln.«

Josephine Baker hatte sich in die Skizze vertieft. Sie zeigte ein Kleid aus silbernem Stoff, das sich schimmernd um den Körper legte. Die hauchdünnen Träger waren mit Diamanten besetzt, der Ausschnitt war tief, um die glatte braune Haut der Trägerin hervorzuheben. In der Taille wurde es von einer mit Diamanten besetzten Brosche gerafft, so wie Vianne es einst bei dem Ensemble für ihre Mutter vorgesehen hatte.

Miss Baker lächelte. »Danke. Danke, Miss Mercier.« Sie griff nach Viannes Hand. »Ich weiß nicht, ob ich jemals ein Kleid gesehen habe, das so perfekt auf mich zugeschnitten war. Es wird definitiv das Kleid sein, das ich auf dem Cover der *Vogue* tragen werde. Und es wird auch Sie, meine Liebe, berühmt machen.« Sie zog Vianne näher zu sich heran und flüsterte: »Ich hoffe, Sie gehören zu den Frauen, die an sich selbst glauben und ihr Leben nach ihren eigenen Vorstellungen gestalten. Folgen Sie nie irgendwelchen Trends, Miss Mercier, nur Ihrer inneren Stimme. Das ist jedenfalls das, was ich tue.«

Sie deutete auf Sandrine. »Während Sie so selbstvergessen gezeichnet haben, hat Ihre Schwägerin mir erzählt, dass sie das Geschäft Ihrer Familie gern führen würde.« Sie lächelte Sandrine an. »Ich bin sicher, dass es Ihnen gelingen wird.«

Vianne blickte ihre Schwägerin erstaunt an. »Ist das wahr? Möchtest du das Céline übernehmen?«

Sandrine nickte. »Wenn du es mir zutraust, ja. Ich würde alles daransetzen, um es wieder zu dem zu machen, was es zur Zeit deines Vaters war.«

Miss Grigsby wirkte erheitert. »Was wir nicht alles tun, um unsere Väter – und Mütter – zufriedenzustellen. Ich denke mal, die unseren haben allen Grund, stolz auf uns zu sein.«

Vianne dachte an Miss Ellie. Auch sie zählte zu den Frauen, die für etwas gekämpft und es schließlich erreicht hatten. Sie sah sie vor sich, im Kreis der Frauen, die für sie arbeiteten, und wusste ohne jeden Zweifel, dass sie zu ihnen gehörte und wieder bei ihnen sein wollte.

KAPITEL 27

Vianne
New York, Herbst 1925

Es war ein warmer Herbstabend, und Giorgio hatte das Seitenfenster seines Autos geöffnet. Vianne hielt ihren Hut fest, während sie über die Queensboro Bridge auf ihr geliebtes Manhattan zufuhren und der East River im Licht der Abendsonne glänzte.

»Ein phantastischer Anblick, oder?«, sagte Giorgio.

Vianne nickte. »Ja, das ist es, und doch gehört es nun zu meiner alltäglichen Realität. Was mir sogar noch lieber als das Phantastische ist.«

Giorgio warf ihr einen kurzen Seitenblick zu. »Das kann ich kaum glauben.«

»Doch. New York, das war für mich einmal eine Phantasie oder eine Art Märchen. Aber jetzt …« Sie brach ab.

»Jetzt was?«, fragte Giorgio.

»Jetzt möchte ich keine Märchen mehr«, antwortete Vianne. »Ich möchte jeden Moment des wahren Lebens spüren. Mit allem, was dazugehört, dem Gutem wie dem Schlechten. Ich möchte mich nicht mehr in andere Welten flüchten.« Sie drehte sich zu Giorgio um. »Das habe ich mittlerweile erkannt. Sogar Verluste sind für uns wichtig, so schrecklich sie auch sein mögen. Sie sorgen dafür, dass wir das, was wir haben, schätzen lernen. Alles, was nach dem

Großen Krieg geschehen ist, hat mich letztlich hierhergeführt. Nach New York und zu dir. Aber nach dem Leid der Kriegsjahre werde ich das Gute, was mir widerfährt, nie mehr als selbstverständlich ansehen, sondern dafür zutiefst dankbar sein. Erst recht, wenn es mir noch dazu weiterhin gelingt, Schönes zu erschaffen. Etwas, das auch andere Menschen glücklich macht.«

Giorgio schwieg für einen Moment. Dann sagte er: »Darf ich denn dabei sein, *Bella*? Könntest du dir vorstellen, mit mir zusammen zu sein? Mich zu heiraten?«

Ein Antrag, während wir auf Manhattan zubrausen, dachte Vianne belustigt. »Wäre es eine moderne Ehe? In der wir beide unsere Vorstellungen verwirklichen können und gleichberechtigt wären?«

Giorgio lächelte. »Natürlich, was dachtest du denn?«

»In dem Fall heirate ich dich mit Freuden.«

Giorgio nahm ihre Hand und drückte einen Kuss darauf.

Vor ihnen erhoben sich die Wolkenkratzer Manhattans, die sich im Glanz der untergehenden Sonne rotgolden gefärbt hatten.

Vianne schaute hinab auf die Wogen des East River und meinte, darin das liebevoll lächelnde Gesicht ihrer Mutter zu erblicken.

LIEBE LESER:INNEN,

ich danke Ihnen allen herzlich, dass Sie sich für die Lektüre der *Kleider der Liebe* entschieden haben. Wenn Sie über neue Romane von mir auf dem Laufenden bleiben möchten, können Sie sich unter

www.bookouture.com/ella-carey

für meinen Newsletter anmelden. Ihre Kontaktdaten werden an niemanden weitergegeben, und Sie können sich jederzeit wieder abmelden.

Kleider der Liebe zu schreiben, hat mir große Freude bereitet. Schon beim ersten Teil der Reihe *Die Frauen von New York*, mit dem Untertitel *Glanz der Freiheit*, hat Vianne der Protagonistin Lily als Inspiration gedient. *Glanz der Freiheit* spielt in den 1940er Jahren, und da ist Vianne eine überaus erfolgreiche Modeschöpferin in New York. Schon damals wusste ich, dass ich auch Viannes Geschichte erzählen wollte. Darüber hinaus war es für mich schön, einen Teil ihrer Geschichte in Paris anzusiedeln, der Stadt, der ich mich eng verbunden fühle, wie viele meiner Leser:innen wissen.

Ich habe das Glück, einen Beruf ausüben zu dürfen, den ich liebe. Wenn ich morgens aufwache, kann ich es kaum erwarten, mich an meinen Schreibtisch zu setzen und an der Geschichte weiterzuarbeiten, mit der ich mich gerade beschäftige. Und stets bin ich voller

Hochachtung für das, was Frauen vergangener Generationen geleistet haben.

Auch Sie, meine Leser:innen, schätze ich unendlich und danke Ihnen für die Zeit, die Sie diesem dritten Teil der *Frauen von New York* gewidmet haben.

Ich hoffe, er hat Ihnen gefallen. Wenn ja, würde ich mich freuen, wenn Sie eine Rezension schreiben würden. Ich würde gern erfahren, was Sie bei der Lektüre empfunden haben, und neuen Leser:innen wird Ihr Beitrag helfen, meine Romane zu entdecken.

Sie erreichen mich auch auf meiner Facebook-Seite, auf Twitter, Goodreads und meiner Website: www.ellacarey.com

Ich danke Ihnen und wünsche Ihnen alles Gute

Ella

ANMERKUNGEN DER AUTORIN

Edith Cavell wurde am 12. Oktober 1915, an einem grauen, kalten Morgen von einem deutschen Erschießungskommando hingerichtet. Sie gehörte einer Untergrundbewegung an, die englischen Soldaten im Ersten Weltkrieg zur Flucht aus dem besetzten Belgien nach England verhalf. Doch sie wurde verraten und gefangen genommen, dann verhört und schließlich in einem Schauprozess, bei dem sie ihre Vergehen bekannte, zum Tode verurteilt. Vor dem Ersten Weltkrieg hatte sie ein Lehrkrankenhaus für Krankenschwestern geleitet. Nach Ausbruch des Kriegs entschied sie sich, auf diesem Posten zu bleiben und sowohl alliierte als auch deutsche Verwundete zu versorgen. Am Abend vor ihrer Hinrichtung erklärte sie, niemandem zu grollen, niemanden zu hassen.

Am 29. März 1918 trafen Artilleriegranaten des sogenannten Paris-Geschützes der Deutschen die Pariser Kirche Saint-Gervais während einer Karfreitagsandacht. Das Gewölbe stürzte ein. Es gab achtundachtzig Tote und achtundsechzig Verletzte. Die Zahl der Toten umfasste über ein Drittel aller Toten, die Opfer dieser Ferngeschütze wurden. Der Angriff war Teil der deutschen Frühjahrsoffensive an der Westfront, nach der es den deutschen Streitkräften gelang, bis auf fünfundsiebzig Meilen an Paris heranzurücken. Die Paris-Geschütze mit ihren langen Kanonenrohren und der großen Reichweite wurden speziell für den Angriff auf Paris gebaut. Auch der psychologische Schaden, den sie bei der Pariser Bevölkerung anrichteten, war enorm. Diese Geschütze waren Vorboten einer neuen Kriegsführung, die unter anderem das Ziel hatte, unter Zivilisten Angst und Schrecken zu verbreiten.

Das Paris-Geschütz wurde von Professor Dr. Fritz Rausenberger und seinen Konstrukteuren der Firma Krupp in Essen entwickelt, dem damals größten Rüstungsunternehmen Europas. Zuvor hatte Rausenberger bereits ein anderes Heeresgeschütz konzipiert, die sogenannte »Dicke Bertha«. Beide gehörten zu den schwersten Geschützen, die von Armeen eingesetzt wurden.

Emilie Grigsby war die Tochter eines Bordellbesitzers und Sklavenhalters in Kentucky. Sie wurde die Geliebte des vermögenden Finanziers Charles T. Yerkes und galt als die schönste Frau der Welt. Es heißt, dass sie ihr Leben lang liebenswürdig und großzügig war.

Die berühmte Tänzerin Josephine Baker kam in einem Slum von St. Louis, Missouri, zur Welt. Schon als Mädchen musste sie Geld verdienen, indem sie putzte und Kinder hütete. Im Alter von fünfzehn Jahren begann ihre Laufbahn in einem Varieté-Theater von St. Louis, bis sie schließlich nach New York kam und in Harlem in einem Musical auftrat. Doch erst in Paris wurde sie berühmt und feierte Erfolge, die für eine Frau ihrer Zeit einzigartig waren. Sie unterlief Stereotype, gab gern den Clown, und wurde die erste Afroamerikanerin, die eine Hauptrolle in einem Kinofilm spielte. Paul Poiret und Madeleine Vionnet, zwei der führenden Couturiers der 1920er Jahre, entwarfen ihre Kleider. 1927 wurde sie für die *Vogue* interviewt. Trotz ihrer Berühmtheit blieb sie zeit ihres Lebens bodenständig.

DANK

Es war mir eine große Freude, diesen Roman zu schreiben, auch wenn einige der Themen wirklich herzzerreißend sind. Und nun schulde ich einer ganzen Reihe Menschen Dank für ihre Unterstützung und Expertise.

Mein aufrichtiger Dank gilt meiner wunderbaren Redakteurin Sonny Marr für ihre großartigen Ideen, die Geschichte zu entwickeln und zu verbessern. Es macht so viel Spaß und ist so inspirierend, mit Dir zusammenzuarbeiten! Ein großes Dankeschön geht an Caroline Hogg für ihre Expertise und fabelhaften Ideen bei der Strukturierung des Romans. Für mich war es eine Ehre, dass Du meinen Roman gelesen und redigiert hast. Ich danke Laura Deacon, die mich bei Bookouture betreut, für ihre wunderbare Unterstützung. Inniger Dank gilt dem PR-Team bei Bookouture: Kim Nash, Sarah Harvey und Noelle Holton, die unsere Bücher mit unermüdlichem Eifer und mit Begeisterung voranbringen, was mich stets tief beeindruckt. Ich danke meiner geschätzten Lektorin Jade Craddock für ihre aufmerksame Lektüre und Expertise und der wunderbaren Anne O'Brien für die Korrektur des Umbruchs. Lauren Finger danke ich für die Koordination der letzten Prozessschritte. Ich danke Sarah Whittaker für die fabelhaften Cover der *Frauen von New York*. Ich weiß, dass sie auch meinen Leser:innen gefallen.

Großer Dank geht zudem an meinen Agenten Giles Milburn. Du bist der Beste, und ich habe das große Glück, mit Dir zusammenzuarbeiten. Gut, dass ich Dich an meiner Seite habe und Du meine Karriere managst. Dafür kann ich Dir gar nicht genug danken. Ich danke Emma Dawson, die die alltäglichen Dinge regelt. Ein riesiges Dankeschön gilt Liane-Louise Smith, Valentina Paulmichl und dem Team für die Auslandsrechte bei der Madeleine Milburn Literary Agency. Sie haben *Die Frauen von New York* und meine weiteren Romane in so viele Länder verkauft. Für mich ist es phantastisch, die verschiedenen Ausgaben zu sehen und von Leser:innen aus der ganzen Welt zu hören – erst recht in diesen Zeiten.

Ganz besonders danke ich Maisie Lawrence, meiner früheren Redakteurin, die sich als Erste in Vianne verliebt und mich ermutigt hat, über sie zu schreiben.

Ich danke den großartigen Autor:innen bei Bookouture. Eure Unterstützung und Freundschaft sind unschätzbar wertvoll für mich. Ich fühle mich geehrt, Teil der Bookouture-Familie zu sein.

Zutiefst danke ich meinen Kindern, Ben und Sophie, die mein Schreiben unterstützen, und Geoff, der mich gleichermaßen unterstützt und an meine Arbeit glaubt.

Ich danke meinen treuen Leser:innen – einige von ihnen begleiten mich bereits seit meinem ersten Roman *Das verschlossene Zimmer* – und meinen neuen Leser:innen. Ich danke meinen Blogger:innen und Rezensent:innen für ihren Einsatz und die Zeit, die sie investieren.

Ihr alle bedeutet mir sehr viel.

Anne Stern
Drei Tage im August
Roman
352 Seiten. Klappenbroschur
ISBN 978-3-7466-3998-7
Auch als E-Book lieferbar

Eine Chocolaterie als Zuflucht in dunklen Zeiten

Berlin, 5. August 1936: Die Schwermut ist Elfies steter Begleiter, Zuversicht findet sie in ihrer Arbeit in der Chocolaterie Sawade, einem Hort zarter Zaubereien aus Nougat und Schokolade, feinstem Marzipan und edlen Aromen. Hier gelingt es Elfie und ihren Nachbarn, sich ihre Menschlichkeit in unmenschlichen Zeiten zu erhalten. Dann kommt Elfie dem Geheimnis einer besonderen Praline und der Geschichte einer verbotenen Liebe auf die Spur. Doch wird sie es wagen, auch ihrer eigenen Sehnsucht zu folgen?

Bestsellerautorin Anne Stern erzählt die berührende Geschichte einer besonderen Frau, die nicht wie andere ist – ein ausnehmend schöner Roman, voll zarter Sinnlichkeit und außergewöhnlicher Figuren.

Regelmäßige Informationen erhalten Sie über unseren Newsletter.
Jetzt anmelden unter: www.aufbau-verlage.de/newsletter

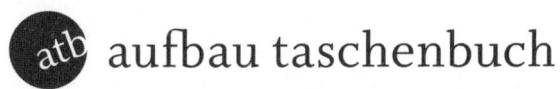

aufbau taschenbuch

Ulrike Renk
Ulla und die Wege der Liebe
Eine Familie in Berlin
Roman
486 Seiten. Broschur
ISBN 978-3-7466-3765-5
Auch als E-Book lieferbar

Berlin, 1928: Nach der Trennung von Heinrich beginnt Ursula ein neues Leben. Sie engagiert sich politisch und nennt sich Ulla. Der Alltag als alleinerziehende Mutter ist nicht leicht: Ihr gelingt es kaum, für den Lebensunterhalt ihrer Kinder zu sorgen. Schweren Herzens gibt Ulla schließlich dem Drängen ihres Vaters nach und bringt sie in einer Pflegefamilie auf dem Land unter. Alle Freude scheint aus ihrem Leben verschwunden nur die politische Arbeit gibt ihr eine Perspektive. Dann lernt sie Wilhelm Moll kennen. Wie sie setzt er sich für gesellschaftlich Benachteiligte ein. Die Liebe der beiden scheint perfekt, doch dann kommen die Nationalsozialisten an die Macht und ihrer beider Leben sind in Gefahr.

Regelmäßige Informationen erhalten Sie über unseren Newsletter.
Jetzt anmelden unter: www.aufbau-verlage.de/newsletter

Julie Peters
Käthe Kruse und das Glück der Kinder
Roman
416 Seiten. Broschur
ISBN 978-3-7466-3835-5
Auch als E-Book lieferbar

Ein Leben für die Kinder und die eigene Unabhängigkeit

1911: Käthe hat sich mit ihren handgefertigten Puppen einen Namen gemacht und lebt mit dem Künstler Max Kruse in Berlin. Sie gründet ihre eigene Manufaktur, und wenn es nach ihr ginge, könnten nun goldene Zeiten auf sie warten. Doch Max kann sich nicht damit abfinden, dass Käthe ein aufstrebendes Unternehmen führt, während sein Erfolg ausbleibt. Käthe will jedoch nicht zurückstecken, nur um nicht aus Max' Schatten zu treten. Als es plötzlich Nachahmungen ihrer Puppen gibt, droht alles, was sie sich aufgebaut hat, zu zerbrechen.

Regelmäßige Informationen erhalten Sie über unseren Newsletter.
Jetzt anmelden unter: www.aufbau-verlage.de/newsletter

aufbau taschenbuch